d

Ray Bradbury

Friedhof für Verrückte

Roman

Aus dem Amerikanischen von Gerald Jung

Diogenes

Titel der 1990 bei Alfred A. Knopf, New York,
erschienenen Originalausgabe:
›A Graveyard for Lunatics‹

Das Gedicht *Osymandias* von Percy Bysshe Shelley
in der Übersetzung von Adolf Strodtmann
Umschlagillustration
nach einem Filmplakat der
dreißiger Jahre

200/92/8/1
ISBN 3 257 01913 0

In Liebe für die Lebenden:

SID STEBEL,
der mir zeigte, wie ich meinem Geheimnis
auf die Spur kommen könne

ALEXANDRA,
meine Tochter, die für uns aufgeräumt hat

GEORGE BURNS,
der mir sagte, ich hätte das Zeug zum
Schriftsteller, als ich vierzehn war.

Und für die Toten:

ROUBEN MAMOULIAN

GEORGE CUKOR

JOHN HUSTON

BILL SKALL

FRITZ LANG

und JAMES WONG HOWE.

Und für

RAY HARRYHAUSEN,
aus naheliegenden Gründen.

I

Es war einmal eine Stadt, die bestand eigentlich aus zwei Städten. Die eine war hell und die andere dunkel; die eine fand den ganzen Tag über vor Betriebsamkeit keine Ruhe, wohingegen die andere keinen Muckser tat. Die eine war warm und erstrahlte im Glanz ständig wechselnder Lichter; die andere war kalt und zu Stein erstarrt. Und jeden Nachmittag, wenn hinter Maximus Films, der Stadt der Lebenden, die Sonne langsam unterging, wurde das Studio dem Friedhof Green Glades immer ähnlicher – der Stadt der Toten, die direkt gegenüber lag.

Immer wenn die Scheinwerfer erloschen und der Trubel zum Erliegen kam und der Wind, der um die Ecken der Aufnahmestudios wehte, allmählich abkühlte, dann schien vom Eingangstor der Lebenden aus eine unglaubliche Melancholie durch die dämmerigen Avenues zu kriechen, bis hin zu jener hohen Ziegelmauer, die diese beiden Städte, die eigentlich eins waren, voneinander trennte. Und mit einem Mal waren die Straßen von etwas erfüllt, das man nur den Nachhall der Erinnerung nennen kann. Denn auch wenn die Menschen sich davongemacht hatten, so ließen sie doch die Gebäude zurück, die von den Phantomen schier unglaublicher Ereignisse heimgesucht wurden.

Tatsächlich handelte es sich bei dieser Stadt um die

unglaublichste Stadt der Welt, in der alles geschehen konnte und auch ständig geschah. Zehntausend Tode sind hier gestorben worden, und wenn die Toten im Kasten waren, standen sie lachend auf und trollten sich. Ganze Häuserblocks gingen in Flammen auf, aber niemals verbrannte etwas. Sirenen heulten, Polizeiautos schrammten um die Ecke, überschlugen sich, und zu guter Letzt pellten sich die Beamten ihre blauen Flecken einfach wieder ab, wischten die orangefarbene Schminke von den Gesichtern und gingen nach Hause, in ihre bescheidenen Bungalow-Wohnanlagen, irgendwo dort draußen in dieser großen und meistens langweiligen Welt.

Hier hingegen streiften Dinosaurier umher, eben noch als Miniaturmodelle und im nächsten Augenblick als zwanzig Meter hohe Monster hinter halbnackten Jungfrauen, die in den höchsten Tönen um Hilfe kreischten. Von hier gingen die unterschiedlichsten Kreuzzüge aus, deren Teilnehmer ein Stück weiter unten an der Straße beim Westernkostümverleih ihre Rüstungen an den Nagel hängten und ihre Lanzen schön ordentlich verstauten. Hier an diesem Ort ließ Heinrich der Achte ein paar Köpfe rollen; von hier zog der leibhaftige Dracula los und hier zerfiel er zu Staub; hier fanden sich auch die Stationen des Kreuzweges und eine stets mit frischem Blut gezogene Spur, auf der sich die Drehbuchautoren hinauf zum Kalvarienberg schleppten, ächzend unter der drückenden Last der Neufassungen, angetrieben von peitschenschwingenden Regisseuren und Filmcuttern mit rasiermesserscharfen Klingen. Von diesen Türmen aus wurden die gläubigen Muslime jeden Tag bei Sonnenuntergang zur

Andacht gerufen; dann glitten Limousinen geräuschlos aus dem Tor, hinter jeder Scheibe die gesichtslose Macht, und das Fußvolk wandte den Blick ab, aus Furcht, auf der Stelle mit Blindheit geschlagen zu werden.

Wenn das schon die reine Wahrheit ist, dann fällt es nicht schwer zu glauben, daß die alten Spukgestalten bei Sonnenuntergang auferstanden und die warme Stadt, von ihrer Kühle erfaßt, immer mehr den marmornen Gartenwegen auf der anderen Seite der Mauer glich. Um Mitternacht schließlich, in diesem eigenartigen Frieden, den die Temperatur, der Wind und der Klang einer weit entfernten Kirchenglocke entstehen ließ, wurden die beiden Städte endlich eins. Zwischen Indien und Frankreich, von der Westernstadt Kansas zu den Sandsteinfassaden von New York, zwischen Piccadilly und Spanischer Treppe gab es nur noch den Nachtwächter, der für diese zwanzigtausend Meilen geographischer Unwahrscheinlichkeit gerade eben zwanzig Minuten brauchte. Auf der anderen Seite der Mauer machte sein Gegenüber zwischen den Monumenten die Runde, ließ das Licht seiner Taschenlampe über erstarrte Engelsfiguren huschen, las Grabsteininschriften wie einen Filmabspann und setzte sich schließlich nieder, um seinen Mitternachtstee in der Gesellschaft eines Keystone Kop, oder was davon noch übrig war, zu sich zu nehmen. Um vier Uhr morgens – die Wächter schliefen tief und fest – warteten die beiden Städte, aneinandergekauert und wohlbehütet, auf die Sonne, die schon bald über verdorrten Blumen und verwitterten Gräbern aufgehen würde; und über einem Indien aus Pappe, bereit für die Überbevölkerung (falls der

Regisseur und Schöpfer es so haben wollte, und solange der Künstlerdienst den Strom der Statisten nicht abreißen ließ).

So war es auch am Abend vor Allerheiligen im Jahre 1954.

Halloween.

Meine liebste Nacht im ganzen Jahr.

Wenn sie nicht gewesen wäre, hätte ich mich nicht darangemacht, diese neue Geschichte zweier Städte niederzuschreiben.

Wie hätte ich auch widerstehen können, wo die Einladung mit dem Hartmeißel geschrieben war.

Was hätte ich anderes tun können als niederknien, tief Luft holen und den Marmorstaub wegblasen?

2

Morgens der erste ...

Ich war an diesem Halloweentag schon um sieben im Studio.

... und abends der letzte.

Es war kurz vor zehn, als ich eine letzte Runde machte; genüßlich kostete ich die Gewißheit aus, daß ich endlich an einem Ort arbeitete, wo alles eindeutig definiert war. Die Einsätze kamen auf den Punkt genau, und die Schlüsse waren immer sauber und unumstößlich. Draußen, in der Welt außerhalb der Aufnahmestudios, traute ich dem Leben mit seinen widerlichen Überraschungen und seinen zusammengeschusterten Handlungssträngen nicht über den Weg. Wenn ich hier bei Sonnenaufgang oder in der Abenddämmerung durch die Gassen ging, stellte ich mir vor, daß ich allein das Studio zum Leben erwecken oder stillegen konnte. Es gehörte mir, weil ich es so wollte.

Ich durchmaß ein Territorium, das eine halbe Meile breit und eine ganze Meile lang war, mit vierzehn Tonateliers und zehn Außendekorationen, Opfer meiner eigenen Besessenheit und Filmbegeisterung, einer Romanze, die das Leben in geregelten Bahnen hielt, während es einem auf der anderen Seite der schmiedeeisernen Tore aus den Händen zu gleiten drohte.

Es war schon spät, doch da man zu einer ganzen Reihe von Filmen die Dreharbeiten pünktlich am Abend vor Halloween beendet hatte, waren auf verschiedenen Sets Schlußfeten und Abschiedsgelage im Gange. Aus dem Innern dreier Aufnahmestudios, deren gigantische Schiebetore gähnend offenstanden, drangen Big-Band Musik, Gelächter, das Knallen von Sektkorken und lauter Gesang. Ganze Horden in Filmklamotten prosteten anderen Grüppchen zu, die in Halloweenkostümen von draußen hereinkamen.

Ich gesellte mich nirgends hinzu, begnügte mich mit einem Grinsen oder einem kleinen Lachen. Schließlich gehörte – in meiner Einbildung – das ganze Studio mir; ich konnte mich nach Belieben dort aufhalten, wo ich wollte und solange ich wollte.

Und dennoch verspürte ich, als ich wieder in den Schatten eintauchte, tief im Innern dieses gewisse Kribbeln. Meine Liebe zum Film dauerte schon viel zu lange. Es war so, als hätte ich eine Liebesaffäre mit Kong, der auf mich herabstürzte, als ich dreizehn war; seither war es mir nicht gelungen, mich von der Last seines quicklebendigen Kadavers zu befreien.

Das Studio stürzte auf die gleiche Weise auf mich ein, wenn ich morgens dort eintraf. Ich brauchte Stunden, um mich von seinem Zauber zu befreien, normal zu atmen und mich an die Arbeit zu machen. In der Abenddämmerung ergriff die Verzauberung erneut von mir Besitz; es fiel mir schwer, richtig durchzuatmen. Ich wußte, daß ich in nicht allzu ferner Zukunft hier raus mußte, mich freistrampeln, weggehen und nicht mehr zurückkommen, oder es würde mir ergehen wie Kong; ich würde fallen und fallen und eines schönen Tages würden sie mich kriegen.

Ich kam am hintersten Atelier vorbei, dessen Wände ein letzter Ausbruch von Fröhlichkeit und rhythmischer Jazzmusik erschütterte. Einer der Kameraassistenten radelte vorbei, den Korb vollgestopft mit Filmrollen, die zur Autopsie unter dem Rasiermesser eines Cutters bestimmt waren, der die einzelnen Schnipsel erretten oder bis in alle Ewigkeit begraben würde. Nach dem Endschnitt ging's entweder in die Kinos oder gleich ab in die Regale, auf denen die toten Filme enden, und wo sie allein der Staub, nicht die Verwesung erwartet.

Die Uhr einer Kirche droben in den Hollywood Hills schlug zehn. Ich drehte mich um und schlenderte zu meiner Einzelzelle in der Autorenbaracke zurück.

Die Einladung, den Narren zu spielen, harrte meiner im Büro.

Nicht gerade in Marmortafeln gemeißelt, nein, das nicht, sondern fein säuberlich auf edles Papier getippt.

Während ich die Nachricht las, sank ich in den Bürostuhl; mein Gesicht war kalt und meine Hand unternahm einen kläglichen Versuch, die Botschaft zu zerknüllen und in die Ecke zu werfen.

Sie lautete folgendermaßen:

> GREEN GLADES PARK. HALLOWEEN.
>
> HEUTE UM MITTERNACHT.
>
> IN DER MITTE DER RÜCKWÄRTIGEN MAUER.
>
> PS Eine große Offenbarung erwartet Sie. Stoff für einen Bestseller-Roman oder ein hervorragendes Drehbuch. Eine einmalige Gelegenheit!

Zu den Mutigsten gehöre ich nicht. Ich habe keinen Führerschein gemacht und noch nie den Fuß in ein Flugzeug gesetzt. Bis ins zarte Alter von fünfundzwanzig hatte ich Angst vor Frauen. Ich hasse große Höhen; das Empire State Building ist der reinste Alptraum für mich. Fahrstühle machen mich nervös; die Zähne der Rolltreppen fürchte ich. Ich bin sehr wählerisch, was Essen angeht. Mein erstes Steak habe ich mit vierundzwanzig verspeist, bis dahin hatte ich mich mit Hamburgern, Eiern, Tomatensuppe und Schinkenbrot mit Gurke über die Runden gerettet.

»Green Glades Park!« sagte ich laut vor mich hin.

Großer Gott, dachte ich. Um Mitternacht? Ausgerechnet ich! Der Knirps, der die halbe Schulzeit über von Raufbolden terrorisiert wurde? Der Junge, der sich in der Achselhöhle seines Bruders verkroch, als er zum ersten Mal *Das Phantom der Oper* anschaute?

Jawohl, genau der.

»Bescheuert!« schrie ich. Und ich machte mich auf den Weg zum Friedhof. Um Mitternacht.

3

Beim Verlassen des Studiogeländes steuerte ich auf die Herrentoilette zu, die nicht weit vom Haupttor entfernt ist, drehte jedoch noch rechtzeitig wieder ab. Ich hatte mir angewöhnt, diesen Ort nach Möglichkeit zu meiden, mich von dieser unterirdischen Grotte fernzuhalten, in der verborgene Wasser gluckerten und man ein Scharren wie von dahinhuschenden Flußkrebsen vernahm, sobald man die Klinke berührte und aufmachen wollte. Es war mir zur Gewohnheit geworden, vor dem Eintreten kurz innezuhalten, mich zu räuspern und die Tür erst dann langsam zu öffnen. Dann fielen drinnen stets mehrere Türen ins Schloß, bald leise, bald mit einem dumpfen Schlag, bald mit einem lauten Knall, und die Kreaturen, die diese Grotte tagsüber und, wegen der Atelierparties, diesmal auch in der Nacht bewohnten, zogen sich in heller Panik zurück – worauf einen die Stille kühlen Porzellans und unterirdischer Wasseradern empfing. So rasch wie möglich wandte man sich den Armaturen zu und rannte mit ungewaschenen Händen wieder hinaus, um augenblicklich das leise Wiedererwachen der Flußkrebse zu vernehmen, das angelweite Flüstern der Türen, die Höhlenkreaturen, die in den unterschiedlichsten Stadien der Verwirrung und des Fiebers wieder zusammenkamen.

Ich drehte, wie gesagt, bei, und drückte mich gegenüber in die Frauentoilette, nachdem ich zur Sicherheit laut hineingerufen hatte. Diese war ein Ort sauberer, kalter, weißer Keramik, keine dunkle Grotte mit davonhuschenden Kreaturen. Im Handumdrehen war ich wieder draußen, gerade noch rechtzeitig, um ein Regiment preußischer Wachsoldaten in Richtung der Party im Atelier 10 vorbeimarschieren zu sehen. Ihr Hauptmann trat aus der Reihe; ein gutaussehender Mann mit nordischem Haar und großen, unschuldigen Augen. Völlig ahnungslos betrat er die Herrentoilette.

Niemand wird ihn je wiedersehen, dachte ich und eilte durch die beinahe mitternächtlichen Straßen.

Mein Taxi, das ich mir zwar nicht leisten konnte, ohne das ich aber nie im Leben auch nur in die Nähe des Friedhofs gefahren wäre, brachte mich genau drei Minuten vor dem Glockenschlag ans Friedhofstor.

Ich sah volle zwei Minuten lang zu all diesen Krypten und Monumenten hinein, Green Glades Park mit seinen über neuntausend toten Leutchen, alle Vollzeit angestellt.

Schon seit fünfzig Jahren liegen sie da drinnen ihre Stunden ab, seit der Zeit, als die Immobilienzaren Sam Green und Ralph Glade in den Bankrott getrieben wurden, den Laden dichtgemacht und die Grabsteine errichtet haben.

Dank ihrem Gespür für die glückliche Fügung ihrer beider Namen verewigten sich die gescheiterten Erbauer von Bungalow-Siedlungen im Green Glades Park, einem Ort, an dem all die Leinwandträume begraben liegen.

Leute aus der Filmbranche, die in den trüben Immobiliengeschäften mit drinsteckten, sollen angeblich ein abgekartetes Spiel gespielt haben, damit die beiden Gentlemen endlich Ruhe gaben. Bei ihrer Beisetzung wurden eine Menge Tratsch, Gerüchte, Schuldzuweisungen und krumme Touren gleich mit unter die Erde befördert.

Hier saß ich nun, krallte die Finger um meine Knie, knirschte mit den Zähnen und starrte auf die Mauer mir gegenüber, hinter der, wie ich wußte, sechs gemütliche, ungefährliche, wundervolle Ateliers lagen, in denen die letzten Schwelgereien zu Halloween sich dem Ende zuneigten, die Masken fielen, die Musik verhallte und die falschen Leute miteinander nach Hause torkelten.

Ich sah Scheinwerferkegel über die Außenwand des großen Ateliers gleiten, stellte mir die vielen Abschiedsküßchen und Winkewinke vor, und plötzlich wünschte ich, egal mit wem, egal wohin zu gehen, alles war besser als dies hier.

Drinnen schlug eine Friedhofsuhr zwölf.

»Und nun?« fragte jemand.

Mein Blick schwenkte von der weit entfernten Studiowand zum Haarschnitt meines Fahrers hinüber.

Er starrte durch das Eisengitter hindurch und saugte an seinen Chiclet-förmigen Zähnen. Das Tor klapperte im Wind, als der Nachhall der großen Uhr verklungen war.

»Wer«, fragte der Fahrer, »macht jetzt das Tor auf?«

»*Ich*!?« entfuhr es mir.

»Genau«, meinte der Fahrer.

Nach einer langen Minute zwang ich mich dazu, mit dem Tor zu kämpfen, und stellte zu meinem Erstaunen fest, daß das Tor nicht verschlossen war.

Ich geleitete das Taxi hinein, wie ein alter Mann, der ein sehr müdes und sehr verschrecktes Pferd führt. Das Taxi murrte vor sich hin, was die Situation nicht verbesserte, ebensowenig wie das Flüstern des Fahrers: »Verdammt nochmal, wenn jetzt irgend etwas auf uns zugesprungen kommt, glauben Sie nur nicht, daß ich hier stehenbleibe.«

»Wenn Sie glauben, daß *ich* dann hier bleibe«, sagte ich. »Los, kommen Sie!«

Zu beiden Seiten des Kiesweges waren allerlei weiße Schatten zu sehen. Ich hörte von irgendwoher einen Geist seufzen, doch das waren nur meine eigenen Lungen, die wie ein Blasebalg keuchten, um so etwas wie ein Feuer in meiner Brust zu entfachen.

Ein paar Regentropfen fielen mir auf den Kopf. »Herrje«, flüsterte ich. »Und das ohne Regenschirm.«

Was zum Teufel habe ich hier verloren, dachte ich.

Jedesmal, wenn ich mir alte Horrorfilme anschaue, amüsiere ich mich über die Kerle, die in der Nacht draußen herumlaufen, anstatt zuhause zu bleiben. Oder über die Frauen, die auch nicht schlauer sind, die mit großen Augen in die Dunkelheit starren und Pfennigabsätze tragen, um beim Davonlaufen desto sicherer zu stolpern. Trotzdem machte ich genau das gleiche, nur wegen einer wirklich blöden Nachricht, einem vagen Versprechen.

»Okay«, rief der Taxifahrer, »bis hierher gehe ich, aber keinen Schritt weiter.«

»Feigling!« schrie ich.

»Stimmt!« sagte er. »Ich bleibe *hier* und warte!«

Ich war inzwischen schon halb bei der rückwärtigen Mauer angelangt. Der Regen fiel in dünnen Schleiern, die mir über das Gesicht strichen und die Verwünschungen in meiner Kehle erstickten.

Die Scheinwerfer des Taxis strahlten weit genug, um eine Leiter zu beleuchten, die gegen die hintere Mauer des Friedhofs gelehnt stand und hinüber auf das rückwärtige Gelände von Maximus Films führte.

Am Fuß der Leiter angekommen, starrte ich durch den kalten Nieselregen nach oben.

Am anderen Ende der Leiter schien ein Mann sich gerade über die Mauer hinweg auf die andere Seite hinüberhangeln zu wollen.

Doch er rührte sich nicht vom Fleck, als hätte ein Blitz seine blendend weiße Gestalt auf einen Film gebannt: Mit dem nach vorne gereckten Kopf eines Sprinters und seinem vornübergebeugten Rumpf sah er aus, als wolle er sich jeden Moment auf das Grundstück von Maximus Films stürzen.

Und doch blieb er starr, wie eine groteske Statue.

Ich hatte ihm gerade etwas zugerufen, als mir der Grund für sein Schweigen, für seine Bewegungslosigkeit klar wurde.

Der Mann dort oben starb gerade, oder er war bereits tot.

Er war hierhergekommen, von der Dunkelheit verfolgt, war die Leiter hinaufgeklettert, und beim Anblick von – ja von *was nur*? – mitten in der Bewegung erstarrt. Hatte ihn irgend etwas, das hinter ihm her kam, vor Schrecken erstarren lassen? Oder war es etwas dort drüben, auf der anderen Seite, etwas weitaus Grausigeres in der Dunkelheit des Studiogeländes?

Der Regen duschte die weißen Grabsteine ab.

Ich rüttelte vorsichtig an der Leiter.

»Großer Gott!« gellte ich.

Der alte Mann dort oben auf der Leiter verlor das Gleichgewicht.

Ich hechtete zur Seite.

Wie ein bleierner Zehn-Tonnen-Meteor landete er zwischen den Grabsteinen.

Ich kam wieder auf die Beine und beugte mich über ihn, konnte aber nichts hören, bei dem Donnern in meiner Brust und dem Rauschen des Regens auf den Steinen. Der Mann war im Nu durchnäßt.

Ich starrte in das Gesicht des Toten.

Er starrte zurück.

Warum schaust du mich so an? fragte er schweigend.

Weil ich dich *kenne*, dachte ich.

Sein Gesicht war wie weißer Stein.

James Charles Arbuthnot, ehemaliger Studiochef von Maximus Films, dachte ich.

Richtig, flüsterte er.

Aber, aber, schrie ich stumm vor mich hin, ich habe Sie zum letzten Mal gesehen, als ich dreizehn Jahre alt war und auf meinen Rollschuhen vor den Studios von Maximus Films stand, in der Woche, in der Sie ums Leben kamen, vor zwanzig Jahren. Tagelang wurden die Fotos zweier Autos veröffentlicht, die gegen einen Telefonmast geprallt waren, die furchtbar zugerichteten Wracks, das blutige Pflaster, die verrenkten Leichen, und dann noch zwei Tage lang Hunderte von Fotos der tausend Trauergäste bei Ihrer Beerdigung und die Millionen von Blumen. Sogar die Studiobosse aus New York vergossen echte Tränen, allenthalben nasse Augen, hinter Hunderten von Sonnenbrillen, als die Schauspieler herauskamen, ohne ihr strahlendes Lächeln. Man trauerte wirklich heftig um Sie. Dann abermals ein paar Aufnahmen der verunglückten Wagen auf dem Santa Monica Boulevard, es dauerte Wochen, bis die Zeitungen vergessen hatten, bis die Radiostationen aufhörten, Sie zu lobpreisen, und dem König allmählich vergaben, daß er wirklich von ihnen gegangen war.

Das kann nicht sein! Unmöglich, gellte ich fast los. Heute, in dieser Nacht, sind Sie wieder hier, oben auf der Friedhofsmauer? Wer hat Sie dort hingebracht? Sie können doch nicht ein zweites Mal ums Leben kommen, oder etwa doch?

Es blitzte. Ein Donner folgte, wie von einer riesigen zuschlagenden Tür. Der Regen fiel auf das Gesicht des Toten herab und füllte seine Augen mit Tränen. In seinem weit aufgerissenen Mund sammelte sich Wasser.

Ich wirbelte herum, schrie auf und rannte davon.

Als ich beim Taxi ankam, wußte ich, daß ich mein Herz dort hinten bei der Leiche zurückgelassen hatte.

Es kam hinter mir hergehetzt, traf mich wie ein Gewehrschuß ins Zwerchfell und schleuderte mich gegen das Taxi.

Der Fahrer starrte auf den Kiesweg hinter mir, auf den der Regen trommelte.

»Ist dort jemand?« kreischte ich.

»Nein!«

»Gott sei Dank. Bloß weg von hier!«

Da gab der Motor seinen Geist auf.

Wir stöhnten beide vor Verzweiflung.

Der Motor erbarmte sich unser und sprang wieder an.

Mit neunzig Sachen rückwärts zu fahren ist nicht ganz einfach.

Wir schafften es.

4

Die halbe Nacht blieb ich wach und betrachtete mein gewöhnliches Wohnzimmer mit der stinknormalen Einrichtung in einem kleinen, sicheren Bungalow in einer normalen Straße in einem ruhigen Viertel der Stadt. Obwohl ich drei Tassen heißen Kakao trank, wollte mir nicht richtig warm werden. Zitternd projizierte ich unablässig Hirngespinste an die Wände.

Niemand stirbt *zweimal*, dachte ich. Das konnte unmöglich James Charles Arbuthnot gewesen sein, der da auf der Leiter gestanden und sich in den Nachtwind gekrallt hatte. Tote Körper verwesen. Leichen lösen sich in *nichts* auf.

Ich erinnerte mich an einen Tag im Jahre 1934, als J. C. Arbuthnot gerade vor dem Studio aus seiner Limousine gestiegen war und ich ihm mit meinen Rollschuhen in die Arme stolperte. Er hatte gelacht, mich wieder auf die Beine gestellt, mir ein Autogramm gegeben, hatte mich in die Wange gezwickt und war hineingegangen.

Und jetzt, gütiger Gott, war dieser Mann, der schon lange das Zeitliche gesegnet hatte, mir vor einem kalten

Regenhimmel erschienen und auf den Friedhofsrasen gestürzt.

Ich hörte Stimmen und sah Schlagzeilen vor mir:

J. C. ARBUTHNOT – TOT UND WIEDER AUFERSTANDEN

»Nein!« schleuderte ich der weißen Wand entgegen, über die der Regen rieselte, und vor der der Mann herabfiel. »Er war es nicht. Das ist eine *Lüge*!«

Warte ab, bis es hell wird, sagte eine Stimme.

5

Auch die Morgendämmerung brachte keine Erleichterung.

Die Radio- und Fernsehnachrichten hatten keine Leichname zu vermelden.

Die Zeitungen waren voll mit Verkehrsunfällen und Rauschgiftrazzien. Nirgends ein J. C. Arbuthnot.

Ich schlenderte aus dem Haus, nach hinten in meine Garage, die mit Spielzeug, alten Wissenschaftsmagazinen und Erfinderzeitungen vollgestopft war. Kein Auto, nur mein gebraucht gekauftes Fahrrad.

Ich war schon den halben Weg zum Studio geradelt, als mir auffiel, daß ich mich an keine der Kreuzungen erinnern konnte, über die ich blindlings hinweggerauscht sein mußte. Starr vor Entsetzen fiel ich vom Rad; ich zitterte.

Ein feuerroter offener Roadster blieb mit qualmenden Reifen direkt neben mir stehen.

Der Mann hinter dem Lenker trug eine Mütze. Er setzte zurück und ließ den Motor aufröhren. Er starrte mich mit einem hellblauen Auge durch die Windschutzscheibe an; das andere war von einem Monokel verdeckt, das wie in sein Gesicht geschmiedet aussah und grelle Sonnenstrahlen entsandte.

»Hey, du gottverdammter Hundesohn«, schrie er mit einer Stimme, die eine Idee zu lange auf deutschen Vokalen verweilte.

Mir wäre beinahe das Fahrrad umgefallen. Als ich zwölf Jahre alt war, hatte ich dieses Profil in alte Münzen geprägt gesehen. Dieser Mann war entweder ein wiederauferstandener Cäsar oder der Deutsche Hohepriester des Heiligen Römischen Reichs. Mein Herz schlug so heftig, daß es alle Luft aus meinen Lungen hämmerte.

»Na was?« schrie der Fahrer. »Raus mit der Sprache!«

»Freue mich, Sie kennenzulernen«, hörte ich mich sagen, »Sie gottverdammter Hundesohn. Sie sind doch Fritz Wong, oder irre ich mich? Geboren in Shanghai, Vater Chinese und Mutter Österreicherin, aufgewachsen in Hongkong, Bombay, London und einem Dutzend Städte in Deutschland. Erst Laufbursche, dann Cutter, dann Drehbuchautor, dann Kameramann bei der UFA, und dann Regisseur überall auf der Welt. Fritz Wong, der herausragende Regisseur, der den großen Stummfilm *Die Cavalcanti-Beschwörung* gedreht hat. Der Mann, der die Filmszene Hollywoods von 1925 bis 1927 beherrschte und dann wegen einer Szene in einem seiner Filme gefeuert wurde. Ein Film, in dem er selbst als preußischer General auftrat und Gerta Froehlichs Unterwäsche beschnüffelte.

Der international renommierte Regisseur, der sich nach Berlin flüchtete und es dann noch vor Hitler verließ, der Schöpfer von *Liebeswahn, Delirium, Zum Mond und zurück*...«

Mit jeder Huldigung drehte sich sein Kopf einen winzigen Ruck, gleichzeitig verzog sich sein Mund zu einem breiten Kasperlegrinsen. Sein Monokel blitzte im Morsekode.

Hinter dem Monokel lauerte fast unsichtbar ein orientalisches Auge. Ich stellte mir vor, das linke Auge sei Peking, das rechte Berlin. Aber nein, das Orientalische wurde lediglich durch die vergrößernde Wirkung des Monokels suggeriert. Seine Augenbrauen und Wangen waren ein Festungswall teutonischer Arroganz, dazu geschaffen, mindestens zweitausend Jahre zu halten, oder jedenfalls bis zu dem Zeitpunkt, an dem sein Vertrag aufgelöst wurde.

»*Wie* haben Sie mich genannt?« fragte er mit umwerfender Höflichkeit.

»Genauso, wie Sie *mich* genannt haben«, antwortete ich leise. »Einen gottverdammten Hundesohn«, wisperte ich.

Er nickte. Er grinste. Er schleuderte die Wagentür auf.

»Springen Sie rein!«

»Aber Sie kennen –«

»Ich kenne Sie nicht? Glauben Sie, ich fahre durch die Gegend und nehme jeden dahergelaufenen Radfahrer mit? Glauben Sie, ich hätte nicht bemerkt, wie Sie sich im Studio um die Ecken drücken, als wären Sie das Weiße Kaninchen in der Speisekammer? Sie sind dieser –«, er schnippte mit den Fingern, »– dieser uneheliche Sohn von

Edgar Rice Burroughs und *The Warlord of Mars* – der illegitime Nachfahre von H. G. Wells, aus der Linie Jules Verne. Verstauen Sie Ihr Rad. Wir sind spät dran!«

Ich warf mein Fahrrad auf den Rücksitz und hatte kaum Platz genommen, als der Wagen auch schon auf fünfzig beschleunigt hatte.

»Was will man machen?« überschrie Fritz Wong das laute Dröhnen des Auspuffs. »Wir sind beide verrückt, dort zu arbeiten. Sie können von Glück reden, Sie tun es noch *mit Begeisterung*.«

»Sie etwa nicht?«

»Gott steh mir bei«, murmelte er. *»Doch!«*

Ich konnte meinen Blick nicht von Fritz Wong lösen, wie er sich so über das Lenkrad beugte und mit seinem Gesicht den Wind pflügte.

»Sie sind der dümmste Kerl, der mir jemals untergekommen ist!« schrie er. »Sind Sie etwa lebensmüde? Was ist mit Ihnen los, haben Sie keinen Führerschein? Was ist das für ein Fahrrad? Ist das Ihr erster Job beim Film? Wie können Sie solchen Mist schreiben? Warum lesen Sie nicht Thomas Mann, Goethe?«

»Thomas Mann und Goethe«, sagte ich, betont gelassen, »wären nicht in der Lage, das simpelste Drehbuch zu schreiben. *Tod in Venedig*, in Ordnung. *Faust*? Keine Frage. Aber ein gutes *Drehbuch*? Oder eine Kurzgeschichte, wie ich sie schreibe, mit einer Mondlandung, die absolut glaubwürdig ist? Das würden sie nicht schaffen. Warum fahren Sie mit diesem Monokel Auto?«

»Das geht Sie einen Dreck an! Man sieht besser nichts. Wenn man den Fahrer vor sich zu sehr fixiert, möchte man ihm nur noch hintendrauf fahren! Sehen Sie mir in die Augen. Sind Sie nicht auch meiner Meinung?«

»Ich finde Sie witzig!«

»Herrgott nochmal! Sie sollten alles, was der wunderbare Wong sagt, wie das Evangelium glauben. Warum fahren Sie nicht mit dem Auto?«

Wir schrien beide gegen den Wind an, der uns um die Augen und die Münder schlug.

»Schreiberlinge können sich keine Autos leisten! Außerdem habe ich mit fünfzehn gesehen, wie fünf Leute bei einem Unfall umkamen, in Stücke gerissen wurden. Ein Wagen war gegen einen Telefonmast gerast.«

Fritz blickte von der Seite auf meine blassen, vor Erinnerung verzerrten Gesichtszüge.

»Das war wie im Krieg, was? Sie sind doch nicht so dumm. Wie man hört, hat man Ihnen ein neues Projekt mit Roy Holdstrom anvertraut? Special Effects? Hervorragend, das muß ich *leider* zugeben.«

»Wir sind schon seit der High School befreundet. Ich habe Roy immer dabei zugesehen, wie er in seiner Garage Dinosaurier bastelte. Damals haben wir uns gegenseitig geschworen, wenn wir groß wären, miteinander Monster zu erschaffen.«

»Nein«, brüllte Fritz Wong in den Fahrtwind hinein, »Monster erschaffen? Sie *arbeiten* für Monster. Manny Leiber? Der Alptraum eines Gila-Monsters. Achtung! Da ist auch schon die Menagerie!«

Er nickte den Autogrammjägern auf der den Studiotoren gegenüberliegenden Straßenseite zu.

Ich warf einen Blick hinüber, und schon war ich mit

meinen Gedanken weit weg. Es war 1934, und ich quetschte mich durch die tobende Menge, die mit Block und Bleistift wedelte, sich bei jedem Premierenabend unter den Klieg-Scheinwerfern drängte, oder Marlene Dietrich bis in ihren Friseursalon verfolgte, oder hinter Cary Grant herrannte, der am Freitagabend die Boxkämpfe im Legion Stadion besuchte, und ich wartete vor Restaurants auf Jean Harlow, die drei Stunden lang zu Mittag aß, oder auf Claudette Colbert, bis sie gegen Mitternacht laut lachend das Lokal verließ.

Meine Augen wanderten über die verrückte Meute dort drüben, und ich erkannte sie wieder, die doggenhaften, pekinesischen, bleichen, bebrillten Gesichter namenloser Freunde von damals, wie sie dort draußen vor der dem spanischen Museo del Prado nachempfundenen Fassade warteten, bis sich die zehn Meter hohen, verschlungenen und verschnörkelten Gitter der Eisentore für die so unfaßbar Berühmten öffneten und unerbittlich wieder schlossen. Ich sah mich selbst, wie ich dort in diesem Nest voller hungriger Vögel hockte, die mit weit aufgesperrten Schnäbeln auf ihre Atzung in Form von kurzen Begegnungen, Blitzlichtschnappschüssen und Originalautogrammen warteten. Und während in meiner Erinnerung die Sonne unterging und schon der Mond hervorkam, sah ich mich auf Rollschuhen die vierzehn Kilometer nach Hause fahren, die menschenleeren Bürgersteige entlang, davon träumend, eines Tages der Welt bester Schriftsteller zu sein, oder Drehbuchautor bei *Fly by Night Pictures*.

»Die Menagerie?« murmelte ich. »So nennen Sie die?«

»Und hier«, fuhr Fritz Wong fort, »ist der Zoo!«

Wir brausten durch das Eingangstor und durch die Gassen voller Ankömmlinge, Statisten und Manager. Fritz Wong rammte seinen Wagen direk ins Parkverbot.

Ich stieg aus und sagte: »Worin liegt der Unterschied zwischen einer Menagerie und einem Zoo?«

»Hier drinnen, im Zoo, hält man uns mit Geld hinter Gittern. Die Menagerie-Trottel dort draußen sind in ihren eigenen dummen Träumen eingesperrt.«

»Ich war auch einmal einer von denen, und ich habe davon geträumt, auf die andere Seite der Studiomauer zu kommen.«

»Wie dumm. Jetzt werden Sie nie wieder herauskommen.«

»O doch. Ich habe gerade ein zweites Buch mit Kurzgeschichten abgeschlossen, und ein Theaterstück. Man wird noch von mir hören.«

Fritz' Monokel funkelte. »Sie sollten mir so etwas nicht erzählen. Sonst verliere ich am Ende gar meine Verachtung für Sie.«

»So wie ich Fritz Wong kenne, hat er sie in spätestens einer halben Minute wiedergefunden.«

Fritz beobachtete mich, wie ich das Fahrrad aus seinem Wagen hob.

»Sie sind beinahe ein Deutscher, wie mir scheint.«

Ich kletterte auf mein Rad. »Wollen Sie mich beleidigen?«

»Reden Sie so mit allen Leuten?«

»Nein, nur mit dem großen Fritz, dessen Manieren ich mißbillige, dessen Filme ich jedoch bewundere.«

Fritz Wong drehte sich das Monokel aus dem Auge und

ließ es in die Brusttasche seines Hemdes fallen. Es war, als hätte er eine Münze in einen Automaten geworfen, um sein maschinelles Innenleben in Gang zu setzen.

»Ich beobachte Sie schon einige Tage lang«, intonierte er. »In Anfällen geistiger Umnachtung lese ich Ihre Geschichten. Es mangelt Ihnen nicht an Talent, das ich etwas aufpolieren könnte. Ich arbeite zur Zeit, Gott steh' mir bei, an einem hoffnungslosen Film über Christus, Herodes Antipas und all die anderen Holzköpfe von Heiligen. Die Dreharbeiten hatten schon neun Millionen Dollar verschlungen, mit einem Suffkopf von Regisseur, der schon bei der Verkehrserziehung im Kindergarten den Überblick verlieren würde. Und ich soll nun die Leiche unter die Erde bringen. Welche Sorte Christ sind Sie?«

»Ein Abtrünniger.«

»Sehr gut. Wundern Sie sich nicht, wenn ich Sie aus Ihrer dummen Dinosaurier-Saga herausschmeißen lasse. Wenn es Ihnen gelingt, mir bei der Einbalsamierung dieses Jesus-Horror-Films behilflich zu sein, sind Sie eine Stufe weiter oben. Das Lazarusprinzip! Man arbeitet an einer miesen Nummer von Film und rettet sie – so verdient man sich Punkte. Ich werde Sie noch ein paar Tage länger beobachten und lesen. Seien Sie heute Punkt eins in der Kantine. Essen Sie das, was ich esse. Reden Sie nur, wenn man das Wort an Sie richtet. Klar, Sie talentierter kleiner Saukerl?«

»Jawohl, verstanden, Herr Unterseebootkapitän, Sie *großer* Saukerl, Sir.«

Als ich davonradelte, gab er mir einen Schubs. Es war kein böse gemeinter Schubs, eher der Ansporn eines alten, quietistischen Philosophen, der mich auf die richtige Spur bringen wollte.

Ich drehte mich nicht um.

Ich fürchtete mich davor, *ihn* beim Sichumdrehen zu erblicken.

6

»Mein Gott!« entfuhr es mir. »Er hat mich tatsächlich dazu gebracht, nicht mehr daran zu denken!«

Die vergangene Nacht. Der kalte Regen. Die hohe Mauer. Die Leiche.

Ich stellte mein Fahrrad vor dem Studio Nummer 13 ab.

Ein Studiowachmann kam vorbei und sagte: »Haben Sie eine *Erlaubnis*, um hier zu parken? Dieser Platz ist für Sam Shoenbroder reserviert. Fragen Sie im Büro an.«

»Eine *Erlaubnis*!« schrie ich. »Herrgott nochmal! Für ein *Fahrrad*?«

Ich schob das Rad wutentbrannt durch die doppelte Luftschleusentür in die Dunkelheit hinein.

»Roy?« rief ich. Stille.

Ich blickte mich im Halbdunkel auf Roy Holdstroms Spielzeugmüllhalde um. Ich hatte genauso eine Sammlung wie er, nur etwas kleiner, in meiner Garage.

Über das gesamte Filmatelier verstreut lagen Spielsachen aus Roys drittem Lebensjahr, Bücher, die er mit fünf gelesen hatte, Zauberkästen aus der Zeit, als er acht war, Chemielaboratorien des Neun- und Zehnjährigen, die Comicseiten aus der Sonntagsbeilage hatte er mit elf

Jahren gesammelt, und nachgebaute Modelle von Kong, als er dreizehn wurde, das war 1933, als er sich den Großen Affen innerhalb von zwei Wochen fünfzigmal im Kino anschaute.

Es juckte mir in den Fingern. Ich sah kleine Magnetmotoren, billige Kreisel, Spielzeugeisenbahnen, Zauberkästen, bei deren Anblick die Kinder vorm Schaufenster mit den Zähnen knirschen und davon träumen, einen Spielzeugladen auszurauben. Mein eigenes Gesicht lag dort, ein Abdruck, den Roy mit Vaseline und Gips abgenommen hatte. Von Roys eigenem, großartigen Habichtsprofil flogen ein gutes Dutzend Gipsmasken herum, außerdem Totenschädel und vollständige Skelette, die in irgendeiner Ecke lagen oder auf Gartenmöbeln saßen – einfach alles, was Roy brauchte, um sich in einem Atelier wie zu Hause zu fühlen. Einem Atelier, das so groß war, daß man durch seine Weltraumflughafentüren bequem die *Titanic* hätte hereinschieben können, und es wäre noch immer genug Platz für die *Old Ironsides* gewesen.

Eine ganze Wand hatte Roy mit reklametafelgroßen Anzeigen und Plakaten von *Die versunkene Welt, King Kong* und *Sohn des Kong*, sowie von *Dracula* und *Frankenstein* gepflastert. In der Mitte dieses bizarren Flohmarkts standen in orangefarbenen Lattenverschlägen Skulpturen von Karloff und Lugosi. Auf seinem Schreibtisch tummelten sich drei Originalsaurier mit beweglichen Gelenken, die er von den Schöpfern von *Die verlorene Welt* geschenkt bekommen hatte. Inzwischen fiel den Urviechern das Gummifleisch bereits in Fetzen von den metallenen Knochen.

Damals war Atelier 13 ein Spielzeugladen, eine magische Schublade, der Koffer eines Zauberers, eine Trickfabrik und ein luftiger Hangar der Träume, in dessen Zentrum sich Roy selbst jeden Tag bewegte, um mit seinen Pianistenfingern mythische Kreaturen zu bezirzen, um sie wispernd aus ihrem zehn Milliarden Jahre währenden Schlaf zu wecken.

Ich bahnte mir einen Weg durch diesen Schuttabladeplatz, diesen Haufen aus mechanischer Habsucht, Gier nach Spielsachen, aus Leidenschaft für riesige, beutehungrige Monster, guillotinierte Häupter und ausgewickelte, verschrumpelte König-Tut-Körper.

Überall bedeckten großflächige Plastikplanen weitere Schöpfungen, die Roy eines Tages enthüllen würde. Ich traute mich nicht, einen Blick darunter zu werfen.

Inmitten des Ganzen stand ein völlig nacktes Skelett und reckte in erstarrter Pose einen Zettel in die Luft. Ich las:

CARL DENHAM!

Das war der Name des Produzenten von *King Kong*.

DIE GROSSTÄDTE DIESER WELT WARTEN, NEU ERSCHAFFEN, HIER UNTER DIESEN PLANEN DARAUF, ENTDECKT ZU WERDEN. RÜHREN SIE NICHTS AN. SUCHEN SIE MICH.
THOMAS WOLFE HATTE UNRECHT. ES FÜHRT DOCH EIN WEG ZURÜCK. GEHEN SIE BEI DEN SCHUPPEN FÜR DIE ZIMMERLEUTE NACH LINKS, BEI DER ZWEITEN FREI-

LICHTDEKORATION RECHTS. IHRE GROSSELTERN ERWARTEN SIE DORT! KOMMEN SIE UND SEHEN SIE SELBST! ROY.

Ich ließ meinen Blick über die Plastikplanen schweifen. Die Enthüllung! Genau!

Ich rannte los und dachte: Was meint er damit? Meine Großeltern? Erwarten mich? Ich legte ein langsameres Tempo vor. Ich begann, tief durchzuatmen, in frischer Luft, die nach Eichen und Ulmen und Ahorn schmeckte.

Denn Roy hatte recht.

Es führte ein Weg zurück nach Hause.

Vor der Außendekoration Nummer zwei stand ein Schild mit der Aufschrift GROSSER WALD. Das war doch Green Town, das Städtchen, in dem ich zur Welt gekommen war und wo man mich mit Brot großgezogen hatte, dessen Sauerteig den ganzen Winter über hinter dem dickbauchigen Ofen stand. Am gleichen Platz gärte im Spätsommer der Wein, und lange bevor der Frühling sich ankündigte, fielen Schlacken wie Eisenzähne in jenen Ofen.

Ich ging nicht auf dem Bürgersteig, sondern schlenderte über die Rasenparzellen vor den Häusern. Ich war froh, einen Freund wie Roy zu besitzen, der meine Träume kannte und mich rief, um mir alles noch einmal zu zeigen.

An drei weißen Häusern kam ich vorbei, in denen meine Freunde im Jahre 1931 gewohnt hatten, bog um eine Straßenecke und blieb vor Schreck stehen.

Im Staub der gepflasterten Straße stand der alte 1929er Buick meines Vaters geparkt und wartete darauf, 1933

Richtung Westen loszubrausen. Dort stand er, mit kaputten Scheinwerfern, und rostete langsam vor sich hin. Am Drehverschluß des Kühlers blätterte die Farbe ab, auf dem wabenförmig durchlöcherten Kühlergrill klebte eine Schicht aus festgebackenen Motten, blauen und gelben Schmetterlingsflügeln, ein aus dem Reigen längst vergangener Sommer gewirktes Mosaik.

Ich beugte mich durchs Fenster, um mit zitternden Fingern über den rauhen Flor des Rücksitzpolsters zu streichen, auf denen ich mir mit meinem Bruder Ellbogenkämpfe geliefert hatte und wo wir uns angeschrien hatten, als wir auf dem Weg durch Missouri und Kansas und Oklahoma und...

Es war nicht das Auto meines Vaters und war es doch wieder.

Ich ließ meinen Blick nach oben wandern und sah das neunte Weltwunder: Das Haus von Großmama und Großpapa, mit der Veranda und der Schaukel darauf, mit den Geranien in rosa Töpfen entlang der Balustrade, und überall Farne wie grüne Brunnenfontänen. Davor ein weitläufiger Rasen wie das Fell einer grünen Katze, mit Klee und Löwenzahn in solchen Mengen übersät, daß man am liebsten die Schuhe ausgezogen hätte, um barfuß über den herrlichen Teppich zu laufen. Und –

Hoch droben das Dachfenster, hinter dem ich geschlafen hatte und morgens erwachte, um auf ein grünes Land und eine grüne Welt hinauszublicken.

In der Sommerschaukel auf der Veranda, die sachte hin- und herschwang, sah ich meinen liebsten Freund sitzen, die langfingrigen Hände in den Schoß gelegt...

Roy Holdstrom.

Er pendelte sanft vor und zurück, wie ich mit ganzer Seele in einem lange vergangenen Mittsommertraum.

Da bemerkte Roy mich und gestikulierte mit seinen langen, kranartigen Armen, zeigte nach links und rechts, zum Rasen hin, dann auf sich selbst, auf mich.

»Mein Gott«, rief er, »sind wir nicht – *glücklich*?«

7

Roy Holdstrom hatte in seiner Garage Dinosaurier gebastelt, seit er zwölf Jahre alt war. Die Saurier jagten seinen Vater auf 8-Millimeter-Film quer durch den Garten und fraßen ihn auf. Später, als Roy zwanzig war, schleppte er seine Dinosaurier in kleine, unseriöse Studios und fing an, die in mühevoller Kleinarbeit gefertigten Urweltfilme zu drehen, die ihn berühmt machen sollten. Er war dermaßen von seinen Sauriern besessen, daß sich seine Freunde allmählich Sorgen machten und nach einem netten Mädchen für ihn Ausschau hielten, das es mit seinen Viechern aushalten würde. Sie waren noch heute auf der Suche.

Ich stieg die Verandastufen empor, während mir ein Abend in Erinnerung kam, an dem Roy mich zu einer Vorstellung von *Siegfried* im Shrine Auditorium mitgenommen hatte. »Wer singt denn?« hatte ich ihn gefragt. »Zum Teufel mit der Singerei!« hatte Roy gebrüllt. »Wir gehen wegen des Drachen hin!« Nun, die Musik war triumphal. Aber der Drache? Bringt den Tenor um und Licht aus!

Unsere Plätze waren so weit am Rand, daß ich – oje! – vom Drachen Fafner nicht mehr als das linke Nasenloch sah! Roy sah überhaupt nichts, mit Ausnahme der gewaltigen und feurigen Rauchkaskaden, die aus der für uns unsichtbaren Nase des Untiers schossen, um Siegfried zu versengen.

»Verdammt nochmal!« zischte Roy.

Und dann war Fafner tot, das Zauberschwert stak tief in seinem Herzen. Siegfried stimmte ein Triumphgeheul an. Roy sprang von seinem Sitz auf, verfluchte das Bühnenbild und rannte hinaus.

Ich fand ihn draußen im Foyer, wo er vor sich hinmurmelte.

»Schöner Fafner! Herrgott! Nicht zu fassen! Hast du was gesehen?!«

Als wir in die Nacht hinausstürzten, grölte Siegfried noch immer von Leben, Liebe und Blutvergießen.

»Die Zuschauer sind arme Schweine«, sagte Roy. »Noch zwei Stunden dort drin gefangen, und alles ohne einen Fafner!«

Und nun saß er hier auf der Veranda, wiegte sich in der Hollywood-Schaukel und war völlig in die Vergangenheit hinübergeglitten. Allmählich kam er durch all die Jahre wieder zurück in die Gegenwart.

»Hey!« rief er froh. »Was habe ich dir gesagt? Das Haus meiner Großeltern!«

»Nein, das *meiner* Großeltern!«

»Das unserer Großeltern!«

Roy lachte überglücklich. Er streckte mir eine dicke fette Ausgabe von *Es führt kein Weg zurück* entgegen.

»Er hat sich geirrt«, sagte Roy leise.

»Ja, wir sind wirklich dort, einwandfrei.«

Ich stockte. Direkt hinter dem Weideland sah ich die hohe Studiomauer, die Mauer zum Friedhof. Dort trieb sich noch immer der Geist eines Toten auf einer Leiter herum, doch ich war noch nicht soweit, die Geschichte anzuschneiden. Statt dessen fragte ich: »Was macht dein Monster? Hast du es schon gefunden?«

»Hör auf – und wo ist dein Monster?«

So ging das nun schon seit mehreren Tagen.

Roy und ich waren angeheuert worden, um Monster zu entwerfen und anzufertigen, Meteore aus dem Weltraum stürzen zu lassen und damit wir humanoide Kreaturen aus trüben Lagunen stapfen ließen, lauter abgenudelte Klischees aus der Geisterbahn.

Zuerst hatten sie Roy eingestellt, weil er technisch seiner Zeit voraus war. Seine Pterodaktylen flatterten wirklich über das urzeitliche Firmament. Seine Brontosaurier waren Gebirge, unterwegs zu Mohammed.

Und dann hatte jemand zwanzig oder dreißig *Unglaubliche Geschichten* von mir gelesen, Erzählungen, die ich verfaßte, seit ich zwölf war und seit dem einundzwanzigsten Lebensjahr an Groschenmagazine verhökerte. Ich wurde angeheuert, um ›ein Drama für Roys Viecher zu schreiben‹. Ich war völlig aus dem Häuschen, hatte ich doch an die neuntausend Filme gesehen, mit oder ohne Eintrittskarte, und schon mein halbes Leben darauf gewartet, daß jemand den Startschuß für meine Amoklaufbahn beim Film abfeuern würde.

»Ich möchte etwas, das noch nie dagewesen ist!« sagte

Manny Leiber an meinem ersten Tag im Studio. »Wir werden etwas auf die Erde zurasen lassen, dreidimensional. Ein Meteor fällt herab...«

»In der Nähe vom Meteor Crater in Arizona...«, warf ich ein. »Den gibt es seit einer Million Jahre. Eine hervorragende Stelle für einen neuen Meteoreinschlag, und...«

»Herausgekrochen kommt unser *neuer* Horror«, schrie Manny.

»Soll er richtig zu sehen sein?« fragte ich.

»Wie meinen? *Natürlich muß* er zu sehen sein!«

»Klar, aber denken Sie einmal an einen Film wie *Leopard Man*. Das Grauen entsteht dadurch, daß man eigentlich nichts sieht, nur nachtschwarze Schatten. Oder zum Beispiel *The Isle of the Dead*, wo die schreckgelähmte Frau, eine Schizophrene, aufwacht und sich gefangen in einem Grab wiederfindet.«

»Hörspiele!« brüllte Manny Leiber. »Verflucht nochmal, die Leute wollen sehen, vor was sie sich fürchten...«

»Ich möchte nicht streiten...«

»Dann sei still!« Manny funkelte mich an. »Ich will zehn Seiten, so voller Schrecken, daß ich in die Hose mache! Und du –«, er zeigte mit dem Finger auf Roy, »– egal was er zusammenschreibt, du pappst es mit Dinosaurierfladen zusammen! Und jetzt, verduftet! Wenn ihr Gesichter schneiden wollt, dann macht das morgens um drei vor dem Spiegel!«

»Sir«, riefen wir.

Die Tür knallte zu.

Draußen im Sonnenlicht blinzelten Roy und ich uns zu.

»Da hast du uns ja wieder was eingebrockt, Stanley!«

Unter lautem Gelächter machten wir uns an die Arbeit.

Ich schrieb zehn Seiten, mit genügend Platz für Monster aller Sorten. Roy klatschte dreißig Pfund nassen Ton auf einen Tisch und tanzte um den Klumpen herum. Er schlug und formte ihn, in der Hoffnung, daß das Monster wie eine Blase aus einem prähistorischen Teich aufsteigen würde, es sollte mit einem Zischen und einer Wolke aus Schwefeldampf an der Oberfläche zerbersten und den wahren Horror auf die Welt loslassen.

Roy las mein Skript.

»Wo ist denn dein Monster?« stieß er hervor.

Ich warf einen Blick auf seine Hände, die zwar mit blutrotem Ton beschmiert, aber sonst gänzlich leer waren.

»Und wo ist deins?«

Nun saßen wir hier, drei Wochen später.

»Hey«, sagte Roy, »wieso bleibst du da unten stehen und glotzt mich an? Komm her, nimm dir einen Doughnut, setz dich, sprich dich aus.«

Ich ging hinauf, nahm mir einen Doughnut und setzte mich auf die Verandaschaukel, die abwechselnd nach vorne in die Zukunft und nach hinten in die Vergangenheit schaukelte. Vor mir: Raketen und der Mars. Hinter mir: Dinosaurier und Teergruben.

Und ringsum gesichtslose Monster.

»Für jemanden, der normalerweise mit hundert Kilometern in der Stunde quasselt«, sagte Roy Holdstrom, »bist du außergewöhnlich schweigsam.«

»Ich habe Angst«, sagte ich endlich.

»Dann mal los.« Roy brachte unsere Zeitmaschine zum Stillstand. »Sprich, o Erhabener.«

Ich sprach.

Ich ließ die Mauer vor seinem inneren Auge erstehen, schleppte die Leiter heran, hievte den Leichnam hinauf und sorgte für den frostigen Regen. Dann schlug der Blitz ein, und die Leiche fiel herab. Nachdem ich geendet hatte und der Regen auf meiner Stirn verdunstet war, gab ich Roy die getippte Einladung zu Allerheiligen.

Roy las sie durch, dann warf er sie auf den Boden und stellte seinen Fuß darauf. »Da hat sich wohl jemand einen Scherz erlaubt!«

»Bestimmt. Und doch... mußte ich schnell nach Hause gehen und meine Unterwäsche verbrennen.«

Roy hob den Zettel auf und las ihn erneut durch. Dann schaute er in Richtung der Friedhofsmauer.

»Warum sollte jemand so eine Nachricht überbringen?«

»Ja, warum nur? Vor allem, wo doch kaum jemand von den Studioleuten weiß, daß ich hier bin!«

»Immerhin war gestern nacht Halloween. Und trotzdem, ein ziemlich ausgeklügelter Scherz, eine Leiche eigens eine Leiter hinaufzubugsieren. Moment – was ist, wenn sie dich für Mitternacht eingeladen haben, andere Leute hingegen um acht, um neun, um zehn und um elf? So könnte man einen nach dem anderen erschrecken! Das wäre eine Erklärung!«

»Nur, wenn *du* dir das ausgedacht hast!«

Roy drehte sich abrupt zu mir um. »Du glaubst doch nicht im Ernst, daß ich...«

»Nein. Doch. Nein.«

»Welches von beiden?«

»Erinnerst du dich an jenes Halloween, als wir beide neunzehn waren und ins Paramount-Kino gingen, um uns Bob Hope in *Erbschaft um Mitternacht* anzusehen, und plötzlich schrie das Mädchen vor uns laut auf, ich drehte mich um, und du saßest neben mir mit einer Teufelsfratze aus Gummi vor dem Gesicht?«

»O ja«, lachte Roy.

»Weißt du noch, wie du mich anriefst und mir sagtest, daß Ralph Courtney, unser bester Freund, gestorben sei, er liege bei dir im Haus und ich solle sofort vorbeikommen? Das war auch nur ein Scherz. Du wolltest Ralph dazu bringen, sein Gesicht weiß einzupudern, sich auf dem Tisch auszustrecken und den Toten zu markieren. Und wenn ich ins Zimmer käme, sollte er plötzlich aufstehen. Kannst du dich erinnern?«

»Na klar.« Roy mußte wieder lachen.

»Leider traf ich Ralph auf dem Weg zu dir, was dir deinen schönen Scherz verdarb.«

»Ja, so war's.« Roy schüttelte den Kopf über seine eigenen Streiche.

»Na denn. Kein Wunder, wenn ich dir zutraue, daß du den blöden Leichnam auf die Mauer gestellt und mir die Einladung geschickt hast.«

»Dabei hast du eins vergessen«, sagte Roy. »Du hast Arbuthnot mir gegenüber kaum je erwähnt. Wenn ich die Leiche gemacht hätte, wie hätte ich wissen können, daß du den armen alten Knaben wiedererkennst? Es muß jemand gewesen sein, der weiß, daß du Arbuthnot vor Jahren gesehen hast, stimmt's, oder habe ich recht?«

»Also ...«

»Das ist doch Unsinn, eine Leiche im Regen, wenn du nicht einmal weißt, wen du da vor dir hast. Du hast mir von einem ganzen Haufen anderer Leute erzählt, denen du begegnet bist, beim Herumlungern vor den Studios in deiner Jugend. Hätte *ich* die Leiche angefertigt, hätte ich mir Rudolph Valentino oder Lon Chaney ausgesucht, um sicher zu sein, daß du sie auch erkennst. Stimmt's?«

»Stimmt«, sagte ich matt. Ich schaute Roy prüfend ins Gesicht und wandte meinen Blick schnell wieder ab. »Tut mir leid. Doch zum Teufel, es war Arbuthnot. Ich habe ihn insgesamt zwei dutzendmal gesehen, damals in den Dreißigern. Bei Previews. Draußen vor diesem Studio. Er und seine Sportwagen, ein Dutzend verschiedene müssen es gewesen sein, und in seinen Limousinen, drei hatte er. Und Frauen, einige Dutzend, die immer lachten. Wenn er dir ein Autogramm gab, steckte er immer einen Vierteldollar in dein Autogrammbuch, bevor er es dir wieder zurückgab. Einen Quarter! Und das 1934! Für einen Quarter konnte man sich eine Malzmilch, einen Schokoriegel und eine Kinokarte kaufen.«

»Ja, genau so ein Typ war er, der alte Arbuthnot. Kein Wunder, daß dich an ihn erinnerst. Wieviel hat er dir gegeben?«

»Er gab mir im Monat so einen Dollar fünfundzwanzig. Ich war *reich*. Und jetzt liegt er dort drüben hinter der Mauer begraben, wo ich letzte Nacht gewesen bin. Aus welchem Grund sollte mich jemand erschrecken wollen, damit ich glaube, man habe ihn ausgebuddelt und auf eine Leiter gestellt? Warum der ganze Aufwand? Die Leiche donnerte wie ein Tresor aus Gußeisen auf die Erde. Um so eine Vorstellung durchzuziehen, braucht man mindestens zwei kräftige Männer. Wozu das Ganze?«

Roy biß ein Stück von seinem nächsten Doughnut ab. »Ja, warum bloß? Außer es benutzt dich jemand, um die Sache publik zu machen. Du wolltest es doch weitererzählen, oder?«

»Ich hätte...«

»Tu's nicht. Dir steht das Entsetzen immer noch ins Gesicht geschrieben.«

»Wieso bloß? Aber ich habe einfach das Gefühl, es könnte sich um mehr als einen dummen Streich handeln und daß noch mehr dahinter ist.«

Roy hielt den Blick auf die Mauer gerichtet und kaute gedankenverloren. »Zum Teufel«, sagte er nach einer Weile. »Warst du heute vormittag noch einmal auf dem Friedhof, um nachzusehen, ob die Leiche noch dortliegt? Laß uns hingehen und nachsehen.«

»Nein!«

»Die Sonne steht hoch am Himmel. Hast du Schiß?«

»Nein, aber...«

»Hey!« dröhnte eine durchdringende Stimme. »Was treibt ihr beiden Trottel da oben?«

Roy und ich schauten von der Veranda herab.

Mitten auf dem Rasen stand Manny Leiber. Weiter hinten war sein Rolls-Royce geparkt, der Motor grummelte tief und ruhig, auf der Karosserie zeigte sich nicht der Hauch einer Vibration.

»Wird's bald?« rief Manny.

»Wir haben eine geschäftliche Besprechung!« sagte Roy lässig. »Wir möchten hier gerne einziehen.«

»Ihr möchtet was?« Manny stierte auf das alte viktorianische Haus.

»Ein prima Platz zum Arbeiten«, sagte Roy schnell. »Hier vorne ein Büro für uns, eine sonnige Veranda, innen stellen wir einen Spieltisch auf und Schreibmaschinen.«

»Ihr *habt* bereits ein Büro!«

»Büros sind so geisttötend. Diese Umgebung«, unterstützte ich Roy, mit dem Kopf einen Kreis beschreibend, »diese Umgebung wirkt inspirierend. Sie sollten sämtliche Schreiber aus der Autorenbaracke herausholen! Stecken Sie Steve Longstreet dort drüben in das Herrenhaus à la New Orleans, dort kann er seinen Bürgerkriegsfilm schreiben. Und dort hinten die französische Bäckerei? Ein phantastischer Ort für Marcel Dementhon, um seine Revolution zu beenden, habe ich recht? Weiter unten, Piccadilly, setzen Sie alle englischen Autoren dort hin!«

Manny bewegte sich langsam die Stufen herauf, sein Gesicht wurde rot und röter. Er blickte über das Studiogelände, auf seinen Rolls, und sah dann uns beide an, als hätte er uns gerade splitternackt beim Rauchen hinter der Scheune erwischt. »Herrgott, nicht genug, daß schon beim Frühstück alles den Bach runtergegangen ist. Jetzt habe ich es auch noch mit zwei Schwachköpfen zu tun, die Lydia Pinkhams Hütte in einen Palast für Drehbuchautoren verwandeln wollen!«

»Genau!« schaltete sich Roy wieder ein. »Just auf dieser Veranda habe ich die Idee zu einer der furchterregendsten Miniaturfilmdekorationen aller Zeiten empfangen!«

»Hört auf mit diesen Übertreibungen.« Manny trat einen Schritt zurück. »Zeigt mir den *Stoff*!«

»Dürfen wir Ihren Rolls benutzen?«

Wir benutzten den Rolls.

Unterwegs zum Atelier 13 starrte Manny Leiber unbeirrt geradeaus und sagte: »Ich versuche, hier ein Irrenhaus zu leiten, und ihr beide lungert auf einer Veranda herum und produziert laue Winde. Wo zum Teufel ist das Monster!? Seit drei Wochen warte ich darauf...«

»Hoppla«, sagte ich beschwichtigend. »Es braucht schon seine Zeit, wenn wirklich etwas absolut Neues aus dem Dunkel der Nacht entstehen soll. Geben Sie uns Raum zum Atmen und genügend Zeit, um unsere geheimsten Kräfte freizusetzen. Keine Bange. Unser Roy wühlt schon im Lehm. Dort werden sich die Dinge entwickeln. Vorläufig halten wir die Monster noch im Schatten verborgen, sehen Sie...«

»Ausflüchte!« sagte Manny, den Blick nach vorne gerichtet. »Ich sehe nichts. Ich gebe euch noch drei Tage! Ich will das *Monster* sehen!«

»Und was wäre«, platzte es aus mir heraus, »wenn das Monster *Sie* sehen würde? Großer Gott! Wir könnten alles aus der Sicht des Monsters drehen! Die Kamera bewegt sich und ist selbst das Monster, die Leute haben Angst vor der Kamera, und...«

Manny blinzelte zu mir herüber, machte ein Auge zu und grummelte: »Nicht schlecht. Die Kamera, und dann?«

»Ja! Die Kamera krabbelt aus dem Meteor heraus. Die Kamera, als Monster, faucht durch die Wüste, erschreckt Gilaechsen, Schlangen, Geier, wirbelt eine Menge Staub auf...«

»Das ist ein Ding.« Manny Leiber starrte weit weit weg, in die imaginäre Wüste hinein.

»Das ist ein Ding«, schrie Roy begeistert.

»Wir setzen eine mit Öl eingeriebene Linse auf die Kamera«, spann ich den Gedanken schnell weiter, »fügen Rauch, unheimliche Musik und Schatten hinzu, der Held schaut entsetzt in die Kamera und ...«

Was dann?«

»Wenn ich alles erzähle, kann ich es nicht mehr aufschreiben.«

»Schreib's auf, schreib alles auf!«

Wir waren vor Halle 13 angekommen. Ich sprang aus dem Auto, immer noch drauflosredend. »Ja, genau, ich glaube, ich sollte zwei Versionen von diesem Drehbuch erstellen. Eine für Sie. Eine für mich.«

»Zwei?« keifte Manny. »Warum?«

»Am Ende der Woche liefere ich beide ab. Sie können entscheiden, welche die bessere ist.«

Manny beäugte mich mißtrauisch, den einen Fuß noch im Rolls, den anderen auf dem Boden.

»Blödsinn! Du gibst dein Bestes für diese Idee grade!«

»Nein, mein Herzblut werde ich geben, für Sie und für meine Variante. Einverstanden?«

»Zwei Monster zum Preis von einem? Na schön. Jetzt aber los!«

Vor dem Tor machte Roy eine Vollbremsung. »Seid Ihr auf alles gefaßt? Bereitet Eure Seele und Eure Hirne vor.« Feierlich erhob er seine schönen Künstlerhände, wie ein Priester.

»Ich bin vorbereitet, verdammt. Aufmachen!«

Roy riß zunächst die äußere, dann die innere Tür auf. Wir gingen hinein, in die totale Finsternis.

»Licht an, verdammt!«

»Einen Moment noch...«, flüsterte Roy.

Wir hörten, wie Roy im Dunkeln vorwärtstappte, vorsichtig über für uns unsichtbare Objekte stieg.

Manny zuckte nervös.

»Gleich soweit«, säuselte Roy quer über das nächtliche Territorium. »Jetzt...«

Roy stellte die Windmaschine an, unterste Stufe. Ein Rauschen wie von einem gigantischen Sturm, der das Wetter von den Anden mit sich brachte, Schneeböen, die den Himalaya hinunterfegten, Regen über Sumatra, ein Dschungelwind in Richtung Kilimandscharo, das Rauschen der Brandung in den Azoren, der Schrei eines Urvogels, ein Flattern von Fledermausflügeln, alles so ineinander vermischt, daß man eine Gänsehaut bekam und einem der Geist durch die hintersten Falltüren stürzte, tief hinunter bis...

»Licht!« schrie Roy.

Und nun ging das Licht über Roy Holdstroms Landschaften auf, ein Anblick, so fremdartig und wunderschön, daß er einem das Herz brach und an alte Ängste rührte. Bis sich über die mikroskopisch kleinen Dünen lange Schatten wie Lemmingherden ergossen, über winzige Hügel und Miniaturgebirge, als seien sie auf der Flucht vor dem Verderben, das noch nicht zu erkennen, jedoch unabwendbar war.

Ich schaute mich begeistert um. Roy hatte erneut meine Gedanken gelesen. Er hatte all die grellen und düsteren

Gedanken, die ich des Nachts auf die Wand in meinem Camera-Obscura-Schädel projizierte, gestohlen, sie aufs Reißbrett gezeichnet und aufgebaut, noch bevor ich sie über die Lippen gebracht hatte. Nun, im Gegenzug, würde ich seine Miniaturwelten benutzen, um mein überaus eigenwilliges Skript mit Fleisch und Knochen zu versorgen. Mein Held konnte es kaum erwarten, durch diese winzigen Landschaften zu sprinten.

Manny Leiber hatte den Mund vor Staunen offen gelassen.

Roys Saurierland war eine Welt der Phantome, die mit Hilfe eines urweltlichen, künstlichen Sonnenaufgangs zum Leben erweckt wurde.

Diese versunkene Welt wurde von riesigen Glasplatten eingerahmt, auf die Roy vorzeitliche Dschungellandschaften gemalt hatte, Teersümpfe, in denen seine Kreaturen versanken, unter Himmeln, die so feurig und bitter in abertausend Rottönungen loderten wie Sonnenuntergänge auf dem Mars.

Ich fühlte die gleiche Spannung, die mich auch erfüllt hatte, als mich Roy in unseren High-School-Tagen mit nach Hause genommen hatte. Ich durfte das Garagentor weit aufmachen; drinnen gab es keine Autos, nur Kreaturen, die aus einem uralten Verlangen dazu getrieben wurden, sich aufzurichten, ihre Krallen auszustrecken, die Kiefer zu mahlen, zu fliegen, zu kreischen und zu sterben, durch sämtliche Nächte unserer Kindheit hindurch.

Und heute, in Halle 13, brannte Roys Gesicht über einem ganzen Miniaturkontinent, auf dem Manny und ich gestrandet waren.

Ich ging auf Zehenspitzen darüber hinweg, peinlichst darauf bedacht, nicht das geringste Teilchen zu zerstören. Auf der anderen Seite erreichte ich ein verhülltes Skulpturenpodest und blieb dort stehen.

Das mußte sein größtes Biest sein, das Ding, das er sich in den Kopf gesetzt hatte, als wir in unseren Zwanzigerjahren die einschlägigen Abteilungen unseres heimischen Museums für Naturgeschichte aufgesucht hatten. Mit Sicherheit hatte sich dieses Monster irgendwo auf der Welt im Staub versteckt gehalten, auf Holzkohle gebettet, vergessen in Gottes Kohlengruben, direkt unter unseren Füßen! Höre nur, höre dieses Geräusch wie aus U-Bahnschächten, wie sein primitives Herz, die vulkanischen Lungen kreischen, um endlich befreit zu werden! Hatte Roy es endlich hervorgebracht?

»Ich krieg' die Motten.« Manny Leiber beugte sich zu dem verhüllten Monster hinüber. »Können wir es jetzt endlich sehen?«

»Ja«, sagte Roy. »Das ist es.«

Manny packte das Tuch.

»Halt!« sagte Roy. »Ich brauche noch einen Tag.«

»Lügner!« blaffte Manny. »Ich glaube, du hast unter diesem Lumpen alles andere als ein verdammtes Monster!«

Manny machte zwei Schritte, Roy war in drei Sprüngen zur Stelle.

Genau in diesem Augenblick klingelte das Studiotelefon von Halle 13.

Bevor ich mich bewegen konnte, hatte es Manny schon in der Hand.

»Was?« schrie er hinein.

Sein Gesichtsausdruck veränderte sich schlagartig. Vielleicht wurde das Gesicht bleich, vielleicht nicht, aber es veränderte sich auf jeden Fall.

»Das weiß ich bereits.« Er atmete tief durch. »Das weiß ich auch.« Noch ein Schnaufer; sein Gesicht färbte sich allmählich rot. »*Das* war mir bereits vor einer halben Stunde bekannt! Verflucht nochmal, wer spricht denn dort überhaupt?«

Am anderen Ende der Verbindung summte eine Wespe. Jemand hatte eingehängt.

»Verdammtes Arschloch!«

Manny schleuderte den Hörer weg, ich fing ihn auf.

»Wer wickelt mich in ein nasses Bettuch, bin ich im Irrenhaus! Wo war ich stehengeblieben? Ihr zwei!«

Sein Finger zeigte auf uns.

»Noch zwei Tage, nicht drei. Ihr tätet gut daran, das Monster endlich aus dem Sack zu lassen, oder aber...«

In diesem Moment wurde die äußere Tür geöffnet. Im gleißenden Sonnenlicht zeichnete sich ein vierschrötiger Kerl in einem schwarzen Anzug ab, einer der Studiochauffeure.

»Was ist denn?« brüllte Manny.

»Wir haben ihn hier. Der Motor ist verreckt, aber wir haben ihn noch einmal repariert.«

»Dann machen Sie, vorwärts, um Himmels willen!«

Manny rannte mit erhobener Faust auf ihn los, doch die Tür knallte zu und der Klotz war wieder draußen. Also mußte sich Manny erneut umdrehen und seine Wut an uns auslassen.

»Ich mache eure Entlassungsschecks für Freitag nachmittag fertig. Wenn ihr nicht abliefert, kriegt ihr nie wieder Arbeit, keiner von euch.«

Roy sagte leise: »Dürfen wir sie nun behalten? Unsere Büros in Green Town, Illinois, meine ich. Nachdem Sie eben die Ergebnisse gesehen haben, die Sie von uns Schwachköpfen erwarten dürfen?«

Manny ließ sich Zeit mit der Antwort, so lange, daß er noch einen Blick zurück auf das seltsame, versunkene Land werfen konnte, wie ein Kind in einer Fabrik für Feuerwerkskörper.

»Großer Gott«, schnaufte er und vergaß einen Augenblick lang seine Probleme. »Ich muß zugeben, ihr habt wirklich den Nagel auf den Kopf getroffen.« Dann unterbrach er sich, verärgert darüber, daß er soviel Lob ausgeteilt hatte, und wechselte sofort in eine andere Gangart. »Hört jetzt auf zu kichern und bewegt eure Hintern!«

Und – rumms! Draußen war er.

Roy und ich standen mitten in unserer vorzeitlichen Landschaft und starrten uns an.

»Das wird ja immer eigenartiger«, sagte Roy. Dann fügte er hinzu: »Willst du das wirklich? Zwei Versionen des Drehbuchs schreiben? Eine für ihn, eine für uns?«

»Na klar!«

»Wie willst du das anstellen?«

»Mensch, ich bin jetzt seit fünfzehn Jahren im Training. Ich habe für die unterschiedlichsten Magazine einhundert Groschengeschichten geschrieben, eine pro Woche, einhundert Wochen lang. Zwei Exposés in zwei Tagen? Beide allererster Güte? Verlaß dich auf mich.«

»Na schön, von mir aus, ich verlasse mich drauf.« Es entstand eine lange Pause, dann sagte er: »Gehen wir jetzt nachsehen?«

»Nachsehen? Wonach denn?«

»Nach dem Toten, den du gestern beobachtet hast. Im Regen. Vergangene Nacht. Auf der anderen Seite der Mauer. Warte mal.«

Roy ging zu der großen luftdichten Tür hinüber. Ich folgte ihm. Er öffnete die Tür. Wir schauten hinaus.

Draußen fuhr gerade ein mit Schnitzereien reich verzierter schwarzer Leichenwagen mit Kristallscheiben die Studiogasse hinunter. Sein ausgelaugter Motor machte einen Heidenlärm.

»Ich kann mir gut vorstellen, wo der hinfährt«, sagte Roy.

8

Wir bogen mit Roys alter, klappriger Tin Lizzie aus dem Jahre 1927 in die Gower Street ein.

Wir hatten den schwarzen Leichenwagen nicht in den Friedhof einbiegen sehen, doch als wir vor dem Tor einparkten, kam uns die dunkle Karosse zwischen den Grabsteinen hindurch entgegengerollt.

Sie fuhr an uns vorüber. Sie transportierte einen Sarg ins grelle Sonnenlicht der Straße hinaus.

Wir drehten uns um und verfolgten die schwarze Limousine mit unseren Blicken. So lautlos glitt sie aus dem Tor, wie der Polarhauch, der die Eisschollen nach Süden treibt.

»Das ist mir noch nie vorgekommen, daß ein Sarg zum Friedhof herausgefahren wird. Wir sind zu spät gekommen!«

Ich reckte den Hals und sah, wie die Limousine nach Osten abbog, geradewegs zurück zum Studio.

»Zu spät für was?«

»Für deinen Toten, du Holzkopf! Los, schnell!«

Wir waren beinahe an der Friedhofsmauer angekommen, als Roy plötzlich stehenblieb.

»Alle Wetter – hier ist sein Grab.«

Ich folgte Roys Blick und schaute auf eine in Marmor gehauene Schrift, ungefähr drei Meter über unseren Köpfen:

J. C. ARBUTHNOT, 1884–1934, R. I. P.

Wir standen vor einer dieser Grabstätten, die wie griechische Tempelchen gebaut sind, für die Reichen, mit einem verschlossenen Eisengitter vor einer schweren Tür aus Holz und Bronze.

»Er kann ja wohl nicht dort herausgestiegen sein, oder?«

»Nein, und trotzdem war etwas auf dieser Leiter; ich habe sein Gesicht erkannt. Und jemand wußte, daß ich das Gesicht erkennen würde, deshalb wurde ich ja hierherbestellt.«

»Halt die Klappe. Los, weiter.«

Wir folgten dem Pfad ein Stück weiter.

»Vorsicht. Wir wollen uns bei diesem blöden Spielchen doch nicht erwischen lassen.«

Wir hatten die Mauer erreicht. Natürlich war nicht das Geringste zu sehen.

»Hab' ich dir's nicht gesagt. Falls die Leiche jemals hier gewesen ist, sind wir zu spät gekommen.« Roy schnaufte tief durch und warf mir einen skeptischen Blick zu.

»Ach was, sieh mal dort oben.«

Ich zeigte auf die Mauerkrone.

Da waren Spuren, Schleifspuren von etwas, das an die obere Kante der Mauer gelehnt worden war.

»Die Leiter?«

»Und hier unten.«

Das Gras zeigte einen guten Meter vor der Mauer, in einem vernünftigen Winkel also, zwei deutliche Leiterabdrücke von drei Zentimetern Tiefe.

»Und hier? Hast du das gesehen?«

Ich zeigte ihm eine längliche Mulde, in der das Gras von einem aufschlagenden Gegenstand niedergedrückt worden war.

»Eieiei«, murmelte Roy. »Sieht aus, als würde Halloween erst richtig losgehen.«

Er kniete sich ins Gras und streckte seine langen, knochigen Finger aus, um den Abdruck des schweren Körpers nachzuzeichnen, der nur zwölf Stunden zuvor hier im kalten Regen gelegen hatte.

Ich kniete neben ihm nieder. Dann starrte ich auf den Abdruck und fing an zu zittern.

»Ich...«, sagte ich und verstummte sofort wieder.

Ein Schatten war zwischen uns gefallen.

»Morgen!«

Über uns stand der Friedhofswärter.

Ich warf Roy einen raschen Blick zu. »Bist du sicher, daß das hier der richtige Grabstein ist? Es ist schon so lange her. Ist...«

Die nächste Grabplatte in unserer Reichweite war mit Blättern bedeckt. Ich scharrte den Staub von der Oberfläche. Zum Vorschein kam ein nur zur Hälfte leserlicher Name. SMYTHE. GEBOREN 1875 – GESTORBEN 1928.

»Aber sicher! Der gute alte Großpapa!« rief Roy. »Der arme Kerl. So jämmerlich an Lungenentzündung gestorben.« Roy half mir, den Staub wegzuwischen. »Ich habe ihn wirklich geliebt. Er...«

»Wo sind Ihre Blumen?« dröhnte die tiefe Stimme über uns.

Roy und ich erstarrten.

»Die bringt Ma mit«, sagte Roy. »Wir sind vorausgegangen, um den Grabstein zu suchen.« Er blickte über seine Schulter. »Sie ist irgendwo dort hinten.«

Der Friedhofswärter, ein Mann reich an Lebensjahren und voll ausgeprägtem Mißtrauen, mit einem Gesicht, das einem verwitterten Grabstein nicht unähnlich war, schaute zum Tor hinunter.

Weit hinten, beim Santa Monica Boulevard, kam eine Frau mit Blumen im Arm den Weg herauf.

Gott sei Dank, dachte ich.

Der Wächter schnaubte, kaute auf seinem Zahnfleisch herum, drehte sich rasch um und entfernte sich zwischen den Gräbern. Gerade rechtzeitig, denn die Frau hatte inzwischen haltgemacht und ging nun in eine andere Richtung, von uns weg.

Wir sprangen auf. Roy grabschte ein paar Blumen von einem nahegelegenen Grabhügel.

»Nicht!«

»Und ob!« Er beförderte die Blumen auf Großpapa Smythes Grab. »Damit der Kerl nicht zurückkommt und sich wundert, daß nach unserem ganzen Geschwätz keine Blumen hier sind. Jetzt komm!«

Wir gingen ungefähr fünfzig Meter weit und blieben dann stehen; wir taten so, als würden wir uns unterhalten, sagten jedoch nicht viel. Schließlich stieß mich Roy am Ellenbogen. »Vorsicht«, flüsterte er. »Schau nur aus dem Augenwinkel hin. Nicht direkt hinglotzen. Er ist wieder da.«

Tatsächlich war der alte Wachmann wieder an der Stelle vor der Mauer aufgekreuzt, an der noch immer der längliche Abdruck des aufgeschlagenen Körpers zu sehen war. Er blickte auf und sah uns. Rasch legte ich meinen Arm um Roys Schulter, um ihn ein wenig zu trösten.

Jetzt beugte sich der Alte nieder. Mit gekrümmten Fingern rechte er das Gras. Bald schon war keine Spur mehr von einem schweren Gegenstand zu sehen, der in der vergangenen Nacht während eines fürchterlichen Regenschauers vom Himmel gefallen war.

»Glaubst du mir jetzt?«

»Ich frage mich«, entgegnete Roy, »wo der Leichenwagen hingefahren ist.«

9

Als wir das Haupttor des Studios passierten, glitt der Leichenwagen hinaus. Leer. Wie in einem letzten Herbstwind wehte es ihn davon, zurück in das Reich des Todes.

»Herrgott nochmal! Genau wie ich mir das gedacht hatte!« Roy saß am Steuer, schaute aber auf die leere Straße hinter uns. »Allmählich bekomme ich Spaß an der Sache!«

Wir fuhren weiter die Straße entlang, in die Richtung, aus welcher der Leichenwagen gekommen war.

Direkt vor uns überquerte Fritz Wong die Studiostraße. Er schimpfte und fluchte vor sich hin, als befehlige er einen unsichtbaren Trupp Soldaten, sein scharfes Profil zerschnitt die Luft in zwei Hälften; er trug ein schwarzes Barett – der einzige Mann in Hollywood, der ein Barett trug, und wehe, wenn einer eine Bemerkung machte!

»Fritz!« rief ich. »Roy, halt an!«

Fritz schlenderte auf uns zu, lehnte sich gegen die Wagentür und begrüßte uns auf seine mir mittlerweile vertraute Art.

»Hallo, Sie blöder fahrradfahrender Marsmensch! Wer ist dieser eigenartige Menschenaffe da am Steuer?«

»Hallo Fritz, Sie blöder...« Ich hielt inne und sagte dann beschämt: »Roy Holdstrom, der Welt größter Erfinder, Erbauer und Lenker von Dinosauriern!«

Fritz Wongs Monokel versprühte Funken. Er fixierte Roy mit seinem orientalisch-germanischen Blick und nickte dann spröde.

»Jeder Freund des *Pithecanthropus Erectus* ist auch mein Freund!«

Roy packte seine ausgestreckte Hand. »Ich fand Ihren letzten Film sehr gut.«

»*Gut*?«

»*Sensationell*!«

»Gut.« Fritz schaute mich an. »Was gibt's Neues seit dem Frühstück?«

»Irgend etwas *Lustiges* geschehen?«

»Dort ist gerade eine römische Phalanx von vierzig Mann entlangmarschiert. Ein Gorilla mit dem Kopf unterm Arm rannte in die Halle 10. Ein homosexueller Art Director wurde aus dem Männerklo geworfen. Drüben in Galiläa streikt Judas, er will mehr Silberlinge haben. Nein, nein, meiner Meinung nach nichts Lustiges, das wäre mir aufgefallen.«

»Wie sieht's mit Bestattungen aus?« fragte Roy. »Ist hier ein Leichenwagen vorbeigekommen?«

»Bestattungen? Denken Sie, das wäre mir entgangen? Warten Sie!« Er ließ sein Monokel in Richtung Eingangstor blitzen und dann zur Rückseite des Studios. »Ich Blödmann. Ja, ich hatte schon gehofft, es sei deMilles Leichenwagen und wir hätten alle was zu feiern. Er fuhr in diese Richtung!«

»Wird hier heute ein Begräbnis gefilmt?«

»In jedem Atelier: miese Drehbücher, hysterische Schauspieler, englische Begräbnisregisseure, die mit ihren grobschlächtigen Pratzen sogar einem Walfisch zur Totgeburt verhelfen würden! Halloween war gestern, nicht wahr? Und heute ist der eigentliche Tag der Toten, in Mexiko, der erste November, warum sollte es da bei Maximus Films anders zugehen? Wo haben Sie bloß dieses abscheuliche Wrack von Auto aufgetrieben, Mr. Holdstrom?«

»Das hier«, sagte Roy, einen von Edgar Kennedys *slow burns* aus einer Komödie von Hal Roach imitierend, »das hier ist das Auto, in dem Laurel und Hardy Fische verkauft haben, in dem legendären Zweiakter von 1930. Hat mich fünfzig Scheine gekostet, plus siebzig zum Lackieren. Treten Sie zurück, Sir!«

Fritz Wong, dem Roys Auftreten sichtlich gefiel, machte einen Satz nach hinten. »In einer Stunde, Marsmensch. In der Kantine! Sie *müssen* kommen!«

Wir tuckerten weiter durch die mittäglichen Menschenmassen. Roy führte uns um die nächste Ecke, nach Springfield, Illinois, Manhattan und zum Piccadilly.

»Weißt du eigentlich, wohin du fährst?« fragte ich.

»Mein lieber Mann, das Studio ist ein hervorragender Ort, um eine Leiche zu verstecken. Wer würde das je bemerken? Auf einem Gelände, das mit Abessiniern, Griechen und Chicago-Gangstern vollgestopft ist, könnte man mit einer vierzig Mann starken Blaskapelle durch sechs Dutzend Straßenschlachten durchmarschieren, ohne daß irgendwer mit der Wimper zucken würde! Die Leiche, alter Kumpel, muß direkt in unserer Nähe verborgen sein!«

Und so zischten wir um die letzte Straßenecke und kamen nach Tombstone, Arizona.

»Netter Name für eine Stadt«, bemerkte Roy.

10

Träge brütete die Hitze über dem Gelände. Es war genau zwölf Uhr mittags. Tausende von Fußspuren umgaben uns im Staub zwischen den Außendekorationen. Einige der Abdrücke stammten noch von Tom Mix, Hoot Gibson und Ken Maynard.

Der Wind wirbelte den heißen Staub auf, und Erinnerungen kamen in mir hoch. Natürlich waren viele Spuren nicht mehr erhalten, Staub bewahrt sie nicht ewig, und sogar John Waynes ausgreifende Schritte waren schon lange verweht, wie auch die Sandalenabdrücke des Matthäus, des Markus, des Lukas und des Johannes vom Ufer des Sees Genezareth verschwunden waren, knapp hundert Meter weiter drüben auf dem Set Nummer 12. Der Geruch von Pferden aber hing noch in der Luft, bald würde die Postkutsche mit der nächsten Ladung Drehbücher und mit einem neuen Schwung schießwütiger Kuhtreiber eintreffen. Ich war nicht gerade derjenige, der sich die genüßliche Freude verwehrte, dort in der alten Laurel-und-Hardy-Klapperkiste zu sitzen und zur alten Bürgerkriegslokomotive hinüberzuschauen. Zweimal pro Jahr wurde ihr Kessel geschürt, und dann verwandelte sie sich in den 9 Uhr 10 aus Galveston oder in Lincolns Totenzug, der ihn nach Hause brachte, o Herr, nach Hause.

Doch schließlich sagte ich: »Wieso bist du so sicher, daß die Leiche hier ist?«

»Teufel nochmal.« Roy kickte gegen die Bodenbretter wie weiland Gary Cooper gegen getrocknete Kuhfladen. »Schau dir diese Gebäude genauer an.«

Ich schaute.

Hinter den falschen Fassaden hier in der Westernstadt befanden sich Fuhrparks mit Oldtimern, Schweißereien, Lagerschuppen für noch mehr falsche Fassaden und...

»Die Tischlerei?« sagte ich.

Roy nickte und tuckerte um die nächste Ecke, bevor er die Katze aus dem Sack ließ.

»Hier werden die Särge gezimmert, also ist auch die Leiche hier!« Er kletterte aus der Kiste, ein Stück langer Lulatsch nach dem anderen. »Die haben den Sarg hierher zurückgebracht, weil er hier gezimmert wurde. Komm schon, bevor uns die Indianer überraschen!«

Ich holte ihn in einer kühlen Grotte ein, in der Empiremöbel aus Napoleons Zeiten an langen Regalwänden hingen, und wo der Thron Julius Cäsars auf sein lange vermißtes Hinterteil wartete.

Ich schaute mich um.

Nichts vergeht wirklich, dachte ich. Alles kehrt wieder zurück. Das heißt, wenn man wirklich *will*.

Und wo hält sich alles so lange versteckt, wo warten die Dinge auf ihre Wiedergeburt? Hier, dachte ich. Ja, ganz bestimmt *hier*.

In den Köpfen jener Männer, die mit ihrem mitgebrachten Proviant wie Arbeiter aussehen und die, wenn sie abends heimwärts ziehen, eher wie Familienväter wirken als wie Liebhaber.

Wenn du mit dem Schaufelraddampfer den Mississippi hinunterfahren und New Orleans besichtigen willst, zimmere dir die *Mississippi Belle* zusammen. Stelle dir Berninis Säulen auf die grüne Wiese. Oder lasse eine Kopie des

Empire State Buildings aufbauen und schraube dir einen mechanischen Affen zusammen, der groß genug ist, um daran hochzuklettern.

Deine Träume sind *ihre* Blaupausen, sie sind die Söhne der Söhne des Michelangelo und des da Vinci, und die Söhne von gestern sind die Väter von morgen.

Da beugte sich mein Freund Roy in eine schwach erleuchtete Höhle hinter einem Western Saloon und zog mich mit, zwischen die gut verstauten Fassaden von Bagdad und Buxtehude.

Stille. Alle waren beim Mittagessen.

Roy hielt die Nase in den Wind und lachte leise.

»O Gott, ja! Riech doch mal! Sägemehl! Wegen diesem Geruch habe ich mit dir auf der High School den Schreinerkurs besucht. Und wegen den Kreissägen. Es hörte sich immer so an, als würden die Leute tatsächlich etwas *herstellen*. Es juckte mich immer gleich in den Fingern. Kuck mal da!« Roy blieb vor einer länglichen Glasvitrine stehen und betrachtete sich das darin aufbewahrte Schmuckstück.

Es war die *Bounty*, ein Miniaturmodell, dreißig Zentimeter lang und voll aufgetakelt, so wie sie vor zwei Jahrhunderten imaginäre Ozeane durchsegelt hatte.

»Komm nur«, sagte Roy leise. »Aber berühr sie nur ganz vorsichtig.«

Ich berührte fasziniert die Oberfläche und vergaß darüber ganz, warum wir eigentlich hier waren; ich hätte ewig dort stehenbleiben können. Doch Roy zerrte mich schließlich weiter.

»Meine Fresse«, flüsterte er, »die volle Auswahl.«

Fünfzehn Meter vor uns, in der schwülen Dunkelheit, türmte sich eine Unmenge von Särgen.

»Warum sind das so viele?« fragte ich, als wir näher kamen.

»Um all die Totgeburten zu begraben, die das Studio bis zum Erntedankfest noch produziert.«

Wir waren an den Särgen vom Fließband angekommen.

»Steht alles zu deiner Verfügung«, sagte Roy. »Such dir einen aus.«

»Weit oben kann er nicht sein. Das ist zu hoch. Die Menschen sind faul. Dann also – dieser hier.«

Ich tippte mit der Schuhspitze gegen den nächstbesten Sarg.

»Los, weiter«, drängte Roy, der sich über mein Zaudern amüsierte. »Mach ihn auf!«

»Nein, du.«

Er bückte sich und versuchte den Deckel abzuheben.

Verdammt, der Sarg war zugenagelt.

Irgendwo hörte man eine Hupe. Wir spähten nach draußen.

Ein Wagen kam die Hauptstraße von Tombstone herauf.

»Schnell!« Roy rannte zum Tisch hinüber, suchte wie wild darauf herum und fand einen Hammer und ein Stemmeisen, um die Nägel herauszuziehen.

»Gott im Himmel«, stöhnte ich.

Manny Leibers Rolls-Royce wirbelte den Staub auf im gleißenden Sonnenlicht vor den Pferdeställen.

»Laß uns abhauen!«

»Nicht bevor wir herausgefunden haben – na also!«

Der letzte Nagel flog zur Seite.

Roy packte den Deckel, atmete tief durch und öffnete den Sarg.

Draußen im Hof, in der heißen Sonne, ertönten Stimmen.

»Mensch, mach die Augen auf«, rief Roy. »Schau hin!«

Ich hatte die Augen geschlossen, weil ich den Regen nicht wieder auf meinem Gesicht spüren wollte. Ich öffnete sie.

»*Und*?« sagte Roy.

Da lag der Leichnam, mit dem Gesicht zu uns, die Augen weit aufgerissen, die Nasenflügel gebläht, der Mund sperrangelweit offen. Immerhin fiel kein Regen, der ihm über Kinn und Wange hätte strömen können.

»Arbuthnot«, sagte ich.

»Tatsächlich«, staunte Roy. »Jetzt erinnere ich mich wieder an die Fotos. Mann, die Ähnlichkeit ist wirklich groß. Aber aus welchem Grund sollte jemand das hier – was immer es auch ist – auf eine Leiter stellen, warum nur?«

Ich hörte eine Tür zuknallen. Hundert Meter von uns entfernt war Manny Leiber aus seinem Rolls in den warmen Staub gestiegen; jetzt blinzelte er in die Dunkelheit über uns, um uns, in unsere Richtung.

Ich zuckte zurück.

»Einen Moment noch …«, sagte Roy. Mit einem kurzen Schnauben langte er hinein.

»Nicht!«

»Pack mal mit an«, sagte er und faßte unter den Leichnam.

»Um Gottes willen, schnell!«

»Sieh mal einer an«, sagte Roy.

Er hatte den Körper jetzt umfaßt und hob ihn an.

»Gah!« entfuhr es mir. Denn der Körper kam so leicht hoch, als wäre es eine Schachtel Cornflakes.

»Nein!«

»Na klar.« Roy schüttelte den Leichnam. Er klapperte wie eine Vogelscheuche.

»Das ist ja ein Ding! Sieh mal, da unten im Sarg! Bleigewichte, um ihn zu beschweren, sobald er oben auf der Leiter ist! Damit er beim Herunterfallen einen tüchtigen Schlag tut. Achtung! Dort kommen die Barracudas!«

Roy schielte in das gleißende Mittagslicht hinaus und beobachtete, wie die noch entfernten Gestalten aus ihren Autos stiegen und sich um Manny versammelten.

»Okay, dann los.«

Roy ließ die Leiche fallen, knallte den Deckel wieder drauf und rannte davon.

Ich folgte ihm quer durch ein Tohuwabohu aus Möbelstücken, Säulen und Fassaden.

Nachdem wir uns in Sicherheit gebracht hatten, durch drei Dutzend Kulissentüren geflohen waren, hielten wir auf halber Höhe einer Renaissance-Freitreppe und schauten zurück, verrenkten uns die Hälse, um möglichst viel mitzubekommen. Ungefähr dreißig, vierzig Meter weiter hinten hatte Manny die Stelle erreicht, an der wir uns noch vor einer Minute aufgehalten hatten. Seine Stimme übertönte alle anderen. Ich nehme an, er befahl den anderen, das Maul zu halten. Denn dann herrschte Ruhe. Sie öffneten den Sarg, in dem der gefälschte Leichnam lag.

Roy schaute mich mit hochgezogenen Augenbrauen an, und ich sah ihn an, mit angehaltenem Atem.

Drüben wurde es unruhig, es klang wie ein Aufschrei, dann lautes Schimpfen. Manny fluchte lauter als alle anderen. Dann hörten wir ein Gebrabbel, alle redeten durcheinander, Manny brüllte erneut, und dann das Knallen des Sargdeckels.

Das war das Signal, das Roy und mich hinwegkatapultierte. So leise wie möglich stiegen wir die Treppe hinunter, rannten durch ein weiteres Dutzend Türen und gelangten auf der Rückseite der Tischlerei ins Freie.

»Hörst du was?« fragte Roy und warf einen Blick zurück.

»Nein. Du?«

»Keinen Mucks. Aber die sind sicher an die Decke gegangen. Nicht nur einmal, gleich dreimal. Vor allem Manny! Mein Gott, was geht da nur vor sich? Warum soviel Gedöns um eine blöde Wachspuppe, die ich für zwei Dollar Latex, Wachs und Gips in einer halben Stunde zusammengepappt hätte!?«

»Langsam, langsam, Roy! Wir wollen doch nicht, daß uns jemand davonlaufen sieht.«

Roy machte langsamer, dafür Riesenschritte.

»Um Himmels willen, Roy, wenn die wüßten, daß wir da drin waren!«

»Sie wissen es aber nicht. Hey, das ist wirklich ein Mordsspaß!«

Warum nur, fragte ich mich, warum um alles in der Welt hatte ich meinen besten Freund mit einer Leiche bekannt gemacht?

Eine Minute später waren wir bei Roys Laurel-und-Hardy-Karre angekommen.

Roy setzte sich hinters Steuer, grinste ein gottloses Grinsen und nahm den Himmel mit jeder einzelnen Wolke in sich auf.

»Steig ein«, sagte er.

Drinnen im Schuppen ertönten Stimmen, Aufruhr am Nachmittag. Irgendwo fluchte jemand Unverständliches. Ein anderer kritisierte ihn. Jemand sagte ›ja‹. Ein Haufen anderer sagte ›nein‹, und dann schoß die kleine Truppe aus dem Schuppen in das heiße Mittagslicht, wie ein Haufen wildgewordener Bienen.

Einen Augenblick später glitt Manny Leibers Rolls-Royce wie ein lautloser Sturm vorüber.

Im Wageninnern erkannte ich drei leichenblasse Jasager.

Mannys Gesicht hingegen war tiefrot vor Wut.

Er sah uns, als sein Rolls vorbeistürmte.

Roy winkte ihm zu und schrie ihm ein fröhliches Hallo hinterher.

»Roy!« gellte ich.

Er lachte schallend. »Was ist bloß in mich gefahren!?« gluckste er und gab Gas.

Ich schaute ihn an und wäre beinahe explodiert. Er sog den Wind in vollen Zügen ein und atmete genüßlich wieder aus.

»Du spinnst!« sagte ich. »Hast du keine Nerven im Leib?«

»Warum sollte ich mich vor Pappmaché-Scherzen fürchten?« antwortete er freundlich. »Mensch, wenn Manny Fracksausen kriegt, geht's mir richtig gut. Er hat schon so viel ausgeteilt, diesen Monat, jetzt hat zur Abwechslung mal er eine Bombe unter dem Arsch. Ist doch hervorragend!«

»Warst du es?« fragte ich unvermittelt.

Roy war verblüfft. »Fängst du schon wieder damit an? Warum sollte ich eine doofe Vogelscheuche zusammenschustern und nachts auf Leitern herumklettern?«

»Aus den Gründen, die du gerade erwähnt hast. Um deine Langeweile loszuwerden. Um anderen Bomben unter den Arsch zu legen.«

»Ach was. Schön wär's. Aber jetzt kann ich nicht länger auf das Mittagessen warten. Wenn Manny auftaucht, wird er ganz schön geschafft aussehen.«

»Meinst du, irgend jemand hat uns gesehen?«

»Bestimmt nicht. Deshalb habe ich auch gewinkt! Um ihm zu zeigen wie blöd und unschuldig wir sind! Da ist irgend etwas im Gange. Wir müssen uns vollkommen natürlich verhalten.«

»Wann haben wir zwei uns natürlich verhalten, Roy?«

Er lachte.

Wir knatterten hinter den Werkstattschuppen entlang, durch Madrid, Rom und Kalkutta, und parkten schließlich vor einer Sandsteinfassade irgendwo in der Bronx.

Roy schaute auf seine Armbanduhr.

»Du hast eine Verabredung. Fritz Wong. Geh schon. Wir beide sollten uns in der nächsten Stunde überall sehen lassen, nur nicht *dort*.« Er nickte in die Richtung von Tombstone, zweihundert Meter hinter uns.

»Wann fängst du an, dich zu fürchten?« fragte ich, als er mich vor der Kantine absetzte.

»Später. Ich habe noch was zu erledigen.«

»Roy, du machst doch keinen Blödsinn, oder? Du siehst schon wieder so weggetreten aus.«

»Ich habe nachgedacht. Wann ist Arbuthnot gestorben?«

»Auf die Woche genau vor zwanzig Jahren. Ein Verkehrsunfall mit zwei Autos. Drei Tote. Arbuthnot und Sloane, der Finanzmanager seines Studios, plus Sloanes Frau. Tagelang stand nichts anderes in den Schlagzeilen sämtlicher Zeitungen. Die Beerdigung war größer als die von Valentino. Ich stand mit meinen Freunden draußen vor dem Friedhof. Blumen wie bei der Rosenparade an Neujahr. An die tausend Leute nahmen an der Totenmesse teil, und hinter den dunklen Brillengläsern liefen die Tränen. Ach Gott, es war furchtbar. Arbuthnot ist so beliebt gewesen.«

»Ein Autounfall, sagst du?«

»Keine Zeugen. Vielleicht hat der Hintermann nicht genug Abstand gehalten, hatte zuviel getrunken bei einer der Partys im Studio.«

»Kann sein.« Roy zupfte an seiner Unterlippe und blinzelte mir mit einem Auge zu. »Und, wenn mehr dahinter ist? Vielleicht hat jemand nach all den Jahren irgend etwas herausgekriegt, und jetzt droht er damit auszupacken. Warum sonst die Leiche auf der Mauer? Warum diese Panik? Warum wirbelt man so viel Staub auf, wenn es nichts zu verstecken gibt? Hast du ihre Stimmen vorhin gehört? Wie kann ein Toter, der nicht tot ist, eine Leiche, die keine Leiche ist, die Bosse so aufscheuchen?«

»Es müssen mehr Briefe existiert haben«, sagte ich.

»Der, den ich erhalten habe, und andere. Doch ich war der einzige, der dumm genug war, hinzugehen. Und als ich heute nichts verlauten ließ, nichts herumposaunt habe, mußte derjenige, der die Leiche auf die Mauer geschafft hat, schreiben oder anrufen, um die Panik auszulösen und einen Leichenwagen loszuschicken. Und der Bursche, der die Leiche gebastelt und die Nachricht verschickt hat, befindet sich in diesem Moment hier irgendwo und schaut sich den Spaß an. Warum... warum nur... warum...?«

»Reg dich ab«, sagte Roy lässig, »immer mit der Ruhe.« Er ließ den Motor an. »Wir werden diese verquaste Geschichte beim Mittagessen aufklären. Setz deine unschuldige Miene auf. Mach einen auf naiv, während du deine Louis-B.-Mayer-Bohnensuppe löffelst. Ich muß noch mal nach meinen Miniaturmodellen sehen. Eine einzige kleine Straße muß noch angenagelt werden.« Er warf einen Blick auf seine Uhr. »In zwei Stunden ist mein Dinosaurierland fertig für die ersten Aufnahmen. Dann fehlt uns nur noch unser wunderbares, phantastisches Monster.«

Ich schaute in Roys Gesicht, das noch immer brennendrot glühte.

»Du wirst doch nicht etwa die Leiche klauen und zurück auf die Mauer bringen, Roy?«

»Nichts läge mir ferner«, sagte Roy und fuhr davon.

11

In der Kantine, ungefähr in der Mitte der äußersten Reihe links, stand eine kleine Plattform, nicht höher als dreißig Zentimeter, auf der nur ein Tisch mit zwei Stühlen thronte. Ich stellte mir oft vor, daß dort ein Sklaventreiber einer römischen Kriegsgaleere saß und krachend erst den einen, dann den anderen Holzhammer niedersausen ließ, um den schwitzenden, an ihre Ruder geketteten Sklaven den Takt vorzugeben. Die Rudersklaven gehorchten dem Gesetz der Panik, ruderten auf einen Gang zwischen unendlich weit entfernten Kinositzreihen zu, verfolgt von durchgedrehten Marktschreiern und an Land von Horden beleidigter Kunden erwartet.

In Wahrheit saß dort natürlich kein römischer Sklaventreiber, der den Takt angab.

Es war Manny Leibers Tisch. Er brütete dort alleine vor sich hin, stocherte in seinem Essen wie in den von Cäsars Wahrsagern ausgebreiteten Innereien der Tauben herum, spießte die Milz mit der Gabel auf, ignorierte das Herz, blickte in die Zukunft. An manchen Tagen fläzte er dort mit seinem Studioarzt, Doktor Phillips, und die beiden versuchten unermüdlich, aus schnödem Leitungswasser neue Liebestränke und Zaubersäfte herauszufiltern. An anderen Tagen labte er sich an den Regisseuren und Filmautoren, die ihm geknickt gegenübersaßen und zustimmend nickten, ja, der Film sei terminlich im Verzug, sie würden das Tempo selbstverständlich beschleunigen!

Niemand wollte gerne an diesem Tisch sitzen. Oft lagen dort anstelle eines Schecks die Entlassungspapiere.

Als ich mich heute zur Tür hineindrückte und auf dem Weg zwischen den Tischreihen hindurch einige Zentimeter schrumpfte, war Mannys Empore leer. Ich blieb stehen. Es war das erste Mal, daß ich dort auf dem Tisch weder Geschirr noch Besteck noch Blumen sah. Manny war immer noch irgendwo dort draußen und schrie die Sonne an, weil sie ihn beleidigt hatte.

Doch auf mich wartete der längste Tisch in der Kantine, ein Tisch, der halb besetzt war und sich zunehmend füllte. An diesen Tisch hatte ich mich in den wenigen Wochen, die ich im Studio arbeitete, nie herangewagt. Wie die meisten Neulinge fürchtete ich mich davor, mit den furchtbar Klugen und den unglaublich Berühmten in Kontakt zu kommen. Als ich noch ein Kind war, hatte H. G. Wells in Los Angeles einen Vortrag gehalten, doch ich ging nicht hin, um mir ein Autogramm zu ergattern. Bei seinem Anblick wäre ich bestimmt vor Freude tot umgefallen. Genauso erging es mir mit dem Kantinentisch, an dem die besten Regisseure, Cutter und Autoren bei einem ewigwährenden letzten Abendmahl in Erwartung des sich verspätenden Christus beisammensaßen. Erneut verlor ich die Nerven, als ich meinen Blick schweifen ließ.

Ich schlich mich davon und steuerte auf eine weit entfernte, abseits gelegene Nische zu, in der Roy und ich des öfteren Sandwiches und Suppe in uns hineinschlangen.

»Nein, das werden Sie nicht tun!« tönte eine Stimme.

Ich zog den Kopf zwischen die Schultern, der Hals, vom Schweiß geschmiert, verschwand wie ein Periskop im Jackenkragen.

Fritz Wong rief: »Ihre Verabredung ist hier. Angetreten!«

Ich eierte zwischen den Tischen hindurch, stellte mich neben Fritz Wong und glotzte auf meine Schuhspitzen. Seine Hand auf meiner Schulter war drauf und dran, mir die Epauletten abzureißen.

»Hier ist unser Besucher von einem anderen Stern, jenseits der Kantine«, verkündete Fritz Wong. »Ich werde ihm seinen Platz zuweisen.«

Die Hände auf meinen Schultern drückten mich sanft nach unten.

Schließlich hob ich den Blick und schaute die Tafel hinab, in die Gesichter von zwölf Leuten, die mich interessiert betrachteten.

»Und nun«, verkündete Fritz Wong, »wird er uns von seiner Suche nach dem Monster erzählen!«

Das Monster.

Seit bekannt geworden war, daß Roy und ich das unglaublichste und schrecklichste Monster in der Geschichte Hollywoods erfinden und entwerfen sollten, hatten uns Tausende bei der Suche geholfen. Man hätte meinen können, wir suchten Scarlett O'Hara oder Anna Karenina. Aber nein ... das Monster, und der sogenannte Wettbewerb zur Monstersuche, erschienen in *Variety* und im *Hollywood Reporter*. Mein Name und der von Roy standen in allen Artikeln. Jede noch so dämliche, unnütze Notiz schnitt ich aus und hob sie auf. Aus anderen Studios, von anderen Agenten und von Seiten der Öffentlichkeit wurden wir mit Fotos überschwemmt. Quasimodo Nummer zwei und drei zeigten sich am Studiotor, ebenso wie vier Phantome der Oper. Es wimmelte von Wolfsmenschen. Verwandte ersten und zweiten Grades von Bela Lugosi und Boris Karloff, die im Studio 13 aufgegriffen wurden, flogen in hohem Bogen raus.

Roy und ich kamen uns allmählich wie die Jury bei einem Schönheitswettbewerb vor, der von Atlantic City nach Transsilvanien verlegt worden war. Die Halbmenschen, die allabendlich vor dem Atelier warteten, waren schon ein Ding für sich; die Fotografien waren noch schlimmer. Schließlich verbrannten wir alle Bilder und verließen das Studio nur noch durch den Seitenausgang.

So war es uns den ganzen Monat über mit der Suche nach dem Monster ergangen.

Und jetzt fing Fritz Wong damit an: »Okay. Das Monster? *Erzählen Sie*!«

12

Ich blickte in die Runde und sagte: »Nein. Nein, ich bitte Sie. Roy und ich sind bald soweit, aber momentan ...« Ich trank rasch einen Schluck vom miserablen Hollywood-Leitungswasser und fuhr fort: »Ich beobachte diesen Tisch seit drei Wochen. Jeder hat seinen festen Platz. Der und der sitzt hier, soundso dort. Ich könnte wetten, die Leute am anderen Ende kennen die von hier oben überhaupt nicht. Warum wechseln Sie nicht ein bißchen ab? Lassen Sie etwas Platz zwischen einander, damit man alle halbe Stunde eine Stuhlpolonaise machen kann, sich woanders hinsetzen und neue Leute treffen kann. Nicht immer das ewiggleiche Geschwätz aus den vertrauten Gesichtern. Entschuldigen Sie!«

»Entschuldigen!?« Fritz packte mich bei den Schultern und sein Lachen übertrug sich auf mich. »Okay, Leute! Stuhlpolonaise! Allez – Hopp!«

Applaus. Hochrufe.

Die Wellen der allgemeinen guten Laune schlugen höher, als man sich gegenseitig auf den Rücken klopfte, die Hände schüttelte, neue Plätze fand und sich dort niederließ. Was mich mit dem aufkommenden Gelächter und den Rufen nur noch mehr verwirrte und der Peinlichkeit aussetzte. Noch mehr Applaus.

»Wir müssen uns diesen Maestro hier jeden Tag an den Tisch holen, damit er uns soziales Verhalten und echte Lebensart beibringt«, dröhnte Fritz. »Na schön, meine Landsleute! Zu Ihrer Linken, junger Maestro, sitzt Maggie Botwin, die hervorragendste Cutterin der Filmgeschichte!«

»Quatsch!« Maggie Botwin nickte mir kurz zu und kümmerte sich dann wieder um ihr Omelett, das sie mitgebracht hatte.

Maggie Botwin.

Eine spröde, zurückhaltende, aber imposante Dame. Sie wirkte viel größer, als sie in Wirklichkeit war, was an ihrer Art zu sitzen, aufzustehen und zu gehen lag, und daran, wie sie ihre Hände in den Schoß legte, ihre Haare auf dem Kopf türmte, so wie es in grauer Vorzeit mal Mode gewesen sein mochte.

Einmal hatte ich gehört, wie sie sich in einer Radiosendung als Schlangenbeschwörerin bezeichnet hatte.

All die Filme, die flink und fließend durch ihre Finger glitten.

All die abgespulte Zeit, bestimmt, wieder und wieder abgespult zu werden.

Die Zukunft raste auf einen zu. Man hat nur den einen winzigen Moment, wenn sie vorüberzieht, um sie in eine freundliche, erkennbare, angenehme Vergangenheit zu verwandeln. Augenblick für Augenblick blitzt die Zukunft in Reichweite auf. Wenn man sich nicht ein Stück davon schnappte, ohne sich festzuklammern, wenn man die Zeit nicht formte, ohne diese Kontinuität einzelner Momente zu zerreißen, dann blieb nichts zurück. Ihr Ziel, dein Ziel, unser aller Ziel ist es, uns in diesem kleinen Stückchen Zukunft zu verewigen, das sich unter unseren Fingern in ein schnell verblassendes Gestern verwandelt.

Genauso war es beim Film.

Mit dem einen Unterschied: hier kann man den Moment immer wieder heraufbeschwören, so oft man will. Laß die Zukunft vorbeispulen, mache sie zum Jetzt, zum Gestern, und fange dann wieder mit der Zukunft an.

Was für ein großartiger Beruf, in dem man Meister über die drei großen Ströme der Zeit sein darf: die unendlich weiten, unsichtbaren Morgen; die verengte Perspektive des Jetzt, und das riesige Gräberfeld der Sekunden, Minuten, Stunden, Jahre, Jahrtausende, in dessen Saatbeet die anderen beiden keimen und knospen.

Und wenn man keinen der drei dahineilenden Flüsse der Zeit so recht mochte?

Ein Griff zur Schere. *Schnipp!* Na also. Gleich fühlt man sich besser!

Und nun saß sie hier, hatte die Hände eben noch im Schoß gefaltet, und schon hielt sie eine kleine Acht-Millimeter-Kamera hoch, mit der sie über die Gesichter der Anwesenden schwenkte, ein Gesicht nach dem anderen, mit zweckdienlichen ruhigen Händen, bis die Kamera bei meinem Gesicht stehenblieb und mich fixierte.

Ich hielt ihrem Blick stand und erinnerte mich an einen Tag im Jahre 1934, als ich Maggie vor den Toren des Studios gesehen hatte, wo sie von all den Narren Aufnahmen machte, von den Gaffern und Autogrammjägern, und ich war mitten unter ihnen.

Ich wollte ausrufen: Können Sie sich daran erinnern? Doch wie hätte sie schon?

Ich duckte mich weg. Ihre Kamera surrte.

Genau in diesem Augenblick tauchte Roy Holdstrom auf.

Er stand suchend am Eingang der Kantine. Als er mich entdeckt hatte, winkte er nicht, sondern machte mir mit dem Kopf ein Zeichen. Dann drehte er sich um und marschierte hinaus. Ich sprang auf und machte mich aus dem Staub, bevor Fritz Wong mich zu fassen bekam.

Ich sah noch, wie Roy in der Herrentoilette verschwand, und fand ihn dort vor dem weißen Porzellanschrein Respighis *Brunnen von Rom* lauschend. Ich stellte mich neben ihn, doch die alten Röhren gaben nichts her.

»Schau dir das an. Das habe ich gerade eben in Halle 13 gefunden.«

Roy schob ein maschinengeschriebenes Blatt auf den gekachelten Absatz vor mir.

DAS MONSTER ENDLICH GEBOREN!
HEUTE ABEND IM BROWN DERBY!
VINE STREET. ZEHN UHR.
ERSCHEINEN SIE! ODER VERLIEREN SIE ALLES!

»Das glaubst du doch nicht etwa?« keuchte ich.

»Ebenso wie du deiner Nachricht geglaubt hast und auf den verdammten Friedhof gegangen bist.« Roy starrte auf die Mauer direkt vor sich. »Ist das nicht das gleiche Papier und sind es nicht die gleichen Typen wie bei deiner Nachricht? Werde ich heute abend zum Brown Derby gehen? Zum Teufel, warum nicht? Leichen auf Mauerkronen, verschwundene Leitern, verwischte Spuren im Gras, Pappmachétote, plus ein kreischender Manny Leiber. Weißt du, was ich mir vor fünf Minuten überlegt habe? Wenn Manny und die anderen sich so über eine nachgemachte Vogelscheuche aufregen, was würde erst passieren, wenn das Schreckgespenst plötzlich verschwinden würde?«

»Untersteh dich!«

»Meinst du?« sagte Roy.

Er stopfte sich die Mitteilung in die Hosentasche. Dann nahm er von einem kleinen Tisch in der Ecke eine kleine Kiste und drückte sie mir in die Hand. »Jemand benutzt uns. Ich habe mich dazu entschlossen, mich selbst ein bißchen nützlich zu machen. Geh in die Kabine und mach die Schachtel auf.«

Genau das tat ich.

Ich machte die Tür hinter mir zu.

»Du sollst da nicht dumm herumstehen«, rief Roy. »Mach sie auf!«

»Ja, ich mach' ja schon.«

Ich öffnete die Schachtel und schaute hinein.

»Gütiger Gott!« schrie ich.

»Was siehst du da?« wollte Roy wissen.

»Arbuthnot!«

»Paßt einwandfrei in die Schachtel, was?« meinte Roy.

13

»Wie kannst du nur?«

»Katzen sind nun mal neugierig«, sagte Roy. »Und ich bin eine Katze.« Er hatte es mit einem Mal ziemlich eilig.

Wir gingen zur Kantine zurück.

Roy hatte die Kiste unter dem Arm und trug ein triumphierendes Grinsen zur Schau.

»Paß auf«, sagte er. »Jemand schickt dir eine Nachricht. Du gehst auf einen Friedhof und findest eine Leiche, schlägst jedoch nicht Alarm und durchkreuzt damit geheime Machenschaften. Ein paar Telefonate, das Studio läßt die Leiche abholen und gerät in Panik, sobald es ihrer tatsächlich angesichtig wird. Was soll man da anderes als neugierig werden? Welches Spiel wird hier gespielt? Das kann ich nur herausfinden, wenn ich im Gegenzug eine Schachfigur bewege, oder? Wir haben vor einer Stunde gehört und gesehen, wie Manny und seine Kumpel reagiert haben. Ich habe mich gefragt, wie sie wohl reagieren würden, wenn sie die Leiche, die sie gerade eben erst gefunden haben, gleich wieder verlieren? Das will ich herausfinden. Die drehen glatt durch, wenn sie nicht rauskriegen, wer die Leiche hat. *Ich* habe sie!«

Wir blieben vor der Kantinentür stehen.

»Du willst doch nicht damit hineingehen!« fuhr ich ihn an.

»Der sicherste Platz auf der ganzen Welt. Niemand wird eine Kiste im Verdacht haben, die ich mitten auf dem Studiogelände spazierentrage. Aber sei vorsichtig, mein Freund, wir werden beobachtet, sogar in diesem Augenblick.«

»Von wem denn?« rief ich und drehte mich rasch um.

»Wenn ich das wüßte, wäre die Geschichte schon beendet. Komm schon.«

»Ich habe keinen Hunger.«

»Komisch«, sagte Roy. »Wie kommt es nur, ich habe einen riesigen Kohldampf?«

14

Auf dem Weg durch die Kantine sah ich, daß Mannys Tisch immer noch verwaist war und auf seinen Gast wartete. Ich starrte auf den leeren Stuhl und mir wurde kalt.

»Blöder Idiot«, flüsterte ich.

Hinter mir schüttelte Roy die Kiste. Es klapperte darin.

»Ich bin's nur«, sagte er fröhlich. »Geh weiter.«

Ich steuerte auf meinen Platz zu.

Roy stellte seine besondere Kiste auf den Fußboden, blinzelte mir zu und setzte sich an das gegenüberliegende

Tischende. Auf seinem Gesicht lag das Lächeln der Unschuldigen und der Vollkommenen.

Fritz warf mir einen Blick zu, als betrachte er meine Abwesenheit als persönliche Beleidigung.

»Passen Sie auf!« Fritz schnalzte mit den Fingern. »Die Vorstellungsrunde geht weiter!« Er zeigte auf meinen Nachbarn. »Der nächste ist Stanislau Groc, Lenins persönlicher Präparator, der Mann, der Lenins Körper herrichtete, ihm das Gesicht einwachste, den Leichnam mit Paraffin behandelte, damit er all die Jahre schön ordentlich in der Kremlmauer in Moskau liegen konnte!«

»Lenins Präparator?« staunte ich.

»Kosmetikspezialist.« Stanislau Groc erhob winkend seine zierliche Hand über seinem zierlichen Kopf, der auf seinem zierlichen Körper saß.

Er war kaum größer als einer der singenden Zwerge in *Das zauberhafte Land*.

»Entbieten Sie mir Ihre Kratzfüße«, rief er. »Sie *schreiben* über Monster, Roy Holdstrom *baut* sie. Ich aber habe ein großes, rotes Monster, das schon lange tot ist, geschminkt, eingewachst und poliert!«

»Hören Sie nicht auf diesen belämmerten russischen Bastard«, sagte Fritz. »Konzentrieren Sie sich auf den Stuhl neben ihm.«

Der Platz war leer.

»Für wen ist der?« erkundigte ich mich.

Jemand hüstelte. Alle Köpfe fuhren herum.

Ich hielt den Atem an.

Und die Ankunft nahm ihren Lauf.

15

Der letzte Ankömmling war ein Mann, so bleich, daß seine Haut wie von einem inneren Licht erleuchtet schimmerte. Er war groß, einsfünfundachtzig würde ich schätzen, sein Haar war lang und sein Bart ordentlich gestutzt und gekämmt. Seine Augen waren von einer so verblüffenden Klarheit, daß einen das Gefühl beschlich, ihr Blick würde einem durch das Fleisch bis auf die Knochen schauen, und durch die Knochen bis in die Seele hinein. Als er an den einzelnen Tischen entlang schritt, blieben die Messer und Gabeln auf ihrem Weg zu den halboffenen Mündern in der Luft stehen. Nachdem er vorbei war, verflog das Schweigen wieder, und das Leben nahm seinen Gang. Er ging mit würdevollen Schritten, als trage er sein Gewand und nicht einen zerlumpten Mantel und eine verdreckte Hose. Jeden Tisch, den er auf seinem Weg passierte, segnete er, dabei waren seine Augen starr geradeaus gerichtet, so als sähen sie eine jenseitige Welt, nicht die unsere. Sein Blick fiel auf mich. Ich sank in mich zusammen, denn ich konnte mir nicht vorstellen, weshalb er mich ausgesucht haben mochte, aus all diesen unbestritten anerkannten Talenten. Und dann stand er über mir; sein Verhalten wirkte so stark auf mich ein, daß ich wie durch einen Sog aus dem Stuhl gezogen wurde und mich aufstellte.

Es wurde sehr still, als dieser Mann mit dem wunderschönen Gesicht seinen dünnen Arm mit dem dürren Handgelenk ausstreckte, an dessen Ende sich eine Hand mit den längsten und feingliedrigsten Fingern befand, die ich je gesehen hatte.

Ich hob meine Hand, um die seine zu ergreifen. Seine Hand drehte sich, und ich erblickte die Stelle, wo der Nagel mitten durch das Handgelenk getrieben worden war. Er drehte die andere Hand, damit ich die entsprechende Narbe in der Mitte des linken Handgelenks sehen konnte. Er erriet meine Gedanken und lächelte: »Die meisten Leute glauben, die Nägel wurden durch die Handflächen geschlagen. Nein. Die Handflächen würden das Gewicht des Körpers nicht tragen. Die Handgelenke hingegen, wenn man sie durchbohrt, schaffen das. Die Handgelenke.« Dann drehte er beide Hände um, so daß ich sehen konnte, wo die Nägel auf der anderen Seite wieder herausgekommen waren.

»J. C.«, sagte Fritz Wong, »das ist unser Besucher aus einer anderen Welt, unser junger Science-Fiction-Schreiber...«

»Ich weiß.« Der schöne Fremde nickte und deutete auf sich selbst.

»Jesus Christus«, sagte er.

Ich trat zur Seite, damit er Platz nehmen konnte; dann ließ ich mich auf meinen Stuhl zurückfallen.

Fritz Wong reichte einen kleinen Korb voll Brot zu uns herunter. »Bitte«, rief er, »verwandle das in Fisch!«

Ich schluckte.

Doch im Handumdrehen hatte J. C. zwischen den Brotscheiben einen silbrigen Fisch hervorgezogen und schleuderte ihn hoch in die Luft. Fritz fing ihn begeistert auf, unter allgemeinem Gelächter und Applaus.

Noch mehr Gebrüll und Applaus erntete die Kellnerin, die mit mehreren Flaschen billigen Fusels aufkreuzte.

»Dieser Wein«, sagte J. C., »war noch vor zehn Sekunden pures Wasser. Bitte sehr!«

Sofort wurde der Wein ausgeschenkt und gekostet.

»Wirklich...«, stammelte ich.

Der ganze Tisch schaute auf.

»Er will wissen«, rief Fritz, »ob du wirklich so heißt.«

Mit ernster Miene zog der große Mann ein Etui hervor und zeigte seinen Führerschein. Dort stand geschrieben:

»Jesus Christus. 911 Beachwood Avenue. Hollywood.«

Er steckte ihn wieder ein, wartete, bis es am Tisch etwas ruhiger geworden war, und sagte dann:

»Ich kam 1927 in dieses Filmstudio, als sie gerade *Jesus the King* drehten. Ich war einer der Tischler in den Schuppen dort drüben. Ich habe die drei Kreuze für den Kalvarienberg angefertigt und ihnen den letzten Schliff gegeben, sie stehen noch immer dort. Damals gab es eine Art Wettbewerb in jedem Baptistenkeller und in jedem katholischen Kaff des Landes: Wer findet Christus? Man fand ihn *hier*. Der Regisseur wollte wissen, wo ich arbeite. In der Tischlerei. Mein Gott, schrie er, ihr Gesicht, zeigen Sie mir ihr Gesicht! Kleben Sie sich einen Bart an! ›Bitte‹, sagte ich zum Visagisten, ›machen Sie Jesus aus mir.‹ Dann kam ich zurück, mit Dornen und Gewandung, dem ganzen Zauber eben. Der Regisseur tanzte vor Freude auf dem Ölberg und wusch mir die Füße. Es dauerte nicht lange, und die Baptisten standen bei ihren ländlichen Kuchenfestivals in Iowa Spalier, wenn ich mit meiner alten Blechkiste angerattert kam, mit wehenden Fahnen, auf denen zu lesen stand: ›ES KOMMT DER HERR‹, ›ER WIRD UNS FÜHREN‹.

Ich zog kreuz und quer durch das ganze Land, immer in

Motelanlagen, hatte eine großartige Zehnjahrestournee als Messias, bis der Wein und die Weiber meinen Ruf ruinierten. Niemand will einen Erlöser, der etwas mit Frauen hat. Dabei habe ich niemandem etwas zuleide getan und auch die Frauen anderer Männer nicht wie Spieluhren aufgezogen, es lag nur einfach daran, daß ich Er war, verstehen Sie?«

»Ich glaube schon«, sagte ich höflich.

J. C. streckte seine langen Handgelenke und die langen Hände mit den langen Fingern von sich, so wie Katzen manchmal dasitzen und darauf warten, von aller Welt angebetet zu werden.

»Die Frauen empfanden es als Blasphemie, wenn sie nur die gleiche Luft wie ich atmeten. Anfassen war geradezu grauenhaft. Ein Kuß eine Todsünde. Gar der Akt selbst? Ab ins Fegefeuer, für alle Ewigkeit. Die Katholiken, nein, die Holy Rollers waren die schlimmsten. Es gelang mir, eine oder zwei von ihnen ins Bett zu kriegen, bevor sie mich *erkannten*, und auch das nur, wenn ich incognito reiste. Immer wenn ich mich einen Monat nach weiblichen Akrobaten verzehrt hatte, lief ich Amok. Ich rasierte mich einfach und zog über Land, grabschte mir die Ladies links und rechts, rammte Zaunpfähle in die Muttererde. Ich habe mehr Bräute flachgelegt als ein Fanatiker bei einer baptistischen Nackttaufe. Ich konnte ziemlich schnell rennen und hoffte darauf, daß die schießwütigen Priester Hymen und Hymnen nicht so rasch nachzählten und mir eine Ladung Schrot hinterherschickten. Ich hoffte, daß die Damen niemals Wind davon bekämen, daß der Stargast des Letzten Abendmahls ihnen die Hand aufgelegt hatte. Naja, ich habe *ihn* abgewetzt, bis nur noch ein Stummel übrig war, und mich bis zur Besinnungslosigkeit betrunken. Dann sammelte mich der Pritschenwagen vom Studio ein, zahlte die Sheriffs aus, besänftigte die Priester von North Sty, Nebraska, mit einem neuen Taufbecken für die Spätergeborenen und karrte mich heim in eine Zelle zwischen Außendekorationen, wo man mich wie Johannes den Täufer einsperrte und drohte, mir meine beiden Köpfe abzuschlagen, sowie die letzte Fischvermehrung in Galiläa und die allerletzte Abenteuertour zum Kalvarienberg abgeschlossen war. Lediglich mein fortgeschrittenes Alter und mein erlahmter Specht bewahrten mich vor weiteren Schandtaten. Dann wurde ich aus dem Verkehr gezogen, ich, der so wild war auf Verkehr. Niemals gab es einen Mann, der mehr an Frauen dachte als die verlorene Seele, die Sie hier vor sich sehen. Ich verdiente es nicht, J. C. zu spielen und in den Kinos überall im Land Seelen zu erretten, während es mich nach ganz anderem gelüstete. Viele Jahre lang fand ich Trost nicht im Fleische, sondern im Suff. Gott sei Dank hat mich Fritz für seinen neuen Film aus der Versenkung hervorgeholt. Jede Menge Totalen, mit Tonnen von Makeup. So, das wäre es. Der Leidensweg Christi. Langsam ausblenden.«

Applaus. Am ganzen Tisch wurde geklatscht und der Herr gepriesen.

Mit geschlossenen Augen verbeugte sich J. C. nach links und rechts.

»Was für eine Geschichte!« murmelte ich.

»Glauben Sie kein Wort davon«, sagte J. C.

Der Applaus verstummte. Ein neuer Gast war eingetroffen.

Am anderen Ende des Tisches stand Doc Phillips.

»Mein Gott«, sagte J. C. mit kräftiger, klarer Stimme. »Der Judas unserer Tage!«

Falls der Studioarzt das gehört haben sollte, so ließ er sich nichts anmerken.

Er blieb unschlüssig stehen, betrachtete den Raum voller Widerwillen, aus Furcht vor unangenehmen Begegnungen. Er ähnelte jenen Echsen, die am Rande urzeitlicher Wälder lauern, mit schnellem Blick um sich herum Witterung aufnehmen und vorsorglich die Krallen ausfahren. Von überall droht Gefahr, keine Hoffnung, der peitschende Schwanz zuckt hin und her, nervöse Reflexe, man ist jederzeit bereit, sofort herumzuschnellen und mit einem Rascheln zu fliehen. Docs starrer Blick fand Roy und blieb aus irgendeinem Grund auf ihm haften. Roy setzte sich in seinem Stuhl gerade auf und grinste den Doc mit einem flauen Lächeln an.

Mein Gott, dachte ich, jemand hat Roy gesehen, wie er sich mit der Kiste aus dem Staub gemacht hat. Jemand...

»Sprechen Sie das Tischgebet«, rief Fritz. »Das Chirurgengebet – O Herr, erlöse uns von den Doktoren!«

Doc Phillips drehte den Kopf, als wolle er eine Fliege verscheuchen. Roy sank in seinem Stuhl zusammen.

Der Doc war aus reiner Gewohnheit erschienen. Hinter der Kantine, da draußen in der grellen Mittagssonne, schlugen Manny und ein paar andere Flöhe vor lauter Angst und Verdruß einen Salto rückwärts nach dem anderen. Der Doc war hierhergekommen, um ihnen nicht länger dabei zusehen zu müssen, oder um nach Verdächtigen Ausschau zu halten, so genau wußte man das nicht.

Jedenfalls war er hier. Doc Phillips, der legendäre Arzt aller Filmstudios, von den frühen Tagen der handgekurbelten Kameras bis zur Geburt der Schreie und Quiekser im Tonfilm, bis zu diesem frühen Nachmittag, an dem die Erde bebte. Wenn Groc der ewige Kasper mit der Klatsche war, dann war Doc Phillips der finstere Heiler unheilbarer Egos, ein Schatten an der Wand, ein fürchterlicher Grantler in den hinteren Reihen bei Kinopremieren, rasch bei der Hand, um den Exitus eines Films zu diagnostizieren. Er war wie die Footballtrainer siegreicher Mannschaften, die an der Seitenlinie herumstehen, ohne nur ein einziges anerkennendes Lächeln zustandezubringen. Er redete nicht in Abschnitten und Worten, sondern in Kürzeln und Bruchstücken, wie von mitstenografierten Rezepten. Er kannte nur Zustimmung oder Ablehnung, dazwischen lag eisiges Schweigen.

Er war am achtzehnten Loch dabeigewesen, als der Boss der Skylark Studios seinen letzten Ball einlochte und tot umfiel. Gerüchte wollten wissen, er sei vor der kalifornischen Küste gesegelt, als jener berühmte Verleger einen ebenso berühmten Regisseur über Bord warf, worauf dieser »bei einem Unfall« ertrank. Ich hatte Fotos von ihm gesehen, wie er an Valentinos Totenbahre stand, oder in Jeanne Eagles Krankenzimmer, oder bei einem Yachtrennen in San Diego, wo man ihn einem Dutzend Filmmoguln als Schutz gegen Hitzschlag anempfohlen hatte. Man sagte, er habe sämtliche Stars aller großen Studios mit fröhlichen Drogen vollgeknallt und sie dann hinterher wieder geheilt, in einer verschwiegenen Anstalt irgendwo in Arizona, in der Nähe von Needles. Die Ironie des

Ortsnamens wurde so manches Mal kommentiert. Doc aß nur recht selten in der Kantine. Sein böser Blick verdarb das Essen. Hunde bellten ihn an, als sei er der Briefträger des Teufels. Wo immer er auftauchte, zuckten die Leute zusammen und verdrückten sich schnell.

Doc Phillips ließ seinen Blick hier und dort auf einem unserer Gruppe ruhen. Wen er beobachtete, der entwikkelte alle möglichen Ticks.

Fritz sagte zu mir gewandt: »Er ist mit seiner Arbeit nie am Ende. Zu viele Frühgeburten hinter Atelier Nummer 5. Herzanfälle im New Yorker Büro. Oder dieser Schauspieler, der sich in Monaco mit seinem Operetten-Liebhaber erwischen läßt. Er ...«

Der mürrische Doktor ging hinter unseren Stühlen vorbei, flüsterte Stanislau Groc etwas zu, drehte sich dann wieder um und eilte nach draußen.

Fritz schaute ihm mißmutig hinterdrein und funkelte mich dann wieder mit seinem Monokel an.

»Oh, Meister der Zukunft, der du alles siehst, erzähle uns doch, was zum Teufel da vor sich geht!«

Meine Wangen brannten. Schuld lähmte mir die Zunge im Mund. Ich senkte den Kopf.

»Stuhlpolonaise«, rief jemand. Groc, der schon aufgestanden war, schaute mich an und sagte erneut: »Stühle, Stühle!«

Alle lachten. So ging meine Verwirrung in der allgemeinen Unruhe unter.

Nachdem sie alle kreuz und quer die Plätze getauscht hatten, fand ich mich Stanislau Groc gegenüber, dem Mann, der Lenins Stirn poliert und sein Ziegenbärtchen für die Ewigkeit hergerichtet hatte; Roy saß plötzlich neben mir.

Groc lächelte ein umwerfendes Lächeln, ein Freund fürs Leben.

»Wieso hatte der Doc es so eilig?« fragte ich. »Was ist überhaupt los?«

»Achten Sie nicht darauf.« Groc schaute seelenruhig zum Kantineneingang hinüber. »Um elf Uhr heute morgen spürte ich eine Erschütterung, als hätte das hintere Ende des Studios einen Eisberg gerammt. Seitdem flitzen die Verrückten hin und her und schöpfen das Wasser heraus. Es macht mich glücklich, so viele Leute so aufgeregt zu sehen. Das läßt mich meinen melancholischen Job vergessen: Sumpfenten aus der Bronx in Brooklyn-Schwäne verwandeln.« Er machte eine Pause und aß einen Happen Fruchtsalat. »Was meinen Sie? Mit welchem Eisberg ist unsere gute alte *Titanic* kollidiert?«

Roy lehnte sich zurück und sagte: »Draußen bei der Tischlerei ist ein Unheil geschehen.«

Ich warf Roy einen mißbilligenden Blick zu. Stanislau Groc erstarrte.

»Ach, ja«, sagte er langsam. »Ein kleines Problem mit der Galionsfigur, der hölzernen Frauenstatue, die auf die *Bounty* montiert werden sollte.«

Ich trat Roy unter dem Tisch ans Bein, doch er lehnte sich nach vorne:

»Aber das war doch bestimmt nicht der Eisberg, den Sie gerade erwähnten?«

»Aber nein«, lachte Groc. »Weniger eine arktische Kollision als ein Heißluftballonrennen; alle Heißluftproduzenten und Jasager des Studios sind in Mannys Büro zusammengetrommelt worden. Da wird wohl jemand gefeuert. Und später dann –«, Groc gestikulierte mit seinen kleinen Puppenhänden in Richtung Decke, »– wird derjenige aufwärts fallen!«

»Was?«

»Ein Mann wird bei Warner gefeuert und fällt die Treppe rauf zu MGM. Einer wird bei MGM gefeuert, fällt die Treppe rauf zu 20th Century Fox. Nach *oben* fallen! Isaak Newtons Gesetz auf den Kopf gestellt!« Groc legte eine kleine Pause ein, um über seinen eigenen Geistesblitz zu lächeln. »Ah, aber du, armer Schreiber, wirst es nie schaffen, aufwärts zu fallen, wenn du gefeuert wirst, immer nur abwärts. Ich...«

Er unterbrach sich, weil...

Ich hatte ihn so intensiv gemustert, wie ich wahrscheinlich meinen schon lange toten Großvater vor dreißig Jahren in seinem Schlafzimmer im ersten Stock gemustert hatte. Die Bartstoppeln auf meines Großvaters blasser, wächserner Haut, die Augenlider, die er jeden Moment aufzureißen drohte, um mich mit seinem wütenden Blick anzustarren, der Großmutter ein Leben lang im Salon zur Eiskönigin erstarren ließ, all dies stand mir ebenso klar und deutlich vor Augen wie Lenins Post-Mortem-Kosmetiker, der vor mir herumkasperte und an seinem Fruchtsalat knabberte.

»Suchen Sie vielleicht«, fragte er mich höflich, »die Naht hinter meinen Ohren?«

»Nein, nein!«

»Doch, doch!« entgegnete er amüsiert. »Jeder sucht sie!

Also dann!« Er beugte sich nach vorne, drehte den Kopf nach links und rechts, fuhr mit den Fingern durch seinen Haaransatz und dann über seine Schläfen.

»Alle Achtung«, sagte ich, »hervorragende Arbeit.«

»Nein. Perfekt!«

Tatsächlich waren von den dünnen Linien kaum mehr Schatten zu erkennen, und die flohbißgroßen Einstichnarben waren schon lange verheilt.

»Haben Sie...«

»Mich selbst operiert? Meinen eigenen Blinddarm herausgeholt! Und wenn es mir geht wie jener Frau, die, als sie das Paradies der ewigen Jugend, Shangri-La, verließ, wie eine Pflaume schrumpelte!«

Groc lachte, und ich war von seinem Lachen fasziniert. Es gab keine Minute, in der er nicht fröhlich war. Mir kam es vor, als würde er, sollte ihm das Lachen einmal vergehen, nach Luft japsen und sterben. Immer dieses fröhliche Bellen, das fest installierte Grinsen.

»Ja bitte?« fragte er, als er bemerkte, daß ich seine Zähne, seine Lippen studierte.

»Worüber lachen Sie denn andauernd?« fragte ich zurück.

»Über alles! Haben Sie den Film mit Conrad Veidt gesehen?«

»*Der Mann, der lacht*?«

Ich hatte Groc den Effekt verdorben. »Unmöglich! Sie können ihn nicht kennen!«

»Meine Mutter war verrückt nach Kino. Nach der Schule holte sie mich immer ab, schon in der ersten, zweiten, dritten Klasse, und ging mit mir ins Kino, die Pickford, Chaney, Chaplin zu sehen ... und Conrad Veidt! Sein Mund wurde von den Zigeunern so aufgeschlitzt, daß er sein restliches Leben lang nicht mehr zu Grinsen aufhören konnte. Er verliebt sich in ein blindes Mädchen, das sein furchtbares Grinsen nicht sieht, wird ihr untreu und kommt dann aber, von einer Prinzessin verschmäht, zu der Blinden zurückgekrochen und weint, als ihn ihre Hände, die nicht sehen können, streicheln. Und man sitzt im Elite-Kino auf dem Platz am Gang und weint ebenfalls. Ende.«

»Mein Gott!« stieß Groc hervor, wobei er ums Haar nicht gelacht hätte. »Was sind Sie doch für ein schlaues Kerlchen. Jawohl!« Er grinste. »*Ich* bin diese Veidt-Figur, doch mein Grinsen wurde nicht von Zigeunerhand eingeschnitzt. Auf das Konto von Selbstmorden, Mordversuchen und Attentaten geht es. Man ist mit zehntausend Leichen in einem Massengrab eingesperrt, einem ist zum Kotzen elend, und man kämpft sich nach oben an die frische Luft, erschossen und doch nicht tot. Ich kann seitdem kein Fleisch mehr anrühren, es riecht nach Kalkgrube, den Kadavern, den ohne Beerdigung Dahingeschlachteten. Er gestikulierte: »Deshalb nur noch Früchte. Salate. Brot, frische Butter, und Wein. Und außerdem habe ich mir dieses Lächeln angenäht. Ich bekämpfe die wirkliche Welt mit einem falschen Grinsen. Warum nicht diese Zähne, diese laszive Zunge, und das Lachen – im Angesicht des Todes? Wie auch immer, jedenfalls bin ich für *Sie* verantwortlich!«

»Für mich?«

»Ich veranlaßte Manny Leiber, Roy anzuheuern, Ihren

Tyrannosaurus-Kumpel. Und ich sagte ihm auch, daß wir jemanden brauchten, der im Schreiben so gut sein müsse wie Roy im Träumen. *Voilà! Sie*!«

»Danke schön«, sagte ich träge.

Groc plusterte sich über seinem Essen auf, glücklich darüber, daß ich auf sein Kinn, seinen Mund, seine Augenbrauen starrte.

»Sie könnten ein Vermögen verdienen...«, sagte ich.

»Das tue ich bereits.« Er zersäbelte einen Schnitz Ananas. »Das Studio bezahlt mich mehr als ausreichend. Ihre Stars versaufen sich ständig die Gesichter oder knallen mit den Köpfen durch Windschutzscheiben. Maximus Films lebt in ständiger Angst davor, daß ich sie verlassen könnte. Nonsens! Ich bleibe. Dabei werde ich Jahr für Jahr jünger, wenn ich so schnipple und nähe, und nochmal nähe, bis meine Haut so eng sitzt, daß mir beim nächsten Lächeln die Augen herausspringen! Sehen Sie!« Er machte es vor. »Denn ich kann niemals zurückkehren. Lenin hat mich aus Rußland verjagt.«

»Ein Toter kann Sie verjagen?«

Fritz Wong beugte sich nach vorne. Er hatte hocherfreut zugehört.

»Groc«, sagte er freundlich, »erklär es ihm. Lenin mit neuem Wangenrot. Lenin mit brandneuen Zähnen, einem Lächeln um seinen Mund. Lenin mit neuen Augäpfeln aus Glas hinter den Lidern. Lenin mit seinem verschwundenen Leberfleck und seinem getrimmten Ziegenbärtchen. Lenin. Lenin. Erklär es ihm.«

»Es ist ganz einfach«, sagte Groc. »Lenin mußte einfach ein Wunderwirkender Heiliger sein, unsterblich in seinem gläsernen Grab. Und Groc, wer war das schon? Hat Groc etwa Lenins Lächeln mit Rouge nachgezogen, seine Haut sauber gehalten? Nein! Lenin perfektionierte sich selbst, noch über den Tod hinaus! Also? Tötet Groc! Und so ist Groc davongelaufen! Und wo ist Groc heute? Er fällt aufwärts ... durch Euch.«

Am anderen Ende des Tisches sah man abermals Doc Phillips. Er kam nicht näher, sondern bedeutete Groc mit einer abrupten Kopfbewegung, ihm zu folgen.

Groc ließ sich Zeit. Er tupfte sein Mäulchen mit der Serviette ab, nahm noch einen Schluck kalter Milch, überkreuzte Messer und Gabel auf seinem Teller und kletterte dann vom Stuhl. Er wartete einen Moment, dachte nach und sagte dann: »Nicht die *Titanic*, eher Osymandias!« Dann rannte er nach draußen.

»Warum nur«, sagte Roy im nächsten Augenblick, »hat er soviel Aufhebens um die Galionsfiguren und die Holzschnitzerei gemacht?«

»Er ist ausgezeichnet«, sagte Fritz Wong. »Miniaturausgabe von Conrad Veidt. Ich werde das kleine Arschloch für meinen nächsten Film einsetzen.«

»Was hat er nur mit Osymandias gemeint?« fragte ich.

16

Den ganzen Nachmittag lang streckte Roy immer wieder seinen Kopf in mein Büro und zeigte mir seine lehmverschmierten Finger.

»Leer!« schrie er. »Kein Monster!«

Ich riß das Papier aus meiner Schreibmaschine. »Leer! Auch hier kein Monster!«

Doch zu guter Letzt, um zehn Uhr abends, brachte mich Roy mit dem Wagen zum Brown Derby.

Unterwegs las ich die erste Hälfte von »Osymandias« laut vor.

Osymandias.

Ein Wandrer kam aus einem alten Land,
Und sprach: Ein riesig Trümmerbild von Stein
Steht in der Wüste, rumpflos Bein an Bein,
Das Haupt daneben, halb verdeckt vom Sand.

Der Züge Trotz belehrt uns: wohl verstand
Der Bildner, jenes eitlen Hohnes Schein
Zu lesen, der in todten Stoff hinein
Geprägt den Stempel seiner ehrnen Hand.

Schatten huschten über Roys Gesicht.

»Lies weiter«, sagte er.

Ich las:

Und auf dem Sockel steht die Schrift: »Mein Name
Ist Osymandias, aller Kön'ge König: –
Seht meine Werke, Mächt'ge, und erbebt!«

Nichts weiter blieb. Ein Bild von düstrem Grame,
Dehnt um die Trümmer endlos, kahl, eintönig
Die Wüste sich, die den Koloß begräbt.

Als ich zu Ende gelesen hatte, passierte Roy noch zwei oder drei dunkle Häuserblocks, dann sagte ich: »Dreh um, laß uns zurückfahren.«

»Warum denn?«

»Dieses Gedicht klingt wie das Filmstudio *und* der Friedhof zusammen. Hattest du jemals eine dieser Kristallkugeln, in denen, wenn man sie schüttet, innen der Schnee wie bei einem Schneesturm umherwirbelt? Genau so fühlen sich jetzt meine Knochen an.«

»Dummes Zeug«, lautete Roys Kommentar.

Ich warf einen Blick auf sein großartiges Habichtsprofil, das die Nachtluft zerschnitt, voll von dem Optimismus, den nur Handwerker zu besitzen scheinen, überzeugt davon, eine Welt nach ihren ureigenen Vorstellungen erschaffen zu können, egal, was immer passierte.

Ich erinnerte mich daran, wie wir beide dreizehn Jahre alt gewesen waren und King Kong vom Empire State Building stürzte und uns unter sich begrub. Als wir wieder hervorkrochen, waren wir zwei völlig andere Wesen. Wir beteuerten einander, daß wir auf Teufel komm raus ein Monster ersinnen und erbauen würden, das ebenso groß und so fantastisch würde wie Kong.

»Monster«, flüsterte Roy. »Hier sind wir.«

Wir parkten vor dem Brown Derby, einem Restaurant, das trotz seines Namens nicht wie ein brauner Derbyhut aussah – im Gegensatz zu seinem Konkurrenten auf dem knapp fünf Meilen entfernten Wilshire Boulevard. Dessen Dach bildete einen so großen Hut, daß er Gottvater an Ostern gepaßt hätte, oder aber jedem x-beliebigen Studioboß an einem Freitag nachmittag. Die 999 Cartoon-Karikaturen, die drinnen ringsum an den Wänden hingen, waren der Grund, weshalb dieses Brown Derby das bekanntere war. Von außen war es lediglich eine pseudospanische Attrappe. Wir glaubten der Attrappe, traten ein und nahmen die Herausforderung der 999 an.

Bei unserem Erscheinen zog der Oberkellner des Brown Derby die linke Augenbraue hoch. Er, der früher einmal ein Hundefreund gewesen war, liebte jetzt nur noch Katzen. Wir verströmten einen eigenartigen Geruch.

»Die Herren haben bestimmt nicht reserviert?« fragte er gedehnt. Die Nackenhaare des Oberkellners sträubten sich, doch er ließ uns eintreten.

Das Restaurant war beinahe menschenleer. Nur an wenigen Tischen saßen Leute, die gerade ihr Mahl mit einem Dessert oder einem Cognac abrundeten. Die Kellner hatten schon damit begonnen, einige Tische für den nächsten Tag frisch zu decken.

Weiter hinten erscholl Gelächter, und wir sahen drei Frauen, die neben einem Tisch standen, einem Mann zugewandt, der offensichtlich nach Geld suchte, um die Rechnung des Abends zu begleichen. Die jungen Damen lachten, erklärten dem Mann, sie würden draußen die Schaufenster betrachten, bis er gezahlt habe. Dann rauschten sie in einer Wolke von Parfum an mir und Roy vorbei, die wir wie angewurzelt stehenblieben und den Mann dort am Tisch anstarrten.

Stanislau Groc.

»Herrje!« schrie Roy. »*Sie*!«

»*Ich*?«

Grocs ewiges Licht verlosch.

»Was machen Sie denn hier?« rief er herüber.

»Wir wurden eingeladen.«

»Wir suchen hier jemanden«, ergänzte ich.

»Und fandet mich, was Sie ernsthaft aus der Bahn wirft«, beobachtete Groc.

Roy machte Anstalten, sich zu verdrücken. Das alte Siegfried-Syndrom brach wieder durch. Ein Drache war versprochen, was er zu sehen kriegte, war eine Stechmücke. Er konnte seinen Blick nicht von Groc lösen.

»Warum stieren Sie mich so an?« fuhr ihn der kleine Mann an.

»Roy«, sagte ich warnend.

Ich sah, daß Roy den gleichen Gedanken hatte wie ich. Es handelte sich um einen Scherz, sonst nichts. Jemand, der wußte, daß Groc heute abend hier essen würde, hatte uns an der Nase herumgeführt – um sowohl uns als auch Groc zu beschämen. Roy beäugte noch immer die Ohren, die Nase und das Kinn des kleinen Mannes.

»Nein«, sagte Roy, »das paßt nicht zu Ihnen.«

»Was denn? Warten Sie! Ja! Handelt es sich um die *Suche*?« In seiner Brust fing ein kleines stilles Maschinengewehr zu rattern an und quoll kurz darauf als Gelächter über seine schmalen Lippen.

»Aber warum ausgerechnet das Brown Derby? Die Leute, die hierher kommen, sind nicht die richtigen Schreckgespenster für euch. Alpträume, das schon eher. Und ich selbst, ich zusammengeflickte Affenpfote? Wen könnte ich schon erschrecken?«

»Keine Bange«, sagte Roy. »Der Schrecken kommt erst später, wenn ich nachts um drei an Sie denke.«

Das war's. Groc ließ das größte Gelächter aller Zeiten vom Stapel und winkte uns in seine Tischnische.

»Da Ihre Nacht sowieso ruiniert ist, trinken wir einen!«

Roy und ich blickten uns nervös im Restaurant um.

Nicht die Spur von einem Monster.

Als jeder ein Glas Champagner hatte, prostete uns Groc zu.

»Auf daß Sie niemals einem Toten die Wimpern nachziehen müssen, niemals die Zähne eines Toten putzen, seinen Bart frisch einwachsen oder seine syphilitischen Lippen in Form bringen.« Groc erhob sich und schaute zur Tür, durch die seine Damen verschwunden waren.

»Haben Sie deren Gesichter gesehen?« lächelte Groc versonnen. »Mein Werk! Wissen Sie auch, warum diese Mädchen so verschossen in mich sind, und weshalb sie mich nie verlassen werden? Ich bin der Großlama vom Tal des Blauen Mondes. Sollten sie jemals davonlaufen, dann knallt eine Tür zu, die meine nämlich, und ihre Gesichter sacken ab. Ich habe sie auch darauf aufmerksam gemacht, daß ich feine Drähte an ihren Kieferknochen und unter den Augen eingehängt habe, und wenn sie den Bogen zu sehr überspannen – dann fasert ihnen das Gesichtsfleisch aus. Und dann werden sie nicht mehr wie dreißig, sondern wie zweiundvierzig aussehen!«

»Fafner«, grunzte Roy. Seine Finger klammerten sich an die Tischplatte, als wollte er aufspringen.

»Was?«

»Ein Freund«, sagte ich. »Wir dachten, wir würden ihn heute abend hier treffen.«

»Heute abend ist vorbei«, sagte Groc. »Aber bleiben Sie

doch noch. Trinken sie den Champagner aus. Bestellen Sie mehr davon, geht alles auf meine Rechnung. Möchten Sie vielleicht einen Salat, bevor die Küche schließt?«

»Ich bin nicht hungrig«, sagte Roy. In seinen Augen spiegelte sich der wilde, enttäuschte Shrine-Opera-Siegfried-Ausdruck.

»Ja, gerne«, sagte ich.

»Zweimal Salat«, sagte Groc zum Ober. »Mit Gorgonzolasoße?«

Roy schloß die Augen. »Ja, bitte«, sagte ich.

Groc wandte sich an den Ober und drückte ihm ein unnötig hohes Trinkgeld in die Hand.

»Verwöhnen Sie meine Freunde«, sagte er grinsend. Dann sah er zur Tür, durch die seine Damenbegleitung auf Ponyhufen hinausgetrottet war, und schüttelte den Kopf. »Ich muß gehen. Es regnet. Das viele Wasser auf den Gesichtern meiner Mädels. Sie werden zerfließen! So long. Arrivederci!«

Und draußen war er. Die Eingangstür klappte mit einem Flüstern zu.

»Laß uns gehen. Ich komme mir vor wie ein Idiot«, sagte Roy.

Er machte eine Bewegung und verschüttete seinen Champagner. Fluchend tupfte er die Pfütze auf. Ich schenkte ihm ein neues Glas ein und schaute zu, wie er es langsam austrank und sich allmählich beruhigte.

Fünf Minuten später passierte es, im hinteren Teil des Restaurants.

Der Oberkellner drapierte eine Sichtblende um den Tisch in der hintersten Ecke. Sie war etwas verrutscht und hatte sich mit einem scharfen Knall wieder zusammengeklappt. Der Kellner murmelte etwas vor sich hin. Und plötzlich war an der Tür zur Küche eine leichte Unruhe; erst jetzt fiel mir auf, daß dort ein Mann und eine Frau schon einige Sekunden lang gestanden hatten. Nachdem der Kellner die Blende wieder aufgestellt hatte, traten die beiden ins Licht hinaus und eilten, ohne nach links oder rechts zu blicken, geradewegs auf den Tisch zu.

»O mein Gott«, raunte ich heiser. »Roy?«

Roy schaute auf.

»Fafner!« flüsterte ich.

»Nein.« Roy verstummte, starrte hinüber, lehnte sich zurück und beobachtete, wie das Paar sich eilig durch den Raum bewegte.

»Doch.«

Nicht Fafner war es, der mythologische Drache, die schreckliche Schlange, was sich schnell von der Küche zum gedeckten Tisch bewegte und dabei seine Dame an der Hand hinter sich herzog.

Es war das, wonach wir so viele Wochen und Tage verzweifelt Ausschau gehalten hatten. Es war das, was ich auf ein Blatt Papier hätte kritzeln oder in die Schreibmaschine hätte hacken sollen, wobei mir ein eisiges Frösteln den Arm heraufgekrochen wäre und es mir eiskalt den Nacken heruntergelaufen wäre.

Es war das, wonach Roy ein ums andere Mal gesucht hatte, wenn er seine langen Finger in seine Tonbatzen tauchte. Es war eine blutrote Blase, die dampfend aus einem urzeitlichen Schlammtiegel aufstieg und sich von selbst in ein Gesicht verwandelte.

Dieses Gesicht trug all die Verstümmelungen, Verunstaltungen und Agonien aller Verwundeten, Erschossenen und aller begrabenen Männer von zehntausend Kriegen, seit dem ersten aller Kriege.

Ein gealterter Quasimodo, dem Krebs, einer alles erfassenden Lepra anheimgegeben.

Und hinter diesem Gesicht gab es eine Seele, die dort für immer würde leben müssen.

Für immer! dachte ich. Er wird *niemals* dort herauskommen.

Das war unser Monster.

Das Schauspiel währte nur einen Augenblick.

Doch ich machte eine Blitzlichtaufnahme von dieser Kreatur, ich schloß die Augen und das fürchterliche Gesicht war auf meiner Netzhaut eingebrannt; so sengend eingebrannt, daß mir Tränen in die Augen schossen und sich meiner Kehle unwillkürlich ein Laut entrang.

Es war ein Gesicht, in dem zwei schrecklich wäßrige Augen ertranken. Ein Gesicht, in dem diese Augen im Delirium herumschwammen, ohne je ein Ufer zu finden, und weder auf einen Pol der Ruhe noch auf Rettung hoffen durften. Da sie sahen, daß sich nichts ihren Blicken darbot, das nicht verwerflich gewesen wäre, schwammen die Augen, strahlend vor Verzweiflung, auf der Stelle, hielten sich an der Oberfläche eines Aufruhrs von Fleisch, weigerten sich, einfach unterzugehen, aufzugeben und zu versinken. Irgendwo flackerte der Funke einer letzten Hoffnung, daß, wenn sie sich nur fleißig hin und her bewegten, sich vielleicht eine irgendwie geartete Rettung finden könnte, ein Hauch von selbstloser Schönheit, irgendeine Offenbarung, die besagte, daß nicht alles so schlimm war, wie es schien. Also trieben die Augen umher, in der glühendheißen Lava des zerstörten Fleisches verankert, in einer genetischen Schmelze, in der keine Seele, und sei sie noch so tapfer, überleben konnte. Während unterdessen die Nasenflügel unentwegt Luft einsogen und die Wunde des Mundes, ein einziger stiller Aufschrei der Verwüstung, den Luftstrom wieder entließ.

In diesem Augenblick sah ich, wie Roy nach vorne zuckte, dann wieder zurück, als würde er von Schüssen getroffen, und dann die rasche, unbewußte Bewegung seiner Hand in seine Jackentasche.

Kurz darauf war der seltsame, zerstörte Mann hinter der Blende aus unserem Blickfeld verschwunden. Roys Hand kam mit seinem kleinen Skizzenbuch und dem Bleistift aus der Tasche hervor, und während er unverwandt auf die Blende schaute, als könne er mit Röntgenaugen hindurchblicken, und ohne zu kontrollieren, was er da malte, warf Roy den Schrecken aufs Papier, den Alptraum, das rohe Fleisch der Zerstörung und der Verzweiflung.

Wie Doré vor ihm, verfügte Roy über die flinke Genauigkeit seiner wandernden, zuckenden, kratzenden, formenden Finger. Ein kurzer Blick auf die Massen Londons genügte, und schon schoß es aus ihm heraus, wie aus einem umgedrehten Stundenglas der Erinnerung, durch seine Fingernägel und den Stift floß jedes Auge, jeder Mund, jeder Kiefer, jedes Gesicht so lebendig und zugleich so vollkommen wie ein Meisterwerk. Zehn Sekunden lang tanzte und huschte Roys Hand in Epilepsien aus Erinnerung und Schöpfung über das Blatt, wie eine Spinne, die in kochendes Wasser gefallen ist. Eben noch war der Block leer. Im nächsten Augenblick war das Monster, nicht vollständig, doch das Wesentliche von ihm, zu erkennen!

»Verdammt!« murmelte Roy und warf den Stift auf den Tisch.

Ich blickte zu der spanischen Wand hinüber und dann auf das flüchtige Porträt.

Das dort auf dem Tisch kam dem halb positiven, halb negativen Gekritzel eines kaum wahrgenommenen Schrekkens sehr nahe.

Ich konnte den Blick nicht von Roys Skizze abwenden, jetzt, wo das Monster versteckt war und der Oberkellner hinter der Blende die Bestellung aufnahm.

»Beinahe«, sagte Roy. »Aber noch nicht ganz. Unsere Suche ist beendet, Junior.«

»Nein.«

»Doch.«

Ich weiß nicht, aus welchem Grund ich mich aufrappelte. »Gute Nacht.«

»Wo willst du hin?« Roy war perplex.

»Nach Hause.«

»Wie willst du da hinkommen? Etwa eine Stunde mit dem Bus fahren? Setz dich wieder.« Roys Hand irrte über den Block.

»Hör auf damit«, sagte ich.

Ebensogut hätte ich ihm direkt ins Gesicht schießen können.

»Nachdem wir wochenlang gewartet haben? Du spinnst wohl. Was ist denn in dich gefahren?«

»Ich muß mich übergeben.«

»Ich auch. Glaubst du, ich genieße das hier?« Er dachte darüber nach. »Stimmt, mir wird schlecht, aber das hier kommt zuerst.« Er vervollständigte den Alptraum und arbeitete das Grauen noch deutlicher heraus. »Na?«

»Jetzt habe ich wirklich Schiß.«

»Denkst du, er kommt hinter seinem Sichtschutz hervor und holt dich?«

»Ja!«

»Setz dich hin und iß deinen Salat. Du kennst doch den Spruch von Hitchcock, daß der Film fertig ist, sobald er den Zeichner das letzte Szenenbild hat malen lassen? Unser Film ist jetzt fertig. *Das hier* hat ihn vollendet. Er ist im Kasten.«

»Wie kommt es nur, daß ich mich schäme?« Ich ließ mich wieder in den Stuhl plumpsen, vermied jedoch, auf Roys Block zu schielen.

»Weil du nicht er bist, und er ist nicht du. Danke Gott im Himmel für sein Erbarmen. Was ist, wenn ich das hier zerreiße und wir einfach weggehen? Wieviele Monate sollen wir noch suchen, bis wir wieder etwas so Trauriges und Furchtbares finden wie das hier?«

Ich mußte schlucken. »Nie wieder.«

»Genau. Diese Nacht ist einmalig. Also bleib ruhig sitzen, iß auf und warte ab.«

»Gut, ich werde warten, doch ich kann nicht ruhig sitzen, und ich werde unheimlich traurig.«

Roy schaute mich direkt an. »Siehst du diese Augen?«

»Ja.«

»Was siehst du?«

»Tränen.«

»Was beweist, daß er mir genauso leid tut wie dir, aber ich kann es nun mal nicht ändern. Reg dich ab. Trink einen Schluck.«

Er goß mir mehr Champagner ein.

»Schmeckt ekelhaft«, sagte ich.

Roy malte und das Gesicht war wieder da. Ein Gesicht, das sich in einem Zustand völligen Zerfalls befand. Geradeso, als wäre sein Bewohner, der Geist hinter der Erscheinung, tausend Meilen gerannt und geschwommen, und nun ging er unter und starb. Falls hinter dem Fleisch Knochen waren, dann waren sie zertrümmert und wieder neu zusammengesetzt, hatten insektengleiche Formen angenommen, fremdartige Fassaden, die den Ruin verbargen. Falls es hinter den Knochen ein Bewußtsein gab, das in den Höhlen der Netzhaut und des Trommelfells hauste, dann sandte er seine verzweifelten Signale unablässig durch die umherirrenden Augenteiche aus.

Und dennoch, nachdem das Essen serviert und der Champagner kredenzt worden war, wurden Roy und ich von unglaublichen Lachsalven, die von den Wänden hinter der Sichtblende zurückprallten, regelrecht durchsiebt. Die Dame ging anfangs nicht darauf ein, doch im Lauf der Zeit steigerte sich ihr stilles Wohlgefallen zu beinahe ebenso lauter Fröhlichkeit. Während sein Lachen aber so klar und ehrlich wie das Läuten einer Glocke klang, bewegte sich das ihre am Rand der Hysterie.

Ich trank viel, um mir Mut zu machen. Als die Flasche Champagner geleert war, brachte der Oberkellner eine neue und winkte ab, als ich in meiner leeren Brieftasche herumfummelte.

»Groc«, sagte er nur, doch Roy hörte nichts. Er malte eine Seite seines Blocks nach der anderen voll, und je weiter die Zeit voranschritt und je mehr das Gelächter anschwoll, um so grotesker wurden seine Skizzen, als trieben die Schreie ungetrübter Freude seine Erinnerung vorwärts und füllten Blatt um Blatt. Schließlich verebbte das Gelächter. Ein leises Rascheln war zu hören, die Vorbereitungen zum Aufbruch hinter der Sichtblende, und dann stand der Oberkellner an unserem Tisch.

»Entschuldigen Sie«, murmelte er. »Wir schließen jetzt. Darf ich Sie bitten?« Er nickte zur Tür hin, trat zur Seite und zog unseren Tisch ein Stück nach vorne. Roy stand auf. Er blickte zum Tisch mit der Spanischen Wand hinüber.

»Nein«, sagte der Oberkellner. »Es gehört sich so, daß Sie zuerst gehen.«

Ich war schon halb draußen und mußte mich noch einmal umdrehen. »Roy?« rief ich. Erst dann kam mir Roy nach. Er ging rückwärts hinaus, als müsse er ein Theater verlassen, in dem das Stück noch nicht zu Ende ist.

Als Roy und ich ins Freie traten, hielt ein Taxi am Straßenrand. Bis auf einen mittelgroßen Mann in einem langen Kamelhaarmantel, der dicht am Rinnstein und mit dem Rücken zu uns stand, war die Straße menschenleer. Die Aktenmappe, die der Mann unter den Arm geklemmt hielt, verriet ihn. In den Sommern meiner Kindheit und auch später noch hatte ich diese Mappe Tag für Tag gesehen, vor den Columbia-Filmstudios, vor Paramount, vor MGM und vor allen anderen. Damals war sie voll mit wunderhübsch gezeichneten Porträts von Garbo,

Colman, Gable, Harlow, und im Laufe der Zeit mit tausend anderen, alle mit dunkelroter Tinte signiert. Und alle von einem verrückten, darüber alt gewordenen Autogrammjäger gesammelt. Ich zögerte erst, doch dann blieb ich stehen.

»Clarence?« rief ich.

Der Mann zuckte zusammen, als wollte er nicht erkannt werden.

»Du bist es doch, oder?« sagte ich leise und berührte ihn am Ellenbogen. »Clarence, habe ich recht?«

Der Mann wich zurück, drehte dann aber doch den Kopf. Das gleiche Gesicht, nur mit grauen Falten und der Bleichheit der Knochen, die es älter machten.

»Was denn?« sagte er.

»Erinnerst du dich an mich?« fragte ich. »Bestimmt. Ich bin damals in Hollywood herumgerannt, mit den drei verrückten Schwestern. Eine von ihnen hat diese geblümten Hawaiihemden gemacht, die Bing Crosby in seinen frühen Filmen getragen hat. Im Sommer 1934 stand ich jeden Mittag vorm Maximus. Du warst auch dort. Wie könnte ich das vergessen. Du hattest die einzige Skizze von der Garbo mit Autogramm, die ich jemals gesehen habe...«

Nach meiner Litanei schien er sich noch unwohler zu fühlen. Bei jedem Wort versank Clarence noch tiefer in seinem Kamelhaarmantel.

Er nickte nervös. Er blickte nervös zur Tür des Brown Derby hinüber.

»Was machst du hier so spät am Abend?« fragte ich ihn. »Hier ist schon alles nach Hause gefahren.«

»Kann man nie wissen. Ich habe sonst nichts zu tun ...«, antwortete Clarence.

Man kann nie wissen. Douglas Fairbanks, von den Toten auferstanden, könnte den Boulevard entlanggeschlendert kommen, oder besser noch: Brando. Fred Allen, Jack Benny und George Burns könnten auf dem Rückweg vom Legion Stadion um die Ecke biegen, wo die Boxkämpfe gerade vorüber und die Menschen glücklich waren, geradeso wie in der guten alten Zeit, die viel angenehmer war als die heutige Nacht, oder die Nächte, die noch kommen würden.

Ich habe sonst nichts zu tun. Genau.

»Richtig«, sagte ich. »Man kann nie wissen. Erinnerst du dich überhaupt noch an mich? An den Bekloppten? Den Behämmerten? Den Marsmenschen?«

Clarences Augen hüpften auf und ab, von meinen Augenbrauen zur Nase, von der Nase zum Kinn, doch er schaute mir nicht in die Augen.

»N-nein«, stotterte er.

»Gute Nacht«, sagte ich.

»Wiedersehen«, sagte Clarence.

Roy führte mich schnurstracks zu seiner Blechkiste. Wir kletterten hinein, wobei Roy ungeduldig seufzte. Kaum saßen wir drin, grabschte er auch schon Block und Bleistift und wartete.

Clarence stand immer noch in der Nähe des Taxis am Straßenrand, als die Türen des Brown Derby aufgingen und das Ungeheuer mit der Unschuld an der Hand herauskam.

Es war eine wunderschöne warme Nacht, denn sonst hätte das, was dann passierte, nicht passieren können.

Das Ungeheuer sog aus vollen Lungen die Luft in sich hinein, augenscheinlich trunken von Champagner und süßem Vergessen. Sollte ihm bewußt sein, daß er ein Gesicht aus einem längst vergessenen Krieg besaß, so ließ er sich das nicht anmerken. Er hielt seine Dame fest an der Hand und führte sie plaudernd und lachend zum Taxi. Plötzlich bemerkte ich an der Art und Weise, wie sie ging und den Blick auf nichts Bestimmtes richtete, daß sie...

»Sie ist blind!«

»Was?« raunzte Roy.

»Sie ist blind. Sie kann ihn nicht sehen. Kein Wunder, daß sie befreundet sind! Er führt sie zum Essen aus und verschweigt ihr, wie er aussieht!«

Roy beugte sich nach vorne und beobachtete die Frau angestrengt.

»Mein Gott«, sagte er, »du hast recht.«

Der Mann lachte, und die Frau stimmte in sein Lachen ein, wie ein benommener Papagei.

In diesem Augenblick drehte sich Clarence, der dem Gelächter und dem Geplänkel zugehört hatte, herum, um sich das Paar anzusehen. Mit halbgeschlossenen Augen hörte er weiter intensiv zu, dann zuckte ein Ausdruck ungläubiger Überraschung über sein Gesicht. Ein Wort explodierte aus seinem Mund.

Das Monster hörte zu lachen auf.

Clarence ging einen Schritt auf den Mann zu und sagte etwas zu ihm. Auch das Lachen der Frau verstummte. Clarence stellte eine zweite Frage. Daraufhin ballte das Monster seine Hände zu Fäusten zusammen, stieß einen Schrei aus und reckte die Arme hoch in die Luft, als wolle es Clarence erschlagen, an Ort und Stelle in das Pflaster rammen.

Clarence ging blökend in die Knie.

Das Ungeheuer stand über ihm, mit zitternden Fäusten, sein Körper wankte hin und her, mehr oder weniger außer Kontrolle geraten.

Clarence brüllte, und die blinde Frau, die vor sich ins Leere tastete, sagte etwas, und das Monster schloß die Augen und ließ die Arme wieder sinken. Sofort sprang Clarence auf und verschwand in der Dunkelheit. Um ein Haar wäre ich aufgesprungen und ihm gefolgt, aus welchem Grund auch immer. Im nächsten Augenblick half das Monster seiner blinden Freundin ins Taxi, und der Wagen röhrte davon.

Roy drehte den Zündschlüssel und raste hinterher.

Am Hollywood Boulevard bog das Taxi nach rechts ab; wir wurden von der roten Ampel und von einigen Fußgängern aufgehalten. Roy ließ den Motor aufheulen, als wolle er sich eine Gasse bahnen, und kaum war der Überweg frei, raste er trotz Stopplicht weiter.

»Roy!«

»Hör auf, meinen Namen durch die Gegend zu schreien. Hat uns ja niemand gesehen. Wir *dürfen* seine Spur nicht verlieren! Ich *brauche* ihn! Wir müssen wissen, wo er hinfährt! *Wer* er ist! Da!«

Weiter vorne sahen wir, wie das Taxi nach rechts in die Gower Street einbog. Vor uns sahen wir auch Clarence unvermindert weiterrennen, doch er sah uns nicht, als wir an ihm vorbeizischten. Seine Hände waren leer. Er hatte die Mappe fallenlassen und vor dem Brown Derby liegenlassen. Wann wird er sie wohl vermissen, fragte ich mich.

»Armer Clarence.«

»Wieso ›arm‹?« fragte Roy.

»Er steckt auch mit drin. Warum hätte er sonst vor dem Brown Derby gestanden? Zufall? Garantiert nicht. Jemand hat ihn herbestellt. Herrje, jetzt hat er all seine großartigen Porträts verloren. Roy, wir müssen zurückfahren und sie in Sicherheit bringen.«

»Wir«, sagte Roy, »müssen immer weiter geradeaus.«

»Ich frage mich«, grübelte ich laut, »was für eine Nachricht Clarence bekommen hat. Was stand da wohl drin?«

»Was stand *wo* drin?«

Roy überfuhr am Sunset noch eine zweite rote Ampel, um das Taxi einzuholen, das schon fast am Santa Monica Boulevard angelangt war.

»Sie fahren zum Studio«, rief Roy. »Nein, doch nicht.«

Das Taxi war auf dem Santa Monica Boulevard links abgebogen, am Friedhof vorbei.

Erst als wir St. Sebastian erreicht hatten, so ziemlich die unbedeutendste katholische Kirche von ganz L. A., huschte das Taxi links eine kleine Seitenstraße direkt neben der Kirche hinunter.

Ungefähr hundert Meter weiter hielt das Taxi an. Roy bremste und parkte am Rinnstein. Wir beobachteten, wie das Monster die Frau zu einem kleinen weißen Gebäude führte, das im Schatten der Nacht verborgen lag. Er war nur einen Moment lang weg. Eine Tür wurde geöffnet und wieder geschlossen, dann kam das Monster zum Taxi zurück, das sogleich mit ihm bis zur nächsten Ecke glitt, eine elegante Kehrtwende machte und uns entgegenkam. Zum

Glück waren unsere Scheinwerfer aus. Das Taxi rauschte vorbei. Roy stieß einen Fluch aus, ließ den Wagen an, schoß los und nach einer gemeingefährlichen Wende, die ich aufschreiend überlebte, waren wir wieder auf dem Santa Monica Boulevard, gerade rechtzeitig, um das Taxi vor St. Sebastian anhalten und seinen Passagier aussteigen zu sehen, der sogleich, ohne sich umzusehen, die Stiegen zum erleuchteten Eingang emporhastete. Das Taxi fuhr davon.

Roy ließ unseren Wagen mit ausgeschalteten Scheinwerfern auf einen dunklen Parkplatz unter einem Baum gleiten.

»Roy, was hast du …«

»Still!« zischte Roy. »Duck dich. Ducken ist angesagt. Dieser Kerl gehört um Mitternacht so wenig in eine Kirche wie ich auf eine Varietébühne …«

Minuten verstrichen. Die Lichter in der Kirche gingen nicht aus.

»Geh mal nachsehen«, schlug Roy vor.

»Wie bitte?«

»Na schön, ich gehe selbst!«

Schon war er aus dem Wagen gehüpft und streifte sich die Schuhe von den Füßen.

»Komm zurück!« rief ich.

Doch Roy war weg, auf Socken. Ich stieg aus, zog mir die Schuhe aus und folgte ihm. Roy schaffte die Strecke bis zur Kirchentür in zehn Sekunden, ich immer dicht hinter ihm; dort angekommen, drückten wir uns eng an die Außenwand und lauschten. Wir hörten eine Stimme, anschwellend, abschwellend, lauter, dann wieder leiser.

Die Stimme des Monsters! Gehetzt ausgesprochene Monstrositäten, schreckliche Geständnisse, grauenhafte

Irrtümer, Sünden, schwärzer als der marmorne Himmel über und unter uns.

Die Stimme des Priesters formulierte kurz und knapp und ebenso dringlich Worte der Vergebung, Verheißungen eines besseren Lebens, in dem das Monster, wenn schon nicht als Schönheit wiedergeboren, so doch mittels Buße einiger kleiner, süßer Freuden teilhaftig werden könne.

Geflüster, Geflüster, in der Tiefe der Nacht.

Ich schloß die Augen und strengte meine Ohren an.

Geflüster, Geflüster. Dann erstarrte ich vor Verwunderung.

Ein Schluchzen. Ein anhaltendes Heulen, das nie mehr enden zu wollen schien.

Der einsame Mensch dort in der Kirche, der Mann mit dem schrecklichen Gesicht und der verlorenen Seele dahinter, ließ seiner furchtbaren Traurigkeit freien Lauf, damit sie den Beichtstuhl, die Kirche und auch mich erschütterte. Schluchzen, Seufzen, und wieder Schluchzen.

Mir kamen selbst die Tränen. Dann Schweigen und – ein Geräusch. Schritte.

Wir suchten das Weite, sprangen schnell in den Wagen.

»Um Himmels willen!« zischte Roy.

Er stieß meinen Kopf nach unten und kauerte sich im Sitz zusammen. Das Monster war wieder draußen; es rannte allein quer über die leere Straße.

Vor dem Friedhofstor wandte es sich noch einmal um. Ein vorbeifahrendes Auto strahlte ihn an wie ein Theaterscheinwerfer. Es erstarrte, wartete und war dann im Friedhof verschwunden.

In einiger Entfernung hinter uns, im Innern der Kirche,

bewegte sich ein Schatten, die Kerzen erloschen, die Türen wurden geschlossen.

Roy und ich blickten uns an.

»Mein Gott«, sagte ich. »Welche Sünden sind wohl so groß, daß sie jemand so spät in der Nacht beichten muß? Und dieses Schluchzen! Hast du das gehört? Glaubst du – daß er herkommt, um Gott zu vergeben, weil er ihm dieses Gesicht verliehen hat?«

»Dieses Gesicht. Ja, ja, ja. Ich muß wissen, was er vorhat, ich darf die Spur nicht verlieren!«

Und schon war Roy wieder aus dem Wagen gesprungen.

»Roy!«

»Kapierst du das denn nicht, du Blödmann?« schrie Roy. »Er ist unser Film, unser Monster! Stell dir vor, er entkommt uns! Mein Gott!«

Roy rannte über die Straße.

So ein Narr, dachte ich. Was macht er?

Doch ich traute mich nicht, so weit nach Mitternacht herumzuschreien. Roy setzte über das Friedhofstor und versank wie ein Ertrinkender in den Schatten. Ich schoß im Autositz so unkontrolliert hoch, daß ich mir den Kopf am Wagendach anschlug. Fluchend fiel ich in den Sitz zurück: Roy, verdammt. Verdammt, Roy.

Was ist, wenn jetzt eine Polizeistreife kommt, dachte ich, und mir Fragen stellt? Was haben Sie hier verloren? Meine Antwort? Ich warte auf Roy. Er ist auf dem Friedhof, muß jeden Moment wieder zurück sein. Das wird er doch, oder? Klar, Sie müssen sich nur ein wenig gedulden.

Ich wartete. Fünf Minuten. Zehn.

Unglaublich. Roy kam tatsächlich zurück, doch er bewegte sich, als hätte man ihm Elektroschocks verpaßt.

Langsam, wie ein Schlafwandler, überquerte er die Straße. Er sah nicht einmal, wie sich seine eigene Hand auf den Türgriff legte und die Wagentür öffnete. Er setzte sich auf den Fahrersitz und stierte hinüber zum Friedhof.

»Roy?«

Er hörte mich nicht.

»Was hast du eben dort drüben gesehen?«

Er antwortete mir nicht.

»Kommt er, *es*, kommt es wieder raus?«

Schweigen.

»Roy!« Ich stieß ihn am Ellbogen. »Rede schon! Was ist?«

»Er«, sagte Roy.

»Ja?«

»Unglaublich«, sagte Roy.

»Ich werde dir glauben.«

»Nein. Sei still. Jetzt gehört er mir. Meine Güte, Junior, was für ein Monster haben wir jetzt.« Endlich drehte er sich zu mir, in seinen Augen ein Feuer, seine Wangen glühten. »Das wird ein Film, Kumpel.«

»Wirklich?«

»Oh«, rief er mit einem Gesicht, das von einer Offenbarung erhellt war. »Absolut!«

»Sonst hast du nichts zu sagen? Nichts davon, was im Friedhof vorgefallen ist, was du gesehen hast? Nur ›Oh, absolut‹?«

»Oh«, sagte Roy, der den Kopf wieder Richtung Friedhof gedreht hatte. »Absolut.«

Die Beleuchtung, die den gefliesten Lichthof der Kirche erhellt hatte, ging aus. Die Kirche lag im Dunkeln. Die Straße lag im Dunkeln. Die Lichter auf dem Gesicht meines Freundes waren verschwunden. Über dem Friedhof sah man erste Anzeichen der Morgendämmerung.

»Oh«, flüsterte Roy.

Dann fuhr er Richtung Heimat.

»Ich kann es kaum erwarten, an meinen Lehm ranzukommen«, sagte er.

»Nein!«

Erschrocken schaute er mich an. Bäche von Straßenlicht rannen über sein Gesicht. Er sah aus wie jemand unter Wasser, unberührbar, unerreichbar, unrettbar.

»Willst du damit sagen, ich *darf* dieses Gesicht für unseren Film nicht verwenden?«

»Es geht nicht nur um das Gesicht. Ich habe so ein Gefühl... wenn du das tust, sind wir so gut wie tot. Herrgott, Roy, ich habe Angst. Jemand hat dir geschrieben, damit du ihn heute abend findest, vergiß das nicht. Jemand wollte, daß du ihn siehst. Jemand hat auch Clarence dorthin bestellt! Das geht mir alles zu schnell. Wir tun einfach so, als seien wir nie im Brown Derby gewesen.«

»Wie stellst du dir das vor?« fragte Roy entgeistert.

Er fuhr schneller.

Der Wind blies zum Fenster herein, zerrte an meinen Haaren, an meinen Augenlidern und Lippen.

Schatten liefen über Roys Stirn, seine große Habichtsnase hinab und über seinen triumphierenden Mund. Er kam mir vor wie Grocs Mund, oder wie *Der Mann, der lacht*.

Roy spürte, daß ich ihn ansah. »Na, haßt du mich auch schön?«

»Nein. Ich frage mich nur, wie ich dich all die Jahre habe kennen können, ohne dich zu kennen.«

Roy hielt seine linke Hand zum Fenster hinaus, in der die Skizzen aus dem Brown Derby im Wind flappten und flatterten.

»Soll ich loslassen?«

»Du weißt so gut wie ich, daß du eine Pocketkamera im Gehirn hast. Wenn du diese hier fallen läßt, so hast du jederzeit eine neue Rolle zum Entwickeln hinter deinem linken Augapfel.«

Roy wedelte mit den Blättern. »Das stimmt. Der nächste Satz wird zehnmal so gut.« Die Seiten aus dem Block flatterten hinter uns in die Nacht.

»Damit fühle ich mich auch nicht besser«, sagte ich.

»Ich aber. Das Monster gehört jetzt uns. Uns allein.«

»Ach ja? Wer hat es uns denn geschenkt? Wer hat uns zu diesem Rendezvous geschickt? Wer beobachtet uns, während wir ihn beobachten?«

Roy streckte die Hand aus und malte die Hälfte einer Fratze in die Feuchtigkeit auf der Innenseite der Fensterscheibe.

»Momentan nur meine Muse.«

Danach sagten wir nichts mehr. Den Rest des Heimwegs legten wir in tiefem Schweigen zurück.

17

Um zwei Uhr morgens klingelte das Telefon.

Es war Peg, die aus Connecticut anrief, wo es kurz vor Morgengrauen war.

»Erinnerst du dich an eine Ehefrau namens Peg«, schrie sie, »die vor zehn Tagen zu einer Lehrerkonferenz nach Hartford gefahren ist? Warum hast du mich nie angerufen?«

»Hab' ich doch. Aber du warst nicht in deinem Zimmer. Ich habe meinen Namen hinterlassen. Herrje, wärst du doch zu Hause.«

»Ach du Schreck«, sagte sie langsam, Silbe für Silbe. »Kaum habe ich die Stadt verlassen, steckst du schon im Schlamassel. Soll Mama nach Hause eilen, nach Hause fliegen?«

»Ja. Nein. Es ist nur der übliche Studioquark.« Ich zögerte.

»Weshalb zählst du bis zehn?« wollte sie wissen.

»Herr im Himmel«, stöhnte ich.

»Du kannst weder Ihm noch mir entkommen. Hast du brav deine Diät eingehalten? Geh auf der Stelle zu einer dieser automatischen Waagen, die einem das Gewicht in roter Tinte ausdrucken, und schicke mir den Zettel. Hey«, fügte sie hinzu, »ich meine es ernst. Soll ich zurückfliegen? Morgen?«

»Ich liebe dich, Peg«, sagte ich. »Komm einfach so zurück, wie es geplant war.«

»Aber was ist, wenn du nicht dort bist, wenn ich zurückkomme? Ist immer noch Halloween?«

Weibliche Intuition!

»Sie haben es um eine Woche verlängert.«

»Das habe ich gleich an deiner Stimme gehört. Mach einen großen Bogen um jeden Friedhof.«

»Wie kommst du denn *darauf*?«

Mein Herz hoppelte wie ein Kaninchen.

»Hast du Blumen auf das Grab deiner Eltern gelegt?«

»Vergessen!«

»Wie kannst du nur!«

»Egal, der Friedhof, auf dem sie liegen, ist viel besser.«

»Besser als was?«

»Als jeder andere ... weil sie dort liegen.«

»Bring ihnen eine Blume von mir«, sagte sie. »Ich liebe dich. Bis bald.«

Dann entfernte sie sich mit einem Summen in der Verbindung und einem stillen Dröhnen, und sie war weg.

Um fünf Uhr früh, ohne Aussicht auf Sonne und mit der Wolkendecke vom Pazifik fest über meinem Dach, blinzelte ich zur Zimmerdecke, stand auf und gelangte, auch ohne Brille, bis zu meiner Schreibmaschine.

Dort saß ich im Zwielicht vor Sonnenaufgang und schrieb: »DAS MONSTER KEHRT ZURÜCK.«

Nur war es jemals weggewesen?

War es mir nicht zeit meines Lebens vorausgegangen, hatte mich mit seinem Flüstern gelockt?

»KAPITEL EINS«, tippte ich.

»Was ist nur so schön an einem perfekten Monster? Wieso stehen kleine Jungs und erwachsene Männer so darauf?

Was läßt uns die Hälfte unseres Lebens über Kreaturen,

Monster, Absonderlichkeiten und das Groteske nachgrübeln?

Und nun das verrückte Verlangen, das schrecklichste Gesicht der Welt zu verfolgen und einzufangen!«

Ich atmete tief durch und wählte Roys Nummer. Seine Stimme kam von weit her, von unter Wasser.

Ich sagte: »Alles in Ordnung. Alles was du willst, Roy. Alles klar.«

Dann legte ich auf und ließ mich wieder ins Bett fallen.

Am nächsten Morgen stand ich vor Roy Holdstroms Atelier 13 und las das Schild, das er gemalt hatte.

VORSICHT, RADIOAKTIVE ROBOTER
TOLLWÜTIGE HUNDE, ANSTECKENDE KRANKHEITEN

Ich preßte mein Ohr an die Studiotür und stellte mir vor, wie er dort drinnen in der weitläufigen, stillen Kirchenschiffdunkelheit wie eine ungelenke Spinne an seinem Lehm herumwerkelte, gefangen von seiner großen Liebe und dem, was durch seine Liebe Gestalt annahm.

»Na los, Roy«, flüsterte ich. »Na los, Monster.«

Um mir die Wartezeit zu verkürzen, unternahm ich einen Spaziergang durch die Städte dieser Welt.

18

Im Gehen dachte ich: Mein Gott, Roy bringt ein Monster zur Welt, vor dem ich mich fürchte. Wie soll es mir gelingen, mit Zittern aufzuhören und Roys Delirium einfach zu akzeptieren? Wie schaffe ich es, ein Drehbuch um das Monster herum zu konstruieren? Wo soll ich es ansiedeln? In welchem Dorf, welcher Stadt, auf welchem Flecken der Erde?

Meine Güte, dachte ich, während ich so ging, jetzt ist mir klar, warum so wenig Gruselgeschichten in Amerika beheimatet sind. England mit seinen Nebeln, seinem Regen, den Mooren, den uralten Häusern, den Londoner Gespenstern – Jack the Ripper? Keine Frage, das geht!

Aber Amerika? Hier gibt es keine wahre Tradition von Spukgestalten und Geisterhunden. Höchstens New Orleans, dort gibt es genügend Nebel, Regen und Herrenhäuser im Sumpf, wo man Gräber graben und wo einem der kalte Schweiß ausbrechen kann, während die Seelen der Verstorbenen auf und davon marschieren. Oder auch San Francisco, wo jede Nacht die Nebelhörner ihre Klage anstimmen und wieder verstummen.

Vielleicht Los Angeles. Der Schauplatz für Chandler und Cain. Und doch …

Es gab in ganz Amerika nur einen einzigen Ort, wo man einen Killer verstecken und sein Leben verlieren konnte.

Maximus Films!

Lachend bog ich in eine kleine Gasse ein, schlenderte durch die Dekorationen für ein halbes Dutzend Filme auf dem hinteren Studiogelände und machte mir Notizen.

Hier war man in England, im abgelegenen Wales, in schottischen Hochmooren oder im wolkenverhangenen Irland. Hier traf man auf die Ruinen alter Schlösser und auf die Grabgewölbe der Horrorfilme. Hier huschten die ganze Nacht lang Gespenster über die Wände der Projektionsräume, mit klaffenden Mäulern, auf ihren alten DeMille-Streitwagen mit den graugescheckten Schlachtrössern, Totenlieder singend, während die Nachtwächter ihre Runden drehten.

So würde es auch heute nacht sein, wenn die Phantomstatisten die Zeit anhielten und der Friedhofsnebel über die Mauer quoll, der von den Rasensprengern herrührte, die kalte Tropfen auf die von der Hitze des Tages noch warmen Gräber spritzten. Jede Nacht konnte man hier durch London schlendern und jenem Weichen stellenden Phantom begegnen, dessen Laterne der Lokomotive das Signal gab, worauf sie wie eine eiserne Festung auf ihn zuraste und endlich in die Atelierhalle 12 krachte, um in den Seiten einer alten Oktoberausgabe des *Silver Screen*-Magazins zu verschwinden.

So spazierte ich durch die Straßen, wartete darauf, daß die Sonne unterging und Roy mit von rotem Ton verschmierten Händen herauskam, um eine Geburt zu verkünden!

Um vier Uhr hörte ich entfernte Gewehrschüsse.

Die Schüsse waren nichts anderes als Roy, der auf einer Wiese hinter Halle 7 einen Krocketball durch die Gegend drosch. Er hieb wieder und wieder auf den Ball ein, dann spürte er meinen Blick und hielt inne. Er hob den Kopf und blinzelte mir zu. Sein Blick war nicht der eines Geburtshelfers, sondern eher der eines fleischfressenden wilden Tieres, das gerade eben getötet und sich satt gefressen hat.

»Ich hab's getan, bei Gott!« rief er. »Es sitzt in der Falle. Unser Monster! Dein Monster, und *meins*! Heute aus Ton, morgen schon im Film! Die Leute werden fragen: Wer hat das fertiggebracht? Wir, mein Freund, wir!«

Roy krallte seine langen, knochigen Finger in die Luft.

Ich ging langsam, benommen, auf ihn zu.

»In der Falle? Mensch, Roy, du hast mir immer noch nicht erzählt, was du gesehen hast, als du ihm in der Nacht hinterhergerannt bist!?«

»Wart's ab, Kumpel. Paß auf, ich bin vor einer halben Stunde fertig geworden. Du brauchst nur einen Blick darauf zu werfen, und deine Schreibmaschine wird überkochen. Ich habe Manny angerufen! Er trifft sich mit uns in zwanzig Minuten. Ich bin beim Warten beinahe durchgedreht, deshalb mußte ich hierher kommen und auf den Ball eindreschen. Achtung!« Er landete einen weiteren kraftvollen Schlag. Der Krocketball flog davon. »Haltet mich zurück, bevor ich jemanden umbringe!«

»Roy, beruhige dich.«

»Nein, ich werde mich *nie mehr* beruhigen. Wir erschaffen den größten Horrorfilm aller Zeiten. Manny wird ...«

Eine Stimme gellte: »Hey, was treibt ihr zwei denn dort?«

Mannys Rolls-Royce, ein weißes Theater auf Rädern, glitt mit einem sanften Surren vorüber. Aus einem kleinen Theaterfenster schaute das Gesicht unseres Chefs heraus.

»Haben wir uns verabredet oder nicht?«

»Gehen wir oder fahren wir?« fragte Roy.

»Wir gehen!«

Der Rolls schwebte davon.

19

Wir ließen uns Zeit bei unserem Spaziergang zu Halle 13.

Ich schaute Roy immer wieder an, vielleicht konnte ich einen Hinweis darauf erhaschen, was er die lange Nacht über getan hatte. Schon als wir noch Kinder waren, hatte er mir nur selten seine wahren Gefühle gezeigt. Immer hatte er nur das Garagentor weit aufgerissen, um mir seinen neuesten Saurier zu zeigen. Erst wenn es mir den Atem verschlug, erlaubte er sich einen Freudenschrei. Wenn mir das, was er gemacht hatte, gefiel, dann kümmerte ihn nicht, was alle anderen dazu sagten.

»Roy«, sagte ich. »Geht es dir gut?«

Vor dem Atelier 13 trafen wir auf einen vor Wut kochenden Manny Leiber. »Wo zum Teufel seid Ihr gewesen?« schrie er uns an.

Roy öffnete die schwere Tür zum Atelier, schlüpfte hinein und ließ sie hinter sich zuknallen.

Manny funkelte mich an. Ich machte einen Satz und hielt ihm die Tür auf.

Dann traten wir in die Nacht.

Außer einer einzigen Glühbirne über Roys mit Armaturen versehener Arbeitsplatte herrschte Dunkelheit. Das Gerüst befand sich zwanzig Meter entfernt, hinter einer marsähnlichen Wüstenlandschaft, in der Nähe des von Schatten verdeckten Meteorkraters.

Roy streifte sich die Schuhe von den Füßen und sprang wie ein Ballettmeister quer über die Landschaft, überaus vorsichtig, damit er keins der fingernagelgroßen Bäumchen, keins der fingerhutgroßen Autos zermalmte.

»Zieht euch die Schuhe aus!« rief er.

»Quatsch!«

Doch auch Manny riß sich die Schuhe von den Socken und tänzelte durch die Miniaturwelt. Seit dem Morgengrauen war sehr viel dazugekommen: neue Berge, neue Bäume, plus dem, was uns unter dem nassen Laken im Lichtkegel der Glühbirne erwartete.

Wir erreichten das verhüllte Gestell auf bestrumpften Füßen.

»Seid ihr bereit?« Roy erforschte unsere Gesichter mit seinen Leuchtturmaugen.

»Verflucht nochmal, natürlich!« Mannys Hand schnappte nach dem feuchten Tuch.

Roy stieß sie weg.

»Nein«, sagte er. »*Ich*!«

Manny zog die Hand zurück, rot vor Zorn.

Roy raffte das feuchte Tuch beiseite, als handele es sich um den Vorhang vor der größten Sensation der Welt.

»Nicht die Schöne und das Ungeheuer«, rief er, »sondern das schöne Ungeheuer!«

Manny Leiber und ich standen mit offenen Mündern da.

Roy hatte nicht gelogen. Es war das schönste Stück Arbeit, das er je geleistet hatte, ein geradezu perfektes Ding, das aus einem weitgereisten Langstreckenraumschiff kroch, ein Jäger der mitternächtlichen Pfade zwischen den Sternen, ein einsamer Träumer hinter seiner schrecklichen, grauenhaften, fürchterlichen, entsetzlichen Maske.

Das Monster.

Der einsame Mann hinter der spanischen Wand im Brown Derby, der über etwas lachte, das schon hundert Nächte her zu sein schien.

Die Kreatur, die auf den mitternächtlichen Straßen entflohen war, um sich dann in einen Friedhof zwischen die weißen Gräber zurückzuziehen.

»Großer Gott, Roy.« Meine Augen füllten sich mit Tränen, so groß war der Schock, der mich mit einer Wucht traf, als würde das Monster leibhaftig auf uns zukommen und sein zerklüftetes Gesicht in die Nachtluft recken. »O Gott...«

Roy betrachtete sein Werk mit wild flackernder Leidenschaft. Erst dann drehte er sich zu Manny Leiber um. Was er sah, verblüffte uns beide.

Mannys Gesicht war so weiß wie Hüttenkäse. Seine Augen zuckten in den Höhlen hin und her. Seine Kehle krächzte, als zöge ihm jemand mit einem Draht den Hals zu. Seine Hände krallten sich in seine Brust, als hätte sein Herz ausgesetzt.

»Was hast du *angerichtet*!« kreischte er. »Jesus! Mein Gott, o nein! Was ist das? Fauler Zauber? Ein Scherz? Deck das zu! Du bist gefeuert!«

Manny schleuderte das feuchte Tuch über das Lehmungeheuer.

»Das ist Mist!«

Mit steifen, mechanischen Bewegungen bedeckte Roy den Lehmkopf. »Ich wollte nicht...«

»Du wolltest wohl! Du willst *so etwas* auf die Leinwand loslassen? Perverser! Pack deine Sachen und scher dich davon! Hau ab!« Zitternd schloß Manny die Augen. »*Sofort*!«

»Sie haben es doch aber verlangt!« widersprach Roy.

»Dann verlange ich jetzt, daß es zerstört wird!«

»Die beste... meine vollkommenste Arbeit! Sehen Sie es sich an, verdammt! Es ist wunderschön. Es gehört mir!«

»Nein! Es gehört dem Studio! Werfen Sie es weg! Der Film ist gestrichen. Sie sind *beide* gefeuert. Ich möchte diesen Ort hier in einer Stunde aufgeräumt vorfinden. Los jetzt!«

»Warum«, fragte Roy, »regen Sie sich so auf?«

»Ach ja, ich rege mich auf?«

Und dann pflügte sich Manny einen Weg durch das Atelier, die Schuhe unter den Arm geklemmt. Mit wütenden Schritten zermalmte er Modellhäuschen und trampelte auf Spielzeuglaster.

Als er bei der Tür angekommen war, blieb er stehen, schnappte nach Luft und starrte mich an. »*Du* bist nicht gefeuert. Du bekommst einen neuen Job. Aber der andere Saukerl? Raus mit ihm!«

Die Tür ging auf. Wie bei einer gotischen Kathedrale flutete Licht herein. Dann knallte die Tür zu und ich blieb allein mit Roys Verzweiflung und Niederlage.

»Mein Gott, was haben wir bloß getan! Was zum Teufel!« schrie ich Roy an, ihn, mich und den roten Lehmkörper des Monsters, des entdeckten und enthüllten Ungeheuers. »Was nur?«

Roy zitterte. »Herrje, da arbeite ich ein halbes Leben lang, um etwas wirklich Herausragendes zu schaffen. Ich übe, ich warte, ich halte Ausschau, bis ich es zum Schluß wirklich *sehe*. Und das Ding kommt aus meinen Fingerspitzen heraus... Gott, es kam einfach so heraus! Was ist das für ein Ding, aus diesem verdammten Lehm? Wie kommt es, daß es geboren wird, und ich dabei draufgehe?«

Roy erschauerte. Er hob die Fäuste, doch es war niemand da, auf den er hätte einschlagen können. Sein Blick fiel auf seine prähistorischen Tiere, und er machte eine allumfassende Geste, als wollte er sie umarmen und beschützen.

»Ich komme wieder!« rief er ihnen mit heiserer Stimme zu; dann lief er davon.

»Roy!«

Ich lief ihm nach, als er ins grelle Tageslicht hinausstolperte. Die Sonne hatte den reinsten Glutofen entfacht, wir bewegten uns in einem Fluß aus Feuer. »Wo willst du hin?«

»Weiß der Himmel! Bleib du hier. Es hat keinen Sinn, wenn du auch rausfliegst! Das ist dein erster Job. Du hast mich gestern nacht gewarnt. Jetzt weiß ich, daß es krankhaft war, aber warum? Ich verstecke mich irgendwo auf dem Gelände, damit ich heute nacht meine Freunde herausschmuggeln kann!« Er schaute mit einem sehnsüchtigen Blick auf die geschlossene Tür, hinter der seine Viecher wohnten.

»Ich helfe dir dabei«, sagte ich.

»Nein. Laß dich nicht mit mir sehen. Dann denken die, du hast mich dazu angestiftet.«

»Roy! Manny sah aus, als wolle er dich umbringen! Ich rufe meinen Freund an, Crumley, den Privatdetektiv. Vielleicht kann er uns helfen. Hier ist Crumleys Telefonnummer.« Ich notierte sie hastig auf einem zerknüllten Stück Papier. »Versteck dich. Ruf mich heute abend an.«

Roy Holdstrom warf sich in seine Laurel-und-Hardy-Kiste und tuckerte mit zwanzig Stundenkilometern in Richtung hinteres Studiogelände davon.

»Glückwunsch«, sagte jemand. »Du blöder gottverdammter Kerl!«

Ich drehte mich um. Fritz Wong stand mitten auf der nächsten Querstraße. »Ich habe herumgeschrien und zu guter Letzt hat man Sie darauf angesetzt, das Drehbuch zu meinem lausigen Film *Gott und Galiläa* noch einmal zu überarbeiten. Manny hat mich gerade eben mit seinem Rolls überfahren und mir die Neuigkeit zugebrüllt. Na denn ...«

»Kommt in dem Script ein Monster vor?« Meine Stimme zitterte.

»Nur Herodes Antipas. Leiber will Sie sehen.«

Und schon schob er mich in die Richtung von Leibers Büro.

»Warten Sie«, sagte ich.

Ich sah über Fritzens Schulter zum anderen Ende der Studiogasse, zur Straße hin, wo sich die Menge, der Mob, die Menagerie jeden Tag, und bis in alle Ewigkeit, versammelte.

»Idiot!« sagte Fritz. »Wo wollen Sie hin?«

»Ich habe gerade eben erlebt, wie Roy entlassen wurde«, sagte ich im Gehen. »Jetzt muß ich dafür sorgen, daß er wieder eingestellt wird.«

»Dummkopf.« Fritz kam mit großen Schritten hinter mir her.

»Manny erwartet Sie *jetzt gleich*!«

»Jetzt gleich, plus fünf Minuten.«

Vor dem Studiotor sah ich zur anderen Straßenseite hinüber.

Bist du da, Clarence? fragte ich mich.

20

Und tatsächlich, dort standen sie.

Die Bekloppten. Die Schwachsinnigen. Die Idioten.

Die Meute der Verehrer, die zu den Schreinen der Filmstudios eine Wallfahrt angetreten hatten.

Da standen sie, wie die Reisenden der Nacht, die mich einst in ihrer Mitte vorangeschoben hatten, um die Boxkämpfe des Hollywood Legion Stadion heimzusuchen, für den Fall, daß Cary Grant vorübergesprintet käme, oder Mae West mit der Grazie einer knochenlosen Federboa durch die Menge wogte, oder Groucho an Johnny Weissmüllers Seite herumlungerte, der wiederum Lupe Velez wie ein Leopardenfell hinter sich herzog.

Die Unverbesserlichen, ich mitten unter ihnen, mit riesigen Fotoalben, tintenverkleckten Händen und kleinen bekritzelten Karten. Die Verblendeten, die bei der Premiere von *Broadway-Show* oder *Flirtation Walk* glückselig und vom Regen aufgeweicht vor den Kinos standen, während die Depression immer weiter voranschritt, obwohl Roosevelt sagte, sie könne nicht endlos weitergehen, es würde auch wieder glücklichere Tage geben.

Die Gorgonen, die Schakale, die Dämonen, die Furien, die Traurigen, die Verlorenen.

Einst war ich einer von ihnen.

Da standen sie. Meine Familie.

Immer noch gab es einige vertraute Gesichter aus den Tagen, als ich mich in ihren Reihen verborgen hielt.

Zwanzig Jahre später, mein Gott, dort standen Charlotte und ihre Ma! Sie hatten Charlottes Vater 1930 beerdigt und seit dem Zeitpunkt vor sechs Filmstudios und zehn Restaurants Wurzeln geschlagen. Jetzt, eine ganze Lebensspanne später, stand dort Ma, in ihren Achtzigern, stark und unerschütterlich wie ein Kanonenofen, und Charlotte, gut fünfzig, so mauerblümchenhaft zerbrechlich, wie sie schon immer ausgesehen hatte. Zwei Scheinheilige, denn trotz ihrer Unschuldsmiene waren sie knallhart.

Ich hielt in diesem verblühten Beerdigungsbouquet nach Clarence Ausschau. Clarence war stets der lebhafteste von allen gewesen: er hatte riesige, zwanzig Pfund schwere Fotomappen von Studio zu Studio geschleppt. Roter Ledereinband für Paramount, schwarz für RKO, grün für Warner Brothers.

Clarence, sommers wie winters in seinen überdimensionierten Kamelhaarmantel gehüllt, in dem er Kugelschreiber, Notizblöcke und Minikameras aufbewahrte. Nur an den heißesten Tagen trennte er sich von der Wickelbandage seines Mantels. Dann erinnerte Clarence an eine

Schildkröte, die man aus dem Panzer gerissen hatte und die nun vom Leben einen Schrecken nach dem anderen eingejagt bekam.

Ich überquerte die Straße und blieb vor der Meute stehen.

»Hallo, Charlotte«, sagte ich. »Tag, Ma.«

Die beiden Frauen schauten mich leicht schockiert an.

»Ich bin's«, versuchte ich zu erklären. »Erinnert ihr euch? Vor zwanzig Jahren. Ich war hier mit euch. Weltraum. Raketen. Zeit ...?«

Charlotte schnappte nach Luft und hielt eine Hand über ihren Überbiß. Sie beugte sich so weit nach vorne, als wollte sie jeden Augenblick in den Rinnstein fallen.

»Ma«, rief sie, »ich – äh – der *Verrückte*!«

»Der Verrückte.« Ich lachte in mich hinein.

In Mas Augen flackerte ein Leuchten. »Warum, um Himmels willen?« Sie berührte meinen Ellbogen. »Du armes Ding. Was machst du denn hier? Sammelst du immer noch ...?«

»Nein«, sagte ich zögernd. »Ich arbeite hier.«

»Da drüben?« entfuhr es Charlotte ungläubig.

»Auf der Poststelle?« erkundigte sich Ma.

»Nein.« Meine Wangen wurden feuerrot. »Man könnte sagen ... in der Drehbuchabteilung.«

»Du schreibst Drehbücher ab?«

»Aber, um Gottes willen, Ma.« Charlottes Gesicht strahlte förmlich auf. »Er meint, er *schreibt* Drehbücher, stimmt's?«

Diese Erkenntnis war die reinste Offenbarung. Sämtliche Gesichter ringsum hatten Feuer gefangen.

»Omeingott«, schrie Charlottes Mama. »Das gibt's doch nicht!«

»Doch«, sagte ich, beinahe flüsternd. »Ich mache gerade einen Film mit Fritz Wong. *Cäsar und Christus*.«

Ein tiefes, gebanntes Schweigen breitete sich aus. Füße scharrten. Münder klappten auf und zu.

»Dürften wir ...«, sagte jemand, »ich hätte gern ...«

Charlotte führte den Gedanken zu Ende: »Ihr Autogramm. *Bitte*?«

»Ich ...«

Doch schon reckten sich mir alle Hände entgegen, mit Kugelschreibern und weißen Kärtchen.

Schamhaft nahm ich Charlottes Kärtchen und schrieb meinen Namen darauf. Ma versuchte die Schrift, die für sie auf dem Kopf stand, zu entziffern.

»Schreiben Sie den Namen von dem Film, an dem sie arbeiten, mit dazu«, sagte Ma. »*Christus und Cäsar*.«

»Schreiben Sie auch ›der Verrückte‹ hinter Ihren Namen«, schlug Charlotte vor.

Ich schrieb: »*Der Verrückte*.«

Ich kam mir wie ein kompletter Idiot vor. Da stand ich im Rinnstein, und all die traurigen, seltsamen, verlorenen Seelen hielten die Köpfe schief und versuchten herauszukriegen, wer ich war.

Um meine Verlegenheit zu überspielen, fragte ich: »Wo ist Clarence?«

Charlotte und Ma glotzten mich an. »Sie erinnern sich an *ihn*?«

»Wie könnte ich Clarence vergessen, seine Mappe und seinen Mantel?« sagte ich, weiter Autogramme kritzelnd.

»Er hat sich heute noch nicht gemeldet«, schnauzte Ma.

»Gemeldet?«

»Er ruft immer um diese Zeit in der Telefonzelle dort drüben an und fragt, ob Soundso oder Soundso angekommen oder herausgekommen ist oder sonst was«, sagte Charlotte. »Damit spart er sich Zeit. Er steht spät auf, denn er ist normalerweise bis spät in die Nacht vor den Restaurants unterwegs.«

»Ich weiß.« Ich schrieb mein letztes Autogramm und glühte vor unstatthafter Erhabenheit. Ich traute mich immer noch nicht, in die Gesichter meiner neugewonnenen Verehrer zu schauen, die mich anlächelten, als hätte ich gerade Galiläa mit einem einzigen Schritt durchmessen.

Auf der anderen Seite der Straße klingelte das Telefon in der gläsernen Zelle.

»Das ist jetzt Clarence!« sagte Ma.

»Entschuldigen Sie...« Charlotte flitzte los.

»Bitte.« Ich hielt sie am Ellbogen fest. »Es ist schon so lange her. Eine kleine Überraschung?« Mein Blick wanderte von Charlotte zu Ma und wieder zurück. »Einverstanden?«

»Na schön«, grummelte Ma.

»Machen Sie schon«, sagte Charlotte.

Das Telefon klingelte. Ich rannte hinüber und nahm den Hörer ab.

»Clarence?«

»Wer spricht dort!?« rief er, sofort mißtrauisch.

Ich versuchte, ihm die Sache genauer zu erklären, gebrauchte dann aber doch die alte Metapher: »Der Verrückte.«

Das half Clarence auch nicht weiter. »Wo sind Charlotte und Ma? Ich bin krank.«

Krank, überlegte ich, oder, wie Roy, plötzlich in Panik.

»Clarence«, sagte ich, »wo wohnst du?«

»Warum?«

»Gib mir wenigstens deine Telefonnummer...«

»Die kriegt niemand! Meine Bude würden sie mir ausrauben! Meine Photos. Meine *Schätze*!«

»Clarence«, bettelte ich. »Ich war gestern nacht vor dem Brown Derby.«

Stille.

»Clarence?« rief ich. »Ich brauche deine Hilfe, um jemanden zu identifizieren.«

Ich könnte schwören, daß ich über den Draht sein kleines Kaninchenherz rasen hörte. Ich hörte, wie seine winzigen Albinoaugen in ihren Höhlen klackerten.

»Clarence«, redete ich erneut auf ihn ein, »bitte! Schreib dir meinen Namen und meine Telefonnummern auf.« Ich gab sie ihm durch. »Rufe im Studio an, oder schreibe dorthin. Ich habe gesehen, wie dich dieser Mann heute nacht beinahe geschlagen hätte. Warum? Wer...?«

Klick. Summ.

Clarence, wo immer er auch war, hatte eingehängt.

Ich schlich wie ein Schlafwandler über die Straße.

»Clarence kommt nicht.«

»Was soll das heißen?« blaffte mich Charlotte an. »Er ist immer hier!«

»Was haben Sie ihm gesagt?« Charlottes Ma funkelte mich mit ihrem linken, mit ihrem bösen Auge an.

»Er ist krank.«

Krank, dachte ich, wie Roy; krank, wie ich.

»Weiß jemand von euch, wo er wohnt?«

Sie schüttelten die Köpfe.

»Ich schlage vor, Sie verfolgen ihn und finden es selbst heraus!« Charlotte unterbrach sich und mußte selbst über sich lachen. »Ich meine ...«

Jemand sagte: »Ich glaube, ich habe ihn mal die Beachwood runtergehen sehen. Eine von den Bungalow-Wohnanlagen ...«

»Hat er auch einen Nachnamen?«

Nein. Wie alle anderen auch in all den Jahren. Keine Nachnamen.

»Mist«, zischte ich.

»Wo wir gerade dabei sind ...« Charlottes Ma beäugte die Karte, die ich signiert hatte. »Wie ruft man Sie denn?«

Ich buchstabierte ihr meinen Namen.

»Wenn Sie beim Film arbeiten wollen«, meinte Ma verächtlich, »dann sollten Sie sich einen neuen Namen zulegen.«

»Nennt mich einfach den Verrückten.« Ich verabschiedete mich: »Charlotte. Ma.«

»Mach's gut, Verrückter«, sagten sie.

21

Fritz wartete im ersten Stock auf mich, draußen vor Mannys Büro.

»Die da drinnen sind im Blutrausch«, klärte er mich auf. »Und was ist mit Ihnen los?«

»Ich hatte mit den Dämonen ein Zwiegespräch.«

»Was? Sind sie schon wieder von Notre Dame heruntergestiegen? Kommen Sie, hier rein!«

»Warum nur? Vor einer Stunde waren Roy und ich ganz oben, auf dem Everest. Jetzt hat man ihn zum Teufel geschickt, und ich hänge mit Ihnen in Galiläa fest. Können Sie mir das erklären?«

»Sie und ihre Art, sich beliebt zu machen«, sagte Fritz. »Wer kann das schon wissen? Vielleicht ist Mannys Mutter gestorben. Oder seine Geliebte hat sich besonders dumm angestellt. Oder Verstopfung? Magenverstimmung? Suchen Sie sich was aus. Roy wurde gefeuert, und Sie und ich drehen jetzt sechs Jahre lang *Die kleinen Strolche*. Los, rein!«

Wir betraten Manny Leibers Büro.

Manny Leiber stand mit dem Rücken zu uns und präsentierte uns seinen Nacken.

Er stand mitten in einem rundum weißen Zimmer: weiße Wände, weißer Teppich, weiße Möbel, ein vollkommen weißer Schreibtisch, auf dem nichts außer einem weißen Telefon stand. Da hatte wohl einen Schneeblinden aus der Ausstattungsabteilung die Inspiration wie ein Schneesturm erwischt.

Hinter dem Schreibtisch hing ein großer Spiegel; man konnte sich, wenn man den Kopf umwandte, beim Arbeiten zusehen. In dem Zimmer gab es nur ein Fenster. Es ging auf die rückwärtige Mauer des Studiogeländes hinaus, die nicht weiter als zehn Meter entfernt war; ein Panoramablick über den angrenzenden Friedhof. Ich konnte meine Augen kaum davon losreißen.

Doch Manny Leiber räusperte sich. Ohne sich umzudrehen, sagte er: »Ist *er* schon weg?«

Ich nickte wortlos in Richtung seiner verkrampften Schultern.

Manny verstand und atmete hörbar aus. »Ich möchte seinen Namen nie mehr hören. Er hat niemals existiert.«

Ich wartete darauf, daß er sich umdrehte und lauernd um mich herumging, um seine aufgestauten Gefühle abzureagieren. Sein Gesicht war ein Konglomerat nervöser Ticks. Seine Augen bewegten sich nicht im Einklang mit den Augenbrauen, die Augenbrauen nicht mit dem Mund oder mit dem Kopf, der auf dem Hals wilde Verrenkungen veranstaltete. Wie er so auf und ab marschierte, kam er mir auf gefährliche Weise außer Kontrolle geraten vor. Er konnte jeden Augenblick in seine Einzelteile zerbersten. Dann bemerkte er, daß Fritz Wong uns beide beobachtete. Er stellte sich neben Fritz, als wolle er ihn zu einem Wutausbruch provozieren.

Der weise Fritz tat das einzig Richtige, eine Handlung, die ich schon öfters bei ihm beobachtet hatte, wenn ihm die Welt zu sehr auf den Leib rückte. Er nahm sein Monokel ab und ließ es in die Brusttasche gleiten. Das wirkte wie eine wohlüberlegte Zerstreuung der Aufmerksamkeit, wie eine subtile Zurückweisung. Zusammen mit dem Monokel steckte er Manny in die Tasche.

Manny Leiber redete ununterbrochen und ging auf und ab. Halb flüsternd wandte ich ein: »Schön und gut: aber was machen wir mit dem Meteorkrater?«

Fritz warnte mich durch das Zucken seiner Hand: *Halt die Klappe*!

»So!« Manny tat, als habe er nichts gehört. »Unser nächstes Problem, unser Hauptproblem ist... wir haben noch keinen Schluß für *Christus und Galiläa.*«

»Würden Sie das bitte wiederholen?« bat Fritz mit staubtrockenem Ernst.

»Keinen Schluß!« entfuhr es mir. »Haben Sie es schon mal mit der Bibel probiert?«

»Wir haben genug Bibeln hier! Aber unser Drehbuchautor hält sie immer falsch rum. Ich habe Ihre Kurzgeschichte in *Esquire* gelesen. Es klang wie Salomo.«

»Hiob«, murmelte ich.

»Ruhe! Was wir brauchen, ist...«

»Matthäus, Markus, Lukas und *mich*!«

Manny Leiber schnaubte. »Seit wann können es sich Schriftsteller am Beginn ihrer Karriere leisten, den größten Job des Jahrhunderts abzulehnen? Wir brauchen das Ding lieber gestern als heute, damit Fritz endlich wieder zu drehen anfangen kann. Schreiben Sie was Gutes, dann wird Ihnen eines Tages all das gehören!«

Er machte eine weit ausholende Bewegung mit dem Arm.

Mein Blick fiel nach draußen, auf den Friedhof. Es war ein strahlender Tag, doch über den Grabsteinen ging unsichtbarer Regen nieder.

»O du lieber Gott«, flüsterte ich, »hoffentlich nicht.«

Das genügte. Manny Leiber wurde blaß. Er war wieder in Halle 13, im Dunkeln, mit mir und Roy und dem Monster.

Ohne ein Wort lief er zur Toilette. Die Tür knallte ins Schloß.

Ich wechselte Blicke mit Fritz. Manny übergab sich hinter der Tür.

»Herrschaft nochmal«, stöhnte Fritz. »Ich hätte doch auf Göring hören sollen!«

Einen Augenblick später kam Manny wieder herausgewankt, schaute sich um, als sei er verwundert darüber, daß das Zimmer noch immer schwankte, schaffte es bis zum Telefon, wählte, blökte: »Sofort zu mir!« hinein und stürzte zur Tür.

Ich hielt ihn zurück.

»Wegen Halle 13 ...«

Manny hielt die Hand auf die Lippen gepreßt, als könne ihm wieder schlecht werden. Seine Augen weiteten sich.

»Ich weiß, daß Sie das Atelier räumen lassen«, sagte ich rasch. »Aber ich habe noch einen Haufen persönlichen Kram dort. Und ich muß den restlichen Tag mit Fritz über Galiläa und Herodes reden. Könnten Sie den ganzen Müll noch bis morgen dort lassen, dann hole ich morgen früh alles, was mir gehört? Anschließend können Sie immer noch klar Schiff machen.«

Mannys Augen flackerten; er überlegte. Dann nickte er, mit der Hand auf dem Mund, einmal heftig, drehte sich um und traf auf einen großen, hageren, bleichen Mann, der gerade eintreten wollte. Sie flüsterten kurz miteinander, dann ließ uns Manny ohne ein Abschiedswort stehen. Der große blasse Mann war I. W. W. Hope, einer der Produktionsplaner.

Er blickte mich an und sagte schließlich leicht verlegen: »Sieht so aus, als hätten wir noch keinen Schluß für den Film.«

»Haben Sie es schon mal mit der Bibel probiert?« sagten Fritz und ich unisono.

22

Die Menagerie war verschwunden, der Bürgersteig vor dem Studio menschenleer. Charlotte, Ma und die anderen waren zu einem anderen Filmstudio, zu einem anderen Restaurant weitergezogen. Über ganz Hollywood verteilt mußte es so an die drei Dutzend von ihnen geben. Einer von ihnen würde bestimmt Clarences Nachnamen kennen.

Fritz fuhr mich nach Hause.

Unterwegs sagte er: »Machen Sie mal das Handschuhfach auf. Das Etui dort. Machen Sie es auf.«

Ich öffnete den kleinen, schwarzen Behälter. Darin befanden sich sechs glänzende Monokel aus Kristallglas in sechs kleinen, rotsamtenen Vertiefungen.

»Mein Reisegepäck«, sagte Fritz. »Das ist alles, was ich in Sicherheit und mit herüber nach Amerika bringen konnte, abgesehen von meinem unersättlichen Unterleib und meinem Talent.«

»Ganz beachtlich.«

»Stop.« Fritz gab mir eine Kopfnuß. »Immer schön beleidigen, Sie Bastard. Ich habe Ihnen das hier gezeigt«, er nickte zu den Monokeln hinüber, »um zu beweisen, daß noch nicht alles verloren ist. Alle Katzen, und Roy, landen immer auf den Pfoten. Was gibt es denn noch im Handschuhfach?«

Ich fand eine dicke Drehbuchkopie.

»Verleib dir das ein, ohne dich zu übergeben, und du bist ein wahrer Mann, mein Sohn. Kipling. Geh nun. Bis morgen, halb drei, in der Kantine. Dort reden wir weiter. Später dann zeigen wir Ihnen den Rohschnitt von *Jesus geht stempeln* oder *Vater, warum hast Du mich verlassen.* Einverstanden?«

Vor meiner Wohnung kletterte ich aus seinem Wagen.

»*Sieg Heil!*« sagte ich.

»Das ist schon besser!« Fritz rauschte davon und ließ mich in einem stillen, so verlassenen Haus zurück, daß ich nur einen Gedanken kannte: Crumley.

Kurz nach Sonnenuntergang fuhr ich mit dem Fahrrad hinaus nach Venice.

23

Ich bin nachts wirklich nicht gerne mit dem Fahrrad unterwegs, doch ich wollte sichergehen, daß mir niemand folgte.

Außerdem brauchte ich ein bißchen Zeit, um mir zu überlegen, was ich meinem Freund, dem Privatdetektiv, sagen sollte. Irgend etwas wie: Hilfe! Rette Roy! Sorge dafür, daß er wieder eingestellt wird! Löse das Rätsel um das Monster!

Wenn ich daran dachte, wäre ich am liebsten wieder umgedreht.

Ich konnte Crumley schon hören, wie er bei meiner unglaublichen Geschichte tiefe Seufzer ausstieß, die

Hände über dem Kopf zusammenschlug und mit großen Schlucken sein Bier herunterkippte, um damit seine Abscheu vor meinem Mangel an soliden, handfesten, feuergehärteten Fakten zu ersäufen.

Ich parkte mein Rad vor seinem kleinen, hinter Weißdorn verborgenen Safari-Bungalow, der eine Meile vom Strand entfernt stand. Durch einen Hain afrikanischer Fliederbüsche führte ein Pfad, dessen Staub erst gestern, das spürte man, von Okapihufen aufgewirbelt worden sein mußte.

Gerade als ich anklopfen wollte, wurde die Tür aufgerissen.

Aus der Dunkelheit schoß eine Faust auf mich zu, die eine schäumende Dose Bier umschlossen hielt. Der Mann, der sie ausstreckte, blieb unsichtbar. Ich griff zu. Die Hand verschwand. Ich hörte Schritte, die sich im Innern des Hauses verloren.

Mit drei Schluck trank ich mir Mut an. Dann ging ich hinein.

Das Haus war leer.

Der Garten nicht.

Elmo Crumley saß vor einem Dornbusch, den Bananenhändlerhut auf dem Kopf, und betrachtete das Bier in seiner sonnengebräunten Hand, an dem er friedlich nukkelte.

Ein Telefon mit Verlängerungsschnur stand neben seinem Ellbogen auf dem Rattantisch. Crumley wählte eine Nummer und schaute dabei mit einem starren, apathischen Blick unter der Krempe seines Tropenhuts hervor.

Am anderen Ende nahm jemand ab. »Wieder mal 'ne

Migräne«, sagte Crumley. »Ich melde mich krank. Wir sehen uns in drei Tagen, okay? Okay.« Er legte auf.

»Ich vermute, ich bin die Ursache für die Kopfschmerzen«, sagte ich.

»Jedesmal, wenn du auftauchst... zweiundsiebzig Stunden Krankmeldung.«

Er nickte. Ich setzte mich. Er machte ein paar Schritte und blieb am Rand seines Privatdschungels stehen, in dem Elefanten trompeteten und Riesenhummeln, Kolibris und Flamingos sich tummelten, ehe sie ein zukünftiger Naturforscher für ausgestorben erklären konnte.

»Wo zum Teufel hast du gesteckt?« wollte Crumley wissen.

»Hab' geheiratet.«

Crumley dachte darüber nach, schnaubte kurz, schlenderte dann zu mir herüber, legte mir die Arme um die Schultern und gab mir einen Kuß auf den Scheitel.

»Akzeptiert!«

Lachend schleppte er eine ganze Palette Bier herbei.

Wir saßen in der kleinen Rattan-Laube hinten in seinem Garten und aßen Hotdogs.

»Okay, mein Junge«, sagte er schließlich. »Dein alter Paps hat dich vermißt. Aber ein junger Mann, der zwischen den Bettlaken steckt, hat keine Ohren. Altes japanisches Sprichwort. Ich wußte, daß du eines schönen Tages zurückkommst.«

»Kannst du mir vergeben?« sprudelte es aus mir heraus.

»Freunde vergeben nicht, sie vergessen. Spül dir die Kehle damit: Ist Peg eine tolle Ehefrau?«

»Wir sind schon ein Jahr verheiratet und haben den

ersten Streit ums Geld noch vor uns.« Ich errötete. »Sie bringt das meiste davon nach Hause. Aber mein Gehalt im Studio ist in die Höhe gegangen – einhundertfünfzig die Woche.«

»Zum Henker! Das sind zehn mehr, als ich verdiene!«

»Nur für sechs Wochen. Bald schreibe ich wieder Groschenromane.«

»Noch dazu wunderschöne Sachen. Ich bin drangeblieben, trotz der Funkstille...«

»Hast du die Vatertagskarte bekommen, die ich dir geschickt habe?« sagte ich rasch.

Er sah zu Boden, strahlend. »Und ob.« Er sah wieder auf. »Aber dich haben doch nicht nur familiäre Gründe hierhergetrieben, habe ich recht?«

»Es sterben Leute, Crumley.«

»Nicht schon wieder!« rief er.

»Na ja, beinahe jedenfalls. Oder sie sind aus dem Grab zurückgekehrt, nicht wirklich lebendig, aber als Pappmachépuppen...«

»Mal sachte, du Molch!« Crumley flitzte ins Haus und kam mit einer Flasche voll Gin zurück, aus der er sich einen kräftigen Schluck ins Bier goß, während ich schneller redete. In seinem kenianischen Tropengarten hörte man den Rasensprenger und die Schreie von Steppenviechern und Vögeln aus dem tiefsten Dschungel. Schließlich hatte ich mir alles, angefangen bei den letzten Stunden von Halloween bis zum heutigen Tag, von der Seele geredet. Ich verstummte.

Crumley stieß einen klagenden Seufzer aus. »Also Roy Holdstrom wurde gefeuert, weil er eine Büste aus Ton angefertigt hat. War das Gesicht des Monsters denn so schlimm?«

»Allerdings!«

»Ästhetik. Da kann dir dein alter Schnüffler nicht weiterhelfen.«

»Du mußt. Roy befindet sich in diesem Moment noch immer auf dem Studiogelände und wartet auf eine günstige Gelegenheit, um seine prähistorischen Figuren herauszuschmuggeln. Die sind Tausende wert. Doch Roy hält sich dort illegal auf. Kannst du mir nicht helfen herauszubekommen, was das alles zu bedeuten hat? Und was könnten wir anstellen, damit Roy seinen Job zurückbekommt?«

»O Herr«, seufzte Crumley.

»Genau«, sagte ich. »Wenn sie Roy dabei erwischen, wie er Sachen vom Gelände schleppt, dann Gnade ihm Gott.«

»Verdammt«, sagte Crumley. Er kippte noch mehr Gin in sein Bier. »Weißt du, wer der Kerl im Brown Derby gewesen ist?«

»Nein.«

»Hast du irgendeine Vermutung, wer das vielleicht wissen könnte?«

»Der Priester von der St. Sebastian Kirche.«

Ich erzählte Crumley von der mitternächtlichen Beichte, der Stimme, dem Weinen, und von der ruhigen Antwort des Geistlichen.

»Das bringt nichts. Hat keinen Zweck.« Crumley schüttelte den Kopf. »Geistliche kennen keine Namen, oder geben sie zumindest nicht weiter. Wenn ich dort nachfragen würde, fände ich mich in zwei Minuten vor der Tür wieder. Weiter.«

»Der Oberkellner vom Brown Derby vielleicht. Außerdem wurde er in dieser Nacht draußen vor dem Derby von jemandem erkannt. Von jemandem, den ich aus der Zeit kenne, als ich noch mit meinen Rollschuhen herumgekurvt bin. Clarence. Ich habe mich überall nach seinem Nachnamen erkundigt.«

»Erkundige dich weiter. Wenn er uns sagt, wer das Monster ist, wüßten wir, wo anfangen. Mensch, ist das blöd. Roy gefeuert, du bei einem neuen Job, und das alles nur wegen einer Lehmfigur. Durchgedreht. Aufruhr. Und wieso der ganze Zirkus wegen dieser Figur auf der Leiter?«

»Ja, wieso?«

»Und ich dachte schon«, seufzte Crumley, »als ich dich vor der Tür stehen sah, es würde mich glücklich machen, daß du wieder in mein Leben getreten bist.«

»Bist du's denn nicht?«

»Nein, verdammt nochmal.« Seine Stimme wurde weich. »Doch, klar. Aber mir wäre wohler, wenn du den Haufen Mist vor der Tür gelassen hättest.«

Er schielte zum Mond, der über seinem Garten aufstieg, und sagte: »Junge, Junge... Du machst mich wirklich neugierig.« Dann fügte er hinzu: »Riecht verdammt nach Erpressung.«

»Erpressung?«

»Warum sollte sich sonst jemand die Mühe machen, Einladungen zu verschicken, Unschuldige wie dich und Roy zu provozieren, Vogelscheuchen auf Leitern zu bugsieren, euch dazu zu bringen, eine Kreatur ins Leben zu rufen, wenn das alles nicht irgendwohin führt? Was für einen Sinn hat es, Panik zu verbreiten, wenn man nicht davon profitiert? Bestimmt hat es noch mehr Nachrichten, noch mehr Briefe gegeben, oder?«

»Ich habe keine gesehen.«

»Klar, aber du warst ein Werkzeug, das Mittel zum Zweck. Du hast nichts an die große Glocke gehängt – aber jemand anderer. Ich könnte wetten, daß heute nacht irgend jemand ein Erpresserbrief zugestellt wird, der besagt: ›Zweihunderttausend in ungezinkten Fünfzigern bewahren Sie vor weiteren wiedergeborenen Leichen auf der Mauer‹. Also... erzähle mir von dem Studio«, endete Crumley.

»Maximus? Die erfolgreichste Filmgesellschaft aller Zeiten. Immer noch. Letzten Monat war ihr Profit in *Variety* abgedruckt. Vierzig Millionen netto. Da kommt kein anderes Studio ran.«

»Sind das glaubwürdige Zahlen?«

»Ziehe fünf Millionen ab, dann hast du immer noch ein stinkreiches Studio.«

»Gab es kürzlich größere Probleme, Streitigkeiten, Aufstände, sonstigen Ärger? Du weißt schon, wurden andere Leute rausgeschmissen, Filme gestrichen?«

»Nein, alles geht seit Monaten ungestört seinen Gang.«

»Dann muß es daran liegen. Die Profite, meine ich. Alles verläuft glatt und dann passiert etwas; sieht anfangs nicht so wild aus, alle sind aufgeschreckt. Jemand denkt sich, mein Gott, *ein Mann auf der Mauer*, und schon beginnen die Gerüchte! Da ist etwas faul, da hat einer eine Leiche im

Keller...« Crumley lachte. »*Leiche* haut hin. Arbuthnot? Glaubst du wirklich, jemand hat einen alten, richtig schmutzigen Skandal ausgegraben, von dem niemand etwas ahnte, und erpreßt jetzt das Studio damit, nicht gerade subtil, den Schmutz der Öffentlichkeit zu zeigen?«

»Welcher zwanzig Jahre alte Skandal könnte einem Studio so viel Angst einjagen, daß es befürchtet, vom öffentlichen Gerede in den Abgrund gerissen zu werden?«

»Wenn wir lange genug im Morast herumwaten, wissen wir's. Bloß daß Moorwanderungen nicht zu meinen Hobbys gehören. War Arbuthnot, als er noch lebte, sauber?«

»Verglichen mit anderen Studiobossen? Sicher. Er war unverheiratet und hatte Freundinnen, wie es sich für einen Junggesellen gehört. Adrette Reiterinnen aus Santa Barbara, wie aus dem *Town and Country* ausgeschnitten, hübsch und aufgeweckt, die duschten sich zweimal am Tag. Da war nichts Dreckiges dabei.«

Crumley seufzte erneut, als hätte er ein so schlechtes Blatt, daß er am liebsten die Karten hingeschmissen und aufgegeben hätte. »Was ist mit dem Autounfall, an dem Arbuthnot beteiligt war? War es denn ein Unfall?«

»Ich habe die Fotos in den Zeitungen gesehen.«

»Fotos, dummes Zeug!« Crumley ließ den Blick über seinen häuslichen Dschungel schweifen und kontrollierte dabei die Schatten. »Und wenn der Unfall nun *kein* Unfall war? Angenommen, es war *Totschlag*? Angenommen, alle waren sturzbetrunken und dann tot?«

»Sie kamen von einer größeren Sauferei im Studio. Soviel stand in den Zeitungen.«

»Wie wäre es damit?« sinnierte Crumley. »Studio-

Großkotz, reich wie Krösus, fährt Topverdienste für Maximus ein, ist bis zum Kragen voll mit Schnaps, spielt Katz und Maus mit dem anderen Wagen, der von Sloane gesteuert wird, er prallt wieder ab, und alle knallen an den Telefonmast. So was liest man nicht gerne in den Schlagzeilen. Schlecht für die Aktien. Investoren ziehen die Schwänze ein. Filme krepieren. Der silberhaarige Bubi fällt vom Sockel, et cetera, et cetera, also wird alles vertuscht. Und nun, besser spät als nie, macht jemand, der dabeiwar, oder der erst in diesem Jahr die Tatsachen entdeckt hat, im Studio Wellen, droht damit, mehr als nur Fotos und Bremsspuren zu liefern. Oder was wäre, wenn...«

»Wenn was?«

»Wenn es weder ein Unfall noch Leichtsinn durch Trunkenheit gewesen ist, der sie in die Hölle befördert hat. Was, wenn da knallharte Absicht dahintersteckte?«

»Mord?«

»Warum nicht? Studiobosse, die so groß, so dick, so fett sind, schaffen sich auch eine Menge Feinde. All diese Jasager, die um sie herumwieseln, denken womöglich nur an Mord und Totschlag. Wer war in jenem Jahr in der Hierarchie der Macht bei Maximus der zweite Mann?«

»Manny Leiber? Der tut keiner Fliege was zuleide. Der ist nur heiße Luft!«

»Einer Fliege vielleicht nicht. Er ist heute der Boß des gesamten Studios, stimmt's. Na also! Ein paar aufgeschlitzte Reifen, ein paar losgedrehte Schraubenmuttern, und dir fällt das ganze Studio für den Rest deines Lebens in den Schoß!«

»Das hört sich alles logisch an.«

»Wenn wir den Kerl erst haben, der es getan hat, dann wissen wir es genau. Okay, alter Knabe, was nun?«

»Wir könnten uns die alten Zeitungen von vor zwanzig Jahren vornehmen und nachprüfen, ob etwas fehlt. Vielleicht könntest du dich ein bißchen im Studio herumtreiben. Natürlich ganz unauffällig.«

»Mit diesen Plattfüßen? Nein, aber ich glaube, ich kenne den Posten am Eingang. Hat vor Jahren bei Metro-Goldwyn-Mayer gearbeitet. Der läßt mich rein und verrät keinen Ton. Was noch?«

Ich gab ihm eine Liste. Die Tischlerei. Die Friedhofsmauer. Und das Haus in Green Town, in dem ich und Roy hatten arbeiten wollen, und wo sich Roy möglicherweise versteckt hielt.

»Roy ist noch in der Nähe und wartet darauf, sich seine Monster zurückzuholen. Und, Crum, wenn es stimmt, was du sagst – nächtliche Karambolagen, fahrlässige Tötung, Mord – dann müssen wir Roy schleunigst da herausholen. Wenn die Kerle vom Studio heute abend in die Halle 13 gehen und dort seine Kiste mit der versteckten Pappmachéleiche entdecken, was werden sie dann mit ihm anstellen?«

Crumley grunzte. »Ich soll also nicht nur dafür sorgen, daß Roy wieder eingestellt wird, sondern auch daß er am Leben bleibt, richtig?«

»Sag so was nicht!«

»Warum nicht? Du bist überall gleichzeitig, spielst den Werfer und rennst allen Schlägern und verschlagenen Bällen hinterher. Wie zum Teufel soll ich Roy einfangen? Soll ich mit einem Schmetterlingsnetz und Katzenfutter auf dem Gelände herumlaufen? Deine Studiofreunde kennen Roy, ich nicht! Sie können ihn einmachen, lange bevor ich aus dem Startloch komme. Gib mir wenigstens einen Anhaltspunkt, von dem aus ich mich weitertasten kann.«

»Das Monster. Wenn wir herauskriegen, wer das Monster ist, dann kriegen wir eventuell auch heraus, warum Roy wegen seines Lehmungeheuers gefeuert wurde.«

»Jaja, was noch? Was war mit dem Monster...?«

»Wir sahen, wie es auf dem Friedhof verschwand. Roy lief hinterher, doch er wollte mir nicht sagen, was er dort gesehen hat, was das Monster dort vorhatte. Vielleicht, vielleicht hat ja das Monster die Puppe von Arbuthnot auf die Mauer gestellt – und dann die Erpresserbriefe abgeschickt!«

»Darf's sonst noch was sein!« Crumley strich sich mit beiden Händen über den kahlen Schädel. »Identifiziere das Monster, frage, wo es die Leiter geborgt und wie es das Duplikat von Arbuthnot zusammengeschustert hat! Meine Güte!« Crumley glühte förmlich.

Er rannte in die Küche und holte mehr Bier.

Während wir tranken, betrachtete er mich mit väterlicher Zuneigung. »Ich muß gerade daran denken... wie toll es ist, daß du wieder zu Hause bist.«

»Und dabei habe ich mich noch nicht einmal nach deinem Roman erkundigt.«

»*Im Fallwind des Todes*?«

»Das ist nicht der Titel, den ich dir vorgeschlagen hatte!«

»Der Titel von dir war viel zu gut. Ich gebe ihn zurück.

Im Fallwind des Todes wird nächste Woche veröffentlicht.«

Ich sprang auf, um Crumleys Hände zu packen.

»Crumb! Herrgott nochmal! Du hast es geschafft! Hast du Champagner im Haus?!«

Wir lugten beide in den Kühlschrank.

»Wenn man Bier und Gin in einem Barshaker kräftig durcheinanderschüttelt, ergibt *das* Champagner?«

»Wir können es ja ausprobieren.«

Wir probierten es aus.

24

Das Telefon klingelte.

»Es ist für dich«, sagte Crumley.

»Gott sei Dank!« Ich krallte mir den Hörer. »Roy!«

»Ich will nicht mehr leben«, sagte Roy. »O Gott, ist das furchtbar. Komm her, bevor ich durchdrehe. Halle 13!«

Dann war er weg.

»Crumley!« rief ich.

Crumley nahm mich in seinem Wagen mit.

Wir fuhren quer durch die Stadt. Ich brachte meine zusammengepreßten Zähne nicht einmal zum Sprechen auseinander. Meine Knie hielt ich so fest umklammert, daß ich mir das Blut abdrückte.

Am Eingang zum Studiogelände sagte ich zu Crumley: »Du brauchst nicht zu warten. Ich rufe in einer Stunde an und berichte dir alles ...«

Dann ging ich los und stieß das Tor auf. In der Nähe von

Halle 13 fand ich ein Telefon und bestellte ein Taxi zur gut hundert Meter entfernten Halle 9, wo es auf mich warten sollte. Dann betrat ich Halle 13.

Ich ging hinein in die Dunkelheit und das Chaos.

25

Ich erblickte zehn Dutzend Dinge, die mir die Seele verwüsteten.

Direkt vor mir hatte jemand die Masken, Schädel, die Mikado-Beinknochen und die beweglichen Rippenknochen sowie die Knochenmasken des Phantoms auseinandergerissen und quer über die ganze Bühne verstreut.

Weiter drüben lag die Kriegsszenerie, eine reine Vernichtungsorgie, in Schutt und Asche.

Roys Spinnenstädte und Käfersiedlungen waren zertreten. Seine Monster hatte man ausgeweidet, enthauptet, zerschmettert – sie lagen im eigenen Plastikfleisch begraben.

Ich kämpfte mich durch Ruinen voran, durch den Schutt, der überall herumlag, als hätte ein nächtlicher Luftangriff Tod und Verderben über den Miniaturdächern, den Giebeln und Liliputfiguren ausgespien. Rom war von einem gargantuesken Attila geschleift worden. Die große Bibliothek von Alexandria war nicht verbrannt; ihre winzigen Bände lagen wie die Flügel von Kolibris stapelweise in den Dünen. Paris schwelte. Londons Herz hatte man herausgerissen. Ein gigantischer Napoleon hatte Moskau ein für allemal dem Erdboden gleichgemacht. Kurz, die Arbeit von fünf Jahren, vierzehn Stunden pro Tag, sieben Tage pro Woche, war zunichte. Wie lange hatte das wohl gedauert? Fünf Minuten vielleicht!

Roy! dachte ich. Das darfst du niemals sehen!

Aber er hatte es bereits gesehen.

Als ich mich weiter durch zerwühlte Schlachtfelder und zerfetzte Dörfer vorankämpfte, erblickte ich an der gegenüberliegenden Wand einen Schatten.

Es war der Schatten aus einem Film, den ich gesehen hatte, als ich fünf Jahre alt war: *Das Phantom der Oper*. In diesem Film waren einige Ballerinas hinter der Bühne herumgehüpft, dann aber plötzlich wie angewurzelt stehengeblieben, hatten in eine Ecke gestarrt, aufgekreischt und waren schreiend davongelaufen. Sie hatten die Leiche des Nachtwächters entdeckt, der dort wie ein Sandsack vom Schnürboden herabbaumelte, langsam hin und her schaukelnd. Die Erinnerung an diesen Film, diese Szene, an die Ballerinas und den toten Mann, der hoch oben im Halbdunkel hing, hatte mich nie mehr losgelassen. Und nun schaukelte dort hinten, an der Nordseite des Filmateliers, ein Objekt an einem langen Spinnenfaden hin und her. Er warf einen immensen, sieben Meter großen Schatten an die leere Wand, als handele es sich um eine Szene aus diesem alten, schrecklichen Film.

O nein, flüsterte ich. Das darf nicht wahr sein!

Und doch war es so.

Ich stellte mir vor, wie Roy hier ankam, seinen Schock, seinen Schrei, seine unendliche Verzweiflung, dann seine rasende Wut, von neuerlicher Verzweiflung erstickt, die schließlich die Oberhand gewann, nachdem er mich gerufen hatte. Dann seine hektische Suche nach einem Strick, einem Seil, einem Stück Draht, und endlich: die Schlinge und der baumelnde Frieden. Er konnte ohne seine herrlichen Mücken und Milben nicht sein, ohne seine Freunde, seine Lieblinge. Er war zu alt, um das alles noch einmal aufzubauen.

»Roy!« raunte ich, »das kannst nicht *du* sein! Du wolltest doch immer nur leben.«

Doch Roys Körper drehte sich langsam, hoch droben im Halbdunkel. *Meine Monster sind erschlagen worden*, sagte er.

Sie haben nie gelebt!

Dann, flüsterte Roy, dann habe ich auch nie gelebt.

»Roy«, sagte ich, »kannst du mich allein in dieser Welt zurücklassen?«

Schon möglich.

»Aber du hättest dich niemals von einem anderen aufknüpfen lassen!?«

Wer weiß.

Und wenn – weshalb bist du immer noch hier? Weshalb haben sie dich nicht heruntergenommen?

Will heißen...?

Du bist eben erst gestorben. Man hat dich noch nicht gefunden. Ich bin der erste, der dich so sieht.

Ich streckte mich, um seinen Fuß, sein Bein zu berühren, ich mußte sicher sein, daß es Roy war! Gedanken an die Puppe aus Pappmaché schossen mir durch den Kopf.

Ich reckte mich hoch, wollte gerade zufassen... doch da...

Dort drüben neben seinem Schreibtisch stand das Podest, auf dem sein größtes Werk gestanden hatte, das Ungeheuer, das Monster aus dem mitternächtlichen Brown Derby, die Kreatur, die draußen, auf der anderen Seite der Straße, hinter der Mauer, in Kirchen herumlungerte.

Jemand hatte einen Vorschlaghammer genommen und gut ein dutzendmal zugeschlagen. Das Gesicht, der Kopf, der Schädel waren eingeschlagen und zertrümmert; nur noch ein formloser Klumpen war übriggeblieben.

Herr im Himmel, wisperte ich.

War es dieses letzte, größte Verbrechen, das Roy dazu getrieben hatte, sich selbst zu zerstören?

Oder hatte der Zerstörer den arglosen Roy inmitten seiner ruinierten Landschaften überwältigt und gehängt?

Ich zitterte. Dann hörte ich wieder auf zu zittern.

Man hatte die Tür zum Atelier weit aufgerissen.

Ich zog mir die Schuhe aus und machte mich geräuschlos davon, um mich zu verstecken.

26

Es war der Arzt für jeden Fall, der mittägliche Abtreibungsspezialist, der spritzengewaltige Medizinmann.

Doc Phillips trat in den Lichtschein auf der anderen Seite des Ateliers, blickte sich um, sah die Zerstörung und entdeckte dann den aufgeknüpften Leichnam über sich; er nickte, als wäre dieser Tod für ihn nicht mehr als ein ganz alltägliches Unglück. Er ging hinüber, auf den zerstörten Städten herumtrampelnd, als handele es sich um ganz gewöhnlichen Abfall, unbedeutenden Müll.

Als ich das sah, entfuhr mir ein Fluch. Ich wich zurück und hielt mir den Mund zu.

Dann spähte ich durch einen Ritz in der Dekoration.

Der Doktor war in seiner Bewegung erstarrt. Wie ein Rehbock auf der Waldlichtung äugte er durch seine metallgerahmte Brille, benutzte seine Nase ebenso wie die Augen zur Witterung. Seine Ohren schienen links und rechts am rasierten Schädel zu zucken. Er schüttelte den Kopf. Dann schlurfte er weiter, durch Paris und London, bis er bei dem grauenhaften, auf halber Höhe baumelnden Ding angekommen war und es näher untersuchen konnte...

In seiner Hand blitzte ein Skalpell auf. Er zog sich eine Truhe aus der Requisite herbei, machte den Deckel auf, zerrte sie unter den Gehenkten, schnappte sich einen Stuhl, stieg darauf und schnitt das Seil über Roys Genick ab.

Es polterte furchterregend, als Roy auf den Truhenboden schlug.

Wieder mußte ich husten, diesmal vor Schmerz. Ich rührte mich nicht mehr. Diesmal hatte er mich bestimmt gehört, kam schon auf mich zu, mit einem stahlkalten Lächeln in der Hand. Krampfhaft hielt ich den Atem an.

Doch der Doc sprang vom Stuhl und beugte sich nieder, um den Körper zu untersuchen.

Die Eingangstür flog weit auf. Ein Geräusch von Schritten und Stimmen.

Der Putztrupp war gekommen. Ich wußte nicht, ob sie immer um diese Zeit kamen, oder ob man sie eigens herbestellt hatte.

Doc knallte den Deckel mit aller Wucht zu.

Ich steckte mir die Finger in den Mund und biß mir auf die Knöchel, um den Ausbruch der Verzweiflung zu unterdrücken.

Das Schloß an der Truhe schnappte zu. Der Doktor gestikulierte.

Ich zog mich zurück, als der Arbeitertrupp damit begann, mit Schaufel und Besen durch die Dekoration zu toben; sie verwandelten die Mauern von Athen, die Bibliotheken von Alexandria und Bombays Krishnaschreine in einen einzigen großen Schutthaufen.

Es dauerte knapp zwanzig Minuten, um das Lebenswerk Roy Holdstroms zusammenzufegen und wegzukarren; auf einem quietschenden Rollwagen nahmen sie auch die Truhe mit, in der, zusammengedrückt und unsichtbar, der Körper meines Freundes lag.

Als die Tür zum letzten Mal ins Schloß fiel, stieß ich einen verzweifelten Schrei der Verbitterung aus, gegen die Nacht, gegen den verdammten Doktor, gegen die sich entfernenden Männer. Ich rannte umher, wollte mit den Fäusten auf die Luft einschlagen und blieb doch mit tränenblinden Augen stehen. Erst nachdem ich lange Zeit von Schluchzen geschüttelt worden war, fiel mir etwas Unglaubliches auf.

An der Nordwand des Ateliers lehnte ein Stapel miteinander verbundener Türrahmen, ähnlich den Türen und Fassaden, durch die ich mit Roy gestern gehetzt war.

Mitten auf der Schwelle des ersten Türrahmens lag eine mir sehr vertraute Kiste. Es sah so aus, als hätte sie jemand versehentlich liegengelassen. Ich jedoch wußte, daß sie ein Vermächtnis war.

Roy!

Mit einem Satz war ich dort, blickte hinunter und *berührte* die Schachtel. *Raschel-Klopf.*

Was immer da drin sein mochte – es raschelte.

Bist du da drin, du Leiche von der Leiter, im Regen auf der Mauer?

Raschel-Klopf-Murmel.

Verdammt, dachte ich, werde ich dich denn niemals wieder los?

Ich packte die Kiste und rannte davon.

Noch bevor ich draußen war, mußte ich mich übergeben.

Mit geschlossenen Augen wischte ich mir den Mund ab, dann machte ich langsam die Tür auf. Ganz hinten auf der Studiostraße bogen die Arbeiter um die Ecke, Richtung Tischlerei. In dieser Richtung befand sich auch der große, eiserne Verbrennungsofen.

Doc Phillips ging hinter ihnen her und gab unhörbare Anweisungen.

Ich schauderte. Wäre ich nur fünf Minuten später hier aufgetaucht, dann hätte ich ihn genau in dem Moment überrascht, als er die Leiche und Roys zerstörte Weltstädte inspizierte. Meine Leiche wäre wohl zusammen mit der von Roy in die Truhe gewandert!

Hinter Atelier Nummer 9 wartete mein Taxi.

Nicht weit entfernt befand sich eine Telefonzelle. Ich stolperte hinein, warf eine Münze ein und rief die Polizei an. Eine Stimme erklang: »Ja bitte? Hallo, ja, hallo, ja bitte!«

Ich schwankte in dem Telefonhäuschen wie ein Betrunkener und starrte den Hörer an, als wäre es eine tote Schlange.

Was hätte ich sagen sollen? Daß man ein Atelier sauber gemacht und geräumt hatte? Daß momentan wahrscheinlich ein Verbrennungsofen seine Tätigkeit aufnahm, lange bevor Streifenwagen und Sirenen zu Hilfe eilen konnten?

Und was dann? Ich ganz allein auf weiter Flur, ohne Schutz, ohne Waffen, ohne Beweise?

Ich, gefeuert und vielleicht sogar tot, als Dauerleihgabe über die Mauer an die Gräber dort vergeben?

Nein!

Ich stieß einen Schrei aus. Jemand bearbeitete mich mit einem Hammer, bis mein Schädel nur noch roter Lehm war, zerfetzt wie das Fleisch des Monsters. Mit aller Macht wollte ich aus der Zelle heraus, wäre beinahe an meiner eigenen Angst vor diesem zugesperrten Sarg erstickt, der nicht mehr aufging, egal wie fest ich gegen die Scheiben donnerte.

Dann wurde die Tür des Telefonhäuschens weit aufgerissen.

»Sie drücken in die falsche Richtung!« sagte mein Taxifahrer.

Ich stieß ein irres Lachen aus und ließ mich von ihm herausziehen.

»Sie haben da etwas vergessen.«

Er brachte mir die Schachtel, die in der Zelle auf den Boden gefallen war.

Flüster-Raschel-Klopf.

»Ach ja«, sagte ich, »der da.«

Während wir aus dem Studiogelände herausfuhren,

legte ich mich auf dem Rücksitz hin. An der ersten Querstraße außerhalb des Studios fragte mein Fahrer: »In welche Richtung soll ich abbiegen?«

»Links.« Ich grub die Zähne in mein Handgelenk. Der Fahrer beobachtete mich im Rückspiegel.

»Meine Güte«, sagte er, »Sie sehen furchtbar aus. Wird Ihnen schlecht?«

Ich schüttelte den Kopf.

»Ist jemand gestorben?«

»Tot, richtig.«

»Da wären wir, Western Avenue. Soll ich nach Norden fahren?«

»Nach Süden.« Zu Roys Appartement auf der Vierundfünfzigsten. Und dann? Wenn ich erst einmal dort war, würde mir dann nicht vielleicht das Rasierwasser des guten Doktors in die Nase stechen, das wie ein unsichtbarer Vorhang im Flur hing? Und seine Arbeiter, die am Ende eines dunklen Korridors darauf warteten, mich wie ein ausgedientes Möbelstück abzuholen und zu verschleppen?

Ich erschauerte und fragte mich, wann ich endlich erwachsen würde. Ich lauschte in mich hinein und hörte das Geräusch zerspringenden Glases.

Meine Eltern waren vor langer Zeit gestorben, und ihr Tod schien nicht so grauenhaft.

Aber Roys? Ich hätte nie gedacht, daß es eine so niederschmetternde Angst gab, einen Schmerz, so groß, daß man darin ersaufen konnte.

Plötzlich fürchtete ich mich davor, zum Studio zurückzukehren. Die wunderliche Architektur all dieser zusammengenagelten Länder stürzte über mir zusammen, um mich zu erschlagen. Auf jeder Südstaaten-Plantage, in jedem Dachboden in Illinois sah ich nichts als irre Verwandte und zerschlagene Spiegel, in jedem Wandschrank hingen an jedem Haken strangulierte Freunde.

Das mitternächtliche Geschenk, die Spielzeugkiste mit dem tödlich verzerrten Pappmachégesicht, lag auf dem Boden des Taxis.

Raschel-Klopf-Flüster.

Ein Donnerschlag fuhr durch meine Brust.

»Nein, Fahrer!« rief ich. »Hier abbiegen. Zum Wasser. Zum Meer.«

Als mir Crumley die Tür öffnete, betrachtete er mein Gesicht und ging dann schnurstracks zum Telefon.

»Machen Sie fünf Tage krank daraus«, sagte er.

Er kam mit einer gut mit Wodka gefüllten Karaffe in den Garten zurück, wo ich die gute Salzluft mit tiefen Zügen in mich einsog. Ich versuchte, die Sterne zu sehen, doch der Nebel zog dick vom Meer her über das Land. Crumley warf einen Blick auf die Kiste in meinem Schoß, nahm meine Hand, drückte den Wodka hinein und führte ihn an meine Lippen.

»Trink einen Schluck«, sagte er ruhig, »und dann legen wir dich ins Bett. Morgen früh reden wir weiter. Wie hört sich das an?«

»Du mußt es verstecken«, sagte ich. »Wenn jemand erfährt, daß es hier ist, könnten wir beide auf Nimmerwiedersehen verschwinden.«

»Was ist das?«

»Der Tod, glaube ich.«

Crumley nahm die Pappkiste in die Hand. Sie raschelte und krabbelte und flüsterte.

Crumley hob den Deckel ab und spähte hinein. Aus der Kiste starrte ihn ein seltsames Ding aus Pappmaché an.

»Das ist also der ehemalige Boss der Maximus-Studios, wie ich vermute.«

»Stimmt«, sagte ich.

Crumley betrachtete sich das Gesicht noch eine kleine Weile und nickte bedächtig. »Der Tod also, na schön.«

Er machte den Deckel wieder zu. Das Gewicht in der Schachtel krabbelte, und das Rascheln klang wie ein geflüstertes »schlaf«.

Nein, dachte ich, dazu wirst du mich nicht bringen!

27

Wir redeten am nächsten Morgen weiter.

28

Gegen Mittag setzte mich Crumley vor Roys Wohnblock, Ecke Western Street Vierundfünfzigste, ab. Besorgt betrachtete er mein Gesicht.

»Wie heißt du?«

»Meinen Namen werde ich nicht preisgeben.«

»Soll ich hier warten?«

»Du fährst weiter. Je eher du dich auf dem Studiogelände umsiehst, desto besser. Wir sollten sowieso nicht zusammen gesehen werden. Hast du meine Liste mit den wichtigen Punkten und den Wegweiser?«

»Hier drin.« Crumley tippte an seine Stirn.

»Also, in einer Stunde. Im Haus meiner Großmutter. Oben im ersten Stock.«

»Die gute alte Großmama.«

»Crumley?«

»Was?«

»Ich liebe dich.«

»Dafür kommst du auch nicht in den Himmel.«

»Das nicht«, sagte ich. »Aber es hat mir geholfen, die Nacht zu überstehen.«

»Dummes Zeug«, sagte Crumley und fuhr davon.

Ich betrat das Haus.

Mein Gefühl letzte Nacht hatte mich nicht betrogen.

Wenn Roys Modellstädte verwüstet, sein Monster zu blutigen Lehmklumpen zerhauen worden waren...

Im Hausflur roch es nach dem Parfum des Doktors...

Die Tür zu Roys Wohnung stand sperrangelweit offen.

Seine Wohnung sah aus wie nach einer Plünderung.

»Großer Gott«, flüsterte ich. Ich stand in seiner Behausung und blickte mich um. »Sowjetrußland. Die Geschichte wird neu geschrieben.«

Roy war zur Unperson geworden. Heute nacht würde man in allen Bibliotheken Bücher auseinandernehmen und neu zusammenkleben, auf daß der Name Roy Holdstrom für alle Zeiten getilgt war, wie ein trauriges Gerücht, an das sich niemand mehr erinnert, ein Hirngespinst, weiter nichts.

Sämtliche Bücher waren verschwunden, alle Bilder, der

Schreibtisch, kein einziges Blatt mehr im Papierkorb. Sogar das Klopapier hatten sie entfernt. Das Spiegelschränkchen war putzblank. Keine Schuhe unter dem Bett. Kein Bett. Keine Schreibmaschine. Leere Schränke. Kein Saurier. Keine Saurierzeichnungen.

Die Wohnung war vor einigen Stunden gestaubsaugt, geschrubbt und danach mit einem hochwertigen Bohnerwachs gewienert worden.

Ein Sturm der Wut war über dem Atelier niedergegangen und hatte Roys Babylon, sein Assyrien und sein Abu Simbel geschleift.

Und hier hatte ein Sturm der Reinlichkeit das letzte Stäubchen Erinnerung aufgesaugt, den allerletzten Hauch Leben.

»Großer Gott, das ist furchtbar, nicht?« Die Stimme ertönte hinter mir.

Auf der Schwelle stand ein junger Mann. Er trug einen fleckigen Malerkittel, und seine Finger waren ebenso wie die linke Gesichtshälfte mit Farbe verschmiert. Sein Haar sah ungekämmt aus, und in seinen Augen flackerte eine Wildheit, die man sonst nur bei Tieren sieht – und bei Kreaturen, die im Dunkeln aktiv sind, die nur gelegentlich ans Tageslicht kommen.

»Bleiben Sie nicht länger hier. Womöglich kommen die wieder.«

»Moment mal«, sagte ich. »Ich kenne Sie doch. Roys Freund ... Tom ...«

»Shipway. Gehen wir. Die haben sich wie die Verrückten aufgeführt. Kommen Sie.«

Ich verließ hinter Tom Shipway die leere Wohnung.

Er sperrte seine eigene Tür mit zwei verschiedenen Schlüsseln auf. »Auf die Plätze. Fertig? Los!«

Ich machte einen Satz hinein.

Er knallte die Tür zu und lehnte sich dagegen. »Die Vermieterin! Sie darf das hier nicht sehen!«

»Sehen?« Ich blickte mich um.

Wir befanden uns in Kapitän Nemos Unterseeboot, mit Kabinen und Maschinenräumen.

»Großer Gott!« entfuhr es mir.

Tom Shipway strahlte. »Klasse, was?«

»Klasse, von wegen. Sagenhaft!«

»Ich wußte, daß es Ihnen gefallen würde. Roy gab mir Ihre Geschichten zu lesen. Mars, Atlantis, und die Sache, die Sie über Jules Verne geschrieben haben. Großartig, was?«

Er machte eine einladende Geste. Ich ging umher, schaute mir alles an, mußte alles anfassen. Die großen viktorianischen Sessel mit den Messingbeschlägen, mit rotem Samt überzogen, auf dem Schiffsboden festgeschraubt. Von der Decke glänzte das Periskop aus Messing. Die Orgel mit den riesigen Orgelpfeifen stand mitten im Raum. Und direkt dahinter war ein Fenster, umgewandelt in ein ovales U-Boot-Kabinenfenster, hinter dessen Glas tropische Fische in allen Größen und Farben vorbeischwammen.

»Sehen Sie sich um!« sagte Tom Shipway. »Nur zu!«

Ich ging in die Knie und spähte durch das Periskop.

»Es funktioniert!« sagte ich. »Wir befinden uns unter Wasser! Jedenfalls sieht es so aus! Haben Sie das alles gebaut? Sie sind ein Genie.«

»Ja.«

»Weiß ... weiß Ihre Vermieterin, was Sie mit der Wohnung angestellt haben?«

»Wenn sie das wüßte, würde sie mich umbringen. Ich lasse sie unter keinen Umständen herein.«

Shipway berührte einen Knopf an der Wand.

Draußen im grünlichen Meerwasser kamen Schatten in Bewegung.

Eine Art bedrohliche, wild herumzappelnde Riesenspinne wurde an die Wand projiziert.

»Der Krake! Nemos Gegenspieler! Ich bin begeistert!«

»Schon gut. Setzen Sie sich. Was ist überhaupt los? Wo ist Roy? Warum haben diese Penner hier wie Dingos gehaust und warum haben sie sich wie die Hyänen davongeschlichen?«

»Roy? Ach ja.« Die Wucht der Erinnerung stürzte auf mich nieder. Ich ließ mich schwer in den Sessel fallen. »Meine Güte, Roy. Was ist hier in der vergangenen Nacht passiert?«

Shipway bewegte sich langsam im Zimmer umher und beschrieb mir, was er gesehen hatte.

»Haben Sie jemals Rick Orsatti in L. A. herumschleichen sehen, damals, vor Jahren? Diesen Gauner?«

»Er war in so einer Gang ...«

»Genau der. Einmal, vor einigen Jahren, sah ich sechs schwarzgekleidete Typen aus einer Gasse herauskommen, ein Typ führte sie an. Sie huschten herum wie Ratten, in Leder oder in Seidenklamotten, alle friedhoffarben, das Haar ölig nach hinten gekämmt, bleichgesichtig. Nein, eher wie Otter, wie schwarze Wiesel. Geräuschlos vorangleitend, wie Schlangen, gefährlich, feindselig, wie schwarzer Rauch aus einem Schornstein kamen sie gequollen. Tja, genau so war das letzte Nacht. Ich roch ein Parfum, das war so stark, daß es durch die Türritzen drang.«

Doc Phillips!

»... und ich schaute hinaus und sah diese großen Kanalratten Unterlagen herausschleppen und Dinosaurier, Bilder, Skulpturen, Entwürfe, Fotografien. Sie blitzten mich aus ihren kleinen Augenwinkeln an. Ich machte die Tür wieder zu und beobachtete sie durch den Spion, wie sie auf ihren schwarzen Gummischleichern an meiner Tür vorbeihasteten. Ich hörte sie eine halbe Stunde lang herumschleichen. Dann hörte das Geflüster auf. Als ich die Tür wieder aufmachte, sah ich einen leeren Flur, und eine Welle dieses verdammten Parfums schlug über mir zusammen. Haben die Kerle Roy umgebracht?«

Ich zuckte zusammen. »Wie kommen Sie darauf?«

»Die sahen aus wie Bestattungstypen, deshalb. Wenn sie schon Roys Wohnung niedermachen, warum sollten sie nicht auch Roy umlegen? Hey!« Shipway unterbrach sich, als er mein Gesicht sah. »Ich wollte nicht... aber, ich meine, ist Roy – –?«

»Tot? Ja. Nein. Vielleicht. Jemand so Lebendiges wie Roy kann nicht einfach sterben!«

Ich erzählte ihm von Atelier 13, den vernichteten Städten, von dem aufgeknüpften Körper.

»Roy würde so etwas nie tun.«

»Vielleicht hat es ihm jemand angetan.«

»Roy würde für keinen von diesen Sauhunden stillhalten. Verflucht nochmal!« Aus einem von Tom Shipways Augen rollte eine Träne. »Ich kenne Roy! Er hat mir geholfen, mein erstes U-Boot zu bauen. Da!«

An der Wand hing eine Miniatur-Nautilus, gut zwanzig Zentimeter lang; der Traum eines jeden Kunststudenten an der High School.

»Roy kann einfach nicht tot sein!«

Plötzlich klingelte irgendwo in Nemos unterseeischen Kabinen ein Telefon.

Shipway griff nach einer großen Muschelschale. Ich mußte lachen, hörte aber sofort wieder damit auf.

»Ja?« raunte er in die Muschel, und dann: »Wer ist dran?«

Ich riß ihm den Hörer ziemlich heftig aus der Hand und brüllte hinein. Ein Lebensschrei. Ich hörte, wie jemand weit weg atmete.

»Roy!«

Klick. Stille. Summmmmm.

Ich fuchtelte mit dem Hörer durch die Luft und schnaufte wie wild.

»Roy?« sagte Shipway.

»Sein Atmen.«

»Was? Man kann doch niemanden am Atmen erkennen. Wie das denn?«

Ich knallte den Hörer auf und blieb einen Moment mit geschlossenen Augen stehen. Dann packte ich ihn wieder und versuchte am falschen Ende der Muschel zu wählen. »Wie funktioniert dieses verdammte Ding?« schrie ich.

»Wen rufen Sie an?«

»Ein Taxi.«

»Wo wollen Sie hin? Ich fahre Sie.«

»Nach Illinois, herrje, Green Town!«

»Das ist dreitausend Kilometer entfernt!«

»Dann«, sagte ich wie betäubt und legte die Muschel wieder auf den Tisch, »müssen wir uns ranhalten.«

29

Tom Shipway setzte mich vor dem Studio ab.

Kurz nach zwei Uhr rannte ich durch Green Town. Die ganze Stadt war frisch mit weißer Farbe gestrichen und wartete darauf, daß ich an Türen klopfte und durch Spitzenvorhänge spähte. Als ich den Gehsteig vor dem Haus meiner längst verstorbenen Großeltern entlangschritt, stob Blütenpollen mit dem Wind heran. Vögel flatterten vom Dach auf, während ich die Stufen emporstieg.

Tränen stiegen mir in die Augen, indes ich an die Buntglasscheibe der Eingangstür pochte.

Alles blieb still. Ich merkte, daß ich es nicht richtig angestellt hatte. Wenn ein Junge einen anderen zum Spielen abholt, dann klopft er nicht an die Tür. Ich ging zurück in den Vorgarten, suchte mir einen kleinen Kieselstein und schleuderte ihn fest gegen die Seitenwand des Hauses.

Stille. Das Haus stand schweigend im Novembersonnenlicht.

»Was?« fragte ich das Giebelfenster. »Wirklich tot?«

Und dann ging die Tür auf. Ein Schatten stand dort und lugte hinaus.

»Wirklich?« rief ich. Als die Innentür geöffnet wurde,

stolperte ich über die Veranda. Noch einmal schrie ich: »Wirklich?« und fiel in Elmo Crumleys Arme.

»Alles in Ordnung«, sagte er und hielt mich fest, »falls du mich suchst.«

Er zog mich ins Innere des Hauses und schloß die Tür; ich gab unartikulierte Laute von mir.

»Hey, immer mit der Ruhe.« Er schüttelte mich an den Ellbogen.

Durch meine beschlagenen Brillenfenster konnte ich ihn kaum erkennen. »Was machst *du* denn hier?«

»Du hast mich doch herbestellt. Ich sollte mich überall ein bißchen umsehen und dich dann hier treffen, stimmt's? Nein, du erinnerst dich nicht mehr daran. Himmelherrgott, habt ihr denn hier nichts Anständiges zu bieten?«

Crumley wühlte im Kühlschrank herum und brachte mir ein Erdnußplätzchen und ein Glas Milch. Da saß ich nun, kauend und schluckend, und sagte ein ums andere Mal: »Danke, daß du gekommen bist.«

»Halt die Klappe«, sagte Crumley. »Ich sehe doch, daß es dir mies geht. Was zum Teufel machen wir nun? Angenommen, alles ist in Ordnung. Niemand weiß, daß du Roys Leiche gesehen hast – beziehungsweise das, was wie Roys Leiche aussah, stimmt doch? Wie sieht dein weiteres Programm aus?«

»Ich muß mich sofort bei meinem neuen Projekt melden. Ich bin versetzt worden. Keine Monsterfilme mehr. Ich arbeite jetzt mit Fritz und Jesus.«

Crumley lachte: »So sollten sie den Film nennen. Soll ich noch eine Weile länger wie ein blöder Tourist hier herumlungern?«

»Du mußt ihn finden, Crumley. Wenn ich anfange, an Roys Tod zu glauben, dann drehe ich durch! Falls er nicht tot ist, dann versteckt er sich irgendwo und hat Angst. Du mußt ihm noch mehr Angst einjagen, damit er aus seinem Versteck herauskommt, bevor er ein für allemal richtig umgelegt wird. Oder, oder – er ist *wirklich* tot, dann hat ihn jemand umgebracht. Er hätte sich nie selbst aufgehängt, niemals. Dann muß sein Mörder hier irgendwo sein. Dann mußt du seinen Mörder finden. Den Kerl, der den Kopf unseres Monsters zertrümmert, den roten Tonschädel eingeschlagen hat, dann Roy in die Arme gelaufen ist und ihn aufgeknüpft hat. Crumley, du mußt Roy finden, bevor sie ihn umbringen; oder, wenn er tot ist, seinen Mörder.«

»Das ist ja eine tolle Auswahl.«

»Versuche es bei den Autogrammjäger-Agenturen, ja? Vielleicht kennt dort jemand Clarence, seinen Nachnamen, seine Adresse. Clarence. Und dann versuch dein Glück beim Brown Derby. Der Oberkellner unterhält sich nicht mit Typen wie mir. Er weiß garantiert, wer das Monster ist. Er oder Clarence, einer verhilft uns zu des Rätsels Lösung, führt uns zu dem Mörder, der schon zugeschlagen hat oder jede Minute zuschlagen kann!«

»Das sind wenigstens Anhaltspunkte.« Crumley senkte die Stimme, in der Hoffnung, auch ich würde dann nicht mehr so schreien.

»Paß mal auf«, sagte ich. »Seit gestern ist dieses Haus bewohnt. Ich habe Abfall gesehen, den weder Roy noch ich hinterlassen haben, als wir hier arbeiteten.« Ich öffnete die Tür des Minikühlschranks. »Schokoladenriegel. Wer sonst legt Schokolade in den Kühlschrank?«

»Du!« schnaubte Crumley.

Ich mußte lachen und machte die Kühlschranktür wieder zu.

»Ja, du hast recht, ich. Aber er sagte, er wolle sich verstecken. Vielleicht, vielleicht hat er es getan. Was meinst du?«

»Na gut!« Crumley ging Richtung Tür. »Wonach soll ich Ausschau halten?«

»Nach einem ungelenken, einsfünfundachtzig großen Schreikranich mit langen Armen und langen, knochigen Fingern, einer großen Habichtsnase, mit Ansatz zur Glatze und mit Krawatten, die nicht zu seinen Hemden passen, und Hemden, die nicht zu seinen Hosen passen, und –« Ich konnte nicht weitersprechen.

»Tut mir leid, daß ich gefragt habe.« Crumley reichte mir ein Taschentuch. »Schneuz dich.«

30

Eine Minute späte jagte ich aus dem ländlichen Nord-Illinois und dem Haus meiner Großeltern davon.

Unterwegs kam ich am Atelier 13 vorbei. Es war dreifach verriegelt und versiegelt. Wie ich so dastand, stellte ich mir vor, was es für Roy bedeutet haben mußte, sein Leben, sein ganzes Dasein von den Händen eines Wahnsinnigen zerstört vorzufinden.

Roy, dachte ich, komm zurück, bau noch mehr von deinen wundervollen Ungeheuern, lebe bis in alle Ewigkeit.

Genau in diesem Augenblick kam eine Phalanx römischer Soldaten im Laufschritt an mir vorüber, links-rechts, links-rechts, links-rechts. Die Männer lachten. Sie zogen rasch vorbei, ein glitzernder Fluß goldener Helme mit roten Federkämmen. Niemals sah Cäsars Leibwache besser aus, niemals hatte sie sich eiliger bewegt. Mein Auge verfing sich im Anblick eines Mannes in der letzten Reihe. Seine langen Beine stakten linkisch. Seine Ellbogen flatterten, und etwas, das wie ein Habichtsschnabel ausah, pflügte sich durch den Wind. Ein unterdrückter Schrei entrang sich meiner Kehle.

Der Trupp verschwand hinter einer Ecke.

Ich rannte ihnen bis zur Kreuzung hinterher.

Roy? dachte ich. Doch schließlich konnte ich nicht einfach losbrüllen und den Leuten verraten, daß sich in ihren Reihen ein Idiot versteckt hielt.

»Verdammter Narr«, sagte ich schwach. »So was Blödes«, murmelte ich auf dem Weg zur Kantine vor mich hin.

»Dummkopf«, sagte ich zu Fritz, der vor sechs Tassen Kaffee an dem Tisch saß, an dem er seine Konferenzen abhielt.

»Genug der Schmeicheleien!« schrie er. »Hinsetzen! Unser erstes Problem besteht darin, daß Judas Ischariot aus dem Film herausgeschnitten wird!«

»Judas! Haben sie ihn gefeuert?«

»Das letzte, was ich von ihm hörte, war, daß er unten in La Jolla betrunken drachenfliegt.«

»Gott im Himmel.«

Und dann explodierte ich. Wie ein riesiges Erdbeben barst die Heiterkeit aus meinen Lungen heraus.

Ich sah Judas als Drachenflieger durch die salzigen Brisen gleiten, ich sah Roy in der römischen Phalanx laufen, sah mich selbst durchnäßt an der Mauer stehen, als die Leiche herunterfiel, und dann wieder Judas, hoch über La Jolla, windtrunken, schwebend.

Mein bellendes Gelächter alarmierte Fritz. Er dachte, ich hätte mich an meinen hysterischen Rülpsern verschluckt, und klopfte mir auf den Rücken.

»Was ist denn los?«

»Nichts«, schnaufte ich. »Alles!«

Mein letzter Aufschrei verebbte.

Christus persönlich war erschienen, im rauschenden Gewand.

»Oh, Herodes Antipas«, sagte er zu Fritz. »Du riefst mich zur Verhandlung?«

Der Schauspieler, so schmal wie ein El-Greco-Christus, seine bleiche Erscheinung, von dem gleichen schwefelgelben Licht umgeben, dem gleichen Gewölk, ließ sich langsam nieder, ohne überhaupt zu wissen, ob ein Stuhl da war. Er vertraute auf Gott und setzte sich. Als sein stoffloser Körper mit dem Stuhl in Berührung kam, lächelte der Schauspieler vor Stolz, sein Ziel so akkurat getroffen zu haben.

Sofort stellte eine Kellnerin einen kleinen Teller mit Lachs ohne Soße und eine Karaffe mit Rotwein vor ihn hin.

J. C. kaute mit geschlossenen Augen an einem Bissen Fisch.

»Mein alter Regisseur, mein neuer Autor«, sagte er schließlich. »Ihr habt mich gerufen, um über die Bibel zu reden? Fragt nur. Ich weiß *alles.*«

»Gott sei Dank, wenigstens einer«, sagte Fritz. »Der Großteil unseres Films wurde in Übersee gedreht, von einem hyperaufgeblasenen Regisseur, der ihn nicht mal mit einer Erektionshilfe hochkriegen würde. Maggie Botwin ist im Vorführraum 4. Seien Sie in einer Stunde dort.« Er bezeichnete mich mit seinem Monokel. »Da können Sie sich den ganzen Schiffbruch ansehen. Christus ging zwar über das Wasser, aber wie sieht's mit knöcheltiefer Scheiße aus? J. C., gieße Öl in das reine Ohr dieses Jungen.« Er legte mir die Hand auf die Schulter. »Und du, mein Kind, findest eine Lösung für unser Problem mit dem fehlenden Judas; schreib ein Ende, das die Meute davon abhält, zu protestieren und ihr Geld zurückzuverlangen.«

Eine Tür knallte.

Dann war ich allein, nur J. C. durchleuchtete mich mit seinem Blau-wie-der-Himmel-über-Jerusalem-Blick.

Er kaute in aller Ruhe weiter an seinem Fisch.

»Du wunderst dich«, sagte er, »daß man mich hergebeten hat. Ich bin der Vorzeigechrist. Und ich bin ein alter Hase. Ich kenne mich mit Moses ebenso gut aus wie mit Mohammed und den Propheten. Ich kenne sie wie meine Hosentasche.«

»Dann sind Sie Christus, seit Sie denken können?«

J. C. sah, daß es mir ernst war. Er kaute. »*Bin* ich denn Christus? Es ist, als wäre ich ein für allemal in ein bequemes Gewand geschlüpft; nie mehr umziehen, äußerst angenehm. Wenn ich mir meine Wundmale ansehe, dann denke ich: *ja*, ich bin es. Und wenn ich mich morgens nicht rasiere, dann bestätigt mich mein Bart in dieser

Meinung. Ich kann mir kein anderes Leben mehr vorstellen. Oh, vor vielen Jahren, ja, da war ich neugierig.« Er kaute den nächsten Bissen. »Ich habe alles ausprobiert, ging sogar zu Reverend Violet Greener auf dem Crenshaw Boulevard. Der Agabeg-Tempel?«

»Da bin ich auch gewesen!«

»Großartige Schauspieler, was? Séancen, Tamburine. Hat mich aber nie überzeugt. Dann zu Norvell. Gibt es den noch?«

»Klar! Der mit seinen großen, funkelnden Kuhaugen und seinen hübschen Freunden, die mit Tamburinen Spenden einsammeln?«

»Du errätst meine Gedanken! Astrologie? Numerologie? Holy Rollers? Ein Heidenspaß!«

»Bei den Holy Rollers war ich auch.«

»Wie hat dir ihr Schlammcatchen gefallen, und wie sie in vielen Zungen gesprochen haben?«

»Prima! Und was ist mit der Negro Baptist Church, Central Avenue? Der Hall-Johnson-Chor hopst und singt jeden Sonntag. Das reinste Erdbeben!«

»Meine Güte, Junge, du warst mir ja ständig auf den Fersen! Wie kommt es, daß du dich dort überall herumgetrieben hast?«

»Ich suchte nach Antworten!«

»Hast du den Talmud studiert, den Koran gelesen?«

»Die kamen zu spät für mich.«

»Laß dir erzählen, was wirklich zu spät kam ...«

Ich schnaufte. »Das Buch Mormon!?«

»Heiliger Strohsack, stimmt genau!«

»Ich war in einer Jugendtheatergruppe der Mormonen,

als ich zwanzig war. Der Engel Moroni war zum Einschlafen!«

J. C. brüllte vor Lachen und klopfte sich auf seine Wundmale.

»So langweilig! Und was ist mit Aimee Semple McPherson!?«

»Freunde aus der High School haben mich einmal dazu angestiftet, auf die Bühne zu stürzen und mich ›retten‹ zu lassen. Ich raste los und kniete nieder. Sie legte ihre Hand auf meinen Kopf. Herr, errette den Sünder, schrie sie. Glory, Hallelujah! Ich wankte nach unten und fiel in die Arme meiner Freunde!«

»Mensch!« schrie J. C. »Aimee hat mich gleich zweimal errettet! Dann wurde sie beerdigt. Im Sommer '44? Dieser große Bronzesarg? Den mußten sechzehn Pferde und ein Bulldozer den Hügel zum Friedhof hinaufziehen. Mann, Aimee hat sich naturidentische falsche Flügel wachsen lassen! Der guten alten Nostalgie willen besuche ich ihren Tempel hin und wieder. Mein Gott, wie ich sie vermisse. Sie berührte mich wie Jesus, mit allem pfingstlichen Pomp. Zum Schießen!«

»Und jetzt sind Sie hier gelandet«, sagte ich, »als Vollzeitjesus bei Maximus. Seit den goldenen Zeiten mit Arbuthnot.«

»Arbuthnot?« Über J. C.s Gesicht huschten Schatten der Erinnerung. Er schob seinen Teller von sich. »Los jetzt. Stell mich auf die Probe. Frag schon! Altes Testament. Neues.«

»Das Buch Ruth.«

Er rezitierte zwei Minuten lang Ruth.

»Salomon.«

»Ich liefere dir den ganzen Sermon.« Was er auch tat.

»Johannes?«

»Tolle Sachen! Das letzte Abendmahl nach dem Letzten Abendmahl!«

»Was?« fragte ich ungläubig.

»Vergeßlicher Christ! Das Letzte Abendmahl war nicht das letzte Abendmahl. Es war das *Vorletzte* Abendmahl! Tage nach der Kreuzigung und der Grablegung erlebte Simon, genannt Petrus, am See Tiberias zusammen mit den anderen Jüngern das Wunder mit den Fischen. Am Ufer wurden sie einer bleichen Erscheinung gewahr. Als sie näher kamen, erblickten sie einen Mann, der vor einem Kohlenfeuer mit Fischen stand. Sie sprachen ihn an und wußten, daß es Christus war, der ihnen ein Zeichen gab und sprach: ›Nehmet von diesem Fisch und gebet Euren Brüdern zu essen. Nehmet meine Worte und ziehet durch die Städte und predigt allda das Vergeben der Sünden.‹«

»Nicht zu fassen«, hauchte ich.

»Erbaulich, was?« sagte J. C. »Erst das Vorletzte Abendmahl, das da-Vinci-Abendmahl, und hinterher das Allerallerletzte Abendmahl mit den auf Holzkohle gebratenen Fischen, am Ufer des See Tiberias, wonach Christus von ihnen ging, um für alle Zeit in ihrem Blute, in ihrem Geiste und in ihren Seelen bei ihnen zu sein. Finis.«

J. C. verbeugte sich und fügte dann hinzu: »Laß dich vom Evangelium inspirieren, insbesondere Johannes! Nicht an mir ist es zu geben, sondern an Euch zu empfangen! Und jetzt raus, bevor ich meinen Segen rückgängig mache!«

»*Haben* Sie mich denn gesegnet?«

»Die ganze Zeit über, als wir uns unterhielten. Die ganze Zeit über. Geh jetzt.«

31

Ich streckte meinen Kopf in den Vorführraum 4 und fragte: »Wo ist Judas?«

»Das ist die Parole!« rief Fritz Wong. »Hier sind drei Martinis. Trinken Sie!«

»Ich hasse Martinis. Außerdem, Miss Botwin, muß ich zuerst folgendes loswerden.«

»Nennen Sie mich Maggie«, sagte sie leicht amüsiert. Die Kamera lag in ihrem Schoß.

»Ich habe, seit ich denken kann, von Ihnen gehört, ich bewundere Sie seit Jahren. Ich muß Ihnen einfach sagen, daß ich sehr glücklich darüber bin, Gelegenheit zu haben, mit Ihnen zu arbeiten –«

»Schon gut, schon gut«, sagte sie freundlich. »Aber Sie täuschen sich. Ich bin kein Genie. Ich bin... wie heißen doch gleich diese Viecher, die über die Teiche huschen und nach Insekten suchen?«

»Wasserläufer?«

»Ein Wasserläufer! Eigentlich müßten die Dinger doch untergehen, aber sie gleiten auf einem dünnen Film auf der Wasseroberfläche. Eine Sache der Oberflächenspannung. Sie verteilen ihr Gewicht, strecken Ärmchen und Beinchen aus und machen den Film nicht kaputt. Also, wenn das nicht ich bin. Ich verteile mein Gewicht, strecke alle viere von mir und versuche den Film, auf dem ich herumschlittere, nicht kaputtzumachen. Bis jetzt bin ich noch nicht untergegangen. Aber ich bin nicht vollkommen, und es ist auch kein Wunder, bloß stinknormales Glück, von Anfang an. Trotzdem vielen Dank für Ihr Kompliment, junger Mann. Jetzt aber das Kinn in die Höhe und getan, was Fritz befiehlt. Die Martinis. Sie werden gleich sehen, daß ich bei dem, was gleich auf Sie zukommt, keine Wunder vollbracht habe.« Sie wandte mir ihr feines Profil zu und rief nach hinten zur Vorführkabine: »Jimmy? Jetzt!«

Die Lichter verloschen, die Leinwand raschelte, der Vorhang teilte sich.

Über die Leinwand flimmerte der Rohschnitt, mit einem teilweise fertiggestellten Soundtrack von Miklos Rozsa. *Der* gefiel mir sehr gut.

Während der Film weiter und weiter abgespult wurde, warf ich Fritz und Maggie verstohlene Blicke zu. Sie sahen aus, als säßen sie auf einem bockenden Pferd. Mir erging es nicht anders. Eine Flutwelle von Bildern drückte mich tief in meinen Sessel hinein.

Meine Hand griff nach einem der Martinis.

»Junge, Junge«, flüsterte Fritz.

Als der Film zu Ende war und die Lichter wieder angingen, saßen wir erst einmal schweigend da.

»Wie kommt es«, sagte ich schließlich, »daß Sie so viel von dem neuen Material in der Dämmerung oder nachts gedreht haben?«

»Ich kann die Realität nicht ausstehen.« Fritz' Monokel funkelte, als er auf die blanke Leinwand starrte. »Im Drehplan ist jetzt die Hälfte des Films bei Sonnenuntergang ausgewiesen. Zu diesem Zeitpunkt ist dem Tag das Rückgrat gebrochen. Wenn die Sonne untergeht, bin ich erlöst; wieder einen Tag überlebt! Ich arbeite jede Nacht bis zwei Uhr, ohne wirkliche Leute zu sehen, ohne Tageslicht. Vor zwei Jahren ließ ich mir Kontaktlinsen anfertigen. Ich habe sie zum Fenster hinausgeworfen! Warum? Ich konnte die Poren in der Haut der Leute sehen, auch die in meinem Gesicht! Mondkrater. Pockennarben. Zum Teufel! Sehen Sie sich meine letzten Filme an. Kein einziger Mensch im Sonnenlicht. *Die Mitternachtsfrau. Endlose Dunkelheit. Der Nachmitternachtsmörder. Tod im Morgengrauen*. Und nun, mein Junge, was machen wir mit diesem gottverdammten Galiläa-Flop? *Christus im Garten, Cäsar oben im Baum*?!«

Maggie Botwin rutschte niedergeschlagen in der Dunkelheit auf ihrem Sessel herum und packte ihre Handkamera aus.

Ich räusperte mich. »Muß mein Text wirklich sämtliche Lücken in diesem Drehbuch zudecken?«

»Cäsars Arsch bemänteln? Jawohl!« Fritz Wong lachte und goß neue Drinks ein.

Maggie Botwin fügte hinzu: »Außerdem schicken wir sie zu Manny Leiber, um den Judas mit ihm auszudiskutieren.«

»Warum denn das!!?«

»Vielleicht mundet dem jüdischen Löwen der Baptist aus Illinois«, erklärte Fritz. »Vielleicht hört er sogar zu, während er sie zerfleischt.«

Ich kippte meinen zweiten Drink.

»Holla«, schluckte ich, »gar nicht mal so übel.«

Ein Surren drang an mein Ohr.

Maggie Botwins Kamera konzentrierte sich darauf, den Moment meiner einsetzenden Trunksucht festzuhalten.

»Nehmen Sie Ihre Kamera überall mit hin?«

»Ja«, sagte sie. »In den vergangenen vierzig Jahren ist kein einziger Tag vergangen, an dem ich nicht die Mächtigen mit heruntergelassenen Hosen erwischt hätte. Sie trauen sich nicht, mich rauszuschmeißen. Ich würde neun Stunden Material zusammenkleben und sämtliche Idioten exklusiv im Grauman's Chinese Theater Revue passieren lassen. Neugierig? Kommen Sie mal vorbei und schauen Sie sich's an.«

Fritz füllte mein Glas erneut.

»Alles bereit zur Nahaufnahme.« Ich trank.

Die Kamera surrte.

32

Manny Leiber saß auf der Ecke seines Schreibtischs und guillotinierte eine Zigarre mit einem dieser goldenen Einhundert-Dollar-Zigarrenschneidern von Dunhill. Er setzte eine mürrische Miene auf, als ich eintrat und im Büro herumlief, ohne mich für eines der niedrigen Sofas entscheiden zu können.

»Ist was?«

»Diese Sofas«, sagte ich, »sind so niedrig, daß man nicht mehr hochkommt.« Ich ließ mich in eins hineinfallen. Ich saß etwa dreißig Zentimeter über dem Fußboden und blickte zu Manny Leiber, der wie Cäsar über mir thronte, die Welt zu seinen Füßen.

Ich stand ächzend wieder auf und machte mich auf die Suche nach Kissen. Ich stapelte drei davon übereinander und setzte mich darauf.

»Was zum Henker tust du da?« Manny kam von der Schreibtischkante herunter.

»Ich möchte Ihnen in die Augen sehen können, wenn ich mich mit Ihnen unterhalte. Ich hasse es, mir da unten wie auf dem Rasiersitz schier den Hals zu brechen.«

Manny Leiber schäumte innerlich. Er biß in seine Zigarre und erklomm wieder seine Schreibtischecke. »Also was?« blaffte er.

»Fritz hat mir eben den Rohschnitt des Films gezeigt. Judas Ischariot fehlt. Wer hat ihn umgebracht?«

»Was?!«

»Jesus Christus ohne einen Judas, das geht nicht. Wieso ist Judas plötzlich zum unsichtbaren Jünger geworden?«

Zum ersten Mal sah ich, wie Manny Leiber mit seinem kleinen Hintern nervös auf der Schreibtischplatte herumrutschte. Er saugte an seiner kalten Zigarre, warf mir einen blitzenden Blick zu, und dann legte er los: »Ich habe veranlaßt, daß Judas herausgeschnitten wird! Ich will keinen antisemitischen Film produzieren!«

»Was!« explodierte ich und sprang auf die Füße. »Dieser Film soll nächstes Jahr zu Ostern in die Kinos kommen, wenn ich recht informiert bin. In dieser Woche werden ihn eine Million Baptisten anschauen. Plus zwei Millionen Lutheraner?«

»Mit Sicherheit.«

»Zehn Millionen Katholiken?«

»Aber klar!«

»Zwei Unitaristen?«

»Zwei –?«

»Wenn die alle am Ostersonntag ankommen und fragen: ›Wer hat Judas Ischariot aus dem Film genommen?‹ wie sieht es dann aus, wenn die Antwort lautet: *Manny Leiber*?«

Schweigen. Manny Leiber warf seine kalte Zigarre auf den Boden. Als seine Hand zum weißen Telefon kroch, wäre ich beinahe zur Salzsäure erstarrt.

Er wählte drei Nummern, Studiokurzwahl, wartete einen Moment und sagte dann: »Bill?«

Er atmete tief durch: »Judas Ischariot steht wieder auf der Gehaltsliste.«

Haßerfüllt beobachtete er mich dabei, wie ich die drei Kissen wieder auf drei Lehnstühle verteilte. »War das alles, worüber Sie sprechen wollten?«

»Momentan schon.« Ich drehte den Türknopf.

»Haben Sie etwas von Ihrem Freund Roy Holdstrom gehört?« erkundigte er sich plötzlich.

»Ich dachte, Sie wüßten Bescheid!«

Vorsichtig, dachte ich bei mir.

»Der Narr ist einfach abgehauen«, schob ich schnell nach. »Hat seine ganze Wohnung ausgeräumt und die Stadt verlassen. So ein blöder Kerl; der ist nicht mehr mein Freund. Er und das verdammte Lehmmonster, das er da gebaut hat!«

Manny Leiber musterte mich eingehend. »Ein Glück. Die Arbeit mit Fritz Wong wird Ihnen gefallen.«

»Klar. Fritz und Jesus.«

»Was?«

»Jesus und Fritz.«

Und schon war ich draußen.

33

Langsam ging ich zum Haus meiner Großeltern zurück, das irgendwo in der Vergangenheit stand.

»Bist du sicher, daß Roy dort vor einer Stunde vorbeimarschiert ist?« fragte Crumley.

»Mensch, sicher bin ich nicht. Ja, nein, vielleicht. Ich kriege das alles nicht mehr richtig zusammen. Am hellichten Tag Martinis, das ist nichts für mich. Außerdem«, ich wog das Drehbuch auf meiner Handfläche, »muß ich davon noch zwei Pfund wegschneiden und fünfzig Gramm wieder hinzufügen. Hilfe!«

Mein Blick fiel auf Crumleys Notizblock.

»Was gibt's?«

»Ich habe drei Autogrammagenturen angerufen. Clarence ist bei allen dreien bekannt...«

»Prima!«

»Nicht ganz. Alle erzählten das gleiche. Ein Paranoiker. Kein Nachname, weder Telefonnummer noch Adresse. Hat allen erzählt, er habe zuviel Angst. Nicht vor Einbrechern, sondern vor Mördern; vor Mördern, die ihn dann beklauen. Fünftausend Fotos, sechstausend Autogramme hat er in seinem Nest gehortet. Vielleicht erkannte er kürzlich das Monster nicht mal, sondern hatte nur Angst, das

Monster kenne ihn, wisse, wo er wohnt, und werde ihn holen kommen.«

»Nein, nein, das paßt nicht.«

»Clarence Wieauchimmer hat immer nur Bargeld angenommen und bar gezahlt, sagen die Agenturfritzen. Keine Schecks. Unmöglich, ihm auf diesem Weg auf die Schliche zu kommen. Er hat nie etwas per Post erledigt, tauchte regelmäßig auf, um seine Geschäfte zu betreiben, und blieb dann wieder monatelang verschwunden. Sackgasse. Auch das Brown Derby hat sich als Sackgasse herausgestellt. Ich bin höflich und bescheiden aufgetreten, doch der Oberkellner hat sofort wieder aufgelegt. Tut mir leid, Kleiner. Hey …«

Genau in diesem Augenblick, wie nach Fahrplan, tauchte ein Stück weiter weg im Laufschritt die römische Phalanx auf. Mit lockeren Scherzen und Flüchen auf den Lippen kamen sie auf uns zugetrabt.

Ich lehnte mich weit aus dem Fenster und hielt den Atem an.

»Ist das der Haufen, in dem du Roy gesehen hast?« fragte Crumley.

»Ja.«

»Ist er *jetzt* auch dabei?«

»Ich kann nichts sehen …«

Jetzt fuhr Crumley aus der Haut.

»Warum, zum Teufel, rennt der blöde Kerl überhaupt kreuz und quer auf dem Studiogelände herum? Warum haut er nicht schleunigst ab und läßt sich nicht mehr blicken? Wieso hängt er immer noch hier herum? Will er sich umbringen lassen? Er hätte schon längst abhauen können, statt dessen dreht er dich *und* mich durch die Mangel. Warum?«

»Rache«, sagte ich. »Für all die Morde.«

»Welche Morde?«

»Die an seinen Viechern, an seinen liebsten Freunden.«

»Blödsinn.«

»Hör mal, Crum. Wie lange wohnst du schon in deinem Haus in Venice? Zwanzig, fünfundzwanzig Jahre. Hast dort jeden Baum und jeden Strauch gepflanzt, den Rasen gesät, die Rattanhütte im Garten gebaut, die Geräuschanlage installiert, die Regenmacher, und dann den Bambus und die Orchideen dazu, die Pfirsich-, die Zitronen-, die Aprikosenbäume. Wenn ich jetzt eines Nachts dort einbrechen und alles ausreißen würde, die Bäume umhacken, die Rosen zertrampeln, die Hütte abfackeln und die Tonanlage auf die Straße schmeißen würde, was würdest du dann tun?«

Crumley überlegte einen Augenblick. Sein Gesicht wurde feuerrot.

»Siehst du«, sagte ich ruhig. »Ich weiß nicht, ob Roy jemals heiraten wird. Fürs erste jedenfalls hat man seine Kinder, sein ganzes Leben niedergemacht und in den Staub getreten. Alles, was er je geliebt hat, wurde niedergemetzelt. Vielleicht ist er jetzt noch auf dem Gelände, um die Morde aufzuklären. Er will wie wir das Monster finden und es zur Strecke bringen. Vielleicht ist Roy auf Nimmerwiedersehen verschwunden. Aber an seiner Stelle würde ich hier bleiben, mich verstecken und den Mörder suchen, bis ich den Mörder zusammen mit den Gemordeten begraben könnte.«

»Meine Zitronenbäumchen, hmm?« sagte Crumley. Sein Blick schweifte in die Ferne, Richtung Ozean. »Meine Orchideen, mein Regenwald? Von jemandem fertiggemacht? Also ...«

Die Phalanx rannte unten im späten Sommerlicht vorüber und verschwand in den bläulichen Schatten.

In ihren Reihen war kein großer, ungelenker Schreikranichkrieger zu sehen.

Die Schritte und die Rufe verhallten.

»Komm, wir fahren nach Hause«, sagte Crumley.

Gegen Mitternacht wehte plötzlich ein Wind durch Crumleys afrikanischen Garten. Alle Bäume in der Nachbarschaft drehten sich im Schlaf um.

Crumley sah mich scharf an. »Ich spüre, daß da etwas kommt.«

Es kam.

»Das Brown Derby«, sagte ich verdattert. »Herrje, wieso habe ich nicht früher daran gedacht? Die Nacht, in der Clarence vor Angst davongerannt ist. Er ließ seine Mappe fallen und ließ sie einfach vor dem Eingang des Brown Derby liegen! Jemand muß sie aufgehoben haben. Vielleicht ist sie noch dort und wartet darauf, daß sich Clarence beruhigt und vorbeikommt, um sie abzuholen. Seine Adresse muß irgendwo vermerkt sein.«

»Eine gute Spur«, nickte Crumley. »Ich werde sie verfolgen.«

Erneut hauchte der Nachtwind sein melancholisches Seufzen durch die Orangen- und Zitronenbäume.

»Und...«

»Und?«

»Noch einmal zum Brown Derby. Auch wenn der Oberkellner nicht mit *uns* redet, so kenne ich jemanden, der dort jahrelang einmal die Woche dinierte, als ich noch ein Kind war...«

»Ach du Schreck«, stöhnte Crumley. »Rattigan. Die frißt dich bei lebendigem Leib.«

»Meine Verehrung für sie wird mich beschützen.«

»O Gott, steck diesen Mist in einen Sack, und wir düngen damit das ganze San Fernando Valley.«

»Freundschaft schützt. Du würdest mich doch nicht verletzen, oder?«

»Verlaß dich da mal nicht drauf.«

»Wir müssen etwas unternehmen. Roy versteckt sich. Wenn die, wer immer das sein mag, ihn finden, dann ist er ein toter Mann.«

»Du auch«, sagte Crumley, »wenn du weiterhin den Amateurdetektiv spielst. Es ist schon spät. Mitternacht.«

»Da wacht Constance normalerweise auf.«

»Transsylvanische Zeitrechnung? Herrje.« Crumley atmete tief durch. »Soll ich dich fahren?«

Von einem verborgenen Baum fiel ein einzelner Pfirsich mit dumpfem Schlag auf die Erde.

»Ja!« sagte ich.

34

»Falls du im Morgengrauen aus dem letzten Loch pfeifst«, sagte Crumley, »ruf mich bitte nicht an.«

Wir fuhren los.

Das Haus von Constance war seit eh und je die Perfektion selbst, ein weißer Schrein, der sich leuchtend gegen den Küstenstreifen abhob. Sämtliche Türen und Fenster standen weit offen. In dem blendend weiß gehaltenen Wohnzimmer spielte Musik, alte Melodien von Benny Goodman.

Ich lief am Strand entlang und spähte in die Wellen hinaus, so wie schon in tausend Nächten zuvor. Sie war dort draußen, schwamm mit den Tümmlern um die Wette und spielte mit den Seehunden.

Ich schaute in den Salon, der mit vier Dutzend zirkusbunten Kissen drapiert war, und auf die nackten weißen Wände, wo spät in der Nacht die Schattenspiele stattfanden, ihre alten Filme, aus der Zeit, bevor ich geboren wurde.

Ich drehte mich um, denn eine ungewöhnlich große Welle hatte sich am Strand gebrochen...

...und aus ihr entstieg, wie aus dem wertvollen Teppich, den man vor Cäsars Füßen auswarf...

Constance Rattigan.

Braun und glänzend wie ein Seehund kam sie aus der Brandung gesprungen, das Haar vom Wasser gekämmt. Ihr kleiner Körper war mit Muskatnuß gepudert und in Zimtöl gebadet. In ihren munteren Beinen und flinken Armen, den Handgelenken und Händen hatten sich sämtliche Schattierungen des Alters eingenistet. Ihre Augen waren so braun wie die eines quicklebendigen, schlauen, klugen Tierchens. Ihr lachender Mund sah aus, als wäre er mit Walnußöl getränkt. Sie sah aus wie eine übermütige Novembersurferin, dem kalten Meer entstiegen, doch so heiß wie geröstete Kastanien, wollte man sie anfassen.

»Du Strolch«, rief sie. »Du bist es!«

»Tochter des Nils! Du!«

Sie schmiegte sich an mich wie ein Hund, der die Nässe an jemand anderem abstreifen wollte, packte mich bei den Ohren, küßte mich auf Brauen, Nase und Mund und drehte sich dann im Kreis, um sich rundum zu präsentieren.

»Ich bin nackt, wie gewöhnlich.«

»Habe ich bemerkt, Constance.«

»Du hast dich nicht verändert: schaust noch immer auf meine Augenbrauen, anstatt auf meine Brüste.«

»Du hast dich nicht verändert. Deine Brüste sehen stramm aus.«

»Nicht schlecht für eine sechsundfünfzigjährige ehemalige Filmkönigin, die des Nachts im Meer herumschwimmt, was? Los, komm!«

Sie rannte den Strand hinauf. Als ich bei ihrem Swimmingpool ankam, hatte sie schon Käse, Cracker und Champagner herausgebracht.

»Große Güte.« Sie machte die Flasche auf. »Es muß schon hundert Jahre her sein. Aber ich wußte, daß du eines schönen Tages zurückkommen würdest. Hast du die Nase voll vom Heiraten? Zeit für eine Geliebte?«

»Nein, danke.«

Wir hoben die Gläser.

»Hast du Crumley in den letzten acht Stunden gesehen?«

»Crumley?«

»Es steht dir im Gesicht geschrieben. Wer ist gestorben?«

»Jemand von Maximus Films, vor zwanzig Jahren.«

»Arbuthnot!« rief Constance mit weiblicher Intuition.

Ein Schatten legte sich über ihr Gesicht. Sie griff nach ihrem Bademantel und schlüpfte hinein; plötzlich war sie sehr klein, ein Mädchen, das sich umdrehte und die Küste betrachtete, als sähe es nicht Sand und die Gezeiten, sondern die dahinziehenden Jahre selbst.

»Arbuthnot«, murmelte sie. »Herrgott, welche Schönheit! Welch ein Schöpfer!« Sie hielt inne. »Ich bin froh, daß er tot ist«, fügte sie hinzu.

»Nicht ganz.« Ich verstummte.

Denn Constance war herumgewirbelt, wie von einem Schuß getroffen.

»Nein!« schrie sie mich an.

»Nein, etwas, das wie er aussieht. Ein Ding, das auf einer Mauer aufgestellt worden ist, um mich zu erschrekken – und jetzt auch dich.«

Tränen der Erleichterung rannen aus ihren Augen. Sie schnappte nach Luft, als hätte man sie in den Magen geschlagen.

»Verdammter Kerl! Geh rein«, sagte sie. »Hol den Wodka.«

Ich brachte den Wodka und ein Glas. Ich sah zu, wie sie zwei kräftige Schlucke kippte. Ernüchterung machte sich in mir breit, ich hatte es über, Leuten beim Saufen zuzusehen, war es leid, mich zu fürchten, wenn es Nacht wurde.

Mir fiel nichts ein, was ich hätte sagen können, und so ging ich an den Beckenrand, zog Schuhe und Socken aus, rollte mir die Hosenbeine hoch und ließ die Füße ins Wasser hängen, schaute hinein und wartete ab.

Schließlich kam Constance und setzte sich neben mich.

»Entschuldige«, sagte sie. »Die alten Erinnerungen sterben nur sehr schwer.«

»Allerdings«, sagte ich und ließ jetzt meinerseits den Blick über die Küste schweifen. »Im Studio ist diese Woche die helle Panik ausgebrochen. Warum drehen alle durch, nur wegen einer blöden Wachspuppe im Regen, die wie Arbuthnot aussieht?«

»Also *das* ist passiert?«

Ich erzählte ihr den Rest der Geschichte, so wie ich sie schon Crumley erzählt hatte. Ich endete mit dem Brown Derby und meinem Wunsch, sie würde mich dorthin begleiten. Als ich geendet hatte, schluckte Constance, leichenblaß, den nächsten Wodka.

»Ich möchte wissen, wovor mir eigentlich soviel Angst eingejagt wird«, sagte ich. »Wer hat den Zettel geschrieben und mich auf den Friedhof eingeladen, damit ich der versammelten Welt den nachgemachten Arbuthnot präsentiere? Doch ich habe den Leuten vom Studio nicht erzählt, daß ich die Puppe gefunden hatte, und so fanden sie das Ding selbst und versuchten, es zu verstecken, beinahe blöd vor Angst. Ist die Erinnerung an Arbuthnot so lange nach seinem Tod denn immer noch so furchterregend?«

»Ja.« Constance legte ihre zitternde Hand auf mein Handgelenk. »Allerdings.«

»Und nun? Erpressung? Fordert jemand von Manny Leiber unter der Drohung Geld, andernfalls über die Vergangenheit des Studios auszupacken? Über Arbuthnots Leben beispielsweise? Vielleicht eine verloren geglaubte Filmrolle von vor zwanzig Jahren, von der Nacht, in der Arbuthnot starb. Vielleicht ein Film, der am Unfallort gedreht wurde und der, wer weiß, dafür sorgen würde, daß Konstantinopel, Tokio, Berlin und das ganze Gelände in Flammen aufgingen?«

»Ja!« Constances Stimme kam von weit entfernt, aus einem anderen Jahr. »Geh jetzt. Du mußt fliehen. Hast du jemals geträumt, eine große schwarze, zwei Tonnen schwere Bulldogge kommt in der Nacht auf dich zu und frißt dich auf? Einer meiner Freunde hatte diesen Traum. Die große schwarze Dogge hat ihn aufgefressen. Wir nannten sie den Zweiten Weltkrieg. Er ist für alle Zeiten verschwunden. Ich möchte nicht, daß auch *du* verschwindest.«

»Constance, ich kann nicht abhauen. Wenn Roy lebt...«

»Das weißt du nicht.«

»...und wenn ich ihn dort herauskriege und dafür sorge, daß er seinen Job wiederbekommt... dann ist es das einzig Richtige. Ich muß es tun. Es ist alles so unfair.«

»Geh hinaus ins Meer und schlage dich mit den Haien rum, da hast du bessere Chancen. Willst du wirklich wieder zu Maximus zurück, nach allem, was du mir erzählt hast? Mein Gott. Weißt du eigentlich, wann ich zum letzten Mal das Studio betreten habe? An dem Nachmittag, an dem Arbuthnot beerdigt wurde.«

Sie wartete ab, bis mich dieser Treffer versenkt hatte. Dann warf sie den Rettungsanker hinterher.

»Damals ging die Welt unter. Nie zuvor habe ich so viele Kranke und Sterbende auf einem Fleck gesehen. Es war, als würde man dabei zusehen, wie die Freiheitsstatue auseinanderbricht und umstürzt. Die Hölle. Wie Mount Rushmore nach einem Erdbeben. Vierzigmal größer, stärker, gewaltiger als Cohn, Zanuck, Warner und Thalberg zusammengepackt. Als sie seinen Sargdeckel zufallen ließen, in dem Grab auf der anderen Seite der Mauer, da sprangen Risse durch die Erde bis hinauf in die Berge, wo das Hollywoodland-Zeichen umfiel. Er war ein Roosevelt, der viel zu früh gestorben ist.«

Constance machte eine Pause, denn sie hatte mein unregelmäßiges Schnaufen gehört.

Dann sagte sie: »Es könnte einen um den Verstand bringen. Wußtest du, daß Shakespeare und Cervantes am selben Tag gestorben sind? Denk doch! Das ist, als würde man sämtliche Redwoods fällen, der Donner hört niemals auf. Die Antarktis schmilzt zu Tränen. Jesus Christus öffnet seine Wunden. Gott hält den Atem an. Cäsars Legionen, Geisterarmeen von zehn Millionen, stehen wieder auf, mit blutenden Amazonen als Augen. Das habe ich geschrieben, als ich noch ein Backfisch von sechzehn Jahren war, als ich erfuhr, daß Julia und Don Quichotte am gleichen Tag sterben mußten. Ich habe die ganze Nacht geweint. Du bist der einzige, der diese dummen Verse je gehört hat. Tja, und nicht anders war es, als Arbuthnot starb. Es war wie mit sechzehn, als ich nicht aufhören konnte, zu weinen oder so einen Schrott zu schreiben. Da gingen sie dahin: der Mond, die Planeten, Sancho Pansa, Rosinante und Ophelia. Die Hälfte der Frauen bei seinem Begräbnis waren abgelegte Geliebte. Ein Matratzen-Fanclub, plus Nichten, Cousinen und verrückte Tanten. Als wir an jenem Tag die Augen öffneten, war es wie eine zweite Flutkatastrophe von Johnstown. O Gott, ich schweife ab. Ich habe mir sagen lassen, daß sie Arbuthnots Stuhl noch immer in seinem alten Büro stehen haben? Saß denn seither jemand mit einem genügend großen Hintern und dem passenden Grips darin?«

Ich mußte an Manny Leibers Hintern denken. Constance sagte:

»Gott allein weiß, wie das Studio über die Runden kam. Vielleicht mit Hilfe einer Kristallkugel, mit den guten Ratschlägen der Toten. Lache nicht. Das ist Hollywood. Sie alle lesen die Löwe-Jungfrau-Stier-Berichte, passen auf, daß sie zwischen zwei Aufnahmen nicht auf die Fugen zwischen den Fliesen treten. Das Studio? Laß uns eine Spritztour machen, bitte. Großmutter muß sich die vier Winde der fünfundfünfzig Städte um die Nase wehen lassen, den Irren vom Dienst den Puls fühlen, dann fahren wir weiter zum Brown Derby. Ich habe mit dem Oberkellner mal geschlafen, muß an die neunzig Jahre her sein. Ob er sich an die alte Hexe vom Strand in Venice erinnert und uns zum Tee an den Tisch des Monsters setzt?«

»Und was sollen wir sagen?«

Eine große Welle baute sich auf, und eine kleine verrauschte im Sand.

»Ich werde sagen«, sie schloß die Augen, »hören Sie auf damit, mein zukunftserdichtendes, dinosaurierliebes Söhnchen zu erschrecken.«

»Ja«, sagte ich. »Bitte.«

35

Am Anfang war der Nebel.

In einer geschlossenen Decke lag er um sechs Uhr in der Frühe über der Küste, dem Land, bis zu den Bergen.

Ich kroch auf allen vieren in Constances Salon herum und tastete unter der Elefantenherde ihrer Kissen nach meiner Brille. Schließlich gab ich auf und taumelte statt dessen umher, um meine tragbare Schreibmaschine zu finden. Dann setzte ich mich hin und hämmerte blind drauflos, brachte die Worte zu Papier, die *Antipas und der Messias* beschließen sollten.

Das Fischwunder.

Und Simon, genannt Petrus, ruderte ans Ufer und fand dort den Geist Christi bei dem Kohlenfeuer und den gebackenen Fischen, die zusammen mit dem Wort der Erlösung zu einem guten Ende gereicht werden sollten. Die Jünger waren in fröhlicher Runde versammelt, die letzte Stunde war angebrochen und die Himmelfahrt nahe, und die Abschiedsgrüße, die jetzt und immerdar bestehen blieben, zweitausend Jahre lang erinnert würden, auch auf dem Mars, und die schließlich bis nach Alpha Centauri entsandt werden sollten.

Ich konnte die Worte, die der Maschine entsprangen,

nicht sehen und hielt mir das Blatt dicht vor die nassen, blinden Augen, während Constance wie ein Delphin aus den Wellen schoß, ein weiteres in dürres Fleisch gekleidetes Wunder. Dann stand sie hinter mir, las über meine Schulter hinweg, stieß einen traurig-glücklichen Schrei aus und schüttelte mich wie ein Hündchen, so freute sie sich über meinen Triumph.

Ich rief Fritz an.

»Wo zum Teufel steckst du?« schrie er.

»Ruhe«, sagte ich freundlich.

Dann las ich ihm laut vor.

Und die Fische wurden zum Backen auf die Glut gelegt, in die der Wind hineinfuhr, Funken wie Leuchtkäfer über den Sand tragend, und Christus sprach, und die Jünger lauschten. Die hereinbrechende Morgendämmerung nahm die Fußspuren des Herrn wie die leuchtenden Funken mit sich fort, und er war von ihnen gegangen. Die Jünger schwärmten in alle Richtungen aus, auch ihre Spuren verwehte der Wind, ihre Fußstapfen verschwanden, ein neuer Tag brach an, und der Film war zu Ende.

Fritz, am anderen Ende, war sehr still.

Endlich flüsterte er: »Du ... Hun ... de ... sohn.«

Und dann: »Wann bringst du das vorbei?«

»In drei Stunden.«

»Du bist in *zwei* Stunden hier«, schrie er, »damit ich dich auf alle vier Backen küssen kann. Ich gehe jetzt los, um Manny zu entmannen und Herodes den Statthalter auszutreiben!«

Ich legte auf, und das Telefon klingelte.

Es war Crumley.

»Ist dein Balzac noch *Honoré*?« fragte er. »Oder liegst du wie Hemingways Fisch tot am Pier, das Fleisch von den Gräten gepickt?«

»Crum«, seufzte ich.

»Ich habe weiter herumtelefoniert. Aber was ist, wenn wir alle Informationen, die du haben willst, kriegen, wenn wir Clarence finden, den schrecklichen Kerl aus dem Brown Derby identifizieren – wie kommen wir an deinen tolpatschigen Vogelfreund Roy heran, der allem Anschein nach in einer gebrauchten Toga auf dem Studio herumrennt? Wie lassen wir es ihn wissen, und wie kriegen wir ihn dann dort heraus? Soll ich ein großes Schmetterlingsnetz nehmen?«

»Crum«, sagte ich.

»Okay, okay. Ich habe gute Nachrichten, und schlechte. Ich habe ein bißchen über die Mappe nachgedacht, von der du mir erzählt hast, die Mappe, die unser Kumpel Clarence vor dem Brown Derby hat fallenlassen. Ich habe beim Brown Derby angerufen und erzählt, ich hätte eine Mappe verloren. Aber selbstverständlich, Mr. Sopwith, sagt die Dame, die ist bei uns!«

Sopwith! Also das war Clarences Nachname.

»Ich sage ihr, ich wüßte nicht, ob meine Adresse in der Mappe steht. Die ist hier, sagt die Dame, 1788 Beachwood? Genau, sage ich. Ich bin gleich da und hole sie ab.«

»Crumley, du bist ein Genie!«

»Nicht ganz. Ich spreche gerade vom Telefon im Brown Derby aus.«

»Und?« Ich spürte, wie mein Herz einen Satz machte.

»Die Mappe ist verschwunden. Da ist noch jemand auf

diese brillante Idee gekommen. Jemand war vor mir hier. Die Dame hat ihn mir beschrieben. Es war nicht Clarence, wie du ihn geschildert hast. Als ihn die Dame nach einem Ausweis fragte, ist er einfach mit der Mappe abgehauen. Die Dame hat sich zwar aufgeregt, aber das war's.«

»Großer Gott«, sagte ich. »Das heißt, sie kennen jetzt die Adresse von Clarence.«

»Soll ich hinfahren und ihm alles erzählen?«

»Nein, nein. Er würde einen Herzschlag kriegen. Ich werde hingehen, auch wenn er Angst vor mir hat. Ich muß ihn warnen, damit er sich versteckt. Meine Güte, da kann sonst was passieren. 1788 Beachwood?«

»Stimmt.«

»Crum, du bist der absolute Knüller.«

»Schon immer gewesen«, sagte er, »schon immer gewesen. Komisch nur, daß mich die Leute unten auf der Station in Venice schon seit einer Stunde zur Arbeit zurückerwarten. Der Leichenbeschauer rief an und meinte, daß sich seine Kunden nicht lange halten. Während ich arbeiten gehe, mußt du selbst einspringen. Wen gibt es sonst noch im Studio, der etwas wissen könnte? Ich meine, jemand, dem du trauen kannst. Jemand, der die Geschichte des Studios miterlebt hat.«

»Botwin«, sagte ich wie aus der Pistole geschossen. Ich war selbst über meine Antwort erstaunt.

Maggie und ihre surrende Kleinkamera, immer dabei, die Welt einzufangen, so wie sie sich Tag für Tag, Jahr für Jahr vor ihrem Auge abspulte.

»Botwin? Frag sie mal. Inzwischen, alter Knabe ...?«

»Was denn?«

»Paß auf deinen Arsch auf.«

»Mach' ich.«

Ich legte auf und sagte: »Rattigan?«

»Ich habe den Wagen angelassen«, antwortete sie. »Er wartet draußen vor der Haustür.«

36

Es war schon spät am Nachmittag, als wir Richtung Studio sausten. Constance hatte drei Flaschen Champagner in ihrem Roadster verstaut und fluchte an jeder Kreuzung gutgelaunt vor sich hin. Sie streckte den Kopf über die Windschutzscheibe hinaus wie jene Hunde, die beim Autofahren die Schnauze in den Fahrtwind halten.

»Aus dem Weg!« schrie sie.

Wir röhrten den Larchmont Boulevard hinunter, die Mittellinie immer zwischen den Rädern.

»Was machst denn du?« brüllte ich.

»Früher verliefen neben der Straße auf beiden Seiten Straßenbahnschienen. Die Strommasten standen auf dem Mittelstreifen, Harold Lloyd fuhr hier immer Slalom, kreuz und quer, ungefähr so!«

Constance ließ den Wagen nach links schleudern.

»Und *so*! Und *so*!!«

Wir kurvten um ein halbes Dutzend längst verschwundener Geistermasten, als wäre eine Phantomstraßenbahn hinter uns her.

»Rattigan«, beschwor ich sie.

Sie blickte in mein ernstes Gesicht.

»Beachwood Avenue?« fragte sie.

Es war vier Uhr nachmittags. Die letzte Post des Tages wurde gerade Richtung Norden ausgetragen. Ich nickte Constance zu. Sie parkte vor dem Briefträger ein, der im warmen Sonnenlicht die Straße hinunterlief. Er grüßte mich, als ob ich auch aus Iowa wäre, gut gelaunt, trotz des Werbemists, den er als Post vor jeder Tür abladen mußte.

Ich wollte lediglich Clarences Namen und Adresse überprüfen, bevor ich an seine Tür klopfte. Doch der Briefträger wollte mit Schwatzen nicht mehr aufhören. Er beschrieb mir, wie Clarence sich bewegte, und wie er aus der Nähe aussah: das Weiß in seinen Augen und um seinen Mund ein Zucken, das die Ohren auf und ab hüpfen ließ.

Der Briefträger knuffte mich, die Post im Arm. »Ein ausgemachter Schwachkopf! Der kreuzt an seiner Bungalowtür in einem dicken Kamelhaarmantel auf. In so einem Wickelmantel wie ihn Adolphe Menjou trug, in den Filmen, bei denen wir als Jungs anno 1927 immer zum Pinkeln gerannt sind, wenn eine dieser schmalzigen Szenen kam. Na klar, der alte Clarence. Einmal habe ich *Buh*! gerufen, und da hat er sofort die Tür zugeknallt. Möchte wetten, daß er in diesem Mantel duscht, vor lauter Angst, er könnte sich nackt sehen. Der furchtsame Clarence? Klopfen Sie nicht zu laut an...«

Ich war schon weg. Bei den Vista-Courts-Gebäuden bog ich ein und ging auf die Nummer 1788 zu.

Ich klopfte nicht an die Tür. Ich kratzte mit den Fingernägeln an den kleinen Glasscheiben. Es gab neun davon. Ich probierte sie nicht alle aus. Dahinter war ein Rollo herabgelassen, so daß ich nicht hineinschauen konnte.

Nachdem niemand antwortete, klopfte ich mit dem Zeigefinger, jetzt etwas lauter.

Mir kam es vor, als hörte ich hinter dem Glas Clarences Kaninchenherz rasen.

»Clarence!« rief ich. Warten. »Ich weiß, daß du da drin bist!«

Und wieder dachte ich, ich würde seinen Puls rattern hören.

»Ruf mich an, verdammt noch mal, bevor es zu spät ist!« rief ich schließlich. »Du weißt, wer ich bin. Das Filmstudio, du erinnerst dich! Clarence, wenn *ich* dich finde, dann finden *sie* dich auch!«

Sie? Wen meinte ich bloß mit ›sie‹?

Jetzt hämmerte ich mit beiden Fäusten an die Tür. Eine der Scheiben knackte.

»Clarence! Deine Autogrammappe! Sie lag im Brown Derby!«

Das wirkte. Ich hörte auf zu klopfen, denn ich hörte ein Geräusch, das wie ein Blöken oder ein unterdrückter Schrei klang. Das Schloß rasselte. Kurz danach klackerte ein zweites Schloß, dann ein drittes.

Zu guter Letzt ging die Tür einen Spalt weit auf, so weit, wie es die Kette auf der Innenseite zuließ.

Clarences gehetztes Gesicht schaute mich durch den langen Tunnel der verflossenen Jahre an, so nahe und doch so fern, daß ich beinahe geglaubt hätte, seine Stimme sei nur ein Echo.

»Wo?« bettelte er. *»Wo?«*

»Im Brown Derby«, sagte ich verschämt. »Jemand hat sie gestohlen.«

»Gestohlen?« Tränen schossen ihm in die Augen. »Meine Mappe? O Gott«, jammerte er. »Was haben Sie mir angetan?«

»Nein, nein, hör doch zu –«

»Wenn sie hier einbrechen wollen, dann bringe ich mich um. Sie dürfen sie nicht kriegen!«

Dabei blickte er furchtsam über seine Schulter auf die Unmengen von Akten, die ich hinter ihm sehen konnte, und auf die Bücherregale und die Wände voll mit signierten Porträts.

Meine Monster, hatte Roy bei seiner eigenen Beerdigung gesagt, meine Lieblinge, meine Lieben.

Meine Schätze, machte mir Clarence klar, meine Seele, mein Leben!

»Ich will nicht sterben«, heulte Clarence und machte die Tür wieder zu.

»Clarence!« Ich versuchte es noch einmal. »Wer sind *sie*? Wenn ich es weiß, kann ich dich vielleicht beschützen! Clarence!«

Schräg gegenüber ratterte eine Sonnenblende hoch.

Die Haustür eines anderen Bungalows öffnete sich einen Spalt breit.

Mir blieb nichts anderes übrig, als erschöpft zu flüstern: »Mach's gut...«

Ich ging zum Roadster zurück, in dem Constance das Wetter genoß und die Hollywood Hills betrachtete.

»Um was ging es denn eben?« wollte sie wissen.

»Ein Bekloppter: Clarence. Der andere: Roy.« Ich rutschte auf den Beifahrersitz. »Na schön. Bring mich bitte in die Bekloopptenfabrik.«

Constance raste bis vor die Tore des Studios.

»Hilfe«, hauchte sie und starrte nach oben. »Ich hasse Krankenhäuser.«

»Krankenhäuser?«

»Die Zimmer dort drin sind voll mit undiagnostizierten Fällen. In dieser Klitsche sind Tausende von Babies gezeugt oder geboren worden. Ein behagliches Heim, wo den Blutlosen Transfusionen der Gier verpaßt werden. Siehst du das Wappen dort oben? Ein brüllender Löwe mit gebrochenem Rückgrat. Daneben: ein blinder Ziegenbock ohne Eier. Daneben: Salomon, wie er ein lebendiges Baby in der Mitte durchschneidet. Herzlich willkommen in der Green-Glades-Leichenhalle!«

Mir lief es eiskalt den Rücken herunter.

Mit meinem Ausweis kamen wir durch das Tor. Kein Konfetti. Keine Blaskapellen.

»Du hättest dem Bullen sagen sollen, wer du bist!«

»Hast du ihm ins Gesicht gesehen? Der ist an dem Tag geboren, an dem ich aus dem Studio in mein Kloster geflüchtet bin. Du mußt nur ›Rattigan‹ sagen, schon verebbt die Tonspur. Sieh mal da!«

Sie zeigte auf die Gruft der Filme, an der wir gerade vorbeifuhren. »Mein Grab! Zwanzig Rollen in einer Krypta! Filme, die in Pasadena durchfielen, gleich mit dem Leichenschein hierher zurückbefördert. Also!«

Wir kamen mitten in Green Town, Illinois, zum Stehen.

Ich sprang die Vordertreppe hinauf und machte eine einladende Geste: »Das Haus meiner Großeltern. Willkommen!«

Constance erlaubte mir, sie die Stufen hinaufzuziehen,

und setzte sich in die Hollywoodschaukel, hin und her schwingend.

»Mein Gott«, stöhnte sie, »ich bin schon jahrelang nicht mehr in so einem Ding gesessen! Du elender Strolch«, flüsterte sie, »was machst du nur mit mir alter Frau?«

»Sieh mal einer an, ich wußte nicht, daß Krokodile wirklich weinen.«

Sie blickte mich streng an. »Du bist ein ernster Fall. Glaubst du denn den ganzen Mist, den du zusammenschreibst? Mars im Jahre 2001. Illinois 1928?«

»Klar.«

»Herrje. Wie glücklich mußt du sein in deiner Haut, so gottverdammt naiv. Bleib so, wie du bist.« Constance nahm meine Hand. »Wir blöden Schwarzseher, Zyniker und Monster lachen zwar, aber wir brauchen euch. Sonst würde Merlin nämlich sterben, oder die Zimmerleute würden die Tafel für Artus' Runde krumm und schief zusammenleimen, oder der Typ, der die Rüstungen ölt, würde auf einmal Katzenpisse nehmen. Du darfst niemals sterben. Versprochen?«

Drinnen klingelte das Telefon.

Wir sprangen beide auf. Ich rannte los und riß den Hörer von der Gabel. »Ja?« Ich wartete. »Hallo?«

Doch es war nichts zu hören, nur das Rauschen des Windes, wie in großer Höhe. Das Fleisch in meinem Nakken kroch wie eine Raupe zuerst nach oben und dann wieder hinunter.

»Roy?«

Im Hörer wehte der Wind, und irgendwo ächzte Gebälk.

Instinktiv blickte ich in Richtung Himmel.

In einhundert Metern Entfernung: Notre Dame, mit ihren Zwillingtürmen, den wasserspeienden Dämonen, den Heiligenstatuen.

Oben auf den Türmen der Kathedrale blies der Wind. Staub wurde hoch aufgewirbelt, eine rote Flagge signalisierte Bauarbeiten.

»Rufst du aus dem Studio an?« fragte ich. »Bist du dort, wo ich dich vermute?«

Weit oben auf einem der Türme glaubte ich einen Dämon zu erkennen, der … sich bewegte.

Oh, Roy, dachte ich, wenn du das bist, vergiß die Rache. Komm runter.

Doch dann hörte der Wind auf, und auch das Atmen. Die Verbindung war tot.

Ich ließ den Hörer fallen und starrte hinaus auf die Türme.

Constance betrachtete sie sich ebenfalls. Der Wind wirbelte Wolken von Staub und Bauschutt auf.

»Okay, genug mit dem Unfug!«

Constance ging auf die Veranda zurück und blickte zu Notre Dame empor.

»Was zum Teufel geht hier vor sich!« brüllte sie.

»Schsch!« machte ich.

37

Fritz brüllte inmitten eines brodelnden Haufens von Statisten herum, kommandierte und stampfte vor Wut im Staub mit dem Fuß auf. Er hatte sogar eine Reitgerte unter dem Arm, doch ich habe nie gesehen, daß er sie benutzt hätte. Die Kameras – drei an der Zahl – waren so gut wie bereit, und die Regieassistenten gruppierten die Kleindarsteller ein letztes Mal entlang der engen Gasse, die auf den Platz mündete, auf dem sich Jesus Christus demnächst zeigen müßte, vor dem Sonnenaufgang. Inmitten des Tumults entdeckte Fritz mich und Constance und machte seinem Assistenten ein Zeichen. Der kam angerannt, ich reichte ihm die fünf Manuskriptseiten, und der Assistent eilte durch die Menschenmenge zurück.

Ich beobachtete, wie Fritz, der mir den Rücken zugewandt hatte, meinen Szenenentwurf durchblätterte. Ich sah, wie er plötzlich den Kopf in den Nacken legte. Nach einigen Sekunden, die mir wie Ewigkeiten vorkamen, drehte er sich um, und ohne mich eines Blickes zu würdigen, packte er ein Megaphon. Er brüllte. Sofort herrschte absolute Ruhe.

»Alle mal herhören. Wer sitzen kann, der sitze. Die anderen machen es sich im Stehen bequem. Bevor der neue Tag anbricht, wird Jesus hier erschienen und wieder von uns gegangen sein. Folgendermaßen sehen wir ihn, wenn alles fertig ist und wir nach Hause gehen. Hört zu.«

Daraufhin las er die Seiten meiner letzten Szene vor, Wort für Wort, eine Seite nach der anderen, mit ruhiger und doch klarer Stimme, und weder verdrehte jemand den

Kopf, noch scharrten ungeduldige Füße. Ich konnte es kaum glauben. Das waren meine Worte, über den See im Morgengrauen, das Fischwunder, die bleiche Gestalt Christi am Ufer, die gebackenen Fische im Kohlenfeuer, von dem der Wind einen warmen Funkenregen forttrug, und die Jünger, die dort schweigend und aufmerksam, mit geschlossenen Augen, lauschen, und das Blut des Erlösers, das von seinen Wunden an den Handgelenken in die Glut tropft, während er seine Abschiedsworte spricht, und die Glut, in der das Abendmahl nach dem Letzten Abendmahl zubereitet wird.

Bis Fritz Wong mit meinen letzten Worten endete.

Nicht der geringste Laut ertönte in den Reihen der Menschenmenge, der Phalanx, und inmitten der Stille schritt Fritz schließlich durch die Versammlung, bis er neben mir stand. Ich war inzwischen vom Überschwang der Gefühle halb blind geworden.

Fritz schaute einen Moment lang Constance verwundert an, nickte ihr schroff zu und stellte sich dann vor mich hin. Er nahm das Monokel vom Auge, packte meine rechte Hand und legte die Linse wie eine Auszeichnung, eine Medaille auf meine Handfläche. Dann schloß er meine Finger darüber.

»Nach dem heutigen Abend«, sagte er leise, »wirst du für mich sehen.«

Es war Auftrag, Befehl und Segensspruch in einem.

Dann schritt er davon. Das Monokel in der zitternden Faust sah ich ihm nach. Als er im Zentrum der schweigenden Menschenmenge angelangt war, schnappte er sich das Megaphon und brüllte: »Los, bewegt euch!«

Er würdigte mich keines Blickes mehr.

Constance nahm mich am Arm und führte mich weg.

38

Auf dem Weg zum Brown Derby ließ Constance, die sehr langsam fuhr, den Blick über die im Licht der Dämmerung vor uns liegenden Straßen schweifen und sagte: »Mein Gott, du glaubst an all das, stimmt doch, oder? Warum eigentlich?«

»Ganz einfach«, sagte ich. »Weil ich niemals etwas mache, das ich verabscheue oder an das ich nicht glaube. Wenn mir jemand einen Film über, sagen wir mal, Prostitution oder Alkoholismus anbieten würde, könnte ich kein Wort dazu schreiben. Ich würde nie eine Prostituierte aufsuchen, und in Besoffene kann ich mich nicht einfühlen. Ich mache nur das, was ich mag. Im Augenblick sind das, Gott sei Dank, Jesus in Galiläa bei seinem Abschied im Morgengrauen und seine Fußspuren im Sand. Ich bin kein hundertprozentiger Christ, aber als ich diese Szene bei Johannes fand, besser gesagt, als sie J. C. für mich fand, war es um mich geschehen. Wie hätte ich sie *nicht* schreiben können?«

»Genau.« Constance starrte mich an, so daß ich mich wegducken und auf die Straße zeigen mußte, um sie daran zu erinnern, daß sie immer noch am Steuer eines fahrenden Wagens saß.

»Glaub mir, Constance, ich bin nicht hinter dem Geld her. Wenn mir jemand *Krieg und Frieden* anbieten würde, ich würde es ablehnen. Ist Tolstoi schlecht? Nein. Ich verstehe ihn einfach nicht. *Ich* bin der bedauernswerte Tropf. Aber wenigstens *weiß* ich, daß ich das Drehbuch nicht schreiben könnte, weil ich nicht mit Haut und Haaren bei der Sache wäre. Mich zu engagieren wäre herausgeworfenes Geld. Ende der Vorlesung. Und hier«, sagte ich, als wir gerade daran vorbeisegelten und wieder umdrehen mußten, »ist das Brown Derby!«

Es war nicht gerade viel los. Das Brown Derby war beinahe leer, und im hinteren Teil des Lokals war keine spanische Wand aufgestellt.

»Verdammt«, murmelte ich.

Zu unserer Linken hatte ich eine Nische entdeckt. Dort war das Telefon, wo die Reservierungen entgegengenommen wurden. Über einem Pult, auf dem noch vor wenigen Stunden Clarence Sopwiths Album gelegen haben mußte, brannte eine kleine Leselampe. Dort hatte es gelegen und auf jemanden gewartet, der es stehlen, die Adresse von Clarence herausfinden würde und dann ...

Großer Gott, dachte ich, *nein*!

»Komm, Kleiner«, sagte Constance, »bestellen wir uns einen Drink.«

Der Oberkellner präsentierte gerade seinen letzten Gästen die Rechnung. Er nahm uns aus dem Augenwinkel wahr und drehte sich um. Als er Constance erblickte, strahlte er über das ganze Gesicht. Doch kaum hatte er mich bemerkt, gingen die Lichter wieder aus. Ich war ein schlechtes Omen. Schließlich war ich in jener Nacht vor dem Restaurant gewesen, in der das Monster von Clarence angesprochen worden war.

Ein erneutes Lächeln und der Oberkellner stürzte auf Constanze zu, mich links liegen lassend; wie ein Verhungernder küßte er jeden einzelnen ihrer Finger. Constance warf den Kopf zurück und lachte.

»Das hat keinen Zweck, Ricardo. Meine Ringe sind verkauft, schon seit Jahren!«

»Sie erinnern sich an mich?« fragte er verwundert.

»Ricardo Lopez, auch bekannt unter dem Namen Sam Kahn?«

»*Wer* war dann Constance Rattigan?«

»Ich habe meine Geburtsurkunde zusammen mit meinen Unterhosen verbrannt.« Constance zeigte auf mich. »Das hier ist –«

»Ich weiß, ich weiß«, wehrte Lopez ab.

Constance lachte wieder, denn er hielt noch immer ihre Hand. »Ricardo war damals Bademeister am Pool von MGM. Jeden Tag gingen dort Dutzende von Mädchen unter, um sich von ihm wiederbeleben zu lassen. Ricardo, führe uns an einen Tisch.«

Er wies uns einen Platz zu. Ich konnte meinen Blick nicht von der hinteren Wand des Restaurants abwenden. Lopez entging dies nicht und er drehte den Korkenzieher mit einem bösartigen Ruck in die Flasche.

»Ich war nur Zuschauer«, sagte ich ruhig.

»Ja, gewiß«, murmelte er, während er Constance kosten ließ. »Es war dieser dumme andere Kerl.«

Constance nippte am Glas. »Der Wein ist wunderbar – wie du.« Ricardo Lopez schmolz dahin – und lachte.

»Und wer war dieser dumme andere Kerl?« hakte Constance, die Chance witternd, nach.

»Ach nichts.« Lopez versuchte, seine gewohnte Verdrießlichkeit wiederzuerlangen. »Geschrei und beinahe eine Schlägerei. Mein bester Kunde und ein dahergelaufener Bettler.«

Oje, dachte ich. Armer Clarence. Dein ganzes Leben hast du dich nach Ruhm und Rampenlicht gesehnt.

»Dein bester Kunde, mein liebster Ricardo?« bohrte Constance augenzwinkernd weiter.

Ricardo sah gedankenverloren zur hinteren Wand hinüber, an der zusammengeklappt die Sichtblende lehnte.

»Ich bin am Boden zerstört, auch wenn die Tränen nicht so schnell fließen. Wir sind all die Jahre über immer so vorsichtig gewesen. Er kam stets sehr spät. Er wartete in der Küche, bis ich ausgekundschaftet hatte, ob sich jemand hier aufhielt, den er kannte. Keine einfache Aufgabe, wenn Sie mich recht verstehen. Schließlich weiß ich nicht, wen er alles kennt, und wen nicht, eh? Und nun, wegen einem einzigen dummen Mißgeschick, wegen dem erstbesten dahergelaufenen Idioten, habe ich meinen besten Kunden verloren. Er sucht sich ein anderes, noch länger geöffnetes, noch weniger frequentiertes Restaurant.«

»Dieser beste Kunde...«, Constance schob ihm ein Weinglas hin und bedeutete ihm, er solle sich eingießen, »hat er einen Namen?«

»Nein.« Ricardo goß sich ein. Mein Glas ließ er nach wie vor leer. »Ich habe *nie* danach gefragt. Er kam während vieler Jahre, mindestens einen Abend pro Monat, bezahlte immer bar für das beste Essen, die erlesensten Weine. Und doch haben wir in all diesen Jahren nicht mehr als drei Dutzend Worte pro Abend gewechselt. Er studierte schweigend die Karte, zeigte auf das, was er wollte, alles hinter der Blende. Dann unterhielt er sich mit seiner Tischdame, sie tranken und lachten. Das heißt, sofern er eine Dame dabeihatte. Eigenartige Damen. Einsame Damen...«

»Blind«, sagte ich.

Lopez durchbohrte mich mit seinem Blick.

»Möglich. Oder schlimmer.«

»Was könnte noch schlimmer sein?«

Lopez betrachtete sein Weinglas und den leeren Stuhl an unserem Tisch.

»Setz dich doch«, sagte Constance.

Lopez schaute sich nervös im leeren Lokal um. Dann ließ er sich vorsichtig nieder, nahm langsam einen Schluck Wein zu sich und nickte.

»Leidend, das trifft es eher«, sagte er. »Seine Frauen. Eigenartig. Traurig. *Verwundet?* Ja, verwundete Menschen, die nicht lachen können. Er brachte sie dazu. Als müsse er, um über sein eigenes, entsetzlich einsames Leben hinwegzukommen, andere ermuntern und ihnen eine ganz besondere Freude bereiten. Er bewies ihnen, daß das Leben ein Witz ist! Stellen Sie sich vor! So etwas zu beweisen! Und dann gingen das Gelächter und er hinaus in die Nacht, zusammen mit der Frau ohne Augen oder ohne Mund oder ohne Verstand – überzeugt, sie hätten Freude erfahren – und stiegen in ein Taxi, in Limousinen, immer von einer anderen Leihwagenfirma, immer alles in bar bezahlt, keine Kreditkarten, keine Anhaltspunkte, und so fuhren sie davon in das große Schweigen. Ich habe nie etwas von ihrer Unterhaltung verstanden.

Wenn er aufblickte und mich nicht mehr als fünf Meter von der Spanischen Wand entfernt sah: Katastrophe! Mein Trinkgeld? Ein einziges, silbernes Zehncentstück! Beim nächsten Mal stand ich natürlich zehn Meter weit weg. Trinkgeld? Zweihundert Dollar. Ach ja, trinken wir auf den Traurigen.«

Ein jäher Windstoß rüttelte an den Eingangstüren des Restaurants. Wir erschauerten. Die Türen klafften weit auf, schwangen zurück, beruhigten sich.

Ricardos Rückgrat versteifte sich. Er sah abwechselnd zu mir und der Tür hinüber, als sei ich allein verantwortlich für die Menschenleere und den Nachtwind.

»Verdammt, o je verdammt nochmal«, sagte er leise. »Er ist so ziemlich am Ende.«

»Das Monster?«

Ricardo starrte mich an. »*So* nennen Sie ihn? Also...«

Constance bezeichnete mit einem Nicken mein Glas. Ricardo zuckte die Achseln und goß mir ungefähr zwei Zentimeter hoch ein. »Wieso ist er so wichtig, daß Sie wegen ihm hier hereinplatzen und mein Leben ruinieren? Bis vor einer Woche war ich ein reicher Mann.«

Constance griff sofort zu ihrer Brieftasche, die sie auf dem Schoß liegen hatte. Wie eine Maus kroch ihre Hand über den Stuhl zu ihrer Rechten und legte dort etwas ab. Ricardo bemerkte es sofort und schüttelte den Kopf.

»Aber nein, nicht von Ihnen, Constance. Ja, *er* machte mich reich. Doch es gab eine Zeit, vor vielen Jahren, da machten Sie mich zum glücklichsten Mann auf der Welt.«

Constances Hand tätschelte die seine und ihre Augen funkelten. Lopez stand auf und verschwand ungefähr zwei

Minuten in der Küche. Wir tranken unseren Wein und warteten, beobachteten die Eingangstür, die der Wind aufriß und die immer wieder mit einem Flüstern zufiel, die Nacht aussperrend. Als Lopez zurückkam, blickte er sich um, bevor er sich setzte, auf die leeren Tische und Stühle, als könnten sie ihn seiner Manieren wegen tadeln. Vorsichtig legte er uns eine kleinformatige Fotografie hin. Während wir sie betrachteten, trank er seinen Wein aus.

»Das Bild wurde letztes Jahr mit einer Polaroidkamera gemacht. Einer von unseren dummen Küchenhilfen wollte seine Freunde erschrecken, eh? Zwei Bilder in drei Sekunden. Sie fielen auf den Boden. Das Monster, wie Sie ihn nennen, zerstörte die Kamera, zerriß ein Bild, da er dachte, es sei das einzige, und ohrfeigte unseren Aushilfskellner, den ich sofort entließ. Wir sagten, sein Essen gehe auf Rechnung des Hauses, und boten ihm die letzte Flasche unseres besten Weines an. So kam alles wieder ins Lot. Später fand ich das zweite Foto unter dem Tisch, wo es wohl hingerutscht war, als der Mann außer sich vor Wut um sich geschlagen hatte. Ein wahres Elend, finden Sie nicht?«

Constance war in Tränen aufgelöst.

»Sieht er wirklich so aus?«

»O Gott«, sagte ich. »Ja.«

Ricardo nickte: »Ich wollte immer wieder sagen: Sir, warum leben Sie eigentlich? Haben Sie Alpträume, in denen Sie gut aussehen? Wer ist Ihre Frau? Wie bestreiten Sie Ihren Lebensunterhalt? Ist das überhaupt ein Leben? Ich habe ihn niemals danach gefragt. Ich starrte immer nur auf seine Hände, reichte ihm Brot, goß Wein nach. Doch manchmal zwang er mich dazu, ihm ins Gesicht zu sehen. Beim Trinkgeld wartete er, bis ich meinen Blick aufrichtete. Dann lachte er sein Lachen, wie ein Schnitt mit dem Rasiermesser. Haben Sie schon einmal einen Kampf gesehen, wenn ein Mann einen anderen aufschlitzt, und das Fleisch öffnet sich wie ein roter Mund? Sein Mund, das arme Monster, er dankte mir für den Wein und gab mir so hohe Trinkgelder, damit ich in seine Augen sah, die in diesem Schlachthaus gefangen waren und sich danach sehnten, frei zu sein, und die dabei in Verzweiflung ertranken.«

Ricardo blinzelte einige Male und stopfte das Foto in seine Tasche.

Constance starrte auf die Stelle des Tischtuchs, wo das Foto eben noch gelegen hatte. »Ich bin hierhergekommen, um herauszufinden, ob ich den Mann kenne. Gott sei Dank ist das nicht der Fall. Aber seine Stimme? Vielleicht an einem anderen Abend...?«

Ricardo schnaubte. »Nein, nein. Das ist ein für allemal vorbei. Dieser verrückte Fan in jener Nacht. Der einzige Zwischenfall in all den Jahren. Normalerweise ist die Straße zu dieser späten Stunde völlig leer. Von nun an, da bin ich sicher, wird er nicht mehr wiederkommen. Und ich muß mich nach einem kleineren Apartment umsehen. Entschuldigen Sie meinen Egoismus. Es ist nicht einfach, Trinkgelder von zweihundert Dollar in den Wind zu schreiben.«

Constance putzte sich die Nase, stand auf, packte Lopez' Hand und drückte etwas hinein. »Wehr dich nicht!« sagte sie. »1928 war ein fantastisches Jahr. Es ist an der

Zeit, daß ich meinen herrlichen Gigolo bezahle. So nimm's doch!« Er versuchte, ihr das Geld zurückzugeben. »Du Schurke!«

Ricardo schüttelte den Kopf und legte ihre Hand an seine Wange.

»La Jolla, das Meer und das gute Wetter.«

»Wellenreiten jeden Tag!«

Ricardo küßte jeden einzelnen ihrer Finger.

»Richtig gut schmeckt es erst vom Ellbogen an aufwärts«, sagte Constance.

Ricardo stieß ein kehliges Lachen aus. Constance boxte ihn spielerisch und rannte davon. Ich wartete, bis sie zur Tür hinaus war.

Dann drehte ich mich um und sah in die Nische mit der kleinen Lampe hinüber, dem Pult und dem Aktenschrank.

Lopez merkte, wohin ich schaute, und drehte sich ebenfalls um.

Doch Clarences Mappe war weg, irgendwo in der Nacht draußen hatten die falschen Leute sie.

Wer wird Clarence nun beschützen, fragte ich mich. Wer wird ihn vor der Dunkelheit bewahren und ihn bis zum Morgen am Leben erhalten?

Etwa ich? Der kleine Simpel, den sogar seine Cousine beim Armdrücken besiegt hatte?

Crumley? Durfte ich es wagen, ihn darum zu bitten, die ganze Nacht vor Clarences Reihenbungalow auszuharren? Sollte ich mich vor seine Tür stellen und rufen: »Du bist verloren! Lauf!«

Ich rief Crumley nicht an. Ich stellte mich nicht vor Clarence Sopwiths Tür. Ich nickte Ricardo Lopez zum

Abschied zu und ging in die Nacht hinaus. Draußen stand Constance und weinte. »Nichts wie weg von hier«, sagte sie.

Sie wischte sich die Augen mit einem seidenen Taschentuch, das hier fehl am Platze war. »Dieser blöde Ricardo. Ich fühle mich richtig alt. Und dann dieses verdammte Foto von dem armen, hilflosen Mann.«

»Ja, das Gesicht«, sagte ich und fügte hinzu: »... Sopwith.« Denn Constance stand genau an der Stelle, an der einige Nächte zuvor Clarence Sopwith gestanden hatte.

»Sopwith?« fragte sie.

39

Constance schrie gegen den Fahrtwind an: »Das Leben ist wie Unterwäsche. Man sollte es zweimal am Tag wechseln. Zum Teufel mit dieser Nacht, ich will sie vergessen.«

Sie schüttelte die Tränen aus den Augen und drehte sich zur Seite, um zuzuschauen, wie sie davonflogen.

»Ich vergesse sie, und fertig. Sie ist aus meinem Gedächtnis gestrichen. Siehst du, es ist ganz einfach?«

»Nein.«

»Erinnerst du dich noch an die Mamacitas im obersten Stock des Wohnblocks, wo du vor einigen Jahren gelebt hast? Wie sie nach jedem samstäglichen Riesengelage ihre neuen Kleider vom Dach herunterwarfen, nur um allen zu zeigen, wie reich sie sind, daß es ihnen nichts ausmacht, sich am nächsten Morgen neue zu kaufen. Was für eine großartige Lüge. Runter mit den Kleidern, weg damit, und dann standen sie mit ihren fetten oder dürren Ärschen um drei Uhr in der Früh auf dem Dach und schauten sich den Garten voll Kleider an. Wie Seidenblütenblätter, die der Wind in die verwaisten Hinterhöfe und Gassen wehte. Erinnerst du dich daran?«

»Aber ja!«

»So geht's mir. Der heutige Abend, das Brown Derby, der bedauernswerte Kerl mitsamt meinen Tränen: ich schmeiße es einfach weg.«

»Die Nacht ist noch nicht vorüber. Und dieses Gesicht kannst du nicht vergessen. Hast du das Monster erkannt oder nicht?«

»Herrje! Wir sind kurz vor unserem ersten richtigen Schwergewichtskrach. Mach mal halblang.«

»*Hast* du ihn erkannt?«

»Er war nicht zu erkennen.«

»Seine Augen. Augen verändern sich nicht.«

»Laß mich in Ruhe!« brüllte sie.

»Na schön«, grummelte ich. »Ich lasse dich in Ruhe.«

»Da hast du's.« Tränenperlen stoben ihr aus dem Gesicht. »Ich liebe dich schon wieder.« Ein zaghaftes Lächeln huschte über ihr Gesicht, der kühle Fahrtwind zauste ihr Haar.

Dieses Lächeln ließ sämtliche Knochen in meinem Körper schmelzen. Mein Gott, dachte ich, so hat sie wohl immer gewonnen, jeden Tag, ihr ganzes Leben lang, mit diesem Mund und diesen Zähnen und diesen großen Augen, die einem Unschuld vortäuschen.

»Jawohl!« lachte Constance, die meine Gedanken gelesen hatte. »Sieh dir das an!«

Sie hielt vor den Studiotoren an. Eine Weile sah sie dort hinauf, ohne ein Wort.

»Oh, Gott«, sagte sie schließlich. »Das ist kein Krankenhaus. Es ist der Ort, an dem die großen Elefanten zum Sterben hingehen. Ein Friedhof für Verrückte.«

»Der ist drüben, auf der anderen Seite der Mauer, Constance.«

»Nein. Zuerst stirbst du hier, und dort drüben stirbst du ganz am Schluß. In der Zeit dazwischen ...« Sie preßte die Hände an die Schläfen, als drohte ihr der Kopf zu platzen. »Irrsinn. Geh da nicht rein, mein Kleiner.«

»Warum nicht?«

Constance richtete sich hinter dem Lenkrad zu ihrer ganzen Größe auf und schrie Zeter und Mordio vor dem geschlossenen Tor, den fest verschlossenen nächtlichen Fenstern und den unerbittlichen blanken Mauern.

»Zuerst machen sie dich verrückt. Und wenn sie dich dann soweit haben, dann setzen sie dir zu, wenn du schon am Nachmittag willenlos vor dich hinplapperst und bei Sonnenuntergang völlig hysterisch wirst; wenn du bei Mondaufgang zum zahnlosen Werwolf wirst. Wenn du richtig schön durchgedreht bist, dann feuern sie dich und verbreiten das Gerücht, du seist unvernünftig, unkooperativ und phantasielos. Jedes Studio kriegt einen Wisch, auf dem dein Name gedruckt steht, damit die Großen deine Initialen auswendig wissen, wenn sie den päpstlichen Thron besteigen. Wenn du tot bist, rütteln sie dich wach, um dich noch einmal umzubringen. Dann hängen sie deinen Leichnam auf, Bad Rock, OK Corral oder in Versailles, Atelier 10, sargen dich wie einen künstlichen Embryo aus einem Jahrmarktsfilm in Glas ein, kaufen dir nebenan ein billiges Grab, lassen deinen falsch buchstabierten Namen in Stein meißeln und heulen wie die Krokodile. Dann die letzte Schande: Keiner erinnert sich an deinen Namen in all den Filmen, die du in deinen guten Jahren gemacht hast. Wer erinnert sich an die Drehbuchautoren von *Rebecca*? Wer weiß noch, wer *Vom Winde verweht* für die Leinwand umgeschrieben hat? Wer half Welles dabei, *Citizen Kane* zu werden? Frage die Leute auf der Straße. Mensch, die wissen doch nicht mal mehr, wer zu Hoovers Regierungszeiten Studiopräsident war.

Also, da hast du's. Gleich nach der Premiere wieder vergessen. Sie haben Angst, auch nur zwischen zwei Filmen kurz vor die Tür zu gehen. Kennst du einen Filmschreiber, der jemals in Paris, Rom oder London gewesen ist? Die machen sich vor Angst in die Hosen, die großen Bosse könnten sie vergessen, wenn sie mal auf Reisen sind. Von wegen vergessen, die haben sie nie gekannt! Stellen Sie den Wieheißternoch ein! Das soll der Dingsbums schreiben. Der Name über dem Titel? Der Produzent? Klar. Der Regisseur? Vielleicht. Erinnere dich: Es sind *Die Zehn Gebote* von DeMille, nicht von Moses. Aber Scott Fitzgeralds *Der Große Gatsby*? Kannst du in der Pfeife rauchen. Schieb's dir in deine verpickelte Nase. Willst du deinen Namen in Großbuchstaben lesen? Bring den Liebhaber deiner Frau um, fall mit seiner Leiche die Treppe hinunter. Wie ich immer sage: so geht's zu beim Film, das ist Kino. Denk daran, ihr seid die blinden Stellen zwischen den Bildern, beim Klicken des Projektors. Hast du die Hochsprungstäbe an der hinteren Mauer des Studiogeländes gesehen? Die stehen da, um den Stabhochspringern in den Steinbruch auf der anderen Seite hinüberzuhelfen. Verrückte Idioten stellen sie ein und feuern sie wieder, ein Dutzend für'n Groschen. Man kriegt sie dran, weil *sie* die Filme lieben, *wir* nicht. Das verleiht uns die Macht. Bring sie so weit, daß sie trinken, dann schnapp dir die Flasche, bestelle den Leichenwagen, borge dir einen Spaten. Wie gesagt, Maximus Films. Der reinste Friedhof; und zwar für Verrückte.«

Ihre Rede war zu Ende. Constance stand da, als wäre die Studiomauer eine riesige Flutwelle, die jeden Augenblick über ihr zusammenschlagen könnte.

»Geh da nicht rein«, sagte sie abschließend.

Verhaltener Applaus ertönte. Hinter dem spanisch verschnörkelten, schmiedeeisernen Tor saß der Mann vom Wachschutz, grinste und klatschte in die Hände.

»Ich bleibe nicht für alle Zeiten da drin, Constance«, beruhigte ich sie. »Vielleicht noch einen Monat, dann mache ich mich auf in den Süden, um meinen ersten Roman zu beenden.«

»Darf ich dich begleiten? Noch einmal nach Mexicali und Calexico, südlich von San Diego, kurz vor Hermosillo, nackt baden im Mondlicht, ha, nein, *du* in lumpigen Shorts.«

»Schön wär's. Aber jetzt heißt es ich und Peg, Constance, Peg und ich.«

»Ach, von mir aus. Küß mich.«

Ich zögerte, und so gab sie mir einen Schmatzer, der das gesamte Tanksystem eines Wohnblocks in Wallung gebracht, das kalte Wasser im Nu erhitzt hätte.

Das Tor öffnete sich.

Wir fuhren hinein, zwei Verrückte um Mitternacht.

Als wir uns dem großen Platz näherten, auf dem es von Soldaten und Kaufleuten wimmelte, kam Fritz Wong mit großen Schritten auf uns zu. »Herrgott noch mal! Alles ist bereit für deine Szene. Aber dieser besoffene unitarische Baptist ist verschwunden. Weißt du, wo sich der Schweinepriester versteckt?«

»Haben Sie bei Aimee Semple McPherson angerufen?«

»Die ist tot!«

»Oder bei den Holy Rollers. Oder bei den Manly P. Hall Universalisten. Oder –«

»Herrgott nochmal«, brüllte Fritz. »Es ist Mitternacht! Die haben alle zu.«

»Haben Sie auf dem Kalvarienberg nachgesehen? Er treibt sich dort wirklich manchmal herum.«

»Kalvarienberg!« Fritz stürmte von dannen. »Sucht auf dem Kalvarienberg! Gethsemane!« Fritz flehte die Sterne an. »Vater im Himmel, warum hast du mir diesen Manischewitz geschickt? Kann mal jemand herkommen? Wir müssen für morgen zwei Millionen Heuschrecken für die Plage mieten!«

Eine Unzahl von Assistenten zerstob in alle Richtungen. Auch ich machte mich auf den Weg. Constance hielt mich am Ellbogen fest.

Mein Blick wanderte über die Fassade von Notre Dame.

Constance folgte meinem Blick.

»Geh nicht dort hinauf«, flüsterte sie.

»Ein perfektes Versteck für J. C.«

»Dort oben ist alles nur Fassade, nichts dahinter. Du mußt nur über irgend etwas stolpern, und schon fällst du herab wie die Steine, die der Glöckner auf die Menge schleuderte.«

»Das war doch nur ein Film, Constance!«

»Hältst du das hier für die Wirklichkeit?«

Constance schauderte. Ich sehnte mich nach der alten Rattigan, die immer nur lachte. »Ich habe gerade eben etwas gesehen. Dort oben am Glockenturm. Es hat sich bewegt.«

»Vielleicht ist es J. C.«, lenkte ich ein. »Solange die anderen den Kalvarienberg auf den Kopf stellen, kann ich mich dort oben umsehen.«

»Ich dachte, du leidest unter Höhenangst.«

Ich sah Schatten über die Fassade von Notre Dame huschen.

»Verdammter Narr«, murmelte Constance. »Dann mal los. Hole Jesus von dort oben herunter, bevor er sich in einen steinernen Dämon verwandelt. Rette Jesus.«

»Er ist bereits errettet!«

Nach hundert Metern drehte ich mich um. Constance wärmte sich die Finger an einem Lagerfeuer der römischen Legionäre.

40

Vor der Kathedrale zögerte ich einen Moment; vor zweierlei hatte ich eine Heidenangst: vor dem Hineingehen und dann vor dem Hinaufgehen. Erschrocken sah ich mich um und schnüffelte. Ein tiefer Atemzug, ausatmen... »Herrje. Räucherstäbchen! Und Kerzenqualm! Jemand muß – J. C.?«

Ich tastete mich durch das Portal und blieb stehen.

Oben im Strebewerk bewegte sich ein großes Etwas.

Ich spähte angestrengt zwischen den Leinwandfetzen, den Sperrholzfassaden und den Schatten der Dämonen nach oben, um mich zu vergewissern, ob sich dort im Dunkel der Kathedrale tatsächlich etwas bewegte.

Wer hatte die Räucherstäbchen angezündet? Wie lange war es her, daß der Wind die Kerzen ausgeblasen hatte?

Von weit oben rieselte Staub in einer durchsichtigen Wolke herab.

J. C.? Wenn du fällst, dachte ich, wer rettet dann den Erretter?

Schweigen war die einzige Antwort auf mein Schweigen.

Nun denn...

Ich, der Feigling vor dem Herrn, mußte mich also Stufe für Stufe in der Dunkelheit die Leiter hinaufziehen. Jeden Augenblick konnten, so fürchtete ich, die großen Glocken losgehen und mich nach unten schleudern. Ich kniff die Augen zu und kletterte weiter.

Oben auf dem Turm blieb ich eine lange Weile stehen. Ich preßte die Hände gegen mein Herz und bereute gründlich, hier oben zu sein statt dort unten, wo die Römermeute im Licht der Scheinwerfer bierselig durch die Gassen des Studios herbeieilte, um Rattigan, den königlichen Besuch, zu bewundern.

Wenn ich jetzt sterbe, dachte ich, hört das keiner von denen.

»J. C.«, rief ich leise in die Dunkelheit.

Stille.

Ich umrundete ein langes Stück Sperrholz. Da saß jemand im Licht der Sterne, eine undeutliche Gestalt, die ihre Beine über die hölzerne Fassade der Kathedrale baumeln ließ, an genau der gleichen Stelle, an der vor einem halben Menschenleben der verunstaltete Glöckner selbst gesessen hatte.

Das Monster.

Es blickte hinaus auf die Stadt, auf die Millionen Lichter, die sich über sechshundert Quadratkilometer erstreckten.

Wie bist du nur hierhergekommen? fragte ich mich. Wie bist du an den Wachmännern vorbeigekommen, oder halt, nein, was? Über die Mauer! Genau. Eine Leiter und die Friedhofsmauer!

Ich hörte das Geräusch eines Vorschlaghammers. Ich hörte, wie ein Körper weggeschleift wurde; wie ein Truhendeckel zuknallte; wie ein Streichholz angezündet wurde; wie ein Verbrennungsofen fauchte.

Ich sog scharf den Atem ein. Das Monster drehte sich um und starrte mich an.

Ich stolperte und wäre beinahe von der Kante hinuntergefallen. Ich hielt mich an einem der Dämonen fest.

Mit einem Satz sprang das Monster auf.

Seine Hand packte die meine.

Einen Atemzug lang torkelten wir auf der Brüstung der Kathedrale herum. Ich konnte seine Augen erkennen, angstvoll aufgerissen. Er blickte in meine angstvoll aufgerissenen Augen.

Dann zog er seine Hand überrascht zurück, als hätte er sich verbrannt. Er ging ein Stück zurück, und wir standen uns leicht nach vorne gebeugt gegenüber.

Ich schaute in dieses furchterregende Gesicht, sah die eingesperrten, entsetzten Augen, den wunden Mund, und dachte:

Warum? Warum hast du mich vorhin nicht losgelassen? Oder mir einen Schubs gegeben? Du bist doch der mit dem Hammer, oder nicht? Der, der Roys schrecklichen Lehmkopf zu Klump geschlagen hat? Keiner außer dir könnte so rasend werden! Warum hast du mich gerettet? Warum bin ich noch am Leben?

Natürlich kam keine Antwort. Von unten drang ein Klappern bis zu uns. Jemand kam die Leiter herauf.

Das Monster stieß einen tiefen Seufzer aus: »Nein!«

Und schon flüchtete es über das Gerüst. Seine Schritte polterten auf den losen Brettern. Staubwolken schwebten in die Dunkelheit der Kathedrale hinab.

Da kam eindeutig jemand heraufgeklettert. Ich machte Anstalten, dem Monster zur zweiten Leiter nachzulaufen. Es drehte sich ein letztes Mal um. Seine Augen! Was? Was war mit seinem Blick?

Er war verändert und doch der gleiche, erschreckt und schicksalergeben, leidend, einen Moment fixierte er mich, dann war sein Blick wieder fliehend. Seine Hände fuchtelten im Dunkeln herum. Ich dachte zuerst, er würde vielleicht schreien, mir etwas zurufen. Doch seinen Lippen entrang sich nur ein eigenartiges, ersticktes Keuchen. Dann hörte ich das Poltern seiner Füße, wie sie Schritt für Schritt aus dieser unwirklichen Welt hier oben flohen, hinab in die noch unwirklichere Welt, die dort unten lauerte.

Ich stolperte hinterher. Meine Füße wirbelten Wolken von Staub und Gips auf, die wie der Sand in einem überdimensionalen Stundenglas durch die Ritzen sickerten, um sich weit unten, in der Nähe des Taufbeckens, wieder aufzuhäufen. Die Bretter unter meinen Füßen knarrten und schwankten. Eine Windbö ließ sämtliche Leinenfetzen der Dekoration wie einen Schwarm Flügel um mich flattern, und dann war ich auf der Leiter und hastete nach unten, bei jedem Schritt einen Alarmschrei oder einen Fluch auf den Lippen. Gott im Himmel, dachte ich, ich und er, dieses Ding, zusammen auf einer Leiter, auf der Flucht. Vor was bloß?

Ich blickte nach oben und sah, daß die dämonischen Wasserspeier aus meinem Blickfeld geraten waren. Ich war allein, allein mit meinen Gedanken. Was tun, wenn er dort unten auf mich wartet?

Ich erstarrte. Ein Blick nach unten.

Wenn ich falle, dachte ich, dauert es ein Jahr, bis ich unten aufschlage. Ich kannte nur einen Schutzpatron. Sein Name kam mir über die Lippen: *Crumley*!

Festhalten, sagte Crumley aus weiter Entfernung. Atme erst einmal tief durch, sechs Atemzüge.

Ich schnappte nach Luft, doch sie weigerte sich, meinen Mund wieder zu verlassen. Dem Ersticken nahe schaute ich hinaus auf die Lichter von Los Angeles, die in einer Fläche von sechshundert Quadratkilometern vor mir ausgebreitet funkelten, Straßenlaternen und Autoscheinwerfer, dachte an die vielen verschiedenartigen und wunderschönen Menschen dort unten, und keiner von ihnen war hier, um mir herunterzuhelfen. Diese Lichter! Straßenzug um Straßenzug – diese Lichter!

Weit draußen am Rande der Welt glaubte ich eine lange, düstere Brandung sich auf eine unwirkliche Küste zubewegen zu sehen.

Wellenreiten, flüsterte Constance.

Das war das Signal. Ich geriet in Bewegung, stieg weiter hinab, mit geschlossenen Augen, kein Blick mehr in den Abgrund, bis ich unten angekommen war und wieder auf festem Boden stand. Sofort rechnete ich damit, von dem Monster gepackt und kurz und klein gehauen zu werden, von Händen, die dieses Mal nicht zu meiner Rettung ausgestreckt waren, sondern um mich zu töten.

Doch weit und breit war kein Monster zu sehen. Nur das leere Taufbecken, in dessen Vertiefung eine Handvoll Kirchenstaub, die erloschenen Kerzen und die abgebrannten Räucherstäbchen lagen.

Ein letztes Mal blickte ich durch die Kulissenfassade hoch in den Glockenturm. Wer auch immer hinaufgeklettert war, mußte jetzt oben angelangt sein.

Einen halben Kontinent weiter ließ sich eine ausgelassene Meute auf dem Kalvarienberg gehen, wie Samstag nachmittags beim Football.

J. C., dachte ich, wenn du nicht hier bist, wo bist du dann?

41

Diejenigen, die den Kalvarienberg absuchen gegangen waren, hatten ihre Aufgabe nicht sehr ernst genommen. Sie waren hinaufgestiegen und gleich wieder gegangen, der Hügel ruhte verlassen unter dem Sternenzelt. Der Wind fuhr darüber hinweg und wirbelte Staub vor sich her, am Fuß der drei Kreuze, die aussahen, als seien sie schon immer dort gestanden, lange bevor das Studio um sie herum aufgebaut wurde.

Ich rannte zum mittleren Kreuz. Ich konnte nicht bis hinauf sehen, so dunkel war die Nacht. Nur aus weiter Ferne flackerten mitunter Lichter hinüber, von dort unten, wo Antipas regierte und Fritz Wong tobte, und wo die Römer in einer großen Bierdunstglocke von den Make-up-Hallen zum Gerichtsplatz marschierten.

Ich berührte das Kreuz, schwankte, und schrie blindlings nach oben: »J. C.!«

Keine Antwort. Ich versuchte es erneut, mit zittriger Stimme. Raschelnd rollte ein kleines Büschel Präriegras vorbei.

»J. C.!« Ich brüllte fast.

Und endlich ertönte vom Himmel herab eine Stimme.

»Niemand dieses Namens wohnt in dieser Straße, auf diesem Hügel, auf diesem Kreuz«, murmelte eine traurige Stimme.

»Wer du auch sein magst, komm verdammt noch mal herunter!«

Ich tastete meine Umgebung ab in der Hoffnung, auf Sprossen zu stoßen. Die Dunkelheit um mich herum ängstigte mich. »Wie bist du da hinaufgekommen?«

»Da steht eine Leiter, und ich bin auch nicht festgenagelt. Ich halte mich nur an Haken fest, außerdem gibt es einen kleinen Vorsprung für die Füße. Es ist sehr friedlich hier oben. Manchmal bleibe ich neun Stunden hier und büße meine Sünden ab.«

»J. C.!« schrie ich hinauf. »Ich kann nicht bleiben. Ich fürchte mich! Was treibst du da?«

»Erinnerst du dich an all die Heuschober und Hühnerfedern, in denen ich mich herumgewälzt habe?« kam J. C.s Stimme vom Himmel. »Siehst du die Federn wie Schneeflocken herabfallen? Wenn ich hier herunterkomme, gehe ich jeden Tag zur Beichte! Ich muß mein Gewissen um zehntausend Frauen erleichtern. Ich nenne die exakten Maße, soundsoviel Hinterteil, Busen, Schoß und Stöhnen, bis auch der letzte Priester sich irgendwohin faßt! Wenn ich schon nicht mehr an Seidenstrümpfen hinaufklettern darf, so will ich wenigstens gelegentlich den Puls eines Klerikers dermaßen zum Hyperventilieren bringen, daß er sich den weißen Stehkragen vom Hals reißt. Wie auch immer, ich bin jedenfalls hier oben allem Kummer enthoben. Ich beobachte die Nacht, und die Nacht beobachtet mich.«

»Sie beobachtet auch mich, J. C. Ich fürchte mich vor der Dunkelheit in den Studiogassen und drüben bei Notre Dame. Ich bin eben dort gewesen.«

»Bleib bloß weg von dort«, sagte J. C., plötzlich aufbrausend.

»Warum? Hast du die Türme heute nacht beobachtet? Hast du etwas gesehen?«

»Du sollst da wegbleiben, das ist alles. Es ist nicht sicher.«

Weiß ich selbst, dachte ich, und blickte mich plötzlich um. »Was siehst du noch, J. C., ist es dort oben Tag oder Nacht?«

J. C. ließ seinen Blick über die Schatten schweifen. Mit leiser Stimme sagte er: »Was soll in einem leeren Studio zu so später Stunde schon groß zu sehen sein?«

»Alles mögliche!«

»Richtig!« J. C. drehte den Kopf von Süden nach Norden und von Norden nach Süden. »Alles mögliche!«

»In der Nacht von Halloween«, bohrte ich weiter und bezeichnete mit dem Kinn jene Stelle, ungefähr fünfzig Meter weiter nördlich, »hast du da nicht drüben auf der Mauer zufällig eine Leiter gesehen? Und einen Mann, der dort hinaufklettern wollte?«

J. C. starrte zur Mauer hinüber. »In dieser Nacht regnete es.« J. C. reckte das Gesicht gen Himmel, um den Sturm zu spüren. »Wer ist so bescheuert, daß er bei Sturm da hinaufklettern würde?«

»Du.«

»Nein«, sagte J. C. »Noch nicht einmal *jetzt* bin ich hier oben!«

Er streckte seine Arme aus, umfaßte den Querbalken, ließ den Kopf nach vorne sinken und schloß die Augen.

»J. C.!« rief ich. »Die warten unten auf dich.«

»Die sollen ruhig warten.«

»Jesus Christus kam rechtzeitig, verdammt nochmal! Die Welt wartete auf ihn. Und Er erschien!«

»Du glaubst doch nicht etwa an diesen Quatsch?«

»Doch!« Ich wunderte mich selbst, mit welcher Vehemenz ich ihm meine Antwort entgegenschleuderte, die ausgestreckten Glieder entlang bis zu seinem dornengekrönten Haupt hinauf.

»Narr.«

»Nein, bin ich nicht.« Ich überlegte, was Fritz wohl gesagt hätte, wenn er hier wäre, doch hier war nur ich, und so sagte ich: »*Wir* sind auf die Erde gekommen, J. C. Wir dumme Menschenwesen. Doch egal, ob wir oder Christus. Die Erde, oder Gott, brauchte uns, um die Welt zu sehen, sie zu erkennen. Also war es an uns! Doch wir fuhren den Karren in den Dreck, vergaßen, wie einmalig wir waren, und konnten uns nicht verzeihen, so ein Durcheinander angerichtet zu haben. Daher kam der Heiland nach uns, um uns zu predigen, was wir hätten wissen müssen: *Vergebung.* Tut Eure Arbeit. Die Ankunft des Erlösers sühnte unsere Schuld. Zweitausend Jahre lang haben wir nun die Erde bevölkert, mehr und immer mehr von uns, um Vergebung heischend. Ich wäre für alle Zeiten gelähmt, könnte ich mir die dummen Sachen, die ich in meinem Leben verzapft habe, nie verzeihen. Und du bist jetzt in die Ecke getrieben, haßt dich selbst, und deshalb bleibst du dort oben ans Kreuz genagelt, weil du ein vor Selbstmitleid zerfließender, schweinsköpfiger, beschränkter Schmierentragöde bist. Komm jetzt verdammt noch mal herunter, sonst klettere ich hoch und beiße dir in deine dreckigen Hacken!«

Ein Geräusch ertönte, als bellte eine Meute Seehunde in der Nacht. J. C. hatte seinen Kopf in den Nacken geworfen und schnappte nach Luft, um sein Gelächter erneut zu entfachen.

»Eine schöne Rede für einen Feigling!«

»Vor *mir* müssen Sie sich nicht fürchten, Mister! Hüten Sie sich vor sich selbst, Herr Christus!«

Ich spürte einen einzelnen Regentropfen auf meiner Wange.

Nein. Ich berührte meine Wange, leckte an der Fingerspitze. Salz. Hoch oben lehnte sich J. C. weit nach vorne und starrte hinunter.

»Mein Gott.« Er war gerührt. »Du machst dir wirklich Sorgen um mich!«

»Ganz richtig. Und wenn ich weggehe, kommt Fritz Wong mit seiner Pferdepeitsche!«

»Ich fürchte mich nicht vor seinem Erscheinen. Nur vor deinem Weggehen.«

»Na schön, dann komm runter. Tu's für mich!«

»Für dich?!«

»Du bist schön weit oben. Was siehst du drüben in Atelier 7?«

»Sieht aus wie Feuer. Ja, Feuer.«

»Das ist der Rost mit den Holzkohlen, J. C.« Ich streckte die Hand aus und berührte das Holzkreuz; leise rief ich zu der Gestalt mit dem erhobenen Kopf hinauf: »Und die Nacht ist beinahe vorüber, das Boot nähert sich dem Ufer, nach dem Wunder mit den Fischen, und Simon genannt Petrus geht mit Thomas und Markus und Lukas am Ufer entlang zu dem vorbereiteten Kohlenfeuer mit den gebratenen Fischen. Das –«

»– Abendmahl nach dem Letzten Abendmahl«, murmelte J. C., der sich gegen den herbstlichen Sternenhimmel abhob. Ich konnte über seiner Schulter die Schulter des Orion sehen. »Du hast es tatsächlich geschafft!?«

Er bewegte sich. Leise redete ich weiter: »Und noch mehr! Ich habe jetzt ein wahrhaftiges Ende für dich, eins, das noch nie zuvor gefilmt wurde. Die Himmelfahrt.«

»Das ist unmöglich«, murmelte J. C.

»Hör zu.«

»Als die Zeit des Abschieds herannahte«, begann ich, »berührt Christus jeden einzelnen seiner Jünger und steigt dann das Ufer hinauf, von der Kamera weg. Die Kamera muß auf der Höhe des Sandes liegen, und es sieht aus, als würde er einen sanften Hügel hinaufschreiten. Dann geht die Sonne auf und Christus läuft weiter, in den Horizont hinein, der Sand flimmert, so wie die Luft manchmal auf Landstraßen und in der Wüste unwirkliche Dinge vorgaukelt, imaginäre Städte entstehen und wieder verschwinden läßt. Wenn Christus nun fast den Kamm der Sanddüne erreicht hat, zittert die Luft vor Hitze. Seine flimmernde Gestalt löst sich in ihre Atome auf. Und Jesus Christus ist von uns gegangen. Die Fußspuren, die er im Sand zurückgelassen hat, werden vom Winde verweht. Das ist deine zweite Himmelfahrt, im Anschluß an das Abendmahl nach dem Letzten Abendmahl. Die Jünger weinen und klagen und ziehen dann hinaus in alle Städte der Welt, um dort die Vergebung der Sünden zu predigen. Und wenn der neue Tag erwacht, verwehen auch *ihre* Fußspuren im Sand. THE END.«

Ich wartete und lauschte meinem Atem und meinem Herzschlag.

Auch J. C. wartete ab. Schließlich sagte er leise und verwundert: »Ich komme runter.«

42

Vom Drehort her, wo alles auf uns wartete – die Statisten, die brutzelnden Fische auf dem Holzkohlengrill und der verrückte Fritz – strahlte ein heller Lichtschein herüber.

Als wir näherkamen, sahen wir eine Frau, die an der Einmündung einer kleinen Studiogasse stand. Ihre Gestalt hob sich als dunkler Schemen von dem erleuchteten Hintergrund ab.

Als sie uns kommen sah, lief sie uns entgegen und blieb dann bei J. C.s Anblick plötzlich stehen.

»Meine Herren«, sagte J. C. »Es ist diese Rattigan!«

Constances beinahe wilder Blick wanderte von J. C. zu mir und wieder zurück.

»Was soll ich jetzt tun?« fragte sie.

»Was ...«

»So eine verrückte Nacht. Vor einer Stunde habe ich wegen eines schrecklichen Fotos geweint, und nun ...«, sie schaute J. C. an und ließ ihren Tränen freien Lauf. »Ich habe dir mein ganzes Leben lang begegnen wollen. Und jetzt stehst du vor mir.«

Das Gewicht ihrer Worte ließ sie langsam auf die Knie sinken.

»Segne mich, Jesus«, hauchte sie.

J. C. schreckte zurück, als habe er Tote zum Leben erweckt. »Steh auf, Frau!« rief er.

»Segne mich, Jesus«, sagte Constance. Und dann, mehr zu sich selbst: »Vater im Himmel, ich bin wieder sieben Jahre alt, in meinem weißen Kommunionskleid, es ist Ostersonntag und die Welt ist so gut, wie sie früher war.«

»Steh auf, junge Frau«, sagte J. C. leiser.

Doch sie bewegte sich nicht und schloß erwartungsvoll die Augen.

Ihre Lippen formten tonlos die Worte: Segne mich.

Und dann streckte J. C., gezwungen, sich zu fügen, und seine Rolle demütig annehmend, langsam die Hände aus und legte sie auf ihr Haupt. Als sie den sanften Druck der Hände spürte, rollten noch mehr Tränen über ihr Gesicht. Ihr Mund bebte. Ihre Hände flogen nach oben, um die Berührung festzuhalten, um sie noch einen Augenblick länger zu spüren.

»Mein Kind«, sagte J. C. sanft, »ich segne dich.«

Ich schaute auf die kniende Constance Rattigan und dachte bei mir: Du meine Welt, wie tief bist du gesunken. Katholisches Schuldempfinden plus die Übertreibungen einer Schauspielerin.

Constance erhob sich und wandte sich mit halbgeschlossenen Augen dem Licht zu, dem Holzkohlenfeuer, das noch immer auf uns wartete.

Uns blieb nichts anderes übrig, als ihr zu folgen.

Eine riesige Menschenmenge hatte sich dort versammelt. Sämtliche Statisten, die früher am Tag in anderen Szenen mitgewirkt hatten, plus mehrere Studiobosse und sonstige Herumtreiber. Als wir auf dem Platz angekommen waren, sprang Constance mit der Leichtigkeit einer Person von dannen, die gerade vierzig Pfund abgenommen hatte. Ich fragte mich, wie lange sie wohl ein kleines Mädchen bleiben würde.

Ich erblickte Manny hinter den Flammen, auf der anderen Seite des Platzes, außerdem Doc Phillips und Groc.

Ihre Augen fixierten mich mit einer Gewalt, daß ich wie angewurzelt stehenblieb. Es sah fast so aus, als machten sie mir einen Vorwurf daraus, daß der Messias wieder aufgetaucht war, daß ich den Erlöser erlöst und das Tagesbudget gerettet hatte.

Mannys Augen waren voller Zweifel und Mißtrauen, in Docs Blick lag blanke Gehässigkeit und Groc sah mich weinselig an. Vielleicht waren sie gekommen, um Jesus Christus, und mich gleich dazu, auf einem Bratspieß zu rösten. Wie auch immer, als J. C. ohne Zögern an den Rand der feurigen Grube trat, erholte sich Fritz von seinem Wutanfall. Er schielte J. C. kurzsichtig an und brüllte: »Es wurde aber auch Zeit! Um ein Haar hätten wir die Grillparty abgeblasen. Monokel!«

Niemand rührte sich. Alle blickten sich um.

»Monokel!« rief Fritz noch einmal.

Da wurde mir klar, daß er die mir vor einigen Stunden so feierlich verliehene Linse jetzt zurückforderte.

Ich schoß auf ihn zu, legte ihm die Linse in die ausgestreckte Hand und trat einen Schritt zurück, als er sie wie ein Stück Munition in sein Auge rammte. Er feuerte einen Blick auf J. C. ab und atmete dann tief durch, bis seine Lungen leer waren.

»Das soll Jesus Christus sein? Sieht eher aus wie Methusalem. Knallt ihm eine Tonne 33er Gesichtsmaske drauf und zieht ihm das Doppelkinn nach hinten. Herrschaft noch mal, es ist Zeit für die Mittagspause. Noch mehr Pannen, noch mehr Zeit vertrödelt. Wie kannst du es wagen, zu spät zu kommen? Für wen zum Teufel hältst du dich eigentlich?«

»Für Christus«, sagte J. C. mit aller angebrachten Bescheidenheit. »Das solltest du nie vergessen.«

»Schafft mir den Kerl aus den Augen! Make-up! Mittagspause! In einer Stunde wieder hier!« brüllte Fritz und hätte mir beinahe die Linse, meine Medaille, wieder zurückgegeben. Dann blieb er verbittert vor dem Holzkohlenfeuer stehen, als wolle er jeden Augenblick zwecks Selbstverbrennung hineinhüpfen.

Währenddessen stand auf der anderen Seite der Grube das Wolfsrudel. Manny zählte die verlorenen Dollars, die mit jedem vertanen Augenblick bündelweise in Flammen aufzugehen schienen. Den guten Doc juckte das Skalpell in seiner Hand, die er in der Hosentasche geballt hielt. Und Lenins Kosmetologe grinste sein permanentes Conrad-Veidt-Grinsen, das wie ein Melonenschnitz über seinem Kinn klaffte. Ihre Blicke hatten sich inzwischen von mir abgewandt und zum Zwecke der unentrinnbaren Verurteilung und ewigen Verdammnis auf J. C. konzentriert.

Das Ganze war wie ein Erschießungskommando, das eine endlose Salve abfeuerte.

J. C. wankte und zuckte, als würde er getroffen.

Gerade als ihn Grocs Make-up-Assistenten wegführen wollten, passierte es.

Ein leises Zischen war zu hören, als wäre ein einzelner Regentropfen in die glühenden Kohlen gefallen.

Wir alle schauten hinunter, und dann wieder hoch – auf J. C., der seine Hände ausgestreckt über dem Feuer hielt. Er betrachtete seine Handgelenke mit großer Neugier.

Sie bluteten.

»Ohmeingott«, sagte Constance. »Tut doch etwas!«

»Und was?« schrie Fritz.

J. C. sagte seelenruhig: »Nimm die Szene auf.«

»Nein, und nochmals nein!« kreischte Fritz. »Johannes der Täufer sah besser aus als du – selbst mit abgeschlagenem Kopf!«

»In diesem Fall«, J. C. deutete mit dem Kinn auf Stanislau Groc und Doc Phillips, die nicht weit von ihm entfernt wie der glückliche Hanswurst und die düstere Apokalypse dem Schauspiel folgten, »in diesem Fall sollen die mich zunähen und verbinden, bis wir soweit sind.«

»Wie machst du das bloß?« Constance starrte auf seine Handgelenke.

»Das kommt automatisch, zusammen mit dem Text.«

»Los, mach dich irgendwo nützlich«, sagte J. C. zu mir.

»Und nimm die Frau mit«, befahl Fritz. »Ich kenne sie nicht.«

»O doch«, sagte Constance. »Laguna Beach, vierter Juli 1926.«

»Das war in einem anderen Land, in einer anderen Zeit.« Fritz schlug eine unsichtbare Türe zu.

»Ja.« Constance hielt inne. Etwas in ihr fiel in sich zusammen. »Ja, das stimmt.«

Doc Phillips näherte sich J. C.s linkem Handgelenk, Groc tauchte zu seiner Rechten auf.

J. C. würdigte sie keines Blickes. Er richtete seinen Blick auf den verdunkelten Himmel.

Dann drehte er die Handgelenke nach oben und streckte die Hände aus, so daß man aus der Nähe sehen konnte, wie das Leben aus seinen frischen Wundmalen tropfte.

»Vorsichtig«, sagte er.

Ich trat aus dem Lichtkreis heraus. Ein kleines Mädchen folgte mir, das sich unterwegs bei jedem Schritt in eine erwachsene Frau zurückverwandelte.

43

»Wohin gehen wir eigentlich?« fragte Constance.

»Ich? Zurück in die Vergangenheit. Und ich weiß auch, wer die Moviola bedient, um das zu bewerkstelligen. Und du? Du bleibst hier, trinkst deinen Kaffee und rührst dich nicht vom Fleck. Setz dich hin. Ich bin bald wieder da.«

»Wenn ich nicht mehr hier bin«, sagte Constance und setzte sich an einen Tisch, der für die Komparsen unter freiem Himmel aufgestellt war, »dann such mich bei den Männern in der Turnhalle.« Sie winkte zum Abschied mit einem Doughnut.

Ich machte mich allein in die Dunkelheit davon. Sehr viel Orte, an denen ich noch suchen konnte, blieben nicht mehr übrig. Ich machte mich jetzt zu einem Bereich des Studiogeländes auf, den ich noch nie betreten hatte. Dort herrschte eine andere Zeit. Der Geist von Arbuthnots Filmen überdauerte hier und vielleicht auch der Geist meines eigenen Ich als kleiner Junge, wie ich um die Mittagszeit um die Studiomauern geschlichen bin.

Als ich so vor mich hinmarschierte, bedauerte ich plötzlich, das, was von Constance Rattigans Lachen noch übriggeblieben war, zurückgelassen zu haben.

In tiefer Nacht führen die Filmstudios Selbstgespräche. Wenn man durch die dunklen Gassen an den Gebäuden vorbeigeht, in deren oberen Stockwerken die Schneideräume bis zwei, drei oder vier Uhr morgens flüstern und kreischen und gröhlen und schnattern, kann man Streitwagen durch die Luft brausen hören, hören, wie der Sand über Beau Gestes von Geistern heimgesuchte Wüste weht, oder den Verkehr auf den Champs Elysées, komplett mit französischen Autohupen und Flüchen, oder den Niagarafall, wie er sich von den Türmen des Studios in die tiefen Filmgewölbe ergießt, oder Barney Oldfield bei seinem letzten Rennen, wie er in seinem Flitzer in Indianapolis an der gesichtslosen Menge vorbeirast, und ein paar Schritte weiter in der Dunkelheit läßt jemand die Kriegshunde von der Kette, und du hörst, wie sich Cäsars Wunden wie Rosenknospen unter seinem Gewand öffnen, oder Churchill über den Äther gegen den Hetzer anbellt. Und die Nachtmenschen arbeiten zwischen diesen Klängen, weil sie die Gesellschaft der Moviolas, der Kintopp-Bilder und der Nahaufnahmen von Liebespaaren den im hellen Licht des Tages gestrandeten Leuten vorziehen. Die Realität draußen vor den Studiomauern verblüfft und erschreckt sie. Das Ganze ist ein nachmitternächtlicher Zusammenprall zu Grabe getragener Stimmen und vergessener Melodien, in einer Zeitwolke zwischen den Gebäuden eingefangen; Geräusche, die aus den Türen und Fenstern hoch oben entfleuchen, während die Schatten der Cutter sich auf bleichen Zimmerdecken über die Zauberwesen beugen. Erst gegen Morgengrauen verstummen die Stimmen, und die Melodien ersterben, wenn die Lächler-mit-den-Messern nach Hause hasten, um ja dem ersten Schub Realisten nicht in die Arme zu laufen, der um sechs Uhr in der Früh eintrifft. Erst bei Sonnenuntergang werden sich die Stimmen wieder erheben, und die Musik wird in leisen Takten oder mit Getöse erklingen, wenn sich das Glühwürmchenflimmern der Moviolas wieder in den Gesichtern der Betrachter spiegelt, ihre Augen entzündet und ihnen die Klingen in die bereitwillig erhobenen Finger schiebt.

Ich rannte durch eine Gasse, in der all diese Geräusche und Melodien aus den Gebäuden drangen. Offensichtlich war mir niemand auf den Fersen. Ich blickte nach oben, wo von Osten her Hitler wütete und wo der laue Nachtwind von Westen her den Gesang einer russischen Armee herantrug.

Plötzlich blieb ich stehen. Ich starrte nach oben, zu ... Maggie Botwins Schneideraum. Die Tür stand sperrangelweit offen.

Ich schrie: »Maggie!«

Nichts.

Ich sah zu den flackernden Glühwürmchenlichtern empor, zu dem stotternden Geschnatter der Moviola, dorthin, wo die Schatten hoch oben über die Zimmerdecke zuckten.

Eine ganze Weile blieb ich in der Dunkelheit stehen, an dem einzigen Ort der Welt, an dem das Leben zerschnitten, neu zusammengesetzt und dann wieder zerstückelt wird. Der Ort, an dem man das Leben so lange dreht und wendet, bis man damit zufrieden ist. Du schaust auf den kleinen Projektionsschirm der Moviola, stellst den Motor an und läßt den Film laufen, begleitet von einem wilden Klackern, das immer dann ertönt, wenn der Film angehalten wird, ein Standbild erscheint und er dann wieder weiterrauscht. Hat man einen halben Tag lang auf den Schirm gestarrt, ist man beinahe davon überzeugt, daß sich das Leben draußen auch immer wieder neu zusammensetzen läßt, es seine zusammenhanglosen Blödigkeiten endlich aufgeben und versprechen wird, sich ab jetzt zu benehmen. Einige Stunden eine Moviola zu bedienen beflügelt den Optimismus, denn man kann seine sämtlichen Dummheiten zurückholen und ihnen die Beine abschneiden. Das Gefährliche dabei ist bloß, daß man nach einer gewissen Zeit kein Verlangen mehr danach verspürt, jemals wieder ans Tageslicht zu treten.

Und nun, in Maggie Botwins Tür, hinter mir die Nacht und vor mir diese kühle Zelle, betrachtete ich diese erstaunliche Frau, die wie eine Flickschneiderin von Licht und Schatten über die Maschine gebeugt saß und den Filmstreifen durch ihre schlanken Finger gleiten ließ.

Ich kratzte am Fliegengitter der Innentür.

Maggie blickte von ihrem erleuchteten Wunschbrunnen auf, versuchte mit gerunzelter Stirn durch die Maschen des Gitters zu sehen und stieß dann einen Freudenschrei aus.

»Hol mich der Teufel! Zum ersten Mal seit vierzig Jahren zeigt sich hier oben einer von den Autoren. Dabei müßte man annehmen, die Narren wären neugierig darauf, wie ich ihnen die Haare schneide und die Säume kürze. Einen Augenblick!«

Sie machte den Riegel der Fliegentür auf und zog mich hinein. Wie ein Schlafwandler ging ich auf die Moviola zu und blinzelte auf den Bildschirm.

Maggie stellte mich auf die Probe: »Erinnern Sie sich an ihn?«

»Erich von Stroheim«, sagte ich voller Staunen. »Der Film wurde '21 hier gedreht, ist aber verschollen.«

»Ich habe ihn gefunden!«

»Weiß das Studio davon?«

»Diese Armleuchter? Nein! Die wissen ja nicht einmal das zu schätzen, was sie *haben*!«

»Haben Sie den kompletten Film?«

»Jawohl! Und wenn ich in die Grube fahre, kriegt ihn das Museum of Modern Art. Sehen Sie nur!«

Maggie Botwin machte sich an einem Projektor zu schaffen, der an ihrer Moviola angeschlossen war und sofort anfing, Bilder an die Wand zu werfen. Von Stroheim stolzierte wie ein Pfau über die Wandtäfelung.

Maggie schaltete aus und machte sich daran, eine andere Rolle einzulegen.

Während sie hantierte, beugte ich mich plötzlich nach vorne. Ich sah eine kleine, grüne Filmbüchse, die ganz anders als die anderen aussah und die auf dem Tresen zwischen zwei Dutzend anderer Büchsen lag.

Im Gegensatz zu den anderen war auf dieser Büchse kein Titel aufgedruckt, auf dem Deckel prangte lediglich ein mit Tintenstift gemalter, sehr kleiner Dinosaurier.

Maggie verfolgte meinen Blick. »Was ist denn?«

»Wie lange haben Sie diesen Film schon?«

»Wollen Sie ihn? Das ist der Versuch, den Ihr Kollege Roy vor drei Tagen zum Entwickeln hier abgegeben hat.«

»Haben Sie schon mal reingeschaut?«

»Sie etwa nicht? Man will ihn feuern deswegen. Was war

das für eine Geschichte? Keiner hat etwas verlauten lassen. In der Büchse sind nur dreißig Sekunden. Allerdings die besten dreißig Sekunden, die ich je gesehen habe. Besser als *Dracula* oder *Frankenstein*. Aber was verstehe ich schon davon?«

Mein Puls hämmerte, als ich die Filmbüchse in meine Manteltasche steckte.

»Ein sehr netter Mann, dieser Roy.« Maggie fädelte einen neuen Filmstreifen in ihre Moviola. »Für den würde ich alles tun. Na ja. Möchten Sie die einzig existierende *intakte* Kopie von *Gebrochene Blüten* sehen? Die fehlenden Stücke aus *The Circus*? Die zensierte Rolle von Harold Lloyds *Drachentöter*? Und das ist noch nicht alles...«

Maggie Botwin hielt inne, trunken von ihrer Kinovergangenheit und meiner ungeteilten Aufmerksamkeit.

»Doch – ich denke, man kann Ihnen vertrauen.« Wieder unterbrach sie sich. »Aber ich verplaudere mich. Sie sind bestimmt nicht hierhergekommen, um zuzuhören, wie eine alte Henne vierzig Jahre alte Eier legt. Wie kommt es, daß Sie der einzige Autor sind, der jemals diese Stufen erklommen hat?«

Arbuthnot, Clarence, Roy, das Monster, dachte ich, aber ich konnte es nicht aussprechen.

Maggie Botwin schob eine massive Schranktür zur Seite. Dahinter standen in fünf Regalen gut vierzig Filmrollen aufgereiht, die seitlich mit Titeln versehen waren. Sie drückte mir eine der Rollen in die Hand. Mein Blick fiel auf den mit großer Schrift aufgemalten Titel: *Crazy Youths*.

»Nein, Sie müssen den Aufkleber mit den kleinen Druckbuchstaben lesen, auf dem Deckel«, sagte Maggie.

»Intoleranz!«

»Meine private, ungekürzte Version«, sagte Maggie Botwin lachend. »Ich habe Griffith geholfen. Damals sind einige der besten Sachen herausgeschnitten worden. Als ich allein war, habe ich das, was fehlte, wieder eingefügt. Dies hier ist die einzige komplette Fassung von *Intoleranz* überhaupt. Und hier!«

Maggie kicherte vergnügt wie ein junges Mädchen auf einem Geburtstagsfest und breitete weitere Schätze vor mir aus: *Zwei Waisen im Sturm* und *London after Midnight*.

»Bei diesen Filmen habe ich als Assistentin oder zumindest als Aushilfe mitgearbeitet. In der Nacht habe ich nur für mich von den herausgenommenen Stücken Positivkopien gemacht! Sind Sie bereit? Hier!«

Sie wuchtete mir eine Büchse mit der Aufschrift *Gier* in die Arme.

»Nicht mal Stroheim hat diese zwanzigstündige Fassung!«

»Warum haben andere Cutter nicht ebenfalls daran gedacht, so etwas zu tun?«

»Weil das alles ängstliche Mäuschen sind, und ich bin die Nachteule«, krächzte Maggie Botwin. »Nächstes Jahr schicke ich die Rollen gesammelt an das Museum, zusammen mit einem Brief, als Schenkung. Die Studios werden mich natürlich zu belangen versuchen, aber die Filme werden für die nächsten vierzig Jahre in Sicherheit sein.«

Ich saß überwältigt in der Dunkelheit, während Filmrolle um Filmrolle durch die Maschine lief.

»Meine Güte«, sagte ich ein um das andere Mal, »wie ist es Ihnen nur gelungen, diese Saftsäcke zu überlisten?«

»Ganz einfach!« sagte Maggie mit der erfrischenden Ehrlichkeit, die ein General an den Tag legt, wenn er sich unter die Fußtruppen begibt. »Sie haben alle unter Druck gesetzt: Regisseure, Autoren, alle. Einen aber mußten sie schonen, damit er mit der Dreckschippe die Sauerei wegmachte, wenn sie erstklassiges Material besudelt und verwässert hatten. Die Träume der anderen haben sie zu Klump gehauen, mich aber haben sie geschont. Sie glaubten, mit ihrer Liebe zum Film könnten sie Berge versetzen. Und geliebt haben sie den Film, bei Gott. Mayer, die Warners, Goldfish/Goldwyn, sie alle konnten sich an Filmen nicht satt essen. Doch das allein genügt nicht. Ich habe mit ihnen um Szenen gestritten, habe argumentiert und Türen zugeknallt. Sie sind mir nachgerannt, weil sie wußten, daß meine Liebe größer war, als ihre je sein konnte. Ich habe ebenso viele Kämpfe gewonnen wie verloren, und schließlich beschloß ich, sie alle zu gewinnen. So rettete ich die verlorenen Szenen, eine nach der anderen. Nicht alles. Die meisten Filme sind das Zelluloid nicht wert. Doch fünf- oder sechsmal im Jahr gibt es einen besonders begabten Autor oder ein Lubitsch verleiht dem Ganzen einen besonderen Glanz, und das habe ich dann versteckt. Auf diese Weise habe ich in all den Jahren –«

»Meisterwerke gerettet!«

Maggie lachte. »Nicht gleich übertreiben. Nur ein paar ordentliche Filme, einige davon lustig, andere richtig schön zum Heulen. Und die sind alle hier, heute nacht, rings um Sie herum.«

Ich ließ die Anwesenheit der Filme auf mich wirken, ihren ›Geist‹, und mußte schwer schlucken.

»Stellen Sie die Moviola an«, sagte ich. »Ich will nie wieder nach Hause.«

»Okay.« Maggie öffnete über ihrem Kopf weitere Schiebetüren. »Haben Sie Appetit? Hier, essen Sie!«

Ich sah hin und las:

The March of Time, 21. Juni 1933.

The March of Time, 20. Juni 1933.

The March of Time, 4. Juli 1930.

»Nein«, sagte ich.

Maggie erstarrte in der Bewegung.

»1930 gab es keine Wochenschauen von *March of Time*«, sagte ich.

»Hast du Töne! Der Bursche ist ein Experte!«

»Das hier sind keine Wochenschauen«, fügte ich hinzu. »Das sind nur Decknamen. Wofür?«

»Für meine eigenen Privatfilme, aufgenommen mit meiner Achtmillimeterkamera, auf fünfunddreißig Millimeter hoch vergrößert, und dann hinter den *March of Time*-Titeln versteckt.«

Ich versuchte, nicht allzu unkontrolliert nach vorne zu schnellen. »Sie verfügen also über eine komplette Filmgeschichte dieses Studios?«

»Suchen Sie sich ein Jahr aus: 1923, 1927, 1930! F. Scott Fitzgerald volltrunken in der Kantine. G. B. Shaw an dem Tag, als er in der Firma das Kommando führte. Lon Chaney im Make-up-Gebäude, an dem Tag, als er den Gebrüdern Westmore zeigte, wie man sein Gesicht auswechselt! Einen Monat später war er tot. Ein wunderbarer, gefühlvoller Mann. William Faulkner, ein betrunkener, aber stets höflicher Drehbuchautor, eine traurige Figur. Alte Filme. Alte Geschichten. Sie haben die Wahl!«

Mein Blick wanderte bis zu einem bestimmten Punkt. Ich hörte, wie die Luft aus meinen Nasenlöchern pfiff.

15. Oktober 1934. Zwei Wochen bevor Arbuthnot, der Boss des Studios, ums Leben kam.

»Das hier.«

Maggie zögerte, zog die Büchse heraus, legte den Film in die Moviola ein und stellte das Gerät an.

Unserem Blick bot sich der Vordereingang von Maximus Films, an einem Oktobernachmittag, 1934. Die Türen waren geschlossen, doch drinnen, hinter dem Glas, sah man sich Schatten bewegen. Dann öffneten sich die Türen und zwei oder drei Leute kamen heraus. In der Mitte war ein hochgewachsener, kräftiger Mann, der mit zusammengekniffenen Augen lachte, den Kopf zurückgeworfen, die Schultern wackelten vor guter Laune. Seine Augen hatten sich zu Schlitzen verengt, so fröhlich war er. Er nahm einen tiefen Atemzug, einen der letzten in seinem Leben.

»Kennen Sie ihn?« fragte Maggie.

Ich starrte in das Helldunkel.

»Arbuthnot.«

Wie jemand in eine Kristallkugel sieht, um in ihr die Zukunft zu lesen, so sah ich durch das Glas, das vergangene Zeiten in ausgelaugten Farben zeigte.

»Arbuthnot. Noch im gleichen Monat gestorben, in dem diese Aufnahmen gemacht wurden.«

Maggie kurbelte zurück und ließ die Sequenz noch einmal laufen. Die drei Männer kamen wieder lachend heraus und Arbuthnot grinste einmal mehr in die Kamera, an jenem längst vergessenen und unglaublich glücklichen Nachmittag.

Maggie las etwas in meinem Gesicht. »Nun? Sagen Sie schon aus!«

»Ich habe ihn diese Woche gesehen«, sagte ich.

»Unsinn. Haben Sie diese komischen Zigarren geraucht?«

Maggie ließ noch drei Bilder weiterlaufen. Arbuthnot hob den Kopf noch weiter hinauf in einen Himmel, der aussah, als würde es jeden Moment zu regnen anfangen.

Und jetzt rief und winkte Arbuthnot jemandem außerhalb des Bildes zu.

Ich nutzte den Moment. »Auf dem Friedhof, in der Nacht von Halloween, da war eine Vogelscheuche aus Draht und Pappmaché mit seinem Gesicht.«

Nun sah man Arbuthnots Duesenberg am Straßenrand stehen. Er schüttelte Manny und Groc die Hand und versprach ihnen noch viele weitere glückliche Jahre. Maggie achtete nicht auf mich, sie schaute nur auf die hell-dunkel-hell-dunkel flackernden Bilder, die unter unserem Blick vorbeitanzten.

»In der Nacht von Halloween sollte man nichts glauben.«

»Andere Leute haben es auch gesehen. Einige sind vor Schreck davongerannt. Manny und ein paar andere sind tagelang wie auf Tretminen gelaufen.«

»So ein Unsinn«, schnaubte Maggie. »Was gibt's sonst noch Neues? Wie Sie vielleicht bemerkt haben, halte ich mich im Projektionsraum auf oder hier oben, wo die Luft so dünn ist, daß man beim Heraufsteigen Nasenbluten bekommt. Deswegen mag ich den irren Fritz. Er dreht bis Mitternacht, ich schneide bis zum Morgengrauen. Dann machen wir einen mehrstündigen Winterschlaf. Jeden Tag, wenn sich die kühle, nackte Wirklichkeit gegen fünf Uhr zurückzieht, stehen wir auf und richten uns nach dem Sonnenuntergang. An einem oder zwei Tagen, wie Sie vielleicht auch schon bemerkt haben, gehen wir auf Pilgerfahrt in die Kantine, um Manny Leiber zu zeigen, daß wir noch unter den Lebenden weilen.«

»Leitet er wirklich das Studio?«

»Wer sonst?«

»Keine Ahnung. Ich fühle mich in Mannys Büro immer so komisch. Die Einrichtung sieht unbenutzt aus. Der Schreibtisch ist immer leergefegt, nichts als ein großes weißes Telefon steht darauf, in der Mitte. Und der Stuhl hinter dem Schreibtisch ist viel zu groß für Manny Leibers Allerwertesten. Manny würde darin wie Charlie McCarthy aussehen.«

»Er benimmt sich wie eine Urlaubsvertretung, wenn Sie das meinen. Das liegt vermutlich am Telefon. Jeder denkt doch, die Filme werden in Hollywood gemacht. Weit gefehlt. Das Telefon ist die direkte Verbindung nach New York City, zu den Spinnen. Die spannen ihre Spinnweben quer über das ganze Land und fangen hier die Fliegen. Die Spinnen kommen nie zu uns in den Westen. Sie haben Angst, wir könnten merken, daß sie alle Pygmäen sind. Von der Größe eines Adolph Zukor.«

»Das Problem ist nur«, sagte ich, »daß ich am Fuße einer

Leiter stand, auf dem Friedhof, mit der Puppe, dem Strohmann, oder was auch immer, im Regen.«

Maggie Botwins Hand zuckte an der Kurbel. Arbuthnot winkte viel zu schnell zur anderen Straßenseite hinüber. Die Kamera schwenkte hinüber: Kreaturen aus einer anderen Welt, die wilde Meute der Autogrammsammler. Die Kamera streifte über ihre Gesichter.

»Bitte mal anhalten!« rief ich. *»Da!«*

Maggie kurbelte noch zwei Einzelbilder weiter, bis ein Dreizehnjähriger auf Rollschuhen deutlich zu sehen war.

Ich zeigte behutsam, liebevoll auf das Bild.

»Das sind doch wohl nicht Sie«, sagte Maggie Botwin.

»Das bin ich, der gute alte Knabe von damals.«

Maggie Botwin ließ ihren Blick zu mir hinüberwandern und dann zwanzig Jahre zurück in die Vergangenheit, bis zu jenem Oktobernachmittag, an dem jeden Moment der Regen einzusetzen drohte.

Da war er, der Trottel aller Trottel, der Verrückteste von allen, wie immer linkisch auf seinen Rollschuhen herumbalancierend, immer knapp davor, in den vorbeiziehenden Verkehr zu stolpern oder auch in arglose Fußgängerinnen.

Sie spulte zurück. Wieder winkte Arbuthnot mir, der ich noch nicht im Bild war, an diesem Herbstnachmittag zu.

»Arbuthnot«, sagte sie leise, »und Sie... beinahe zusammen?«

»Der Mann auf der Leiter im Regen? Genau.«

Maggie seufzte und spulte weiter. Arbuthnot stieg in seinen Wagen und fuhr einem nur noch wenige Wochen entfernten Autounfall entgegen.

Ich sah dem Wagen nach, so wie mein jüngeres Ich auf der anderen Seite der Straße ihm damals hinterhergeschaut haben mußte.

»Sprechen Sie mir nach«, sagte Maggie Botwin ruhig. »Es gab keinen Mann auf irgendeiner Leiter, keinen Regen, und Sie sind auch nirgendwo gewesen.«

»... nirgendwo gewesen«, murmelte ich.

Maggie kniff die Augen zusammen. »Wer ist denn dieser lustige Vogel direkt neben Ihnen, der mit dem dicken Kamelhaarmantel und der Sturmfrisur und dem riesigen Fotoalbum unter dem Arm?«

»Clarence«, sagte ich und fügte hinzu: »Ich frage mich, ob er jetzt, in dieser Nacht, noch am Leben ist.«

Das Telefon klingelte.

Es war Fritz, im allerletzten Stadium der Hysterie.

»Sofort hierher. J. C.s Wundmale sind immer noch offen. Wir müssen die Szene abdrehen, bevor er verblutet.«

Wir fuhren zum Drehort.

J. C. saß abwartend am Rand der Grube mit den Holzkohlen. Als er mich sah, schloß er seine herrlichen Augen, lächelte und zeigte mir seine Handgelenke.

»Das Blut sieht beinahe aus wie echt!« rief Maggie.

»Das könnte man meinen«, sagte ich.

Groc hatte die Aufgabe übernommen, J. C.s Gesicht mit Puder zu schminken. J. C. sah dreißig Jahre jünger aus, als Groc einen letzten Tupfer auf seine geschlossenen Augenlider aufgetragen hatte, beiseite trat und sein Meisterwerk mit stolzem Grinsen betrachtete.

Ich schaute in J. C.s gelassene Züge. Er stand dort im Widerschein der Kohlenglut, während ihm ein zäher dunkler Sirup aus den Handgelenken über die Handflächen rann. Wahnsinn! dachte ich. Er stirbt, während er die Szene spielt!

Nur um das Budget des Films nicht zu überziehen? Warum nicht? Die Menge versammelte sich wieder, und Doc Phillips machte einen Satz nach vorne, um das vergossene Heiligenblut zu begutachten. Er nickte bestätigend in Mannys Richtung. Noch regte sich Leben in den heiligen Gliedern, ein bißchen Saft war noch übrig: Kamera!

»Fertig?« brüllte Fritz.

Groc zog sich in den rauchigen Wind zurück, in die Gesellschaft zweier Komparsinnen, den Gewändern nach vestalische Jungfrauen. Der Doc stand wie ein Wolf auf seinen Hinterläufen, die Zunge zwischen den Zähnen, mit unruhig hin und her flackernden Augen.

Doc? dachte ich. Oder Groc? Sind diese beiden die wahren Könige des Studios? Sitzen sie in Mannys Chefsessel?

Manny starrte in die glühende Kohlengrube; am liebsten wäre er darüber hinwegspaziert, um zu beweisen, wer der König der Könige war.

J. C. stand verlassen in unserer Mitte, in sich selbst versunken. Sein Gesicht war so bleich und lieblich, daß in meiner Brust eine Saite zersprang. Seine dünnen Lippen bewegten sich, formten die wunderschönen Worte, die mir Johannes eingegeben hatte, damit J. C. sie heute nacht predigen konnte.

Und kurz bevor er laut zu sprechen anfing, hob J. C. den Blick über die Städte der Studiowelt zur Fassade von Notre Dame, direkt auf die beiden Türme der Kathedrale.

Ich sah nur kurz hinauf und blickte mich dann gleich wieder auf dem Drehort um.

Groc durchbohrte die Kathedrale mit seinem Blick. Doc Phillips ebenfalls. Manny, der zwischen ihnen stand, blickte von einem zum anderen, dann auf J. C. und endlich zu der Stelle, auf die sich einige der Anwesenden konzentrierten, hinauf zu den Dämonen – wo sich nichts bewegte.

Oder sah J. C. etwa geheimnisvolle Bewegungen, ein Signal vielleicht?

J. C. sah etwas. Die anderen hatten es bemerkt. Ich konnte auf der falschen Marmorfassade nur Licht und Schatten erkennen.

War das Monster noch immer dort? Sah es die Grube mit den glühenden Kohlen? Würde es die Worte Christi hören, so gerührt sein, daß es herunterkäme und uns das Wetter der letzten Woche erklären, unsere Herzen beruhigen würde?

»Ruhe!« schrie Fritz.

Ruhe.

»Action«, flüsterte Fritz.

Und endlich, um halb sechs in der Frühe, in den wenigen Minuten, die noch vor Sonnenaufgang blieben, drehten wir jenes auf das Letzte Abendmahl folgende, allerletzte Abendmahl.

44

Die Glut wurde wieder entfacht, frische Fische wurden darauf gelegt, und als von Osten her das erste Licht über Los Angeles kroch, öffnete J. C. langsam die Augen mit einem Blick, der so Mitleid erregend war, daß er seine Anhänger ebenso wie seine Verräter besänftigt und ihnen Beistand gegeben hätte. Dann verhüllte er seine Wunden und lief auf einem Ufer von dannen, das einige Tage später in einer andern Gegend von Kalifornien gefilmt werden würde. Die Sonne ging langsam auf, und die Szene war ohne einen Patzer im Kasten. Am Drehort war kein Auge trocken geblieben, es herrschte ein großes Schweigen, in dem sich J. C. schließlich umdrehte und mit Tränen in den Augen rief: »Sagt denn keiner ›Schnitt‹?«

»Schnitt«, sagte Fritz Wong leise.

»Sie haben sich gerade einen Feind gemacht«, sagte Maggie Botwin neben mir.

Ich blickte mich um. Dort stand Manny Leiber und fixierte mich. Auf einmal wirbelte er herum und stolzierte davon.

»Sehen Sie sich vor«, sagte Maggie. »Sie haben innerhalb von achtundvierzig Stunden drei Fehler gemacht. Sie haben Judas wieder zu seinem Job verholfen. Sie haben den Schluß des Films gerettet. Sie haben J. C. gefunden und ihn rechtzeitig zum Drehort zurückgebracht. Unentschuldbar.«

»Herrje«, stöhnte ich.

J. C. ging durch die Menge der Statisten davon, ohne auf Lob zu warten. Ich rannte ihm nach.

Wohin des Wegs? fragte ich stumm.

Einen Moment ausruhen, antwortete er ebenso wortlos.

Mein Blick fiel auf seine Handgelenke. Die Blutung hatte aufgehört.

Auf einer Kreuzung mitten im Studiogelände nahm mich J. C. bei den Händen, und sein Blick verlor sich in der Ferne.

»Junior ...?«

»Was denn?«

»Dieses Ding, von dem wir gesprochen haben ... der Regen ... und der Mann auf der Leiter.«

»Was ist damit?«

»Ich habe ihn gesehen.«

»Mein Gott, J. C.! Wie sah er aus? Was ...«

»Schsch!« Er legte den Zeigefinger auf die geschminkten Lippen.

Dann verschwand er Richtung Kalvarienberg.

Constance fuhr mich kurz nach Tagesanbruch zu meiner Wohnung.

Dort, in meiner Straße, schienen keine fremden Wagen mit Spionen auf mich zu warten.

Constance legte noch einen großen Auftritt aufs Parkett, als sie sich in der Haustür über mich hermachte.

»Constance! Die Nachbarn!«

»Laß die Nachbarn, mein Süßer!« Sie küßte mich so fest, daß meine Armbanduhr stehenblieb. »Jede Wette, daß dich deine Frau nicht so küßt!«

»Da wäre ich schon vor sechs Monaten tot gewesen!«

»Faß dir dorthin, wo es dir was ausmacht, wenn ich die Tür zuknalle!«

Ich faßte dorthin, sie knallte die Tür zu und fuhr davon. Beinahe im gleichen Augenblick schlug die Einsamkeit wie eine Woge über mir zusammen. Es war, als sei Weihnachten ein für allemal vorbei.

Im Bett dachte ich dann: J. C., du Mistkerl! Warum hast du mir nicht mehr erzählt?

Und dann: Clarence! Warte auf mich!

Ich komme zurück!

Noch ein allerletzter Versuch!

45

Gegen Mittag fuhr ich zur Beachwood Avenue.

Clarence hatte nicht auf mich gewartet.

Ich wußte es sofort, als ich die halboffene Tür seines Apartments aufdrücken mußte. Innen lagen Schneestürme von zerrissenem Papier, zerfetzten Büchern und aufgeschlitzten Bildern, ganz so wie das Massaker in Atelier 13, wo man Roys Dinosaurier zertrümmert und zerschlagen hatte.

»Clarence?«

Ich drückte die Tür weiter auf.

Der Alptraum eines Geologen.

Knöcheltief lagen dort Briefe und Zettel mit den Unterschriften von Robert Taylor und Bessie Love und Ann Harding, von 1935 oder noch früher. Das war die oberste Schicht.

Weiter unten, über einen speckigen Teppich verstreut, lagen Tausende von Schnappschüssen, die Clarence von Al

Jolson, John Garfield, Lowell Sherman und Madam Schumann-Heink gemacht hatte. Zehntausend Gesichter starrten mich an. Die meisten davon waren schon lange tot.

Unter weiteren Schichten lagen Autogrammbücher vergraben, Filmgeschichten, Plakate von zehn Dutzend Stummfilmen, angefangen mit Bronco Billy Anderson und Chaplin bis zu all den Jahren, in denen das Lilienbündel der Gish-Schwestern bleich über die Leinwand huschte, um die Einwanderer zu Tränen zu rühren. Und ganz zum Schluß, unter *King Kong und die weiße Frau*, *Die versunkene Welt* und *Laugh Clown Laugh*, unter all den Riesenspinnen und den Tänzern mit den gepuderten Zehen und den untergegangenen Städten entdeckte ich: Einen Schuh.

Zu dem Schuh gehörte ein Fuß. Der Fuß, eigenartig verdreht, gehörte zu einem Knöchel. Der Knöchel führte zu einem Bein. Und so weiter, den ganzen Körper hinauf, bis ich in ein Gesicht blickte, in dem sich noch das Entsetzen des Todes spiegelte. Da lag Clarence, in die Ecke geschleudert und unter Hunderttausenden von Autogrammen abgelegt, versunken in einer Flut alter Reklame und illustrierter Leidenschaften, die ihn bestimmt zerquetscht und ersäuft hätten, wäre er nicht bereits tot gewesen.

So wie er aussah, hätte er an einem Herzschlag gestorben sein können, die am einfachsten festzustellende Todesursache. Seine Augen waren weit aufgerissen wie bei einer Blitzlichtaufnahme, sein Mund in ungläubigem Staunen erstarrt: *Was machen Sie da mit meinem Schlips, mit meinem Hals, meinem Herzen? Wer sind Sie?*

Irgendwo hatte ich gelesen, daß in der Sekunde des

Todes die Retina des Opfers den Täter fotografiert. Wenn man die Netzhaut also abzöge und in Entwickler badete, würde das Gesicht des Mörders aus der Dunkelheit hervorkommen.

Clarences wilder Blick bettelte darum, entwickelt zu werden. Das Antlitz seines Killers war in jedes Auge eingeschrieben.

Ich stand mitten in der Müllflut und blickte mich um. Unglaublich! Jede einzelne Sammelmappe war ausgeschüttet, Hunderte von Bildern waren zerknüllt worden. Plakate hatte man von den Wänden gerissen, Bücherregale verwüstet. Clarences Taschen hatte man nach außen gekehrt. Kein normaler Einbrecher hätte sich so besinnungslos aufgeführt.

Clarence, der immer Angst hatte, im Straßenverkehr umzukommen, der an jeder Ampel wartete, bis die Autos wirklich standen, damit er seine treuen Lieblinge, seine Sammelmappen, sicher über die Straße brachte.

Clarence.

Ich drehte mich um und hoffte inständig, wenigstens für Crumley einen Hinweis zu entdecken.

Sämtliche Schubladen von Clarences Schreibtisch waren herausgerissen, ihr Inhalt lag auf dem Boden verstreut.

An den Wänden hingen noch einige wenige Bilder. Eines von ihnen nahm meine ganze Aufmerksamkeit in Anspruch. Jesus Christus auf dem Kalvarienberg, Außendekoration.

Die Widmung lautete: »Für Clarence. FRIEDEN wünscht der einzig wahre J. C.«

Ich riß es aus dem Rahmen und stopfte es mir in die Tasche.

Dann drehte ich mich mit klopfendem Herzen um und wollte davonlaufen, als mir noch etwas auffiel. Ich nahm es sofort an mich.

Eine Streichholzschachtel aus dem Brown Derby.

Noch etwas?

Ich, sagte Clarence, mir ist kalt. Hilf mir.

Oh, Clarence, dachte ich, wenn ich dir nur helfen könnte!

Mein Herz hämmerte. Ich stürzte zur Haustür hinaus und hatte große Angst, jemand könne mich sehen.

Ich rannte davon.

Bloß nicht! Ich blieb stehen.

Wenn sie dich davonlaufen sehen, bist du der Täter! Langsam gehen, stehenbleiben. Ich wollte mich übergeben, doch außer einem trockenen Würgen und alten Erinnerungen schien nichts hochzukommen.

Eine Explosion, 1929.

Nicht weit von unserem Haus wurde ein Mann aus seinem verunglückten Wagen geschleudert und schrie: »Ich will nicht sterben!«

Und ich saß mit meiner Tante auf der Veranda unseres Hauses und preßte mein Gesicht gegen ihren Busen, damit ich die Schreie nicht mehr hören mußte.

Oder als ich fünfzehn war. Ein Auto knallt gegen einen Telefonmast, Leute klatschen gegen Hauswände und Feuerhydranten, ein Puzzle aus zerfetzten Körpern und verstreutem Fleisch... Oder...

Das ausgebrannte Autowrack, hinter dessen Steuer in

grotesk aufrechter Haltung eine verbrannte Gestalt sitzt, ganz ruhig hinter ihrer Holzkohlenmaske, mit zusammengeschnurrten Fingern, die mit dem Lenkrad verschmolzen sind...

Oder...

Eine Woge von Büchern und Fotografien und signierten Postkarten schlug über mir zusammen.

Ich stieß blind gegen eine Hauswand und tappte eine leere Straße entlang, dankte Gott für die Stille, und endlich fand ich etwas, das ich als Telefonzelle identifizierte. Nachdem ich zwei Minuten lang meine Taschen nach dem Zehner durchwühlt hatte, den ich zu diesem Zweck immer bei mir trug, schob ich ihn in den Schlitz und steckte den Finger in die Wählscheibe.

Gerade als ich Crumleys Nummer wählte, tauchten die Männer mit den Besen auf. Zwei Studiolaster und ein alter verbeulter Lincoln rauschten auf dem Weg zur Beachwood Avenue vorbei. An der Ecke, wo es zu Clarences Apartment ging, bogen sie ein. Bei ihrem bloßen Anblick fiel ich in mir zusammen wie ein Akkordeon. Der Mann in dem Lincoln hätte gut Doc Phillips sein können, doch ich war viel zu beschäftigt damit, mich zu verstecken und in die Knie zu sinken, so daß ich es nicht mit Sicherheit sagen konnte.

»Laß mich raten«, sagte Crumleys Stimme aus dem Hörer. »Ist jetzt tatsächlich jemand gestorben?«

»Woher willst du das wissen?«

»Beruhige dich. Wenn ich dort hinkomme, wird es dann zu spät sein, alle Spuren verwischt? Wo bist du?« Ich sagte es ihm. »Unten an der Ecke ist eine irische Kneipe. Dort setzt du dich rein. Wenn die Dinge wirklich so schlimm stehen, wie du sagst, möchte ich nicht, daß du auf der Straße herumläufst. Alles in Ordnung?«

»Ich sterbe.«

»Bloß nicht. Was soll ich ohne dich den ganzen Tag treiben?«

Eine halbe Stunde später fand mich Crumley zwischen Tür und Angel der irischen Kneipe. Als er mich ansah, legte sich ein Schatten über sein Gesicht, ein Ausdruck tiefster Verzweiflung und väterlicher Fürsorge. Doch die Wolken über der Sommerlandschaft seines Gesichts zogen vorüber.

»Nun denn«, brummelte er, »wo ist die Leiche?«

In der Apartmentsiedlung fanden wir die Tür zu Clarences Wohnung weit offen vor, als hätte sie jemand mit Absicht so hinterlassen.

Wir gingen hinein.

Und standen mitten in Clarences Apartment.

Es war nicht leergefegt, geplündert wie vordem Roys Wohnung.

Sämtliche Bücher standen in den Regalen, der Boden war sauber, keine zerrissenen Briefe mehr. Sogar die gerahmten Bilder, jedenfalls die meisten, hingen wieder an der Wand.

»Na schön«, seufzte Crumley. »Wo ist der ganze Schrott, von dem du erzählt hast?«

»Wart's ab.«

Ich zog eine Schublade aus einem Aktenschrank heraus. Da lagen Photos, geknickt und eingerissen, eilig hineingestopft.

Ich machte sechs weitere Schubs auf, um Crumley zu beweisen, daß ich nicht geträumt hatte.

Alle waren randvoll mit den noch kurz zuvor im Zimmer verstreuten Briefen.

Nur eines fehlte.

Clarence.

Crumley warf mir einen vielsagenden Brief zu.

»Sei still!« sagte ich. »Er lag da drüben, genau dort, wo du jetzt stehst.«

Crumley stieg über den unsichtbaren Körper. Er stöberte die anderen Aktenschränke durch, so wie ich es ihm vorgemacht hatte, und fand Unmengen zerrissener Fanpostkarten, die besudelten und malträtierten Fotos, alles rasch aus dem Blickfeld geräumt. Crumley stieß einen tiefen Seufzer aus und schüttelte den Kopf.

»Eines schönen Tages«, sagte er, »wird dir zur Abwechslung etwas passieren, das Sinn macht. Hier ist keine Leiche, was soll *ich* also in dieser Sache unternehmen? Woher wissen wir, daß er nicht einfach in Urlaub gefahren ist?«

»Er wird nie mehr zurückkommen.«

»Wer sagt das? Willst du zum nächsten Polizeirevier gehen und Anzeige erstatten? Die kommen hierher, schauen sich den zerrissenen Plunder in den Schubladen an, zucken die Achseln, sagen, daß es nun einen Bekloppten weniger in Hollywood gibt, unterrichten den Vermieter und ...«

»Den Vermieter?« erklang eine Stimme hinter uns.

In der Tür stand ein alter Mann.

»Wo ist Clarence?« fragte er.

Ich redete sehr schnell. In leuchtenden Farben schilderte ich die Jahre 1934 und 1935, als ich auf Rollschuhen durch die Gegend geeiert war, von einem wütenden, Gehstock schwingenden W. C. Fields verfolgt, von Jean Harlow auf die Wange geküßt, direkt vor dem Vendôme-Restaurant. Bei diesem Kuß waren mir die Kugellager aus den Rollschuhen gesprungen. Ich hatte nach Hause humpeln müssen, blind für den Straßenverkehr und taub für die Fragen meiner Schulkameraden.

»In Ordnung, in Ordnung, ich habe schon verstanden!« Der Alte sah sich im Zimmer um. »Ihr seht nicht wie Einbrecher aus. Nur weil Clarence sich immer so aufführt, als wolle ihn eine Horde Fotoklauer vergewaltigen. Deswegen ...«

Crumley reichte ihm seine Visitenkarte. Der alte Mann warf einen Blick darauf und sog sein Gebiß am Gaumen fest.

»Ich will hier keinen Ärger haben!« heulte er.

»Keine Bange. Clarence rief uns an, er hatte Angst. Deshalb sind wir hier.«

Crumley ließ seinen Blick umherschweifen.

»Richten Sie Sopwith aus, er soll mich anrufen.«

Der Alte schielte auf die Karte. »Polizei aus *Venice*? Wann räumen die endlich mal auf?«

»Was?«

»Die Kanäle! Voller Müll. Die Kanäle!«

Crumley schob mich Richtung Tür.

»Ich kümmere mich darum.«

»Um was?«

»Die Kanäle«, sagte Crumley. »Den Müll.«

»Ach so«, sagte der alte Mann.

Und schon waren wir draußen.

46

Wir standen auf dem Bürgersteig und fixierten den Wohnkomplex, als könne er plötzlich vom Stapel laufen und wie ein Schiff ins Meer gleiten.

Crumley sah mich nicht an. »Schon wieder die gleiche verquere Geschichte. Du bist fertig, weil du eine Leiche gesehen hast. Ich bin fertig, weil ich sie nicht gesehen habe. Mist. Vermutlich können wir ebensogut warten, bis Clarence zurückkommt.«

»Tot?«

»Willst du etwa eine Vermißtenanzeige aufgeben? Was wäre ein Anhaltspunkt?«

»Zwei Dinge. Jemand zertrampelte Roys Monstermodelle und vernichtete seine Tonskulptur. Ein anderer räumte die Sauerei auf. Jemand hat Clarence zu Tode erschreckt oder erwürgt. Wieder räumte ein anderer auf. Also zwei Gruppen, oder zwei Einzelpersonen: Jemand, der alles kurz und klein schlägt; und der andere, der mit Truhen, Besen und Staubsaugern anrückt. Momentan kann ich mir nur vorstellen, daß das Monster über die Mauer kam, Roys Figuren eigenhändig zerstörte, sich wieder aus dem Staub machte und alles so zurückließ, wie es wenig später vorgefunden, abtransportiert oder versteckt wurde. Und hier das gleiche noch einmal. Das Monster stieg von Notre Dame herunter...«

»Stieg herunter?«

»Ich habe es direkt von Angesicht zu Angesicht gesehen.«

Zum ersten Mal sah Crumley etwas blaß aus.

»Du bringst dich noch um, verdammt noch mal. Bleib weg von hohen Gebäuden. Wenn wir gerade davon reden: wir sollten nicht unbedingt im hellen Tageslicht hier herumstehen und plaudern. Könnte sein, daß die Putzbrigade noch einmal zurückkommt.«

»Du hast recht.« Ich setzte mich in Bewegung.

»Kann ich dich mitnehmen?«

»Das Studio ist nur eine Straße weiter.«

»Ich mache mich auf den Weg zum Zeitungsarchiv. Es muß dort etwas über Arbuthnot und 1934 geben, das wir nicht wissen. Soll ich unterwegs nach Clarence Ausschau halten?«

Ich drehte mich um. »Crum, du weißt so gut wie ich, daß sie ihn inzwischen verbrannt haben, und die Asche haben sie auch verbrannt. Sollen wir etwa in den Verbrennungsofen kriechen und die Schlacke untersuchen? Ich mache mich auf zum Garten Gethsemane.«

»Ist das ein sicherer Ort?«

»Sicherer als Golgatha.«

»Bleib dort. Ruf mich an.«

»Du wirst mich hören, quer durch die ganze Stadt«, sagte ich. »Auch ohne Telefon.«

47

Doch zuerst machte ich am Kalvarienberg halt.

Die drei Kreuze waren leer.

»J. C.«, flüsterte ich, das zusammengefaltete Bild in meiner Tasche umfassend. Da merkte ich auf einmal, daß mir schon eine ganze Zeit lang etwas dicht auf den Fersen gefolgt war.

Ich hielt nach Mannys Meute Ausschau. Sein schattengrauer Rolls-Royce persönlich kroch wie ein chinesischer Leichenwagen hinter mir her. Ich hörte, wie sich die Hintertür mit einem schmatzenden Geräusch von der Gummidichtung löste, sich öffnete und einen Schwall tiefgekühlter Luft entließ. Manny Leiber, nicht viel größer als eine Eisbombe, schaute aus seiner eleganten Tiefkühltruhe heraus. »He«, sagte er.

Es war ein heißer Tag. Ich neigte mich in den gekühlten Passagierraum, kühlte mir Gesicht und Verstand.

»Ich habe Neuigkeiten für Sie.« Mannys Atem stand in der künstlichen Winterluft. »Wir schließen das Studio für zwei Tage. Großreinemachen. Alles mal frisch streichen.«

»Wie können Sie so etwas tun? Die Ausfallkosten ...«

»Jeder bekommt sein Gehalt voll weiterbezahlt. Die Sache wäre schon vor Jahren fällig gewesen. Wir schließen dann also vorübergehend ...«

Warum nur? dachte ich. Damit niemand mehr auf dem Gelände herumläuft. Weil sie wissen, oder vermuten, daß Roy noch am Leben ist, und weil ihnen jemand den Auftrag erteilt hat, ihn zu finden und zu töten?

»Das ist das Dümmste, was ich je gehört habe«, sagte ich.

Ich hatte die Erfahrung gemacht, daß eine Beleidigung oft die beste Antwort ist. Niemand verdächtigte einen, wenn man seinerseits dumm genug ist, ausfällig zu werden.

»Wer ist denn auf diese hirnverbrannte Idee gekommen?« fragte ich.

»Wie meinen Sie das?« blökte Manny und zog sich noch weiter in seinen Kühlschrank zurück. Sein Atem zeichnete sich als Kondensstreifen ab. »Das war meine Idee!«

»So dumm sind Sie nicht«, stichelte ich. »Sie würden so etwas nie veranlassen. Sie sorgen sich zu sehr ums Geld. Jemand muß Ihnen den Auftrag dazu gegeben haben. Jemand über Ihnen?«

»Über mir gibt es niemanden mehr!« Doch seine Augen wichen meinem Blick aus, und ich sah seinem Mund an, daß er nach Ausflüchten suchte.

»Sie wollen das alles auf Ihre Kappe nehmen? Das kostet mindestens eine halbe Million pro Woche!«

»Na und«, sagte er ausweichend.

»Da steckt bestimmt New York dahinter.« Ich gab noch eins drauf. »Diese Telefonzwerge aus Manhattan. Blöde Affen. Sie haben nur noch zwei Drehtage, dann ist *Cäsar und Christus* abgedreht. Was geschieht, wenn J. C. wieder auf Sauftour geht, während Sie die Ateliers streichen ...?«

»Die Szene mit dem Holzkohlenfeuer war seine letzte. Wir nehmen ihn aus der Bibel. *Sie* tun das. Und noch etwas: Sobald das Studio wieder in Betrieb ist, machen Sie an *Tote reiten schneller* weiter.«

Seine Worte schleuderten mir Frost ins Gesicht. Der Frost kroch mir den Rücken hinunter.

»Das ist unmöglich, ohne Roy Holdstrom.« Ich mußte mich noch plumper, noch naiver geben. »Und Roy ist tot.«

»Was?« Manny beugte sich vor, kämpfte sichtlich um Gleichmut und blinzelte mit den Augen: »Warum sagen Sie das?«

»Er hat Selbstmord begangen«, sagte ich.

Manny wurde noch argwöhnischer. Ich konnte mir lebhaft vorstellen, wie Doc Phillips ihm Bericht erstattete: Roy in Atelier 13 aufgehängt, abgeschnitten, weggekarrt, verbrannt.

So einfältig wie möglich fragte ich weiter: »Haben Sie seine Viecher alle noch in Halle 13?«

»Ääh... ja«, log Manny.

»Roy kann ohne seine Geschöpfe nicht leben. Ich war vor kurzem in seiner Wohnung. Sie war leer. Jemand hat alles gestohlen: Roys Kamera, seine Miniaturen. Ohne diese Dinge kann Roy nicht leben. Und er würde nicht einfach davonlaufen. Nicht, ohne mir Bescheid zu sagen, nach zwanzig Jahren Freundschaft. Verflixt nochmal, Roy ist tot.«

Manny studierte mein Gesicht, um herauszufinden, ob er mir glauben konnte. Ich setzte meinen traurigsten Gesichtsausdruck auf.

»Suchen Sie ihn«, sagte Manny endlich, ohne zu blinzeln.

»Ich sagte doch gerade...«

»Suchen Sie ihn, oder Sie fliegen hochkantig raus, und

dann werden Sie für den Rest Ihres Lebens in keinem Studio mehr Arbeit finden. Dieser blöde Kerl ist nicht tot. Man hat ihn gestern auf dem Gelände gesehen, in der Nähe von Halle 13. Vielleicht versucht er, dort einzubrechen und seine verfluchten Monster herauszuholen. Sagen Sie ihm, die Sache sei erledigt. Wir stellen ihn mit höherem Gehalt wieder ein. Es ist an der Zeit zuzugeben, daß wir uns getäuscht haben und daß wir ihn brauchen. Wenn Sie ihn finden, wird auch Ihr Gehalt erhöht. Okay?«

»Heißt das, Roy darf das Gesicht, das er entworfen hat, diesen Tonkopf, verwenden?«

Manny verlor rapide an Farbe. »Himmel, nein! Wir müssen einen neuen Anfang machen. Wir starten eine Anzeigenkampagne.«

»Ich glaube nicht, daß Roy zurückkommt, wenn er nicht sein eigenes Monster erschaffen darf.«

»Er wird kommen, wenn er weiß, was gut für ihn ist.«

Um sich eine Stunde, nachdem er die Stechuhr gedrückt hat, umbringen zu lassen?

»Nein«, sagte ich. »Er ist wirklich tot – für alle Zeiten.«

Ich hämmerte alle Nägel in Roys Sarg, in der Hoffnung, daß Manny mir glaubte und das Studio nicht dicht machte, um die Suche abzuschließen. Eine dumme Idee. Andererseits kommen durchgedrehte Leute oft auf dumme Ideen.

»Suchen Sie ihn«, sagte Manny und lehnte sich zurück; sein Schweigen ließ die Luft gefrieren.

Ich schloß die Eisschranktür. Der Rolls schwebte davon, verschwand wie ein eiskaltes Lächeln.

Mich schauderte. Dann machte ich die große Tour. Ich durchquerte Green Town, kam nach New York City, zur ägyptischen Sphinx und durch das Forum Romanum. Auf der Fliegentür am Vordereingang zum Haus meiner Großeltern nur ein paar Fliegen. Zwischen den Pfoten der Sphinx nur Staub.

Ich blieb neben dem großen Felsbrocken stehen, der vor das Grab Jesu gerollt worden war.

Ich ging zum Felsen hin, um mein Gesicht zu verbergen.

»Roy«, flüsterte ich.

Der Fels erzitterte unter meiner Berührung.

Und der Fels schrie auf: Er ist nicht hier.

Großer Gott, Roy, dachte ich. Die brauchen dich für irgend etwas, und wenn es nur zehn Sekunden sind, bevor sie dich zu Brei schlagen.

Der Fels schwieg. Ein Staubwirbel trieb an der Fassade eines Nevada-Städtchens vorbei und streckte sich wie eine streunende Katze zum Schlafen neben einer alten Pferdetränke aus.

Eine Stimme kam vom Himmel herab: »Falscher Ort! Hier!«

Ich blickte zu einem anderen Hügel, der sich in etwa hundert Meter Entfernung vor die Skyline der Großstadt schob, eine sanft ansteigende Matte aus falschem Gras, das jahraus, jahrein in saftigem Grün stand.

Dort stand ein Mann mit einem Bart; sein weißes Gewand flatterte im Wind.

»J. C.!« Ich stolperte keuchend den Hügel hinauf.

J. C. reichte mir auf den letzten Metern hilfreich die Hand und sagte mit feierlichem, traurigem Lächeln: »Wie gefällt dir das? Die Bergpredigt. Willst du sie hören?«

»Soviel Zeit haben wir nicht, J. C.«

»Wieso konnten all die anderen Leute vor zweitausend Jahren geduldig zuhören?«

»Die hatten keine Armbanduhren, J. C.«

»Nein.« Er blickte zum Himmel. »Nur die langsame Bewegung der Sonne und alle Zeit der Welt, um die wichtigen Dinge auszusprechen.«

Ich nickte. Clarences Namen steckte mir in der Kehle.

»Setz dich nieder, mein Sohn.« In der Nähe lag ein großer Felsbrocken. Auf den setzte sich J. C., und ich kauerte mich wie ein Schafhirte zu seinen Füßen nieder. Er blickte beinahe sanft auf mich herab und sagte: »Ich habe heute noch keinen hinter die Binde gekippt.«

»Prima!«

»Manchmal gibt es solche Tage. Mein Gott, ich bin fast den ganzen Tag hier oben gewesen, habe mich an den Wolken erfreut. Ich wollte ewig leben, nur wegen gestern nacht, wegen der Worte, wegen dir.«

Er mußte gespürt haben, daß ich schwer schluckte, denn er senkte den Kopf und berührte mein Haar.

»Oh, oh«, sagte er. »Du willst mir doch nicht etwas sagen, das mich wieder zum Saufen bringt?«

»Ich hoffe nicht, J. C. Es geht um deinen Freund Clarence.«

Seine Hand zuckte zurück, als hätte er sich verbrannt.

Eine Wolke schob sich vor die Sonne, und aus heiterem Himmel ging ein Regenguß nieder. Ich ließ den Regen über mein Gesicht fließen, und auch J. C. hob sein Gesicht, um die Erfrischung zu genießen.

»Clarence«, murmelte er. »Ich kenne ihn schon eine

Ewigkeit. Er war da, als es hier noch richtige Indianer gab. Clarence stand draußen, ein Kind, nicht viel älter als neun Jahre, Brille, blonde Haare, strahlend über das ganze Gesicht, mit seinem großen Buch voller Zeichnungen und Fotos, die er signiert haben wollte. Er stand dort am ersten Tag, an dem ich im Morgengrauen hier ankam, und auch um Mitternacht, als ich wieder wegging, stand er da. Ich war einer der vier Reiter der Apokalypse!«

»Der Tod?«

»Schlaumeier.« J. C. lachte. »Der Tod. Mit meinem knochigen Arsch hoch oben auf einem Pferdeskelett.«

J. C. und ich blickten in die Weite des Himmels hinaus, um zu sehen, ob der Tod noch immer dort herumgaloppierte.

Es hörte zu regnen auf. J. C. wischte sich das Gesicht ab und erzählte weiter: »Clarence. Armer, blöder, süchtiger, einsamer, lebensferner, puritanischer Schwachkopf. Keine Ehefrau, keine Geliebte, keine kleinen Jungs, keine Männer, Hunde, Schweine, nicht mal Pornofotos oder Muskelmagazine. Null! Er trägt noch nicht mal kurze Unterhosen! Immer nur die langen Liebestöter, sogar im Sommer! Clarence, meine Güte.«

Ich spürte, wie sich mein Mund doch noch bewegte.

»Hast du was von Clarence gehört... in letzter Zeit?«

»Er rief gestern an...«

»Wann genau?«

»Halb fünf. Warum?«

Kurz nachdem ich an seine Tür geklopft hatte, dachte ich.

»Er rief an, vollkommen neben der Kappe. ›Es ist aus

und vorbei!‹ sagte er. ›Sie kommen und holen mich. Halte mir keine Predigten!‹ schrie er. Mir ist direkt das Blut gefroren. Hörte sich an, als hätte man zehntausend Statisten gefeuert, oder wie vierzig Produzentenselbstmorde, neunundneunzig vergewaltigte Starlets, Augen zu und durch. Seine letzten Worte waren: ›Hilf mir! Rette mich!‹ Und ich stand da, Jesus am andern Ende der Leitung, ein ratloser Christus. Wie soll ich helfen, wenn ich nicht die Heilung, sondern das Symptom bin? Ich sagte Clarence, er solle zwei Aspirin nehmen und am Morgen noch mal anrufen. Ich hätte schnell hinfahren sollen. Wärst du an meiner Stelle hingefahren?«

Mir fiel Clarence wieder ein, wie er da in der riesigen Hochzeitstorte lag, begraben unter Schichten von Büchern, Karten, Fotos, die der Angstschweiß zu Stapeln zusammengepappt hatte.

J. C. sah, wie ich den Kopf schüttelte.

»Er ist tot, stimmt's? Du – bist du hingefahren?«

Ich nickte.

»Kein natürlicher Tod?«

Ich schüttelte den Kopf.

»Clarence!«

Sein Schrei hätte die Weidetiere und die schlafenden Hirten aufgeschreckt. Der Anfang einer nachtschwarzen Predigt.

J. C. sprang mit zurückgeworfenem Kopf auf. Tränen schossen aus seinen Augen.

»... Clarence ...«

Und dann ging er mit geschlossenen Augen den Hügel hinab, weg von den verflossenen Predigten, hin zu einem anderen Hügel, zum Kalvarienberg, wo sein Kreuz auf ihn wartete. Ich folgte ihm.

»Ich vermute, du hast nichts bei dir? Whisky, Schnaps. Zum Teufel! Es hätte so ein vollkommener Tag werden können! Clarence, du Idiot!«

Als wir beim Kreuz ankamen, sah sich J. C. suchend um, stieß ein bitteres Lachen der Erleichterung aus und zog hinter dem Balken eine gluckernde Tüte hervor.

»Das Blut Christi in einer braunen Papiertüte, in einer Flasche ohne Etikett. Die Zeremonie ist ziemlich heruntergekommen!« Er nahm einen Schluck, und noch einen. »Was soll ich jetzt tun? Da hinaufklettern, mich selbst festnageln und auf sie warten?«

»Auf *sie*?«

»Mensch, Junge, es ist eine Frage der Zeit, bis sie mir die Nägel durch die Handgelenke treiben und mich am Gekröse packen. Clarence ist tot! Wie ist das passiert?«

»Unter seinen Fotografien erstickt...«

J. C. reckte sich auf. »Wer sagt das?«

»Ich habe es mit eigenen Augen gesehen, J. C. Ich habe niemandem etwas davon erzählt. Er wußte etwas und wurde umgebracht. Was weißt du darüber?«

»Nichts!« J. C. schüttelte wie wild den Kopf. »Nein!«

»Clarence hat einen Mann wiedererkannt, vor zwei Tagen, vor dem Brown Derby. Der Mann hob die Faust gegen ihn! Clarence rannte weg! Warum?«

»Versuch nicht, das herauszufinden!« sagte J. C. »Halt dich da raus. Ich will dich da nicht mit hineinziehen. Für mich gibt es jetzt nichts anderes zu tun, als abzuwarten.« J. C.s Stimme versagte. »Wenn Clarence tot ist, dauert es nicht lange, bis sie glauben, ich hätte ihn auf den Gedanken gebracht, zum Brown Derby zu gehen.«

»Stimmt das?«

Und mich? dachte ich. Hast du mich ebenfalls dort hingeschickt!?

»Wer war es, J. C.? *Sie*, wer sind *sie*!? Ringsumher werden Leute umgebracht. Vielleicht auch mein Freund Roy, wer weiß!«

»Roy?« fragte J. C. mit einem Unterton. »Tot? Dann hat er Glück. Versteckt er sich? Sinnlos! Die kriegen ihn. Genau wie mich. Ich wußte zu viel, all die Jahre.«

»Wie lange schon?«

»Weshalb?«

»Vielleicht bin ich auch schon bald tot. Ich bin über etwas gestolpert, doch ich weiß ums Verrecken nicht, über was. Roy ist über etwas gestolpert, und er ist tot oder auf der Flucht. Herrje, jemand hat Clarence umgebracht, weil *er* über etwas gestolpert ist. Es ist eine Frage der Zeit, bis sie eins und eins zusammengezählt haben. Was weiß ich, vielleicht bringen sie mich um, weil ich Clarence zu gut kannte, um auf Nummer Sicher zu gehen. Verdammt, J. C., Manny will das Studio für zwei Tage dichtmachen. Zum Saubermachen und Streichen! So ein Quatsch. Wegen Roy natürlich! Überleg doch! Zehntausende von Dollars zum Fenster rausgeschmissen, nur wegen einem armen Irren, dessen einziges Verbrechen darin besteht, zehn Millionen Jahre in die Vergangenheit zurückgegangen zu sein und der mit einem Lehmmodell Amok gelaufen ist. Jetzt ist ein Preis auf seinen Kopf ausgesetzt. Warum ist Roy so wichtig? Warum muß er sterben, so wie Clarence?

Du. In jener Nacht. Du sagtest, du seist oben auf Golgatha gewesen. Du hast die Mauer gesehen und die Leiter, den Körper auf der Leiter. Konntest du das Gesicht auf dem Körper erkennen?«

»Es war zu weit weg.« J. C.s Stimme zitterte.

»Hast du das Gesicht des Mannes gesehen, der den Körper auf die Leiter stellte?«

»Es war dunkel...«

»Ist es das Monster gewesen?«

»Das *was*?«

»Der Mann mit dem geschmolzenen rosa Wachsgesicht und dem überwucherten rechten Auge und dem schrecklichen Mund? Hat er den Puppenkörper auf die Leiter gehievt, um das Studio zu erschrecken, und dich und mich, und um alle aus irgendeinem Grund zu erpressen? Wenn ich schon sterben muß, J. C., warum darf ich dann nicht den Grund dafür erfahren? Verrate mir den Namen des Monsters, J. C.«

»Damit du wirklich umgelegt wirst? Nein!«

Um die Ecke des hinteren Studiogeländes bog ein Lastwagen. Er fuhr am Kalvarienberg vorbei, wirbelte viel Staub auf und hupte.

»Paß auf, Blödmann!« schrie ich.

Der Lastwagen staubte davon. Und J. C. hinterher.

Ein Mann, dreißig Jahre älter als ich, rannte los. Grotesk! In vollem Galopp, als wolle er abheben, sauste J. C. mit fliegenden Gewändern durch den staubigen Wind und schleuderte dabei unsinnige Worte gen Himmel.

Geh nicht zu Clarence! hätte ich ihm fast hinterhergerufen.

Blödsinn, dachte ich. Clarence hat viel zuviel Vorsprung. Den holst du nie mehr ein!!

48

Fritz und Maggie warteten im Vorführraum 10 auf mich.

»Wo bleibst du denn?« schrie er. »Weißt du was? Jetzt fehlt uns die Mitte des Films!«

Es tat gut, ein wenig dummes, albernes, lächerliches Zeug zu reden, eine Art Gegenwahnsinn, um meinen wachsenden Wahn zu kurieren. Filme drehen, das ist wie ein Liebesakt mit den steinernen Dämonen auf Notre Dame, dachte ich. Du wachst auf und hältst das Rückgrat eines marmornen Alptraums fest umklammert und denkst: Was mache ich hier eigentlich? Lügen verbreiten und Grimassen schneiden. Das alles, um einen Film herzustellen, den zwanzig Millionen Menschen unbedingt sehen wollen oder auch nicht.

Ins Leben gerufen von Abartigen, die sich in Projektionsräumen um Figuren streiten, die niemals wirklich gelebt haben.

Wie herrlich war es, sich hier bei Fritz und Maggie zu verstecken, Nonsens von sich zu geben und den Deppen zu spielen.

Aber der Nonsens half nicht viel.

Um halb fünf mußte ich mich plötzlich auf die Toilette verdrücken. Dort, im Kotzavatorium, wich mir der letzte Rest Farbe aus den Wangen. Das Kotzavatorium. So nennen alle Autoren die Toiletten, nachdem sie die ersten

Erfahrungen mit den großartigen Ideen ihrer Produzenten gemacht haben.

Ich rieb mir das Gesicht mit Wasser und Seife ein, damit die Farbe zurückkehrte. Ich beugte mich fünf Minuten über das Waschbecken und ließ meiner Traurigkeit und meiner Aufregung freien Lauf. Nach einem letzten Durchgang mit trockenem Würgen wusch ich mich erneut und taumelte zurück zu Maggie und Fritz. Das Halbdunkel im Vorführraum erfüllte mich mit Dankbarkeit.

»Du!« sagte Fritz. »Du hast eine einzige Szene verändert, und schon ist der Rest im Eimer. Ich habe Manny heute mittag dein Allerletztes Abendmahl vorgeführt. Und jetzt, aufgrund deines gottverdammt erstklassigen Finales, hat er wider besseren Wissens und Gewissens beschlossen, einige der vorangegangenen Szenen nachzudrehen, anderenfalls sehe der Film aus wie eine tote Schlange mit einem lebendigen Schwanz. Er wollte es dir nicht selbst sagen. Er hörte sich an, als müsse er seine eigenen Eingeweide zu Mittag essen, oder zumindest deine gebratenen Innereien. Er beschimpfte dich mit Worten, die ich nicht in den Mund nehme, doch letztendlich meinte er: setzt den Bastard an die Szenen neun, vierzehn, neunzehn, fünfundzwanzig und dreißig. Der junge Hüpfer schreibt sie neu. Wenn wir sie alle noch einmal drehen, gelingt es uns vielleicht, den Leuten weiszumachen, daß wir einen halbwegs ordentlichen Film anzubieten haben.«

Ich spürte, wie die gute alte Farbe in mein Gesicht zurückströmte.

»Das ist ein Riesenauftrag für einen neuen Drehbuchautor!« rief ich. »Und in welcher Zeit?«

»Innerhalb der nächsten drei Tage! Wir halten alle Schauspieler am Ort. Ich rufe die Anonymen Alkoholiker an, sie sollen J. C. zweiundsiebzig Stunden lang auf den Fersen bleiben, jetzt, wo wir wissen, wo er sich versteckt...«

Ich blickte stumm vor mich hin; wie sollte ich ihnen sagen, daß ich J. C. gerade vom Studiogelände vergrault hatte.

»Sieht so aus, als wäre ich für einen Haufen Mist in dieser Woche verantwortlich«, sagte ich schließlich.

»Warte, Sisyphus!« Fritz lehnte sich herüber und gab mir einen Klaps auf die Schulter. »Warte, bis ich dir einen größeren Stein aufbürde, den du den Berg hinaufrollen kannst. Du bist kein Jude; also hör auf mit diesem Schuldkram.« Er bewarf mich mit leeren Blättern. »Schreiben, schreiben, und nochmals schreiben!«

»Will mich Manny ganz bestimmt für dieses Projekt haben?«

»Er würde dich lieber zwischen zwei Pferde spannen und von einer Kanone abknallen lassen, aber so ist das Leben nun mal! Hassen und noch mal hassen.«

»Was ist mit *Tote reiten schneller*? Er will, daß ich daran weiterarbeite!«

»Seit wann?« Fritz war aufgesprungen.

»Seit einer halben Stunde.«

»Aber das kann er doch nicht ohne...«

»Stimmt. Roy. Und Roy ist weg. Jetzt soll ich ihn suchen. Und das Studio soll für achtundvierzig Stunden geschlossen werden; für Renovierungen und neue Anstriche, die nicht nötig sind.«

»Schwachköpfe. Dummbeutel. Niemand sagt mir etwas davon. Na ja, wir brauchen das blöde Studio nicht. Wir können Jesus ebensogut bei mir zu Hause umschreiben.«

Das Telefon klingelte. Fritz hätte es beinahe in seiner Faust zerdrückt, dann reichte er es mir.

Der Anruf kam von Aimee Semple McPhersons Angelus-Tempel.

»Ich bitte vielmals um Verzeihung, Sir«, sagte eine Frauenstimme, die ihre Erregung kaum unterdrücken konnte. »Kennen Sie vielleicht einen Mann, der sich J. C. nennt?«

»J. C.?«

Fritz entriß mir den Hörer. Ich schnappte ihn mir wieder. Wir teilten uns die Ohrmuschel.

»Er behauptet, der Geist des wiedergeborenen und erneut bußfertigen Heilands zu sein...«

»Laß mich dran!« rief eine andere Stimme, diesmal ein Mann. »Hier spricht Reverend Kempo! Kennen Sie diesen abscheulichen Antichristen? Wir hätten schon die Polizei gerufen, aber wenn die Zeitungen erfahren, daß wir Jesus Christus aus unserer Kirche geworfen haben, dann gute Nacht! Sie haben dreißig Minuten, um diesen Schurken vor Gottes Zorn zu retten! Und vor meinem!«

Ich ließ den Hörer fallen.

»Christus«, stöhnte ich in Fritzens Richtung, »Christus ist auferstanden.«

49

Als mein Taxi vor dem Angelus-Tempel hielt, kamen gerade die letzten Nachzügler von ihrer späten Bibelstunde durch eine Reihe von Türen aus dem Tempel heraus.

An der Vorderseite des Gebäudes erwartete mich händeringend Reverend Kempo. Er ging nervös auf und ab, als stecke ihm eine Stange Dynamit im Hinterteil.

»Gott sei Dank!« rief er und stürzte auf mich zu. Als er vor mir stand, blieb er ängstlich stehen. »Sie sind doch der junge Freund dieser Kreatur dort drinnen, oder?«

»J. C.?«

»J. C.! Welch kriminelle Anmaßung! Jawohl, J. C.!«

»Ich bin sein Freund.«

»Wie bedauerlich. Kommen Sie, schnell!«

Er schob mich an den Ellbogen vor sich her in das Gebäude und durch den Mittelgang des großen Versammlungsraums. Er war inzwischen menschenleer. Aus der Höhe kam das leise Geräusch von Federn, als breiteten dort Engel ihre Flügel aus. Jemand probierte gerade die Beschallungsanlage mit unterschiedlichen himmlischen Stimmlagen aus.

»Wo ist –?« Ich unterbrach mich.

Denn dort, mitten auf der Bühne, auf dem glänzenden, vierundzwanzigkarätigen Thron Gottes, saß J. C. Aufrecht saß er da, seine Augen blickten geradewegs durch die Wände der Kirche hindurch, und seine Hände ruhten mit den Handflächen nach oben auf den Armlehnen.

»J. C.« Ich trottete den Gang hinunter und blieb dann erneut stehen.

Aus den Wundmalen an den ausgestreckten Armen tropfte frisches Blut auf den Boden.

»Dieser schreckliche Mensch! Ist er nicht widerlich? Raus!« schrie Reverend Kempo hinter mir.

»Ist das hier eine christliche Kirche?« fragte ich.

»Wie können Sie wagen, dies zu fragen?«

»Glauben Sie nicht, Jesus Christus hätte in einer Situation wie dieser Nachsicht walten lassen?«

»Nachsicht!?« schrie der Reverend. »Der Kerl ist mitten in unsere Andacht geplatzt und brüllte: »›Ich bin der wahre Christus! Ich fürchte um mein Leben! Platz da!‹ Er rannte auf die Bühne, um seine Wunden vorzuzeigen. Ebensogut hätte er sich *entblößen* können. Ihm *vergeben*? Die Leute hier waren schockiert, beinahe wäre ein Tumult ausgebrochen. Vielleicht kommt unsere Gemeinde nie wieder hier zusammen. Wenn die Leute das herumerzählen, wenn die Zeitungen anrufen, verstehen Sie nicht? Er hat uns lächerlich gemacht. Ihr Freund!«

»Mein Freund...« Meiner Stimme fehlte es an Nachdruck, als ich auf die Bühne kletterte, um mich dann neben die shakespearsche Knallcharge zu stellen.

»J. C.«, rief ich, als stünde er auf der anderen Seite eines Abgrunds.

J. C.s Augen, die auf die Ewigkeit eingestellt waren, blinzelten und verlagerten dann die Schärfe.

»Oh, hallo Junior«, sagte er. »Was ist los?«

»Was los ist? Nichts. Du hast dich nur zum Gespött der Menschen gemacht!«

»Aber nein, nein!« J. C. sah plötzlich, wo er sich befand und hob seine Hände. Er starrte sie an, als hätte ihm jemand ein Paar Vogelspinnen zugeworfen. »Haben Sie mich schon wieder gegeißelt? Haben Sie mich verfolgt? Ich bin ein toter Mann. Beschütze mich! Hast du eine Flasche mitgebracht?«

Ich klopfte mir auf die Taschen, als führte ich solche Ausrüstungsgegenstände normalerweise mit mir, und schüttelte den Kopf. Ich drehte mich nach Reverend Kempo um, woraufhin dieser sich unter einer wahren Schimpfkanonade hinter dem Thron zu schaffen machte und mir zu guter Letzt eine Flasche Rotwein hinüberreichte.

J. C. wollte sie sich sofort krallen, doch ich behielt sie als Lockmittel fest in der Hand.

»Dort entlang, dann ziehen wir den Korken.«

»Du wagst es, so mit Jesus Christus zu reden?«

»Sie wagen es, sich als Jesus Christus zu bezeichnen?« tobte der Reverend.

J. C. wirbelte herum: »Ich wage es nicht, Sir. Ich *bin* es.«

Mit einem durchaus eleganten Anflug von Würde richtete er sich auf und fiel die Stufen hinunter.

Der Reverend stöhnte auf, als drängten ihn dunkle Mordgedanken, die Fäuste zu gebrauchen.

Ich half J. C. auf die Beine und führte ihn, die Flasche hin und her schwenkend, sicher zwischen den Stuhlreihen hindurch und zur Kirche hinaus.

Das Taxi wartete noch. Bevor er einstieg, drehte sich J. C. noch einmal zu dem Reverend um, der mit vor Haß glühendem Gesicht auf der Schwelle stand.

J. C. reckte seine beiden blutroten Pfoten empor.

»Ein heiliger Ort der Zuflucht! Ha ha? *Eine heilige Zufluchtstätte*?«

Der Reverend brüllte zurück: »Nicht einmal die Hölle, Sir, würde Sie aufnehmen!«

Rumms!

Ich stellte mir vor, wie im Inneren des Tempels tausend Engelsschwingen losgerissen wurden und durch die jetzt entheiligte Luft herabtrudelten.

J. C. stolperte in das Taxi, schnappte sich den Wein und beugte sich zum Fahrer nach vorn: »Gethsemane!«

Wir brausten los. Der Fahrer warf einen kurzen Blick auf seinen Stadtplan.

»Gethsemane«, murmelte er. »Ist das 'ne Straße? Oder 'ne Allee? Oder 'n Platz?«

50

»Nicht mal das Kreuz ist mehr sicher, nicht mal das Kreuz ist jetzt mehr sicher«, murmelte J. C., während wir die Stadt durchquerten. Sein Blick wollte sich nicht von seinen wunden Handgelenken lösen, als könne er nicht glauben, daß sie tatsächlich mit seinen Armen verbunden waren. »Was ist nur aus der Welt geworden?« J. C. schielte aus den Taxifenstern auf die vorbeifliegenden Häuser.

»War Christus manisch-depressiv? So wie ich?«

»Nein«, sagte ich müde, »er hat keine Schraube locker. Aber du liegst voll drin im Werkzeugkasten, zusammen mit den Nägeln und den Schraubenziehern. Was hat dich dort nur hingetrieben?«

»Ich wurde gejagt. Die sind hinter mir her. Ich bin das Licht der Welt.« Den letzten Satz sprach er mit bitterer Ironie. »Jesus, ich wäre froh, ich wüßte nicht soviel.«

»Erzähle. Raus mit der Sprache.«

»Dann würden sie dich auch hetzen. So wie Clarence«, murmelte er. »Auch er ist nicht schnell genug davongelaufen.«

»Ich habe Clarence auch gekannt«, sagte ich. »Vor vielen Jahren ...«

J. C. geriet noch mehr in Panik. »Sag das bloß niemandem weiter! Von mir erfahren sie es nicht!«

J. C. trank in einem Zug die halbe Flasche aus, blinzelte kurz und sagte: »Ich schweige wie ein Grab.«

»Hör auf damit, J. C.! Du mußt es mir sagen, im Falle daß –«

»– ich die heutige Nacht nicht überlebe? Ich werde sie nicht überleben! Aber ich will nicht, daß wir beide sterben müssen. Du bist ein netter Wirrkopf. Lasset die Kindlein zu mir kommen, und, bei Gott, schon tauchst du auf!«

Er trank und wischte sich das Lächeln vom Gesicht.

Unterwegs hielten wir einmal an. J. C. wollte unbedingt aus dem Wagen und Gin kaufen. Ich drohte ihm mit Prügeln und ging dann selbst einen kaufen.

Das Taxi segelte ins Studio und bremste vor dem Haus meiner Großeltern ab.

»Meine Güte«, sagte J. C., »das sieht ja aus wie die Baptistenkirche der Neger auf der Central Avenue! Da kann ich nicht rein! Ich bin weder Baptist noch Schwarzer. Ich bin nur Christus – und Jude! Sag ihm, wo er hinfahren soll!«

Kurz vor Sonnenuntergang hielt das Taxi vor dem Kalvarienberg. J. C. schaute zu seiner altvertrauten Hühnerstange hinauf. »Ist dies das wirkliche Kreuz?« Er zuckte die Achseln. »So wirklich wie ich der wirkliche Jesus bin.«

Ich starrte das Kreuz an. »Du kannst dich dort nicht verstecken, J. C. Mittlerweile wissen alle, wo du hingehst. Wir müssen ein sicheres Versteck für dich finden, wo du dich aufhalten kannst, falls es noch einige Nachdrehs gibt.«

»Du kapierst einfach nicht«, sagte J. C. »Der Himmel ist dicht, genau wie die Hölle. Die würden mich in einem Rattenloch finden und im Hintern eines Flußpferdes. Golgatha, plus Wein, das ist der richtige Ort. So, würdest du bitte den Fuß von meiner Toga nehmen?«

Er spülte mit etwas Wein nach und machte sich dann auf den Weg, den Berg hinauf.

»Gott sei Dank sind alle wesentlichen Szenen bereits abgedreht«, sagte er. »Es ist vollbracht, mein Sohn.« J. C. nahm meine Hände in die seinen. Jetzt, nachdem er Höhen und Tiefen durchlaufen und sich irgendwo in der Mitte eingependelt hatte, war er überaus ruhig. »Ich hätte nicht weglaufen sollen. Und du solltest hier nicht mit mir reden, man könnte dich sehen. Die bringen noch ein paar Hämmer und Nägel mehr mit, dann kannst du den zweiten Dieb zur Linken spielen. Oder Judas. Die bringen einen Strick mit, und schon bist du Ischariot.«

Er drehte sich um, legte die Hände um das Kreuz und setzte einen Fuß auf die Kerbe, die an einer Seite angebracht war, damit man hinaufklettern konnte.

»Eine letzte Sache noch«, sagte ich. »Kennst du das Monster wirklich?«

»Ich war in der Nacht dabei, als es geboren wurde!«

»Geboren?«

»Ja, geboren, verdammt nochmal, was denn sonst?«

»Red schon, J. C., ich muß es wissen!«

»Damit du deswegen stirbst, du Anfänger? Warum willst du sterben? Jesus, der Erlöser, was? Aber wenn ich Jesus und verloren bin, dann bist auch du verloren! Denke nur an Clarence, den armen Hund. Die Typen, die ihn umgelegt haben, haben furchtbare Angst. Und wenn sie Angst haben, drehen sie durch, und wenn sie durchdrehen, hassen sie blind. Weißt du überhaupt, was blinder Haß ist, Junior? Darum geht es nämlich, das ist keine Amateurvorstellung, hier gibt's keinen Applaus für gutes Benehmen. Jemand sagt ›umlegen‹, und dann wird umgelegt. Und du läufst durch die Gegend und denkst, alle Leute sind nett zu dir. Mensch, du würdest eine Nutte noch nicht mal erkennen, wenn sie dich anmacht, und einen Killer erst, wenn er dir sein Messer zwischen die Rippen rammt. Du würdest sterben und dabei würdest du sagen: ah, so ist das, aber dann ist es zu spät. Also höre auf den guten alten Jesus, Dummkopf.«

»Ein willkommener Dummkopf, ein nützlicher Idiot. Genau das sagte Lenin.«

»Lenin!? Da siehst du's! Ich rufe: Dort sind die Niagarafälle, sieh dich vor, und du springst ohne Fallschirm von der Klippe. Lenin? Bah! Wo geht's hier in die Klapsmühle?«

J. C. zitterte, als er die Flasche leerte.

»Nützlicher«, er schluckte, »Idiot.«

»Hör mir zu«, sagte er, und es war ihm ernst. »Ich sage es nur einmal. Wenn du bei mir bleibst, wirst du zerquetscht. Wenn du wüßtest, was ich weiß, dann würden sie dich dort hinter der Mauer in zehn verschiedenen Gräbern beerdigen; schön kleingeschnitten, pro Grab ein Stückchen. Wenn deine Mama und dein Papa noch lebten, würden sie auch die verbrennen. Und deine Frau –«

Meine Hände krallten sich in meine Ellbogen. J. C. hielt inne.

»Entschuldige. Aber du bist verwundbar. Um Gottes willen, ich bin immer noch nüchtern. Wann kommt deine Frau zurück?«

»Bald.«

»Es ist vollbracht. Denk an das Buch Hiob. Sie hören nicht auf, ehe sie alle getötet haben. Diese Woche lief alles aus dem Ruder. Die Leiche, die du auf der Mauer gesehen hast – die wurde da aufgestellt, um –«

»Um das Studio zu erpressen?« zitierte ich Crumley. »Haben die immer noch Angst vor Arbuthnot, nach all den Jahren?«

»Die scheißen sich vor Angst in die Hosen! Manchmal haben die Toten in ihren Gräbern mehr Macht als die Lebenden. Sieh dir Napoleon an. Schon hundertfünfzig Jahre tot, und immer noch lebt er in zweihundert Büchern! Straßen und Babies werden nach ihm benannt. Alles verloren, im Scheitern gewonnen! Hitler? Der wird noch zehntausend Jahre herumspuken. Mussolini? Der hängt noch bis zum Ende unseres Lebens mit dem Kopf nach unten in dieser Tankstelle! Selbst Jesus.« Er betrachtete seine Wundmale. »Ich war nicht übel, aber jetzt muß ich abermals sterben. Der Blitz soll mich treffen, wenn ich einen unschuldigen Knaben wie dich mitnehme. Und jetzt kein Wort mehr. Hast du noch eine Flasche?«

Ich reichte ihm den Gin.

Er packte ihn. »Hilf mir jetzt auf das Kreuz und schau, daß du fortkommst!«

»Ich kann dich nicht hier zurücklassen, J. C.«

»Wo willst du mich denn sonst zurücklassen?«

Er trank fast die ganze Flasche.

»Das bringt dich noch um!« protestierte ich.

»Es tötet nur den Schmerz ab, Junge. Wenn sie mich holen kommen, bin ich gar nicht mehr richtig da.«

J. C. machte sich an den Aufstieg.

Ich krallte mich in das abgewetzte Holz und schlug dann mit der Faust auf den Balken, das Gesicht nach oben gerichtet.

»Verdammt nochmal, J. C. Herrschaft, wenn das heute deine letzte Nacht auf Erden ist – bist du sauber?«

Er blieb auf halber Höhe stehen. »Was?«

Es explodierte förmlich aus meinem Mund: »Wann hast du zuletzt gebeichtet!? Wann, wann?«

Sein Kopf ruckte von einer Seite zur anderen, bis sein Gesicht in Richtung der Friedhofsmauer und dem, was dahinter lag, zeigte.

Ich war selbst von mir überrascht: »Wo? Wo hast du die Beichte abgelegt?«

Sein Gesicht zeigte starr und unbeirrt, wie in Hypnose, nach Norden. Ich sprang auf, griff nach den Kerben und suchte mit den Füßen Halt.

»Was tust du da?« rief J. C. »Das ist mein Kreuz!«

»Jetzt nicht mehr. Paß auf: so und so und so!«

Ich kletterte ihm hinterher, rückte ihm auf die Pelle, bis er rief: »Geh sofort hinunter!«

»Wo hast du gebeichtet, J. C.?«

Er starrte mich an, doch sein Blick glitt gleich wieder nach Norden.

Ich schickte meinen Blick in die gleiche Richtung, geradewegs den Querbalken entlang, an dem ein Arm, ein Handgelenk und eine Hand festgenagelt werden konnten.

»Herrje, natürlich!« sagte ich.

Wie über Kimme und Korn angepeilt, reihten sich die Friedhofsmauer, der Punkt an der Mauer, an dem die Wachspuppe aufgestellt worden war, und hinter der freien steinernen Fläche, die Fassade und die wartenden Tore der Kirche von St. Sebastian auf!

»Ja!« keuchte ich. »Danke dir, J. C.«

»Runter mit dir!«

Nachdem ich mich vergewissert hatte, daß sein Gesicht erneut dem Land der Toten und der dahinterliegenden Kirche zugewandt war, antwortete ich: »Schon unterwegs.«

Ich stieg hinab.

»Wo willst du hin?« sagte J. C.

»Dorthin, wo ich schon vor Tagen hätte hingehen sollen...«

»Du blöder Kerl. Bleib von der Kirche weg! Das ist nicht ungefährlich!«

»Eine gefährliche Kirche?« Ich machte auf meinem Weg nach unten halt und schaute zu ihm hinauf.

»Diese Kirche ist nicht ungefährlich! Sie liegt direkt am Friedhof, und spät in der Nacht steht sie jedem Verrückten offen, der vorbeikommt!«

»Er kommt dort oft vorbei, stimmt's?«

»Er?«

»Genau.« Ich erschauerte. »Bevor er nachts auf den Friedhof geht, legt er dort die Beichte ab, so ist es doch?«

»Verdammt!« kreischte J. C. »Jetzt bist du verloren!« Er schloß die Augen, stöhnte, und dann richtete er sich auf dem dunklen Balkenkreuz inmitten der Abenddämmerung und der heraufziehenden Nacht ein. »Geh schon! Suchst du den Schrecken? Willst du dich gründlich fürchten? Geh hin und höre dir eine richtige Beichte an. Verstecke dich gut, und wenn er dann zu später Stunde kommt, sehr spät, und du ihm zuhörst, so wird deine Seele einfach zusammenschnurren, verbrennen und sterben!«

Seine Worte ließen mich den Balken so fest umklammern, daß ich mir mehrere Spreißel in die Handflächen jagte. »J. C.? Du weißt also alles. Sag es mir, in Christi Namen, J. C., sag es mir, bevor es zu spät ist. Du weißt, warum der Leichnam auf der Mauer aufgestellt wurde, und vielleicht hat ihn ja das Monster dort hingestellt, um jemandem einen Schrecken einzujagen, und du weißt vielleicht auch, wer das Monster ist! Sag schon! Sag es mir!«

»Armer, unschuldiger, dummer Grünschnabel. Um Himmels willen, mein Sohn.« J. C. blickte zu mir herunter. »Du wirst sterben und nicht einmal alle Gründe dafür erfahren.«

Er streckte seine Hände aus, eine nach Norden und eine nach Süden, und packte den Querbalken, als wolle er davonfliegen. Statt dessen fiel eine leere Flasche herab und zerschellte vor meinen Füßen.

»Du armer, lieber Dummkopf«, flüsterte er gen Himmel.

Ich ließ mich den letzten halben Meter hinabfallen. Vom Erdboden aus rief ich noch einmal zu ihm hinauf: »J. C.?«

»Fahr zur Hölle«, sagte er traurig. »Denn ich weiß wirklich nicht, wo der Himmel zu finden ist...«

Ich hörte ganz in der Nähe Autos und Stimmen.

»Lauf«, flüsterte J. C. von oben herunter.

Ich konnte nicht rennen. Ich ging ganz einfach meiner Wege.

51

Ich traf Doc Phillips, als er gerade aus Notre Dame herauskam. Er trug einen Plastikbeutel bei sich und wirkte wie einer der Männer, die mit einem Nagelstock in öffentlichen Parks herumlaufen und den Abfall aufpieken, in ihre Beutel stecken und später verbrennen. Doc sah ziemlich verdutzt aus, denn ich hatte schon einen Fuß auf die Stufen gesetzt, als sei ich auf dem Weg zur Heiligen Messe.

»Sieh an«, sagte er, eine Spur zu schnell und zu herzlich. »Da haben wir ja den Wunderknaben, der Jesus zeigt, wie man über das Wasser spaziert, und der den Judas Ischariot wieder in die Reihen der Schwerverbrecher eingegliedert hat!«

»Nicht ich war das«, widersprach ich. »Die vier Apostel. Ich nehme nur die Spur ihrer Sandalen auf.«

»Was treiben Sie hier?« fragte er mich auf den Kopf zu. Sein flackernder Blick musterte mich von oben bis unten, und seine Finger fummelten an der Mülltüte herum. Es roch intensiv nach Räucherstäbchen und nach seinem Parfum.

Ich entschloß mich, aufs Ganze zu gehen.

»Sonnenuntergang. Die beste Zeit zum Umherstreifen. Ja, ich liebe dieses Studio über alles. Ich arbeite darauf hin, es eines Tages zu übernehmen. Aber keine Bange, ich werde Sie behalten. Wenn es soweit ist, lasse ich die Bürogebäude abreißen und alle Leute wirklich in der Geschichte leben. Manny könnte in der Tenth Avenue dort drüben in New York arbeiten! Fritz kommt nach Berlin, dort hin! Ich nach Green Town. Roy? Falls der verrückte Kerl je wieder auftauchen sollte, bauen wir ihm weiter hinten eine Saurierfarm. Ich würde reinen Tisch machen! Anstelle von vierzig Filmen pro Jahr würde ich zwölf produzieren, zwölf Meisterwerke! Maggie Botwin würde ich zur Vizepräsidentin ernennen, sie ist einfach brillant, und Louis B. Mayer würde ich aus dem Ruhestand zurückholen. Und ...«

Mir ging die Puste aus.

Doc Phillips stand da mit heruntergeklapptem Kiefer, als hätte ich ihm eine tickende Handgranate in die Hand gedrückt.

»Ist es genehm, wenn ich mich in Notre Dame umschaue? Ich würde gerne hinaufklettern und mich als Quasimodo fühlen. Das Ding ist doch stabil?«

»Nein!« sagte der Doktor, wieder viel zu rasch, und schwänzelte um mich herum wie ein Hund um einen

Feuerhydranten. »Es ist nicht stabil genug. Wir bessern es gerade aus. Wir haben schon daran gedacht, das ganze Ding einfach abzureißen.«

Er drehte sich um und ging davon. »Schwachsinn! Sie sind schwachsinnig!« rief er, bevor er durch den Eingang der Kathedrale verschwand.

Ich blieb stehen und beobachtete, wie sich die Tür ungefähr zehn Sekunden lang öffnete. Dann erstarrte ich.

Aus dem Inneren drang eine Art Grunzen, dann ein Stöhnen, und danach ein Geräusch, als würde ein Kabel oder ein Seil gegen die Wände geschlagen.

»Doc?«

Ich trat auf die Schwelle, konnte jedoch nichts erkennen.

»Doc?«

Ein Schatten bewegte sich durch die luftigen Höhen der Kathedrale aufwärts. Es sah aus wie ein großer Sandsack, der in das Halbdunkel hinaufgehievt wurde.

Es erinnerte mich an Roys baumelnden Körper drüben in Halle 13.

»Doc!?«

Er war weg.

Ich starrte in die Dunkelheit hinauf auf etwas, das so aussah wie die Sohlen seiner Schuhe, die immer höher und höher nach oben entschwanden.

»Doc!«

Und dann passierte es.

Etwas knallte auf den Boden der Kathedrale.

Ein einzelner schwarzer Herrenhalbschuh.

»Gütiger Gott!« platzte ich heraus.

Ich lehnte mich zurück und sah einen langen Schatten, der hinauf in den Himmel über der Kathedrale gezogen wurde.

»Doc?« sagte ich.

52

»Fang!«

Crumley warf meinem Taxichauffeur einen Zehndollarschein zu; der Fahrer hupte und fuhr davon.

»Wie im Film!« sagte Crumley. »Man schmeißt Geld ins Taxi, und nie kriegt man Wechselgeld heraus. Sag danke.«

»Danke.«

»Herrje.« Crumley betrachtete sich mein Gesicht. »Komm rein. Nimm das mit.« Er reichte mir ein Bier.

Ich nahm einen Schluck und erzählte ihm von der Kathedrale, von Doc Phillips, daß ich so etwas wie einen Schrei gehört und dann einen Schatten gesehen hätte, der im Halbdunkel nach oben entschwunden sei. Und von dem einzelnen schwarzen Schuh, der auf den staubigen Kirchenboden geknallt sei.

»Ich habe es gesehen. Aber wer kann es bezeugen?« schloß ich meinen Bericht. »Das Studio will eine Zeitlang dichtmachen. Ich hatte immer angenommen, Doc sei einer der Schurken. Jetzt muß ihn einer der anderen Schurken geschnappt haben. Bislang gibt es noch keine Leiche. Armer Doc. Was rede ich da? Ich kann den Kerl nicht einmal *leiden*!«

»Herrgott noch mal«, sagte Crumley, »du schleppst mir

das Kreuzworträtsel der *New York Times* an, dabei weißt du genau, daß ich mit Mühe und Not das von der *Daily News* schaffe. Du schleppst mir Leichen in die Wohnung wie eine Katze, die voll Stolz ihren Fang präsentiert, ohne Sinn und Verstand. Jeder x-beliebige Anwalt würde dich hochkant aus dem Fenster werfen. Jeder Richter würde dir mit seinem Hämmerchen aufs Hirn klopfen. Psychiater würden dir das Privileg einer Schockbehandlung glatt verweigern.«

»Stimmt«, sagte ich und versank allmählich in Depressionen.

Das Telefon klingelte.

Crumley reichte es mir.

Eine Stimme sagte: »Sie suchen ihn hier, sie suchen ihn dort, sie suchen den Wiesel an jedem Ort. Ist er im Himmel oder in der Höll' –«

»Dieser verdammte Kobold!« gellte ich.

Ich ließ den Hörer fallen, als hätte ihn eine Bombe auseinandergerissen. Dann nahm ich ihn wieder auf.

»Wo bist du?«

Brumm. Surr.

Crumley krallte sich den Hörer, schüttelte den Kopf. »Roy?« sagte er.

Ich nickte, die Beine knickten mir weg.

Ich biß mir auf einen Fingerknöchel, versuchte eine Wand in meinem Kopf zu errichten, ein Schutz gegen das, was in mir hochkam. Meine Augen füllten sich mit Tränen.

»Er lebt, er lebt tatsächlich!«

»Bleib ruhig.« Crumley drückte mir noch ein Bier in die Hand. »Beuge den Kopf nach vorne.«

Ich beugte mich zu ihm hinüber, damit er mir den Nacken massieren konnte. Tränen tropften von meiner Nase. »Er lebt. Gott sei Dank.«

»Warum hat er nicht früher angerufen?«

»Vielleicht hatte er Angst.« Ich redete blind auf den Fußboden ein: »Wie schon gesagt: Sie machen dicht, schließen das Studio. Vielleicht wollte er, daß ich ihn für tot hielt, damit sie mich in Ruhe ließen. Vielleicht weiß er mehr über das Monster als wir.«

Mein Kopf zuckte.

»Augen zu.« Crumley bearbeitete meine Nackenmuskeln. »Mund zu.«

»Großer Gott, er sitzt in der Falle und kann nicht raus; oder er will nicht raus. Versteckt sich. Wir müssen ihn retten!«

»Retten, daß ich nicht lache«, sagte Crumley. »In welcher Stadt ist er denn? In Boston oder in der Außendekoration auf dem Studiogelände? In Uganda oder auf der grünen Wiese? Im Ford-Theater? Es ist zum Sich-Erschießen. Er kann an neunundneunzig verschiedenen Orten versteckt sein. Sollen wir in der Gegend herumrennen und Kuckuck rufen, damit er sich zeigt, und uns nebenbei umlegen lassen? Auf diese Studiotour darfst du allein gehen!«

»Crumley, der Feigling.«

»Ja doch.«

»Du brichst mir den Hals!«

»Jetzt hast du's kapiert.«

Mit dem Kopf nach unten ließ ich mir die Verspannungen und Knoten zu warmem Brei kneten. »Was nun?« fragte ich.

»Laß mich nachdenken, verdammt!« Crumley quetschte nicht gerade zart an meinem Hals herum.

»Keine Panik«, murmelte er. »Wenn Roy noch dort drin ist, müssen wir eine Schicht nach der anderen von dieser verflixten Zwiebel abschälen, um ihn zur rechten Zeit am rechten Ort zu finden. Wir dürfen nicht laut rufen, sonst bricht eine Lawine über uns herein.«

Crumleys Hände kraulten mich jetzt sanft, väterlich hinter den Ohren.

»Die ganze Sache läuft einfach darauf hinaus, daß das Studio eine Heidenangst vor Arbuthnot hat«, sagte ich.

»Arbuthnot«, sinnierte Crumley. »Ich will mir mal sein Grab ansehen. Womöglich finden wir dort etwas, eine Spur, einen Hinweis. Bist du sicher, daß er noch dort liegt?«

Ich setzte mich wieder auf und starrte ihn an.

»Du meinst: Wer liegt in General Grants Grab?«

»Dieser alte Witz, ja. Woher sollen wir wissen, daß General Grant wirklich noch dort ist?«

»Wir können es nicht wissen. Lincolns Leiche beispielsweise wurde zweimal geraubt. Vor siebzig Jahren hatten die ihn tatsächlich schon bis zum Friedhofstor weggeschleppt, als man sie schnappte.«

»Du meinst...«

»Kann sein.«

»Kann sein?!« fuhr mich Crumley an. »Himmel, ich muß mir mehr Haare wachsen lassen, damit ich sie mir einzeln ausreißen kann! Gehen wir uns Arbuthnots Grab ansehen oder nicht?«

»Na ja...«

»Was heißt hier ›na ja‹, verdammt nochmal!« Crumley rieb sich wie wild über die Glatze und funkelte mich an: »Du hast doch geschrien, der Mann auf der Leiter sei Arbuthnot. *Kann sein!* Wieso soll es plötzlich so abwegig sein, daß jemand Wind von einer gewaltsamen Todesursache bekommen hat und den Leichnam stiehlt, um sich Gewißheit zu verschaffen. Warum? Vielleicht war der Autounfall nicht das Resultat von Trunkenheit am Steuer, sondern passierte vielmehr, weil Arbuthnot während der Fahrt starb. Wer auch immer diese um zwanzig Jahre verspätete Autopsie vorgenommen hat, besitzt Beweismaterial für einen Mordfall, Material für eine hübsche Erpressung; dann muß man das Studio nur noch mit einer Puppe erschrecken und den Zaster wegschaufeln.«

»Crum, das ist großartig.«

»Nein, nur Spekulation, graue Theorie. Es gibt nur einen Weg, um sich Klarheit zu verschaffen.« Crumley stierte auf seine Armbanduhr. »Heute nacht. Wir klopfen bei Arbuthnot an. Mal sehen, ob er zu Hause ist oder ob ihn jemand ausgeführt hat, um in seinen Eingeweiden zu lesen, um Cäsars angeknackste Legionen so zu erschrekken, daß sie vor Angst Blut pinkeln.«

Ich dachte an den Friedhof. Schließlich sagte ich: »Es hat keinen Zweck, es sei denn, wir nehmen einen richtigen Schnüffler mit, als Gutachter.«

»Einen richtigen Schnüffler?« Crumley wich zurück.

»Einen blinden Spürhund.«

»Einen blinden Spürhund?« Crumley versuchte, meine Gedanken zu lesen. »Kann es sein, daß dieser Hund an der Ecke Temple und Figueroa wohnt? Im dritten Stock?«

»Egal, was man um Mitternacht auf einem Friedhof sieht, man braucht auf jeden Fall eine gute Nase. *Er* hat eine gute Nase.«

»Henry? Der beste Blinde der Welt?«

»In der Tat«, sagte ich.

53

Ich hatte vor Crumleys Haustür gestanden, und sie hatte sich für mich geöffnet.

Ich hatte an Constance Rattigans Strand gestanden, und sie war aus dem Meer gestiegen.

Und jetzt drückte ich mich den teppichlosen Flur des alten Mietshauses entlang, in dem ich einst mit einer Zimmerdecke voller Träume und Pläne gewohnt hatte, mit leeren Hosentaschen und nichts als einem weißen Blatt Papier, das in meiner tragbaren Smith-Corona wartete.

Als ich vor Henrys Tür ankam, schlug mir das Herz bis an den Hals, denn direkt unter mir war das Zimmer, in dem meine liebe Fannie gestorben war; seit diesen langen, traurigen Tagen, an denen gute Freunde sich für immer verabschiedet hatten, war ich nicht mehr hierher zurückgekehrt.

Ich klopfte an die Tür.

Ich hörte das Scharren eines Gehstocks und ein unterdrücktes Räuspern. Die Dielen knarrten.

Ich hörte, wie Henry seine dunkle Stirn gegen das Holz der Tür lehnte und lauschte.

»Dieses Klopfen kenne ich«, murmelte er.

Ich klopfte noch einmal.

»Ich werd' verrückt.« Die Tür wurde aufgerissen.

Henrys blinde Augen schauten ins Nichts.

»Laß mich tief einatmen.«

Er sog die Luft ein, ich atmete aus.

»Heiliger Jesus.« Henrys Stimme zitterte wie die Flamme einer Kerze in einer sanften Brise. »Spearmint Kaugummi. *Du* also!«

»Ich bin es, Henry«, sagte ich herzlich.

Seine Hände streckten sich mir entgegen. Ich umfaßte sie.

»Willkommen, mein Junge, willkommen!« rief er.

Dann zog er mich an sich und umarmte mich stürmisch, bemerkte plötzlich, was er getan hatte, und wich wieder zurück: »Entschuldige bitte...«

»Ach was, Henry. Noch mal.«

Er umarmte mich ausgiebig ein zweites Mal.

»Wo bist du nur gewesen, mein Junge, wo bist du nur so lange gewesen? Der alte Henry sitzt hier in diesem riesigen verfluchten Kasten, den sie demnächst abreißen werden.«

Er drehte sich um, ging zu seinem Stuhl im Zimmer und fand tastend zwei Gläser. »Ist das hier so sauber, wie ich vermute?«

Ich schaute hin und nickte, besann mich jedoch gleich eines Besseren und sagte: »Jawohl.«

»Ich will dir ja keine Bazillen anhängen, mein Junge. Mal sehen. Ach, hier.« Er zerrte eine Tischschublade auf und holte eine Flasche allerfeinsten Whiskys heraus. »Trinkst du so was?«

»Mit dir schon.«

»Das ist das ganze Geheimnis der Freundschaft!« Er goß ein. Er hielt das Glas in den freien Raum hinein. Irgendwie war meine Hand dort.

Wir prosteten einander zu; über seine schwarzen Wangen rannen Tränen.

»Du hast nicht gewußt, daß ein blinder Neger weinen kann, was?«

»Jetzt weiß ich es, Henry.«

»Zeig mal.« Er beugte sich zu mir und berührte meine Wangen. Dann schmeckte er an seinem Finger. »Salzwasser. Verdammt noch mal. Du bist genauso sentimental wie ich.«

»Schon immer gewesen.«

»Laß dir das nicht nehmen, mein Junge. Wo warst du nur? Hat dich das Leben arg gebeutelt? Warum bist du hergekommen ...« Er verstummte. »Oh, oh, Probleme?«

»Ja und nein.«

»Eher ja? Ist schon in Ordnung. Ich dachte mir das schon. Wenn du einmal davonrennst, kommst du so schnell nicht wieder zurück. Ich meine, du hast mir doch bestimmt so einiges zu erzählen, oder nicht?«

»Allerdings.«

»Dann mal los.« Henry lachte. »Mensch, schön, deine Stimme zu hören. Ich fand immer, daß du gut gerochen hast, will sagen: wenn die Unbekümmertheit jemals schön verpackt durch die Straßen spazierte, dann warst du das, immer zwei Kaugummis gleichzeitig im Mund. Du stehst ja noch. Setz dich hin. Ich werde dir meine Sorgen erzählen, dann erzählst du mir deine. Sie haben die Mole von Venice abgerissen, sie haben die Schienen der Venice-Bahn herausgerissen, sie reißen einfach alles ab. Nächste Woche wird dieses Haus abgerissen. Wo sollen dann all die Ratten hin? Wie sollen wir das sinkende Schiff ohne Rettungsboote verlassen?«

»Bist du sicher?«

»Sie haben da unten Termiten eingesetzt, die machen Überstunden. Oben auf dem Dach sitzen die Sprengmeister mit den Dynamitstangen in der Hand, in den Wänden knabbern Hamster und Biber herum, und eine Meute Trompeter übt *Jericho, Jericho,* draußen in der Gasse, bald werden sie diese Gemäuer zum Einsturz bringen. Wo sollen wir dann hin? Viele sind nicht mehr übriggeblieben. Nachdem Fannie gestorben war, Sam sich totgesoffen hatte und Jimmy in der Badewanne ertrank, dauerte es nicht mehr lange, und wir fühlten uns alle wie auf der Schippe, sozusagen vom Gevatter Tod freundschaftlich in die Rippen gestoßen. Wenn erst mal die Melancholie durch die Flure kriecht, ist ein Wohnhaus schneller leer, als du dich versiehst. Eine kranke Maus, und du hast die ganze Plage.«

»Ist es wirklich so schlimm, Henry?«

»Noch schlimmer, aber das ist in Ordnung. Es ist sowieso an der Zeit, weiterzuziehen. Alle fünf Jahre soll man seine Zahnbürste einpacken, ein Paar neue Socken kaufen und ab die Post, das ist schon immer meine Rede gewesen. Kannst du mich irgendwo unterbringen, mein Junge? Ich weiß, ich weiß, dort draußen wohnen keine Schwarzen. Aber, zum Teufel, ich sehe doch nichts, was macht es also aus?«

»Ich habe ein freies Zimmer in der Garage, wo ich immer schreibe. Es gehört dir!«

»Herrgott, Jesus und der Heilige Geist zusammen.« Henry sank in seinen Sessel zurück und betastete seinen Mund. »Ist das ein Lächeln, oder ist das ein *Lächeln*? Nur für zwei Tage!« fügte er rasch hinzu. »Der Taugenichts von meinem Schwager kommt von New Orleans herübergefahren und holt mich ab, nach Hause. Dann hast du mich von der Pelle –«

Sein Lächeln erstarrte, er beugte sich nach vorne.

»Schon wieder Probleme? Dort draußen in der feindlichen Welt?«

»Nicht direkt Probleme, Henry. So was in der Art.«

»Hoffentlich nicht zu sehr in der Art.«

»Mehr noch«, sagte ich einen Herzschlag später. »Kannst du mit mir mitkommen, jetzt gleich? Es tut mir leid, wenn ich dich so hetze, Henry, und es tut mir leid, dich mitten in der Nacht aufzuscheuchen.«

»Aber, mein Junge«, lachte Henry gutmütig, »Tag und Nacht sind für mich nur ein Gerücht, das ich als Kind irgendwo aufgeschnappt habe.«

Er stand auf und tastete um sich.

»Augenblick«, sagte er, »bis ich meinen Stock gefunden habe. Sonst sehe ich ja nichts.«

54

Crumley, der blinde Henry und ich trafen um Mitternacht vor dem Friedhof ein.

Ich zögerte noch und betrachtete mißtrauisch das Tor.

»Er ist da drin.« Ich nickte zu den Grabsteinen hinüber.

»Das Monster ist in jener Nacht dort hineingerannt. Was sollen wir tun, wenn wir ihm in die Arme laufen?«

»Ich habe nicht die geringste Ahnung.« Crumley marschierte durch das Tor.

»Zum Henker«, sagte Henry. »Warum auch nicht?«

Er ließ mich mitten in der Nacht auf dem leeren Gehsteig stehen. Also lief ich den beiden hinterher.

»Langsam, laß mich mal tief einatmen.« Henry inhalierte und atmete wieder aus. »Jawohl. Wenn das kein Friedhof ist!«

»Macht es dir was aus, Henry?«

»Ach was«, sagte Henry, »die Toten sind mir egal. Die Lebenden rauben mir den Schlaf. Wollt ihr wissen, woher ich weiß, daß dies hier nicht nur irgendein alter Garten ist? Ein Garten ist voll von unterschiedlichsten Blumengerüchen, ein richtiger Cocktail. Friedhöfe? Hauptsächlich Hyazinthen. Von den Beerdigungen. Wegen diesem Geruch habe ich Beerdigungen immer gehaßt. Wie stelle ich mich an, Herr Polizist?«

»Erstklassig, nur ...« Crumley schob uns weiter aus der Helligkeit heraus. »Wenn wir noch länger hier herumstehen, kommt noch jemand auf die Idee, wir möchten begraben werden, und erledigt die Sache gleich an Ort und Stelle. Also los.«

Crumley ging vorsichtig zwischen den Tausenden von milchigweiß leuchtenden Grabsteinen hindurch.

Monster, dachte ich, wo bist du?

Ich warf einen Blick auf Crumleys Wagen, und plötzlich kam er mir vor wie ein lieber Freund, den ich unendlich weit zurückließ.

»Was ihr mir noch nicht verraten habt«, sagte Henry. »Warum nehmt ihr einen Blinden mit auf den Friedhof? Braucht ihr meine Nase?«

»Dich und den Hund von Baskerville«, sagte Crumley. »Dort lang.«

»Sei vorsichtig«, sagte Henry. »Ich habe zwar die Nase eines Hundes, aber den Stolz einer Katze. Paß nur auf, Gevatter Tod.«

Und er führte uns zwischen den Grabsteinen hindurch, stocherte mit dem Stock links und rechts, als wolle er damit große Stücke aus der Nacht herauslösen oder dort Funken schlagen, wo noch nie ein Funke geschlagen worden war.

»Wie mache ich mich?« flüsterte er.

Ich stand mit Henry zwischen all den Marmorsteinen mit den eingemeißelten Namen und Daten, und dazwischen wuchs unschuldig das Gras.

Henry schnupperte.

»Ich rieche einen Mordssteinbrocken. Hier. Ist das Braille oder was?«

Er wechselte den Stock in die linke Hand und fuhr zitternd mit der rechten über den in Stein gehauenen Namen auf dem Türsturz des griechischen Grabs.

Seine Finger rutschten über das »A« und blieben auf dem letzten »T« haften.

»Ich kenne diesen Namen.« Henry ließ eine Rolodex hinter seinen weißen Billardkugelaugen abspulen. »Sollte das etwa der lange verstorbene Eigentümer des Filmstudios gleich hinter der Mauer sein?«

»Richtig.«

»Dieser lärmende Mann, der in allen Vorstandszimmern saß und niemanden neben sich duldete? Der sich eigenhändig sein Fläschchen zubereitete und die Windeln wechselte, mit zweieinhalb den Sandkasten aufkaufte, mit drei die Kindergärtnerin feuerte, im Alter von sieben Jahren zehn Jungs zur Krankenstation schickte, mit acht Mädchen jagte, sie mit neun erwischte, mit zehn Jahren einen Parkplatz und an seinem zwölften Geburtstag das ganze Studio besaß, nachdem sein Papa gestorben war und ihm London, Rom und Bombay hinterließ? Ist *das* derjenige?«

»Henry«, seufzte ich, »du bist wunderbar.«

»Damit läßt sich nicht so einfach leben«, gab er bescheiden zu. »Nun denn.«

Noch einmal berührte er den Namen und das Datum darunter.

»31. Oktober 1934. Halloween! Schon seit zwanzig Jahren tot. Ich frage mich, wie das wohl ist, wenn man schon so lange tot ist. Los, warum fragen wir nicht einfach? Hat jemand daran gedacht, Werkzeug mitzubringen?«

»Ein Stemmeisen, aus dem Auto«, sagte Crumley.

»Gut...« Henry streckte die Hand aus. »Aber was zum Henker...« Seine Finger hatten die Tür zur Gruft berührt.

»Heiliger Moses!« entfuhr es ihm.

Die Tür glitt in geölten Scharnieren nach innen auf. Kein bißchen Rost! Kein Quietschen! Geölt!

»Jesusmariaundjosef! Tag der offenen Tür!« Henry machte einen Schritt zurück. »Wenn es euch nichts ausmacht... Ihr habt mehr Sinne beieinander, geht ihr zuerst.«

Ich berührte die Tür. Sie glitt weiter in die Dunkelheit hinein.

»Hier.«

Crumley drückte sich an mir vorbei, knipste seine Taschenlampe an und schritt voran in die Mitternacht.

Ich folgte ihm.

»Laßt mich nicht hier draußen stehen«, maulte Henry.

Crumley zeigte mit dem Finger auf die Tür: »Macht hinter euch zu, damit niemand das Licht der Taschenlampe sieht...«

Ich zögerte. Ich hatte schon zu viele Filme gesehen, in denen die Tür der Gruft zuknallte und die Leute in der Falle saßen, schreiend, bis in alle Ewigkeiten. Und wenn das Monster jetzt dort draußen war...?

»Meine Güte! So!« Crumley drückte die Tür zu und ließ gerade noch einen halben Zentimeter für frische Luft übrig. »Jetzt aber.« Er wandte sich um.

Der Raum war leer, bis auf einen großen, steinernen Sarkophag in seiner Mitte. Er hatte keinen Deckel. In dem Sarkophag hätte sich ein Sarg befinden müssen.

»Was zum Teufel...«, sagte Crumley.

Wir schauten hinein. Keine Spur von einem Sarg.

»Nichts verraten!« sagte Henry. »Ich setze mir rasch die dunkle Brille auf, damit kann ich besser riechen! So!«

Und während wir so dastanden und in den Sarg starrten, beugte Henry sich hinunter, nahm eine gute Nase voll, dachte hinter seinen dunklen Brillengläsern nach, atmete langsam aus, schüttelte den Kopf und schnüffelte noch einmal. Dann strahlte er.

»Blödsinn. Nichts drin, richtig?«

»Richtig.«

»J. C. Arbuthnot«, murmelte Crumley, »wo bist du?«

»Hier jedenfalls nicht«, sagte ich.

»Hier ist er auch niemals gewesen«, fügte Henry hinzu.

Wir schauten ihn verdutzt an. Er nickte voll Selbstzufriedenheit: »Niemand mit diesem Namen, oder mit irgendeinem anderen Namen, hat zu irgendeiner Zeit hier drin gelegen. Wenn das so wäre, hätte ich es gerochen, klar? Aber nicht einmal eine winzige Schuppe aus seinem Haar, ein Zehennagel, ein Härchen aus der Nase. Nicht die Spur von Hyazinthen oder Weihrauch. Dieses Grab, meine lieben Freunde, wurde niemals von einem Toten bewohnt, keine müde Stunde lang. Sollte ich mich irren, dürft ihr mir die Nase abschneiden!«

Eiswasser rann mir den Rücken hinunter und schoß unten aus meinen Schuhen heraus.

»Jesus«, nuschelte Crumley, »warum sollte jemand ein Grabmal aufstellen, niemanden hineinlegen, aber dann so tun als ob?«

»Vielleicht gab es nicht einmal einen Toten«, sagte Henry. »Was ist, wenn Arbuthnot nicht gestorben ist?«

»Nein, nein«, sagte ich. »Die Zeitungsberichte auf der ganzen Welt, die fünftausend Trauergäste. Ich war hier. Ich habe den Leichenwagen mit eigenen Augen gesehen.«

»Aber was haben sie dann mit der Leiche gemacht?« fragte Crumley. »Und warum?«

»Ich ...«

Die Tür zur Gruft knallte zu!

Henry, Crumley und ich schrien vor Schreck. Ich hielt

mich an Henry fest, und Crumley hielt sich an uns beiden fest. Die Taschenlampe fiel zu Boden. Fluchend bückten wir uns danach, stießen mit den Köpfen zusammen, schnappten nach Luft und warteten darauf, daß die Tür zugesperrt wurde. Wir tappten im Dunkeln umher, balgten uns um die Lampe und richteten dann endlich den Strahl auf die Tür, von einem unbändigen Verlangen nach Leben, Licht und frischer Nachtluft getrieben.

Wir stürzten alle drei gleichzeitig zur Tür.

Sie war tatsächlich verriegelt!

»Herrje, wie sollen wir jemals hier herauskommen?«

»Nein, nein«, wiederholte ich ein um das andere Mal.

»Halt die Klappe«, sagte Crumley, »laß mich nachdenken.«

»Denk schneller«, meinte Henry. »Wer auch immer die Tür zugemacht hat, holt sich jetzt Verstärkung.«

»Vielleicht war es nur der Friedhofswächter«, gab ich zu bedenken.

Nein, dachte ich: das Monster.

»Nein, gib mal die Lampe. Gut so. Meine Güte.« Crumley leuchtete die Tür ringsum ab. »Die Scharniere sind natürlich draußen, da kommen wir nicht ran.«

»Schön«, sagte Henry. »Ich vermute, an diesem Örtchen gibt es nur eine einzige Tür, oder?«

Crumley funzelte Henry voll ins Gesicht.

»Was habe ich denn gesagt?« wollte Henry wissen.

Crumley richtete das Licht woandershin und ging an ihm vorbei, auf die andere Seite des Sarkophags. Er leuchtete mit dem Strahl die ganze Decke ab, den Fußboden, sodann entlang der Fugen und um das kleine Fenster an der Rückseite, das so schmal war, daß höchstens eine Katze hätte hindurchschlüpfen können.

»Aus dem Fenster hinauszuschreien dürfte unklug sein.«

»Ich möchte dem nicht begegnen, der dadurch angelockt wird«, kommentierte Henry.

Crumley drehte sich mit der Taschenlampe im Kreis.

»Eine andere Tür«, sagte er mehr als einmal. »Es muß eine andere Tür geben!«

»Muß!« schrie ich.

Ich spürte das heiße Naß in meinen Augen und die schreckliche Trockenheit in meiner Kehle. Ich bildete mir ein, schwere Schritte zwischen den Grabsteinen zu hören, Schatten, die gekommen waren, um zuzuschlagen, zu vernichten, Gestalten, die mich Clarence nannten und mich töten wollten. Ich stellte mir vor, wie die Tür aufgerissen wurde und wir von einer Tonne Bücher, signierter Fotos und Autogrammkarten ertränkt wurden.

»Crumley!« Ich riß ihm die Lampe aus der Hand. »Gib mal her!«

An einer Stelle hatten wir noch nicht nachgeschaut. Ich schielte in den Sarkophag. Dann ging ich näher heran und es verschlug mir den Atem.

»Da! Diese Dinger! Keine Ahnung, was das ist, Vertiefungen, Mulden, Kerben, was auch immer. So etwas habe ich noch nie in einem Sarg gesehen. Und dort, seht nur, an der Fuge, kommt dort nicht Licht von unten durch? Mensch, los!«

Ich schwang mich balancierend auf den Rand des steinernen Sarges und schaute mir die glatten, regelmäßigen Formen auf dem Boden genauer an.

»Paß auf!« rief Crumley.

»Nein, *du*!«

Ich sprang in den Sarkophag hinein.

Das leise Stöhnen eines gutgeschmierten Mechanismus ertönte. Der Raum erzitterte, als sich unter uns ein Gegengewicht in Bewegung setzte.

Ich sank mit dem Boden des Sarkophags langsam nach unten. Meine Füße verschmolzen mit der Dunkelheit. Die Beine folgten. Als die Bodenklappe zur Ruhe kam, stand ich schräg auf dem Sargboden.

»Stufen!« rief ich laut. »Eine Treppe!«

»Was?« Henry stocherte in die Tiefe. »Tatsächlich!«

Im horizontalen Zustand hatte der Boden des Sarkophags wie eine lange Reihe halbierter Pyramiden ausgesehen. Jetzt, schräg nach unten geklappt, ergaben sie perfekte Treppenstufen, die in eine tiefer gelegene Begräbnisstätte führten.

Ich machte einen entschlossenen Schritt nach unten. »Los, kommt schon!«

»Kommt schon?« Crumley zögerte. »Was zum Teufel ist dort unten?«

»Was zum Teufel ist dort *draußen*?« Ich zeigte in Richtung der verriegelten Außentür.

»Verflucht!« Crumley sprang auf und griff nach Henry. Henry schnellte hoch wie eine Katze.

Vorsichtig ging ich noch eine Stufe hinunter. Zitternd leuchtete ich mit der Taschenlampe voran. Henry und Crumley kamen fluchend und schnaufend hinterher.

An die Stufen der Sarkophagklappe schloß sich eine weitere Treppe an, die uns drei Meter tiefer in eine Art

Katakombe führte. Nachdem Crumley als letzter die Treppen heruntergekommen war, hob sich der Sargboden mit einem leisen Pfeifen und klappte wieder zu. Ich betrachtete mir die nun geschlossene Decke und entdeckte ein Gegengewicht, das auf halber Höhe zum Stillstand gekommen war. Vom Boden der entschwundenen Treppe hing ein großer Eisenring herab. Man konnte also von unten mit Hilfe des eigenen Körpergewichts die Falltür herunterziehen.

Die ganze Aktion konnte in wenigen Sekunden bewerkstelligt werden.

»Mir gefällt es hier ganz und gar nicht!« sagte Henry.

»Woher willst du das wissen?« stichelte Crumley.

Henry entgegnete: »Mir gefällt es hier einfach nicht. Hört doch nur!«

Oben rüttelte der Wind, oder etwas anderes, an der äußeren Tür zur Gruft.

Crumley schnappte sich die Taschenlampe und fuchtelte wie wild damit herum: »Jetzt gefällt es mir hier auch nicht mehr!«

Gut drei Meter von uns entfernt befand sich eine Tür in der steinernen Wand. Crumley versuchte es mit Drücken und Grunzen. Sie ging auf. Mit Henry zwischen uns hasteten wir hindurch. Die Tür rumste hinter uns wieder zu. Wir rannten weiter.

Weg von dem Monster, dachte ich, oder direkt in seine Arme?

»Nicht hinschauen!« rief Crumley.

»Wie meinst du das?« Henry ließ seinen Stock durch die Luft sausen, trampelte mit seinen Schuhen auf die Steinfliesen ein. Er wurde zwischen uns nach vorne geschubst und wieder abgebremst. Crumley, der vorneweg rannte, schnaufte: »Einfach nicht hinschauen, das ist alles!«

Doch ich hatte schon im Laufen hingesehen, nachdem ich mehrere Male gegen die Seitenwände gestoßen war. Wir bahnten uns unseren Weg durch ein mit Knochenhaufen und Schädelpyramiden, zerbrochenen Särgen und zerfledderten Trauerkränzen übersätes Terrain; ein Schlachtfeld des Todes, mit zerbrochenen Weihrauchgefäßen, Fragmenten von Statuen und verrotteten Ikonen, als hätte eine lange Parade des Verderbens inmitten der Feierlichkeiten ihre gesamte Ausstattung fallenlassen, um zu fliehen, ebenso wie wir flohen, hinter einem Lichtstrahl herhetzten, der von moosgrünen Wänden abprallte und in quadratische Löcher stocherte, aus denen das Fleisch verschwunden war und in denen nur noch blanke Zähne grinsten.

Nicht hinschauen? dachte ich. Nein: nicht stehenbleiben! Trunken vor Angst und Schrecken hätte ich Henry beinahe überrannt. Er wedelte mit dem Stock, verwies mich auf meinen Platz und sprang so behende weiter wie ein Erdkobold.

Wir stolperten von einem Land ins andere, aus dem Knochenarchiv ins Archiv der Büchsen, aus Marmorgewölben hinaus und hinein in Betongewölbe, und plötzlich befanden wir uns im guten alten Schwarzweiß-Territorium. Mit den aufgestapelten Filmbüchsen blitzten Filmtitel und Namen vorbei.

»Wo sind wir denn jetzt?« keuchte Crumley.

»Rattigan!« hörte ich mich schnaufen. »Botwin! Mein

Gott! Wir sind bei – Maximus Films! Über, unter oder durch die Mauer!«

Und tatsächlich befanden wir uns in Botwins Filmkeller und in Rattigans Unterwelt, in schlecht belichteten Fotolandschaften, die sie 1920, '22 und '25 durchreist hatten. Wir waren nicht mehr in der Knochenstätte, sondern in den alten Filmverliesen, die Constance erwähnt hatte, als wir uns über das Studio unterhielten. Ich blickte mich um. Die echten Körper hatte die Dunkelheit verschluckt, doch die Filmgespenster nahmen Gestalt an, als Titel an uns vorüberrauschten: *The Squaw Man, Das Geheimnis des Dr. Fu Manchu, Der schwarze Pirat.* Nicht nur Filme aus der Produktion von Maximus, auch von anderen Studios, geborgt oder gestohlen.

Ich war innerlich zerrissen. Eine Hälfte entfloh der Dunkelheit, die hinter mir lag. Die andere Hälfte wollte stehenbleiben, anfassen, diese längst vergangenen Erscheinungen in Augenschein nehmen, die mich in der Kindheit heimgesucht und sich in niemals endenden Sonntagvormittagsvorstellungen meinem Gedächtnis eingeprägt hatten.

Nein! schrie ich auf, doch ich schrie nicht wirklich. Geht nicht fort! Chaney! Fairbanks! Der Mann mit der verfluchten eisernen Maske! Nemo unter Wasser! D'Artagnan! Wartet auf mich! Ich komme zurück. Das heißt, falls ich dann noch lebe! Bald!

Eine Mischung aus Furcht und Enttäuschung, aus großer Liebe und großer Angst kam in mir hoch.

Nicht auf diese Schätze schauen, dachte ich. Denk an die schwarze Dunkelheit. Lauf.

Und bleib um Gottes willen nicht stehen!

Wie ein dreifacher Paniklauf holten uns unsere Echos ein. Die letzten dreißig Meter oder so legten wir schreiend als ein einziger Klumpen Furcht zurück; Crumley zappelte wie ein verrückter Affe mit der Taschenlampe, der blinde Henry und ich prallten zusammen mit ihm gegen die letzte Tür.

»O Gott, wenn die zu ist!«

Wir berührten sie.

Ich erinnerte mich an die alten Filme und erstarrte. Die Tür bricht auf: eine riesige Flutwelle überschwemmt New York, ein salziger Sog zieht dich in tiefe Schlünde hinab. Die Tür bricht auf, und das Höllenfeuer läßt dich zu mumifizierten Klümpchen zusammenschnurren. Die Tür bricht auf, und sämtliche Monster aller Zeiten greifen mit ihren nuklearen Klauen nach dir und schleudern dich in einen Abgrund ohne Boden. Du fällst und fällst und fällst, endlos, schreiend.

Mein Schweiß bedeckte den Türgriff. Hinter der Türfüllung wartete Guanajuato, dieser lange Tunnel in Mexiko, durch den ich damals wie bei einem Spießrutenlauf des Schreckens hindurchgerannt war, wartete mitsamt seinen 110 Männern, Frauen und Kindern, tabakgetrocknete Mumien, die man aus ihren Gräbern gezerrt hatte, damit sie dort in Reih und Glied auf die Touristen und das jüngste Gericht warteten.

Guanajuato, hier?! dachte ich. Unmöglich!

Ich drückte. Die Tür öffnete sich lautlos in perfekt geölten Angeln.

Einen Augenblick blieben wir erstaunt stehen.

Dann taumelten wir keuchend hindurch und knallten sie hinter uns zu.

Wir drehten uns um.

Ganz in der Nähe stand ein großer Sessel.

Und ein leerer Schreibtisch.

Mit einem weißen Telefon mitten auf seiner Schreibplatte.

»Wo sind wir?« wunderte sich Crumley.

»Schnauf nicht so, verrat es uns«, bat Henry mich.

Crumleys Lampenstrahl fingerte durch das Zimmer.

»Heilige Mutter Gottes, Cäsar und Jesus Christus«, hauchte ich.

Vor mir sah ich...

Manny Leibers Sessel.

Manny Leibers Schreibtisch.

Manny Leibers Telefon.

Manny Leibers Büro.

Ich drehte mich um und blickte in den Spiegel, der die jetzt wieder unsichtbare Tür kaschierte.

Taumelnd vor Erschöpfung starrte ich auf mein Spiegelbild im kalten Glas.

Und plötzlich war es...

Neunzehnhundertsechsundzwanzig. Die Opernsängerin in ihrer Garderobe, und eine Stimme hinter dem Spiegel drängt, unterweist, fordert, verlangt von ihr, daß sie durch den Spiegel schreitet, eine schreckliche Alice... aufgelöst in Bilder, zerfließend, auf ihrem Weg in die Unterwelt angeführt von dem Mann mit dem dunklen Umhang und der weißen Maske, der sie zu einer Gondel führt, die auf düsteren Kanalgewässern zu einem verborgenen Ort fährt, zu einem Bett, das wie ein Sarg geformt ist.

Der Spiegel des Phantoms.

Der Durchlaß des Phantoms, aus dem Land der Toten.

Und jetzt –

Sein Sessel, sein Schreibtisch, sein Büro.

Aber nicht das Phantom. Das Monster.

Ich schob den Sessel zur Seite.

Das Monster... kommt, um Manny Leiber zu besuchen?

Ich stolperte und wich zurück.

Manny, schoß es mir durch den Kopf. Er, der niemals wirklich Befehle gegeben, sondern immer nur empfangen hatte. Ein Schatten, keine Substanz. Eine Nebenfigur, nicht die Hauptperson. Der und ein Studio führen? Niemals. Aber als Sprachrohr für anderer Leute Stimme? Ja. Ein Botenjunge. Ein Laufbursche, der um Champagner und Zigaretten geschickt wurde, jederzeit! Er und in diesem Stuhl sitzen? Noch nie hatte er in diesem Stuhl gesessen. Weil...?

Crumley stieß Henry an.

»Weiter!«

»Was?« lallte ich, wie betäubt.

»Jeden Moment kann jemand durch diesen Spiegel gesprungen kommen!«

»Spiegel!?« rief ich.

Ich streckte meine Hand aus.

»Nein!« Crumley ging dazwischen.

»Was treibt er denn?« erkundigte sich Henry.

»Ich schaue zurück«, sagte ich.

Dann riß ich die Spiegeltür weit auf.

Ich starrte den langen Tunnel hinunter, erstaunt darüber, wie weit wir gerannt waren, von einem Land zum anderen, von einem Geheimnis zum anderen, durch zwanzig Jahre hindurch, von Halloween zu Halloween. Der Tunnel senkte sich durch Lagerhallen voll aufgestapelter Filmbüchsen hinab zu den Lagerhallen voller Reliquien der Namenlosen. Hätte ich diesen weiten Weg zurücklegen können, wenn Crumley und Henry mir nicht geholfen hätten, die Schreckgespenster niederzuknüppeln, während mein Atem gegen die Wände stieß?

Ich lauschte.

Gingen dort in weiter Ferne wirklich Türen auf und fielen wieder ins Schloß? Kam da eine dunkle Armee oder nur ein einfaches Monster hinter uns her? Würde gleich eine Todeskanone Totenschädel auf uns abfeuern, den Tunnel zerfetzen, mich von der Spiegeltür hinwegfegen? Würde...

»Menschenskind!« fluchte Crumley. »Du Schwachkopf! Raus jetzt!«

Er schlug mir auf die Hand. Der Spiegel verschloß sich wieder.

Ich nahm den Telefonhörer und wählte.

»Constance!« schrie ich. »Green Town.«

Constance schrie zurück.

»Was hat sie gesagt?« Crumley sah mich prüfend an. »Egal«, fügte er hinzu, »denn...«

Der Spiegel erbebte. Wir rannten los.

55

Das Studio lag ebenso dunkel und verlassen da wie der Friedhof auf der anderen Seite der Mauer.

Die beiden Städte waren einander zugewandt und im Dunkel der Nacht gleichermaßen tot. Wir waren die einzigen warmblütigen Lebewesen, die sich durch die Straßen bewegten. Irgendwo sah sich Fritz womöglich mitten in der Nacht Filme von Galiläa und Kohlenfeuern, von beeindruckenden Christusgestalten an, sah Fußstapfen, die im Dämmerlicht verwehten. Irgendwo saß Maggie Botwin über ihr Teleskop gekrümmt und versenkte sich in die Eingeweide von China. Irgendwo hetzte das Monster beutelüstern hinter uns her, wenn es nicht vorzog, im Verborgenen zu bleiben.

»Alles halb so wild!« meinte Crumley.

»Wir werden nicht verfolgt«, sagte Henry. »Mal hergehört«, sagte der Blinde. »Wo gehen wir eigentlich hin?«

»Zum Haus meiner Großeltern.«

»Klingt ja richtig nett«, sagte Henry.

Wir hasteten weiter und flüsterten: »Großer Gott, ob überhaupt jemand etwas von der Existenz des Geheimganges weiß? Wenn ja, dann haben sie es nie verraten.«

»Überlegt mal. Wenn es keiner wüßte, und das Monster käme jede Nacht oder jeden Tag und lauschte hinter der Wand; nach einiger Zeit wüßte es alles. Alle geschäftlichen Vorgänge, sämtliche Pläne, den ganzen Börsenkram, die Frauengeschichten. Man braucht die Information nur lange genug aufheben und dann abkassieren; ihnen mit dem Kerl drohen, das Geld einsacken und ab.«

»Mit welchem Kerl?«

»Dieser Guy Fawkes-Puppe, dem Feuerwerks-Dummy, dem Kerl, den sie in England jedes Jahr am Guy Fawkes-Tag ins Feuer werfen, am fünften November. So ähnlich wie unser Halloween, aber eine Mischung aus Religiösem und Politik. Fawkes hätte damals beinahe das Parlament in die Luft gejagt. Er wurde gefaßt und aufgeknüpft. Wir haben hier etwas ganz Ähnliches. Das Monster will Maximus hochgehen lassen. Nicht im handgreiflichen Sinn, sondern mittels Verdächtigungen. Alle in Angst und Schrecken versetzen; mit dem Butzemann drohen. Vielleicht erschreckt er sie schon seit Jahren damit. Und niemand kam dahinter. Es muß einer aus der Branche sein, und er benutzt geheime Informationen.«

»Au weia!« sagte Crumley. »Das paßt alles zu gut. Gefällt mir nicht. Glaubst du wirklich, niemand weiß, daß das Monster hinter der Wand, hinter dem Spiegel steckt?«

»Genau.«

»Wie erklärst du dir dann, daß das Studio, besser gesagt, ein Teil davon, dein Boss Manny, einen Tobsuchtsanfall kriegt, wenn er Roys Lehmmodell des Monsters vorgesetzt bekommt?«

»Also ...«

»Weiß Manny, daß das Monster existiert – und hat er Angst vor ihm? Kam das Monster nachts ins Studio, sah Roys Arbeit und zerstörte sie wutentbrannt? Und jetzt befürchtet Manny, Roy könne ihn erpressen, weil außer ihm Roy allein über das Monster Bescheid weiß? Was, wie, wer? Antworte, schnell!«

»Um Himmels willen, Crumley, sei still!«

»Still? Was sind denn das für Ausdrücke?«

»Ich denke nach.«

»Ich höre förmlich, wie die Zahnräder knirschen. Also, was ist? Weiß wirklich niemand, wer da hinter dem Spiegel steht und lauscht? Haben sie einfach Angst vor dem Unbekannten? Oder wissen sie Bescheid und haben erst recht Angst, weil das Monster über all die Jahre soviel Schmutz angesammelt hat, daß es überall frei herumspazieren kann, sein Geld einsackt und wieder hinter der Mauer verschwindet? Sie getrauen sich nicht, dem Monster entgegenzutreten. Wahrscheinlich hat es Briefe bei einem Anwalt hinterlegt, die abgeschickt werden, falls ihm etwas zustößt. Erfreut es sich an Mannys Panik, wenn der zehnmal am Tag die Unterwäsche wechselt? Nun, welche ist die richtige Lösung? Oder hast du noch eine dritte Version auf Lager?«

»Mach mich nicht nervös, sonst kriege ich wirklich Schiß.«

»Ach was, Kleiner, das will ich ganz bestimmt nicht«, sagte Crumley, den Mund leicht säuerlich verzogen. »Tut mir leid, wenn ich dir einen Riesenschreck eingejagt habe, aber allmählich komme ich mit deinen halbherzigen Schlußfolgerungen nicht mehr mit. Ich bin gerade eben durch einen Tunnel gerannt mit einem kriminellen Bienenschwarm auf den Fersen, dessen Stock du umgeworfen hast. Haben wir ein Mafianest angestochen, oder handelt es sich nur um einen einzelnen, wahnsinnigen Kletterer? Alles vage Vermutungen! Wo ist Roy, wo ist Clarence, wo ist das Monster? Zeige mir eine, nur eine einzige Leiche! Also, was ist?«

»Warte mal.« Ich drehte mich um und ging davon.

»Wo willst du hin?« grummelte Crumley.

Dann kam er hinter mir her, den kleinen Hügel hinan.

»Wo zum Teufel sind wir?«

Er schaute sich angestrengt in der dunklen Nacht um.

»Golgatha.«

»Und was gibt's da?«

»Drei Kreuze. Du hattest dich doch über mangelnde Leichname beklagt.«

»Und?«

»Ich habe so eine fürchterliche Ahnung.«

Ich streckte meine Hand aus und berührte den Fuß des Kreuzes. Er war klebrig und roch nach so etwas wie dem puren Leben.

Crumley tat es mir nach. Er schnüffelte an den Fingerspitzen und nickte. Er wußte, was das war.

Wir schauten am Kreuz hoch gen Himmel.

Nach einer Weile gewöhnten sich unsere Augen an die Dunkelheit.

»Da ist keine Leiche«, sagte Crumley.

»Ja, aber ...«

»Das paßt«, sagte Crumley und schritt Richtung Green Town von dannen.

»J. C.?« flüsterte ich. »J. C.«

Crumley rief vom Fuße des Hügels: »Steh dort nicht einfach herum!«

»Ich stehe nicht einfach herum!«

Ich zählte bis zehn, langsam, wischte mir die Augen mit den Fäusten ab, putzte meine Nase und stürmte dann den Hügel hinab.

Ich führte Henry und Crumley den Weg hinauf zum Haus meiner Großeltern.

»Ich rieche Geranien und Flieder.« Henry hob witternd den Kopf.

»Stimmt.«

»Und frisch geschnittenes Gras und Möbelpolitur und jede Menge Katzen.«

»Sie jagen Mäuse für das Studio. Achtung, Henry, Stufen, acht nach oben.«

Wir standen auf der Veranda und schöpften Atem.

»Mein Gott.« Ich blickte hinüber auf die Hügel von Jerusalem, hinter Green Town und dem See Genezareth, jenseits von Brooklyn. »Jetzt schwant mir etwas. Das Monster ging nicht auf den Friedhof, es ging von dort auf das Studiogelände! Was für ein genialer Trick. Ein Geheimgang, von dem keiner weiß, um seinen Opfern nachzuspionieren. Wir haben ja gesehen, wie es sie mit der Puppe auf der Mauer erschreckt hat; dann hat es sich das Geld gekrallt. Es erschreckt sie abermals und kassiert noch mehr!«

»Gesetzt den Fall«, sagte Crumley, »daß es wirklich so gewesen ist.«

Ich nahm einen tiefen, zittrigen Atemzug und ließ die Luft langsam wieder entweichen. »Es gibt noch eine Leiche, die ich dir nicht präsentieren kann.«

»Ich würde lieber nichts davon hören.«

»Die von Arbuthnot.«

»Alle Wetter, das ist richtig!«

»Jemand hat sie geklaut«, sagte ich. »Schon vor langer Zeit.«

»Ach was, meine Herren«, meldete sich der blinde Henry. »Sie ist niemals dort gewesen. Der Ort war absolut sauber, dieses Tiefkühlgrab.«

»Und wo ist dann Arbuthnots Leiche all die Jahre über gewesen?« fragte Crumley.

»Du bist der Spürhund. Dann spür dem mal nach.«

»Also«, sagte Crumley, »wie findet ihr folgendes? Halloween-Saufparty. Jemand vergiftet den Drink. Verpaßt ihn Arbuthnot in letzter Sekunde, bevor er geht. Arbuthnot fährt mit dem Wagen los, stirbt am Steuer, drängt den anderen Wagen von der Straße. Die Sache wird vertuscht. Die Autopsie ergibt, daß das Gift in seinem Körper einen ausgewachsenen Elefanten umwerfen würde. Das corpus delicti wird noch vor der Begräbniszeremonie verbrannt – nicht begraben. Arbuthnot löst sich buchstäblich in Rauch auf. Sein leerer Sarkophag wartet noch immer in der Gruft, bis unser Freund Henry die Wahrheit ans Licht bringt.«

»Genau so war es, oder?« nickte Henry zustimmend.

»Das Monster weiß, daß das Grab leer ist, vielleicht sogar, weshalb, und nutzt die Stätte als Operationsbasis, stellt den Doppelgänger von Arbuthnot auf die Leiter und schaut zu, wie die aufgescheuchten Ameisen über die Mauer kommen. Was meinst du?«

»Damit haben wir immer noch nicht Roy, J. C., Clarence oder das Biest«, sagte ich.

»Herr, erlöse mich von diesem Kerl!« Crumley schickte ein Stoßgebet zum Himmel.

Crumley wurde erhört.

Durch die Studiostraßen toste plötzlich ein schreckenerregender Lärm, einige Fehlzündungen, Hupen und ein Schrei.

»Das ist Constance Rattigan«, stellte Henry fest.

Constance parkte vor dem alten Haus und stellte den Motor ab.

»Auch wenn sie die Zündung ausgeschaltet hat«, sagte Henry, »ich höre ihren Motor immer noch laufen.«

Wir empfingen sie an der Haustür.

»Constance!« rief ich. »Wie bist du an der Wache vorbeigekommen?«

»Nichts einfacher als das.« Sie lachte. »Da steht ein Oldtimer. Ich erinnerte ihn daran, wie ich ihn damals in der Männerturnhalle angemacht habe. Er wurde knallrot, und derweil brummte ich an ihm vorbei! Holla, wenn das dort nicht der großartigste Blinde auf der ganzen Welt ist!«

»Arbeitest du immer noch in diesem Leuchtturm und dirigierst die Schiffe?« fragte Henry.

»Laß dich umarmen, Henry.«

»Du fühlst dich wunderbar weich an.«

»Und Elmo Crumley, du alter Gauner!«

»Sie irrt sich aber auch nie«, sagte Crumley, während sie ihm sämtliche Rippen zerquetschte.

»Laßt uns von hier verschwinden«, sagte Constance. »Henry? Du gehst vorneweg!«

»Bin schon weg!« erwiderte Henry.

Auf dem Weg aus dem Studio heraus murmelte ich: »Golgatha.«

Constance fuhr langsamer, als wir an dem uralten Hügel vorbeikamen.

Ringsum herrschte absolute Dunkelheit. Kein Mond.

Keine Sterne. Eine dieser Nächte, in denen der Nebel sehr früh vom Meer heraufzieht und Los Angeles in zweihundert Metern Höhe zudeckt. Das Geräusch der Flugzeuge wird gedämpft, die Flughäfen müssen schließen.

Ich blickte angestrengt auf den kleinen Hügel, in der Hoffnung, einen trunkenen Christus bei seiner letzten Himmelfahrt zu entdecken.

»J. C.!« flüsterte ich.

In diesem Moment teilten sich die Wolken. Ich sah, daß die Kreuze leer waren.

Drei Tote, dachte ich. Clarence in einer Papierflut ertrunken, Doc Phillips am hellichten Tag in die Mitternacht von Notre Dame gehievt, nur einen Schuh zurücklassend. Und nun...?

»Siehst du was?« fragte Crumley.

»Morgen vielleicht.«

Wenn ich den Felsen zur Seite rolle. Falls ich den Mumm dazu habe.

Im Wagen herrschte rundum abwartende Stille.

»Raus«, schlug Crumley vor.

Ich sagte leise: »Raus.«

Am Vordereingang rief Constance dem Wachmann, der zurückschreckte, etwas Obszönes zu.

Wir fuhren Richtung Meer – und Crumleys Haus.

56

Unterwegs machten wir bei mir halt. Ich rannte hinein und holte meinen 8-Millimeter-Projektor. Da klingelte das Telefon.

Nach dem zwölften Klingeln nahm ich den Hörer ab.

»Na?« sagte Peg. »Wieso stehst du zwölf Klingeln lang mit der Hand auf dem Hörer neben dem Telefon?«

»Mein Gott, weibliche Intuition.«

»Was ist los? Wer ist *verschwunden*? Wer schläft im Bett von Mama Bär? Du hast mich nicht angerufen. Wenn ich dort wäre, würde ich dich aus dem Haus schmeißen. Auf diese Entfernung geht es zwar nicht so leicht, aber trotzdem: Raus mit dir!«

»Okay.«

Das traf sie wie ein Schuß in die Brust.

»Langsam, langsam«, sagte sie alarmiert.

»Du sagtest doch: Raus!«

»Ja, schon, aber...«

»Crumley wartet draußen auf mich.«

»Crumley!« Sie kreischte beinahe. »Bei den Eingeweiden des Erlösers! Crumley!?«

»Er beschützt mich, Peg.«

»Vor deiner Panik? Kann er dich vielleicht Mund-zu-Mund beatmen? Kann er sich dafür verbürgen, daß du Frühstück, Mittagessen und Abendbrot zu dir nimmst? Hält er dich vom Kühlschrank fern, damit du nicht gar so feist wirst? Sorgt er dafür, daß du regelmäßig die Unterwäsche wechselst?«

»Peg!«

Wir mußten beide ein bißchen lachen.

»Gehst du wirklich noch aus? Mama kommt mit Flug siebenundsechzig nach Hause, Pan Am, am Freitag. Sei bloß dort! Und daß du bis dahin alle Mordfälle gelöst, alle Leichen begraben und alle raubgierigen Weibsbilder die Treppe hinuntergeworfen hast! Wenn du es nicht zum Flughafen schaffst, dann sei einfach im Bett, wenn Mama zur Tür hereinspaziert kommt. Du hast noch nicht gesagt, ich liebe dich.«

»Peg. Ich liebe dich.«

»Und noch eine letzte Frage – wer ist *gestorben*?«

Ich ging zu Henry, Crumley und Constance zurück.

»Meine Frau will nicht, daß ich mich in eurer Gesellschaft sehen lasse«, sagte ich.

»Steig endlich ein«, stöhnte Crumley.

57

Unterwegs Richtung Westen auf einem leeren Boulevard, auf dem nicht einmal der Geist eines Autos zu sehen war, ließen wir Henry erzählen, was alles in, unter, hinter und auf der anderen Seite der Mauer passiert war. Es war auf eine eigenartige Weise sehr angenehm, unsere Flucht von einem Blinden nacherzählt zu hören, der mit dem Kopf formulierte, mit seiner dunklen Nase die Luft tief einsog und mit den schwarzen Fingern im Wind malte. Crumley malte er dort hin, sich da, mich hier, und das Monster direkt hinter uns. Oder jedenfalls das Etwas, das wie ein gigantischer Klumpen Sauerteig hinter der Tür gelegen und uns den Fluchtweg versperrt hatte. So ein Quatsch! Aber wie Henry so anschaulich erzählte, fingen wir an zu frösteln und kurbelten die Fenster hoch. Sinnlos. Der Wagen hatte kein Dach.

»Und deshalb«, verkündete Henry und nahm zum krönenden Abschluß die dunkle Sonnenbrille ab, »deshalb haben wir dich angerufen, die Verrückte von Venice, damit du herkommst und uns rettest.« Constance blickte nervös in den Rückspiegel. »Verflixt, wir fahren viel zu langsam.«

Sie gab dem Wagen die Sporen. Unsere Köpfe ruckten nach hinten.

Dann schloß Crumley die Haustür auf.

»Also, macht es euch bequem!« grummelte er. »Wie spät ist es eigentlich?«

»Sehr spät«, sagte Henry. »Der Nachtschattenjasmin gerät um diese Zeit immer außer Rand und Band.«

»Ist das wahr?« rief Crumley.

»Nein, aber es hört sich immer nett an.« Henry strahlte zu seinem unsichtbaren Publikum hinüber. »Hol das Bier.«

Crumley reichte Gläser mit Bier herum.

»Hoffentlich ist da Gin drin«, sagte Constance. »Meine Güte, tatsächlich!«

Ich schloß meinen Projektor an die Steckdose an, fädelte Roys Film ein, und dann machten wir das Licht aus.

»Seid ihr bereit?« Ich schaltete den Projektor an. »Es geht los.«

Der Film ratterte.

Über Crumleys Wand flackerten Schattenbilder. Es gab nur dreißig Sekunden belichteten Film, und auch die waren ziemlich ruckartig, so als hätte Roy seine Lehmbüste in nur wenigen Stunden animiert, anstelle der vielen Tage, die man normalerweise benötigt, um eine Kreatur in Positur zu rücken, ein Bild aufzunehmen, die neue Stellung einzunehmen und das nächste Einzelbild aufzunehmen, und so weiter.

»Heiliger Strohsack«, flüsterte Crumley.

Was da über seine Tapete wandelte, verschlug uns allen den Atem.

Es war der Freund der Schönen, das Ding aus dem Brown Derby.

»Ich kann nicht hinsehen«, sagte Constance. Aber sie sah hin.

Ich schielte zu Crumley hinüber und fühlte mich wie damals, als ich mit meinem Bruder im dunklen Kino saß und sich das Phantom oder der Glöckner oder die Fledermaus auf der Leinwand aufbauten. Crumleys Gesicht war das Gesicht meines Bruders, vor dreißig Jahren, zugleich fasziniert und von Grauen erfüllt, neugierig und abgestoßen, der gleiche Gesichtsausdruck wie bei Leuten, die einen Verkehrsunfall sehen, aber nicht hinschauen wollen.

Denn dort auf der Wand, realistisch und ganz unmittelbar, war das Menschenmonster. Jede Verzerrung der Gesichtszüge, jede Bewegung der Augenbrauen, jedes Flattern der Nasenflügel, jede Bewegung der Lippen war dort zu finden, so perfekt wie die Skizzen, die Doré anfertigte, wenn er nach seinen ausgedehnten nächtlichen Streifzügen durch die rußgeschwärzten, rauchverhangenen Gassen von London nach Hause zurückkehrte, all die grotesken Szenen vor dem inneren Auge – seine leeren Finger zucken nach dem Stift, nach Tinte und Papier, und fangen an! Genau wie Doré seine Porträts mit vollkommener Erinnerungsfähigkeit hingekritzelt hatte, so hatte Roys Gedächtnis das Monster fotografiert und sich an die kleinste Bewegung eines Härchens in den Nasenflügeln, das unbedeutendste Blinzeln der Augenlider, das zerknautschte Ohr, den unaufhörlich triefenden höllischen Schlund erinnert. Wie das Monster uns von der Leinwand herab anstarrte, zuckten Crumley und ich unwillkürlich zurück. Es sah uns. Es brachte uns zum Schreien. Es kam auf uns zu, um uns umzubringen.

Die Wohnzimmerwand wurde wieder dunkel.

Ich hörte, wie mir ein Geräusch über die Lippen kam.

»Die Augen«, flüsterte ich.

Ich fummelte im Dunkeln herum, spulte den Film zurück, ließ ihn noch einmal laufen.

»Seht, seht, seht nur!« schrie ich.

Der Bildausschnitt zeigte eine Nahaufnahme des Gesichts.

Die wilden Augen waren in ihrem konvulsivischen Irrsinn festgehalten.

»Das ist kein Modell aus Ton!«

»Nicht?« sagte Crumley.

»Das ist Roy!«

»Roy!?«

»Unter der Maske, er spielt das Monster!«

»Nein!«

Die lebendigen Augen rollten wild, verschossen boshafte Seitenblicke.

»Roy ...«

Und wieder wurde die Wand dunkel.

Genau wie das Monster, das ich dort oben auf Notre Dame getroffen hatte, mit den gleichen Augen, als es davongelaufen, geflohen war...

»Jesus«, sagte Crumley nach einer Weile. Sein Blick klebte noch immer an der Wand. »So etwas treibt sich nachts auf Friedhöfen herum!«

»Oder es ist Roy, der sich herumtreibt.«

»Das ist doch Unsinn! Warum sollte er das tun?«

»Das Monster hat ihn in den Schlamassel hineingeritten, wegen ihm wurde er gefeuert, beinahe umgebracht, da ist es das beste, es zu imitieren, das Monster selbst zu sein, falls einen jemand sieht. Roy Holdstrom existiert nicht, wenn er sich hinter dem Make-up versteckt.«

»Und trotzdem ist das bescheuert!«

»Klar, bescheuert ist er schon sein ganzes Leben lang«, sagte ich. »Aber jetzt – ist er wirklich durchgedreht?«

»Was verspricht er sich davon?«

»Rache.«

»Rache?!«

»Das Monster soll das Monster zur Strecke bringen«, sagte ich.

»Nein, nein.« Crumley schüttelte den Kopf. »Zum Teufel, laß den Film noch einmal laufen!«

Ich startete erneut. Die Bilder liefen auf unseren Gesichtern auf und ab.

»Das ist nicht Roy!« sagte Crumley. »Das ist ein Modell, aus Ton!«

»Nein.« Ich stellte den Film ab.

Wir blieben im Dunkeln sitzen.

Constance gab eigenartige Geräusche von sich.

»Mensch«, sagte Henry. »Wißt ihr, was das ist? Sie weint.«

58

»Ich habe Angst, nach Hause zu gehen«, sagte Constance.

»Das mußt du auch nicht«, sagte Crumley. »Schnapp dir eine Koje, irgendein Zimmer, oder leg dich in meinen hausgemachten Dschungel.«

»Nein«, murmelte Constance. »Das ist *sein* Platz.«

Wir schauten alle auf die leere Wand, auf die von der Netzhaut nur noch ein schwaches, verblassendes Abbild des Monsters projiziert wurde.

»Er hat uns nicht verfolgt«, sagte Crumley.

»Vielleicht doch.« Constance putzte sich die Nase. »Ich will heute nacht nicht allein sein, nicht in einem so verflucht leeren Haus neben dem verfluchten Ozean voller Monster. Ich werde langsam alt. Als nächstes werde ich noch irgendeinen Blödmann bitten, mich zu heiraten, Gott sei ihm gnädig.«

Sie schaute in Crumleys Dschungel und den Nachtwind, der durch die Palmwedel und das hohe Gras strich. »Er ist da.«

»Hör auf damit«, sagte Crumley. »Wir wissen nicht, ob uns jemand durch diesen Friedhofstunnel bis zum Büro gefolgt ist. Wir wissen auch nicht, wer die Tür zur Gruft zugeschlagen hat. Hätte genausogut der Wind sein können.«

»Der ist es immer...« Constance zitterte, als sei ihr der Frost in die Glieder gefahren. »Und jetzt?« Sie lehnte sich zurück; erschauernd umfaßte sie ihre Ellbogen.

Crumley breitete eine Sammlung Fotokopien aus Zeitungen auf dem Küchentisch aus. Alles in allem drei Dutzend Artikel, längere und kürzere, alle vom letzten Tag im Oktober und aus der ersten Novemberwoche 1934.

»Hier.«

»ARBUTHNOT, DER STUDIOMAGNAT, BEI AUTOUNFALL GETÖTET«, war der erste überschrieben. »C. Peck Sloane, sein Kompagnon bei Maximus-Studio, und seine Frau Emily bei selbem Unfall ums Leben gekommen.«

Crumley pochte auf den dritten Artikel. »Die Sloanes wurden am gleichen Tag wie Arbuthnot begraben. Die Totenmesse wurde in der gleichen Kirche direkt gegenüber dem Friedhof gehalten. Alle drei im gleichen Friedhof auf der anderen Seite der Mauer begraben.«

»Wo passierte der Unfall denn?«

»Um drei Uhr morgens, an der Gower Street, Ecke Santa Monica Boulevard.«

»Mein Gott! Das ist die Ecke am Friedhof! Gerade eine Straßenecke vom Studio entfernt!«

»Äußerst praktisch, was?«

»Spart einem Wege. Wenn du direkt vor der Leichenhalle stirbst, brauchen sie dich nur noch hineinzukarren.«

Crumley beugte sich stirnrunzelnd über einen anderen Artikel. »Sieht so aus, als hätten sie eine scharfe Halloween-Party gefeiert.«

»Und Sloane und Arbuthnot sind dabeigewesen?«

»Hier steht, Doc Phillips hätte ihnen angeboten, sie nach Hause zu bringen, doch sie lehnten ab, obwohl sie getrunken hatten. Der Doc fuhr mit seinem Wagen vor den anderen beiden her, um den Weg zu sichern; als er bei Gelb über eine Ampel fuhr, sausten Arbuthnot und Sloane bei Rot hinterdrein. Ein nicht näher bekanntes Auto hätte sie beinahe erwischt. Das einzige Auto, das um drei Uhr morgens unterwegs war! Die Wagen von Arbuthnot und Sloane kamen ins Schleudern, gerieten außer Kontrolle, knallten gegen einen Telefonmast. Doc Phillips war mit seiner Arzttasche sofort bei ihnen, aber zu spät. Sie waren alle tot. Die Leichen wurden in die hundert Meter entfernte Leichenhalle gebracht.«

»Meine Güte«, sagte ich. »Das paßt ja perfekt!«

»Genau«, sinnierte Crumley. »Eine Mordsverantwortung für den pillendrehenden Drogendoktor. Schöner Zufall, daß er direkt dabei war. Er, der sowohl für die ärztliche Versorgung als auch für die Polizei auf dem Studiogelände verantwortlich war! Er, der die Leichen in die Leichenhalle transportiert hat. Hat er die Leichname auch gleich als Leichenbestatter zurechtgemacht? Bestimmt! Er war finanziell an dem Friedhof beteiligt, hatte in den frühen Zwanzigern mitgeholfen, die ersten Gräber dort auszuheben. Er sah sie kommen und gehen, und auch zwischendrin kümmerte er sich um sie.«

Fleisch kann wirklich unter der Haut kriechen, dachte ich und betastete meine Oberarme.

»Hat Doc Phillips die Totenscheine ausgestellt?«

»Ich hatte gehofft, du würdest nicht danach fragen.« Crumley nickte.

Constance, die wie gelähmt auf die Zeitungsartikel gestarrt hatte, äußerte sich endlich. Sie sprach mit Lippen, die sich kaum bewegten: »Wo ist dieses Bett?«

Ich führte sie nach nebenan und setzte mich auf den Bettrand. Sie hielt meine Hände wie eine aufgeschlagene Bibel und atmete schwer ein.

»Kleiner, hat dir schon jemals jemand gesagt, daß dein Körper nach Cornflakes und dein Atem nach Honig riecht?«

»H. G. Wells. Die Frauen waren verrückt nach ihm.«

»Zu spät für Verrücktheiten. Meine Güte, deine Frau ist ein richtiger Glückspilz, daß sie jeden Abend mit einer gesunden Mahlzeit ins Bett gehen kann.«

Sie legte sich mit einem Seufzer auf das Bett. Ich setzte mich auf den Fußboden und wartete, bis sie die Augen zumachte.

»Wie kommt es«, murmelte sie, »daß du in den drei Jahren nicht älter geworden bist? Und ich? Tausend Jahre.« Sie lachte leise. Aus ihrem rechten Augenwinkel löste sich eine dicke Träne und rollte ins Kopfkissen.

»Ach, Mist«, sagte sie klagend.

»Sag's mir«, forderte ich sie auf. »Sag es. Was?«

»Ich war dort«, murmelte Constance. »Vor zwanzig Jahren. Im Studio. In der Nacht von Halloween.«

Ich hielt den Atem an. Hinter mir glitt ein Schatten in den Türrahmen; Crumley stand dort und hörte stillschweigend zu.

Constance schaute an mir vorbei in ein anderes Jahr und in eine andere Nacht.

»Es war die verrückteste Party, die ich je mitgemacht

habe. Alle waren maskiert, niemand wußte, wer was trank oder warum. In jedem Atelier gab es Schnaps in rauhen Mengen, und ebenso wurde in den Seitenstraßen gereihert, und hätte man Tara und Atlanta in dieser Nacht errichten wollen, sie wären in Flammen aufgegangen. Es mußten ungefähr zweihundert kostümierte Statisten dort gewesen sein und noch mal dreihundert ohne Kostüme, die den Alkohol durch den Tunnel beförderten, als wäre die Prohibition noch in vollem Schwange. Selbst wenn der Schnaps ganz legal zu kriegen ist, will man doch seinen Spaß haben, vermute ich. Geheime Durchgänge zwischen den Gräbern und den sauren Gurken, den gedumpten Filmen in den unterirdischen Gewölben. Damals ahnte niemand, daß der Tunnel schon bald zugemauert werden würde, eine Woche nach dem Unfall.«

Der Unfall des Jahres, dachte ich. Arbuthnot tot und das Studio wie eine Herde Elefanten auf kürzeste Entfernung einfach abgeknallt.

»Es war kein Unfall«, hauchte Constance.

Hinter ihrem blassen Gesicht hielt sie eine private Düsternis versteckt.

»Morde«, sagte sie. »Selbstmord.«

Der Puls klopfte mir in der Hand. Sie hielt sie fest umschlossen.

»Ja«, nickte sie, »Selbstmord und Mord. Wir haben nie herausgekriegt, wie, warum und was. Du hast die Zeitungsberichte gesehen. Zwei Wagen an der Ecke Gower und Santa Monica, spät, keiner hat etwas gesehen. Die Maskierten rannten alle in ihren Masken davon. Die Studiostraßen sahen aus wie die Kanäle Venedigs im Morgengrauen, mit den leeren Gondeln, die Anlegestellen mit Ohrringen und Unterwäsche übersät. Auch ich rannte. Später wollten Gerüchte wissen, Sloane habe Arbuthnot mit Sloanes Frau vor oder hinter der Mauer erwischt. Vielleicht hat auch Arbuthnot Sloane mit seiner eigenen Frau erwischt. Mein Gott, wenn man in die Frau eines anderen verliebt ist, und sie schläft auf einer verrückten Party mit ihrem eigenen Ehemann, das kann einen doch ganz schön auf die Palme bringen, oder nicht? Und so rast ein Auto dicht hinter dem anderen durch die nächtlichen Straßen. Arbuthnot mit hundertzwanzig hinter den Sloanes her. An der Gower rammt er sie von hinten und schleudert sie gegen einen Straßenmast. Die Nachricht schlägt auf der Party wie eine Bombe ein! Doc Phillips und Groc und Manny sausen sofort los. Sie tragen die Opfer in die nahe gelegene katholische Kirche. Arbuthnots Kirche. Wo er Geld hingetragen hatte, als Hintertürchen sozusagen, sein Hintertürchen aus der Hölle, wie er immer sagte. Aber es war zu spät. Sie starben und wurden über die Straße in die Leichenhalle gebracht. Die ist jetzt schon lange verschwunden. Am nächsten Tag im Studio sahen Doc und Groc aus, als wären sie bei ihrem eigenen Begräbnis als Sargträger engagiert worden. Bis zum Mittag beendete ich die letzte Szene des letzten Films, den ich je gedreht habe. Das Studio machte eine Woche lang zu. Jedes Atelier, jede Halle wurde mit Trauerband dekoriert, in allen Straßen wurden künstliche Nebelwolken versprüht, oder reime ich mir das jetzt zusammen? Die Schlagzeilen berichteten, die drei seien glücklich betrunken nach Hause unterwegs gewesen. Falsch. Es war Rache, unterwegs, um zu töten. Die armen balzenden Männchen und die arme liebeskranke Schnepfe wurden zwei Tage später hinter der Mauer begraben, dort wo einst der Schnaps in Strömen gelaufen war. Der Friedhofstunnel wurde zugemauert und – zum Teufel«, sie seufzte, »ich dachte, das alles wäre jetzt vorbei. Doch heute abend, mit dem offenen Tunnel, mit Arbuthnots falscher Leiche auf der Mauer und mit diesem verrückten, traurigen Mann in deinem Film hat alles wieder angefangen. Was hat das alles zu bedeuten?«

Ihre Uhr blieb stehen, ihre Stimme wurde immer leiser, sie schlief ein. Noch zuckte der Mund leise. Wortgespenster kamen heraus, in kleinen Fetzen und Stückchen.

»Armer heiliger Sepp ...«

»Welcher heilige Sepp?« fragte ich nach.

Crumley beugte sich auf der Schwelle nach vorne.

Constance war schon tief unten und antwortete schlaftrunken: »... Priester. Armer Kerl. Überfallen. Die Filmleute stürmen herein. Blut in der Sakristei. Leichen, mein Gott, überall Leichen. Armer Sepp ...«

»St. Sebastian? Ist das der arme Sepp?«

»Ja, ja. Der Ärmste. Die Armen alle«, murmelte Constance. »Armer Arby, du armes, blödes Genie. Armer Sloane. Arme Frau. Emily Sloane. Was sagte sie noch in dieser Nacht? Wir werden ewig leben. Junge, was für eine Überraschung, im Nichts aufzuwachen. Arme Emily. Armes Hollyhock-Haus. Arme Constance.«

»Armes wie war das noch?«

»Hol ...«, Constances Stimme rutschte weg, »... ly ... ock ... Haus ...«

»Nein«, sagte Crumley und kam ganz ins Zimmer herein. »Kein Film. Hier.«

Er faßte unter den Nachttisch, zog ein Telefonbuch hervor und blätterte darin herum. Sein Finger lief die Spalten der Seiten herunter, und dann las er laut vor: »Hollyhock-Haus, Sanatorium. Das ist einen halben Block von St. Sebastian, einen halben Block nach Norden, stimmt's?«

Crumley beugte sich ganz nah an ihr Ohr hinunter.

»Hollyhock-Haus«, sagte er. »Wer ist dort?«

Constance stöhnte leise, bedeckte ihre Augen und drehte sich weg. Gegen die Wand sprach sie dann noch einige letzte Worte über jene lang zurückliegende Nacht.

»... ewig leben ... die hatte keinen Schimmer ... alles arme Schlucker ... armer Arby ... armer Priester ... armer Sepp ...«

Crumley richtete sich unter einem Murmeln auf: »Genau. Verdammt. Klar doch. Hollyhock-Haus. Nur ein Steinwurf vom ...«

»Von St. Sebastian entfernt«, ergänzte ich. »Wieso kann ich mich des Gefühls nicht erwehren, daß du mich dort gleich hinbringst?«

59

»Du siehst aus wie der aufgewärmte Tod«, sagte Crumley beim Frühstück zu mir. »Und du«, er zeigte mit seinem gebutterten Toast auf Constance, »du siehst aus wie die gnadenlose Gerechtigkeit.«

»Und wie sehe ich aus?« wollte Henry wissen.

»Dich kann ich nicht sehen.«

»Das paßt«, meinte der Blinde.

»Runter mit den Kleidern«, sagte Constance mit traniger Stimme, wie jemand, der gerade an der Schiefertafel lesen lernt. »Zeit zum Schwimmen. Bei mir!«

Wir fuhren zu Constances Wohnung.

Fritz rief an.

»Hast du die Mitte für meinen Film«, brüllte er, »oder war's der Anfang? Jetzt brauchen wir auch noch eine Neufassung der Bergpredigt!«

»Ist da wirklich eine Neufassung nötig?« Ich hätte beinahe zurückgeschrien.

»Hast du es dir vor kurzem einmal angesehen?« Ich hörte förmlich, wie Fritz sich die Haare raufte. »Mach es einfach! Anschließend mußt du dir einen Begleittext einfallen lassen, der die zehntausend anderen Fallstricke, Sprünge, Beulen und Risse unseres Epos überdeckt. Hast du vor kurzem die Bibel einmal ganz gelesen?«

»Kann ich nicht behaupten.«

Fritz riß sich weitere Haarbüschel aus. »Dann quer!«

»Quer?!«

»Querlesen, Seiten auslassen. Wir treffen uns um fünf Uhr im Studio; du hast eine Predigt dabei, die mich aus den Socken haut, und einen Kommentartext, bei dem sich der gute Orson Welles auf die Schuhe kacken würde! Dein Unterseebootkapitän befiehlt: *Tauchen*!«

Er tauchte unter und blieb verschwunden.

»Kleider aus«, sagte Constance noch immer im Halbschlaf. »Alle rein!«

Wir schwammen. Ich folgte Constance so weit in die Brandung, wie ich mich traute, dann hießen sie die Seehunde willkommen und schwammen mit ihr davon.

»Menschenskind«, sagte Henry, der bis zur Hüfte im Wasser saß. »Das erste Bad, das ich mir seit Jahren genehmige.«

Vor zwei Uhr nachmittags leerten wir fünf Flaschen Champagner und fühlten uns plötzlich beinahe glücklich.

Dann setzte ich mich irgendwann hin und schrieb *meine* Bergpredigt und las sie zum Tosen der Wellen laut vor.

Als ich fertig war, sagte Constance leise: »Wo kann ich mich zur Sonntagsschule anmelden?«

»Jesus wäre stolz darauf gewesen«, sagte Henry.

»Ich taufe dich auf den Namen Genius.« Crumley goß mir Champagner ins Ohr.

»Ach was«, sagte ich bescheiden.

Ich ging wieder ins Haus und brachte Josef und Maria nach Bethlehem, stellte die weisen Männer in Positur, setzte das Baby in die Wiege aus Stroh, und die Tiere schauten mit ungläubigen Augen zu; mitten in der Nacht kamen Kamelkarawanen, eigenartige Sterne und wundersame Geburten. Ich hörte, wie Crumley hinter mir sagte: »Armer heiliger Sepp.«

Er wählte die Auskunft an.

»Hollywood?« fragte er. »St. Sebastians Kirche?«

Um halb vier ließ mich Crumley vor der Kirche St. Sebastian aussteigen.

Er betrachtete mein Gesicht und erriet meine Gedanken.

»Laß es sein!« raunzte er. »Du hast diesen besoffenen Ausdruck der Trapezkünstler. Was soviel heißt wie: du stolperst, aber ich falle die Treppe runter!«

»Crumley!«

»Herrgott noch mal, und dieser Wettlauf durch die Knochenhaufen und unter der Mauer hindurch? Denk doch an Roy, der nicht mehr auftaucht, an den blinden Henry, wie er mit seinem Stock auf die Luft einschlägt, um Gespenster zu verjagen, und denk an Constance, die heute abend wieder erschrecken könnte, und dann kommt sie und reißt mir meine Scheuklappen herunter. Es war meine Idee, dich hierherzubringen! Aber jetzt stehst du da wie ein hyperintelligenter Clown, der jeden Augenblick von der Klippe springt!«

»Armer heiliger Mann. Armer Sepp. Armer Priester«, entgegnete ich.

»Oh, nein, bloß das nicht!«

Und Crumley fuhr davon.

61

Ich spazierte durch eine Kirche, die in ihren Ausmaßen recht bescheiden war, von der Einrichtung her jedoch so reichhaltig ausstaffiert, daß sie vor lauter funkelnder Pracht zu brennen schien. Ich blieb vor einem Altar stehen, der an die fünf Millionen Dollar an Gold und Silber verschlungen haben mußte. Hätte man die Christusfigur an seiner Vorderseite eingeschmolzen, so hätte man damit sicherlich die halbe Münzanstalt der Vereinigten Staaten aufkaufen können. Während ich wie geblendet von dem Licht, das von dem Kreuz ausging, dastand, hörte ich plötzlich Pfarrer Kelly hinter mir.

»Sind Sie der Drehbuchautor, der mich wegen einem gewissen Problem angerufen hat?« rief er leise quer über die Bankreihen herüber.

Ich betrachtete noch immer den unglaublich strahlenden Altar. »Sie müssen eine Menge reiche Gläubige in Ihrer Gemeinde gehabt haben, Herr Pfarrer«, sagte ich.

Arbuthnot, dachte ich.

»Nein, das hier ist nur eine leere Kirche in einem leeren Zeitalter.« Pfarrer Kelly durchpflügte das Seitenschiff und streckte mir seine große Pranke entgegen. Er war groß, über einsneunzig, muskulös wie ein Athlet. »Wir sind in der glücklichen Situation, das eine oder andere Mitglied in unserer Gemeinde zu haben, dessen Gewissen nicht zur Ruhe kommen will. Sie drängen ihr Geld der Kirche förmlich auf.«

»Wenn Sie das sagen, Herr Pfarrer.«

»Wenn es nicht wahr wäre, würde Gott mich am Schlafittchen packen.« Er lachte. »Es ist schon hart, das Geld den leidenden Sündern einfach abzunehmen, aber immer noch besser, als wenn sie es auf der Rennbahn verjubeln. Hier bei mir haben sie eine größere Gewinnchance, denn ich treibe ihnen den Glauben höchstpersönlich ein. Wo die Psychiater nur emsig daherschwätzen, stoße ich einen höllischen Schrei aus, bei dem die Hälfte meiner Lämmchen vor Schreck die Hosen runterläßt und die andere Hälfte sie schleunigst wieder raufzieht. Aber kommen Sie doch. Mögen Sie Scotch? Ich überlege mir oft, ob Jesus, würde er heute leben, nicht Scotch servieren würde, und ob uns das etwas ausmachte. Das nennt man irische Logik. Kommen Sie.«

In seinem Büro füllte er zwei Schwenker ein.

»Ich kann es Ihnen von den Augen ablesen, daß Sie das Zeug verabscheuen«, stellte der Pfarrer fest. »Lassen Sie es stehen. Sind Sie wegen des Films gekommen, den dieser Verrückte dort drüben im Studio gerade abdreht? Ist Fritz Wong wirklich so durchgedreht, wie oft behauptet wird?«

»Und genauso erstklassig.«

»Es tut gut, wenn man einen Schreiber seinen Boß loben hört. Das habe ich höchst selten getan.«

»Sie!?«

Pfarrer Kelly lachte. »Als junger Mann habe ich neun Drehbücher geschrieben; keines davon wurde je verfilmt, und es hätte auch keines viel hergegeben. Bis zu meinem Fünfunddreißigsten habe ich alles mögliche getan, nur um zu verkaufen, mich zu verkaufen, hineinzukommen, weiterzukommen. Dann sagte ich mir, hol's der Teufel, und ich wurde Geistlicher, wenn auch spät. Es war nicht einfach. Die Kirche klaubt solche wie mich nicht sehr gerne von der Straße auf. Doch ich absolvierte das Priesterseminar durchaus mit Stil, hatte ich doch vorher an jeder Menge christlicher Dokumentarfilme mitgearbeitet. Und was treiben Sie so?«

Ich saß lachend vor ihm.

»Was ist daran so komisch?« fragte Pfarrer Kelly.

»Ich habe ganz den Eindruck, daß sich die Hälfte der Autoren vom Studio – wenn sie wüßten, daß Sie auch jahrelang geschrieben haben – hier herüberschliche, aber nicht um zu beichten, sondern vielmehr, um sich Antworten abzuholen! Wie würden Sie diese Szene beschreiben, wie könnte man jene zu Ende bringen, wie könnte man ein bißchen kürzen, wie...«

»Sie haben den Nagel auf den Kopf getroffen!« Der Pfarrer kippte den Whisky hinunter und füllte sich vergnügt ein zweites Glas ein; dann plauderten wir wie zwei alte Filmhasen aus der hohen Schule der Drehbuchschreiberei. Ich setzte ihm meinen Messias auseinander, er erzählte mir von seinem Christus.

Schließlich sagte er: »Hört sich ganz so an, als hätten Sie das Drehbuch recht ordentlich zusammengeflickt. Letztendlich haben die alten Knaben vor zweitausend Jahren auch nicht mehr als solide Flickschusterei betrieben. Sehen Sie sich nur die Unterschiede zwischen Matthäus und Johannes an.«

Ich rutschte ungeduldig auf meinem Stuhl herum, traute mich aber nicht, kochendes Öl auf einen Gottesmann zu gießen, der gerade kühles, heiliges Quellwasser spendete.

Ich erhob mich. »Tja, vielen Dank, Herr Pfarrer.«

Er schaute meine ausgestreckte Hand an. »Sie haben eine Pistole mitgebracht«, sagte er wie nebenbei, »aber Sie haben sie noch nicht abgefeuert. Drücken Sie Ihren Hintern wieder auf den Stuhl und schießen Sie los.«

»Reden alle Priester so?«

»In Irland schon. Legen Sie los. Sie haben laut gegakkert, aber Sie haben noch kein Ei gelegt.«

»Ich glaube, jetzt nehme ich doch einen Schluck *davon.*« Ich nahm das Glas und nippte an seinem Inhalt. »Also… Stellen Sie sich vor, ich sei Katholik…«

»Ich stelle es mir vor.«

»Einer, der unbedingt die Beichte ablegen muß…«

»So geht es allen.«

»Ich komme also nach Mitternacht hierher…«

»Eine sehr ungewöhnliche Stunde.« Doch ich sah, wie in jeder seiner Pupillen eine Kerze aufflammte.

»Ich klopfe an die Tür…«

»Würden Sie so etwas wirklich tun?« Er beugte sich leicht nach vorne. »Fahren Sie fort.«

»Würden Sie mich einlassen?« fragte ich.

Genausogut hätte ich ihn in seinen Stuhl zurückschubsen können.

»Waren die Kirchen dereinst nicht rund um die Uhr geöffnet?« hakte ich nach.

»Das ist schon lange her«, antwortete er viel zu hastig.

»Dann würden Sie mich also nicht einlassen, Herr Pfarrer, wenn ich des Nachts mit einem dringenden Anliegen bei Ihnen anklopfte?«

»Warum sollte ich das nicht tun?« Der Kerzenschein in

seinen Augen flackerte auf, als hätte ich den Docht aufgerichtet.

»Selbst für den schlimmsten Sünder, der je auf Gottes Erdboden gewandelt ist, Herr Pfarrer?«

»Es gibt sie nicht, so eine *Kreatur.*« Zu spät: seine Zunge klebte an dem letzten, fürchterlichen Wort fest. Seine Augen tanzten wild umher, die Lider zuckten. Er revidierte seine Aussage, gab ihr einen anderen Dreh.

»Es gibt keine solche *Person.*«

Ich ließ nicht locker: »Aber was wäre, wenn Judas selbst an der Tür stünde...«, ich machte eine kleine Pause, »...spät in der Nacht?«

»Judas Ischariot? Wegen ihm würde ich aufstehen, ganz bestimmt.«

»Und was, Herr Pfarrer, wenn dieser verlorene, furchtbare Mann nicht nur einmal pro Woche anklopfte, sondern fast jede Nacht, das ganze Jahr über? Würden Sie aufstehen, oder würden Sie sein Klopfen überhören?«

Das gab ihm den Rest. Pfarrer Kelly sprang auf, als hätte ich den Nagel auf den Kopf getroffen. Die Farbe verschwand von seinen Wangen und aus seinen Haarwurzeln.

»Sie haben bestimmt woanders dringende Geschäfte zu erledigen. Ich möchte Sie nicht länger aufhalten.«

»Aber nein, Herr Pfarrer.« Ich bemühte mich, mutig zu sein. »*Sie* möchten gerne, daß ich weggehe. Auf die Woche genau vor zwanzig Jahren...«, ich stolperte einfach weiter, »...klopfte jemand an die Tür, mitten in der Nacht...«

»Nein, hören Sie auf damit! Gehen Sie!«

Es war der schreckerfüllte Schrei von Starbuck, der Ahabs Blasphemie ungeschehen machen wollte, der letzte Angriff auf den riesenhaften weißen Fleischberg: »Raus!«

»Raus? *Sie* gingen damals hinaus, Herr Pfarrer.« Mein Herz raste und warf mich beinahe im Sessel hin und her. »Sie gingen hinaus und ließen den Krach und das Getöse und das Blut herein. Vielleicht haben Sie gehört, wie die Autos aufeinanderprallten. Dann die Schritte und dann das laute Klopfen und die schreienden Stimmen. Vielleicht geriet der Unfall außer Kontrolle, wenn es denn ein Unfall war. Vielleicht brauchten sie ja auch nur einen ordentlichen, mitternächtlichen Zeugen, einen, der alles sah, aber nicht redete. Sie ließen die Wahrheit herein und haben sie seither für sich behalten.«

Ich sprang auf und wäre beinahe in Ohnmacht gefallen. Kaum stand ich auf den Füßen, da sank der Pfarrer wie plötzlich seiner Knochen beraubt in seinen Stuhl zurück, als wären wir über Flaschenzüge und Gewichte miteinander verbunden.

»Sie waren Augenzeuge, nicht wahr, Herr Pfarrer? Es geschah nur wenige Meter von hier entfernt, in jener Halloween-Nacht im Jahre 1934. Wurden die Opfer anschließend nicht hierher gebracht?«

»Gott vergib mir«, murmelte der Priester. »Ja.«

Eben noch vom Feuer der Leidenschaft erfüllt, verließ Pfarrer Kelly nun sein aufrührerischer Geist, und der Gottesmann sank Schicht um Schicht tiefer in sich hinein.

»Waren bereits alle tot, als die Menge sie hereintrug?«

»Nicht alle«, sagte der Priester, vom Schock der Erinnerung geschüttelt.

»Danke, Herr Pfarrer.«

»Wofür?« Er hatte die Augen vor den schmerzlichen Erinnerungen verschlossen und riß sie nun in neuerlicher Qual weit auf. »Wissen Sie, auf was Sie sich da eingelassen haben?!«

»Ich habe Angst, danach zu fragen.«

»Dann gehen Sie schleunigst nach Hause, waschen Sie sich das Gesicht und – ein sündiger Ratschlag – lassen Sie sich vollaufen!«

»Dafür ist es zu spät. Pfarrer Kelly, haben Sie einem der Opfer, oder gar allen, die Letzte Ölung gegeben?«

Pfarrer Kellys Kopf zuckte hin und her, als wolle er mit der Wackelei die bösen Geister vertreiben.

»Und wenn es so wäre?«

»Der Mann namens Sloane?«

»War bereits tot. Ich habe ihn statt dessen gesegnet.«

»Und der andere Mann...?«

»Der große, der berühmte, der allmächtige...?«

»Arbuthnot«, vollendete ich den Satz.

»Ihn habe ich gesalbt und ihm die Sakramente gespendet. Dann ist er gestorben.«

»Kalt und tot, für immer von uns gegangen, richtig *mause*tot?«

»Jesus, wie Sie das sagen!« Er schnappte nach Luft, und dann stieß er es aus: »All das – jawohl!«

»Und die Frau?« faßte ich nach.

»Die war am schlimmsten dran!« rief er. Die alte Blässe in seinen Wangen wurde von einer neuen, noch bleicheren Blässe ersetzt. »Durchgedreht. Von Sinnen, noch schlimmer als durchgedreht. Völlig losgelöst von Geist und Körper, unmöglich, sie wieder zurückzuholen. Zwischen den beiden eingeklemmt. Mein Gott, das alles erinnerte mich an Theaterstücke, die ich in meiner Jugend gesehen hatte. Schnee fällt vom Himmel. Ophelia plötzlich in eine fürchterliche Stille gekleidet, als sie langsam ins Wasser schreitet, wo sie eigentlich nicht ertrinkt, sondern vielmehr sich im endgültigen Wahnsinn auflöst, eine Stille, die so kalt ist, daß man sie nicht mit dem Messer schneiden könnte, nicht mit einem Ruf durchdringen. Nicht einmal der Tod könnte den Winter dieser Frau erschüttern. Haben Sie mich gehört? Das sagte einmal ein Psychiater! Der ewige Winter. Ein Land versunken im Schnee, aus dem nur selten ein Reisender je wieder zurückkehrt. Die Sloane, wie sie dort draußen im Pfarrhaus zwischen den Leichen gefangen liegt, und sie weiß nicht, wie sie entfliehen kann. Also dreht sie sich einfach um und ertränkt sich. Die Leichen wurden von den Studioleuten weggeschafft, sie waren nur für eine kurze Rast hierher gebracht worden.«

Er redete gegen die Wand. Jetzt wandte er sich um und sah mich alarmiert an, von aufsteigendem Haß aufgewühlt. »Die ganze Geschichte dauerte wie lange? Eine Stunde? Und doch hat sie mich all die Jahre verfolgt.«

»Emily Sloane... verrückt?«

»Eine Frau führte sie weg von hier. Eine Schauspielerin. Ich habe den Namen vergessen. Emily Sloane wußte nicht, daß man sie wegbrachte. Sie starb in der Woche darauf, oder eine Woche später, soviel ich gehört habe.«

»Nein«, sagte ich. »Es gab drei Tage später eine dreifache Beerdigung. Arbuthnot für sich. Die Sloanes zusammen, das erzählt man sich jedenfalls.«

Der Priester korrigierte seine Geschichte. »Das spielt doch keine Rolle mehr. Jedenfalls ist sie tot.«

»Es spielt sehr wohl eine Rolle.« Ich beugte mich zu ihm hinüber. »Wo ist sie gestorben?«

»Ich weiß nur, daß man sie nicht in die Leichenhalle gegenüber gebracht hat.«

»Vielleicht in ein Krankenhaus?«

»Ich habe Ihnen alles gesagt, was ich weiß.«

»Nicht alles, Herr Pfarrer, aber so einiges...«

Ich stellte mich an das Fenster des Pfarrhauses und blickte hinaus auf die Einfahrt und den gepflasterten Hof.

»Sollte ich noch einmal zurückkommen, erzählen Sie mir dann die gleiche Geschichte?«

»Ich hätte Ihnen überhaupt nichts erzählen sollen! Ich habe mein Beichtgelübde gebrochen!«

»Von dem, was Sie mir erzählt haben, wurde Ihnen nichts vertraulich mitgeteilt. Sie haben es selbst gesehen. Und nun hat es Ihnen gut getan, mir alles zu beichten.«

»Gehen Sie jetzt.« Der Priester seufzte, füllte sich noch einen Schluck ins Glas und kippte ihn hinunter. Seine Wangen wollten noch immer keine Farbe annehmen. Er versank eher noch schiefer in seinem fleischlichen Körper. »Ich bin sehr müde.«

Ich öffnete die Tür zur Sakristei und blickte durch den kleinen Flur auf den Altar, der vor Gold, Silber und Edelsteinen hell funkelte.

»Wie kommt es, daß eine so bescheidene Kirche so reich ausgestattet ist?« fragte ich. »Allein mit dem Taufstein könnte man einen Kardinal finanzieren oder einen Papst wählen lassen.«

»Es gab einmal eine Zeit«, sagte Pfarrer Kelly und schaute gedankenverloren in sein leeres Glas, »da hätte ich Sie auf dem direkten Weg in die Hölle geschickt.«

Das Glas entglitt seinen Fingern. Er machte keine Anstalten, die Scherben aufzusammeln. »Auf Wiedersehen«, sagte ich.

Dann trat ich hinaus ins helle Sonnenlicht.

Auf der gegenüberliegenden Seite zweier leerer Hinterhöfe und eines dritten, der auf der Rückseite der Kirche gen Norden verlief, standen Unkraut und lange Gräser und wilder Klee und verblühte Sonnenblumen, die im warmen Wind mit den Köpfen nickten. Direkt dahinter erhob sich ein zweistöckiges, weißverkleidetes Haus, dessen Namen in unbeleuchteter Neonschrift über dem Eingang zu lesen stand: HOLLYHOCK HOUSE SANATORIUM.

Auf dem Pfad zwischen dem Unkraut sah ich zwei Gespenster. Eine Frau, die eine andere an der Hand führte; sie entfernten sich langsam.

»Eine Schauspielerin«, hatte Pfarrer Kelly gesagt. »An den Namen kann ich mich nicht mehr erinnern.«

Die Gräser, die den Pfad säumten, bewegten sich mit trockenem Rascheln im Wind.

Eine der Gespensterfrauen kam allein zurück; sie weinte.

»Constance ...?« rief ich leise.

62

Ich ging die Gower Street hinunter und schaute drüben beim Studio durch das Eingangstor.

Hitler in seinem unterirdischen Bunker während der letzten Tage des Dritten Reiches, dachte ich.

Rom brennt lichterloh, und Nero sucht noch mehr Fackeln.

Marc Aurel schlitzt sich in der Wanne die Pulsadern auf und läßt das Leben entweichen.

Und das alles nur, weil irgendwo irgendwer Befehle brüllt, Anstreicher mit zuviel Farbe und Männer mit riesigen Staubsaugern anheuert, die mit dem verdächtig aufgewirbelten Staub kurzen Prozeß machen.

Nur ein einziges Tor zum Studio war offen. Dort standen drei Mann vom Wachpersonal, die das Kommen und Gehen der Maler und Saubermänner kontrollierten und sich dabei jedes Gesicht genau ansahen.

Stanislau Groc saß hinter dem Tor in seinem leuchtendroten Morgan, ließ den Motor aufheulen und rief aufbrausend: »Ich will raus!«

»Nein, Sir«, sagte der Wachmann gelassen. »Befehl von oben. In den nächsten beiden Stunden darf niemand das Studiogelände verlassen.«

»Aber ich bin ein freier Bürger der Stadt Los Angeles und kein Untertan dieses verfluchten Fürstentums hier!«

»Soll das etwa heißen«, sagte ich durch das Torgatter, »daß ich nicht mehr heraus darf, wenn ich einmal drin bin?«

Der Wachmann legte den Finger an den Schirm seiner

Mütze und sprach mich mit Namen an. »Sie dürfen hinein *und* heraus, Sir. Anweisung von oben.«

»Seltsam«, wunderte ich mich. »Warum gerade ich?«

»Verdammt noch mal!« Groc machte Anstalten, aus seinem Wagen zu klettern.

Ich betrat das Gelände durch die kleine Tür im großen Gittertor und machte die Beifahrertür von Grocs Morgan auf.

»Würden Sie mich zu Maggies Schneideraum bringen? Bis Sie wieder zurück sind, werden Sie wahrscheinlich hinausgelassen.«

»Nein. Wir sitzen in der Falle«, sagte Groc. »Dieses Schiff geht schon seit einer Woche unter, und es gibt keine Rettungsboote. Laufen Sie weg, sonst müssen Sie mit ersaufen!«

»Aber, aber«, sagte der Wachmann seelenruhig. »Bloß keine Paranoia.«

»Hört euch den an!« Grocs Gesicht war kreidebleich. »Der große Studiowachdienstpsychiater! Sie, Sie steigen besser ein. Es wird Ihre letzte Fahrt!«

Ich zögerte einen Moment und blickte hinunter in das Gesicht, in dem sich die verschiedensten Gefühle spiegelten. All das, was normalerweise Grocs herrische und mutige Fassade ausmachte, war am Zusammenbrechen. Er wirkte wie ein Testbild auf einem Fernsehschirm, das bald verschwommen, dann wieder einigermaßen stabil kommt, um sich dann vollends aufzulösen. Ich stieg ein und schlug die Tür zu, woraufhin der Wagen sich röhrend auf seinen wahnwitzigen Parcours machte.

»Hey, wohin so eilig?«

Wir rasten an den Aufnahmeateliers vorbei. Überall standen die Türen zum Lüften sperrangelweit offen. Bei mindestens sechs von ihnen wurden die Außenwände gestrichen. Alte Bauten und Bühnenbilder wurden eingerissen und ins Tageslicht herausgeschleppt.

»An jedem anderen Tag, mein Guter, hätte ich das hier genossen!« überschrie Groc den heulenden Automotor. »Chaos ist mein Lebenselixier. Die Börse bricht zusammen? Fährboote kentern? Hervorragend! Ich ging im Jahre 1946 nach Dresden zurück, nur um mir die zerstörten Gebäude und die vom Bombenterror gezeichneten Menschen anzusehen.«

»Stimmt das?!«

»Hätten Sie es nicht selbst gerne gesehen? Oder das brennende London, 1940. Immer wenn sich die Menschheit abscheulich benimmt, geht mir das Herz auf!«

»Machen Sie *schöne* Dinge denn nicht glücklich? Künstlerisch begabte Menschen, kreative Männer und Frauen?«

»Nein, nein.« Groc raste weiter. »Das deprimiert mich. Ein Lallen zwischen all den anderen Blödheiten. Die paar naiven Narren, die die Landschaft mit ihren geschnittenen Rosen und Stilleben aufmotzen, machen nur noch deutlicher, welches Geschmeiß an Höhlenbewohnern, Zwergwürmern und kriechenden Vipern die unterirdische Maschinerie in Bewegung hält und die Welt auf den Hund bringt. Ich habe mich vor Jahren entschieden: wenn die Kontinente nur riesige Klumpen aus Matsch und Unrat sind, so will ich die passenden Stiefel tragen, um wie ein kleines Kind darin herumzuplanschen. Aber das hier, das ist doch lächerlich: gefangen in einer blöden Fabrik. Ich will darüber lachen, nicht davon vernichtet werden. Halten Sie sich fest!« Wir schleuderten am Kalvarienberg vorbei.

Ich hätte beinahe aufgeschrien.

Denn Golgatha war verschwunden.

Ein Stück weiter hinten stieß der Verbrennungsofen große Schwaden schwarzen Rauchs aus.

»Das müssen die drei Kreuze sein«, sagte ich.

»Gut so!« grunzte Groc. »Ich frage mich nur: wird J. C. heute in der Bahnhofsmission übernachten?«

Ich fuhr herum und schaute ihn an.

»Kennen Sie J. C. näher?«

»Den Muskatellmessias? *Ich* habe ihn geschaffen! Wenn ich anderen Augenbrauen und Busen herrichte, warum Jesus nicht die Hände! Also schälte ich ihm das überflüssige Fleisch weg, damit seine Finger zart und schlank wirkten: richtige Erlöserhände. Warum auch nicht? Ist die Religion nicht ein großer Witz? Die Menschen denken, sie seien erlöst. Wir wissen, daß das nicht stimmt. Aber dann: der Abdruck der Dornenkrone, die Wundmale!« Groc schloß genüßlich die Augen, wäre beinahe an einen Telefonmast geprallt, schleuderte herum und hielt an.

»Ich dachte mir schon, daß Sie das getan haben«, sagte ich endlich.

»Wenn man Christus spielt, dann muß man auch Christus sein! Ich mache dir Dornenabdrücke, sagte ich zu J. C., die kannst du bei Renaissance-Ausstellungen vorzeigen! Ich nähe dir die Wundmale von Masaccio, da

Vinci, Michelangelo! Wie auf dem marmornen Fleisch der Pietà! Und, wie Sie gesehen haben, zu besonderen Anlässen...«

»...fangen die Wundmale zu bluten an.«

Ich riß die Wagentür weit auf. »Ich glaube, den Rest gehe ich besser zu Fuß.«

»Aber nein«, entschuldigte sich Groc und lachte dabei schrill auf. »Ich brauche Sie. Welche Ironie! Damit ich später beim Tor hinausgelassen werde. Gehen Sie, unterhalten Sie sich mit Botwin, dann machen wir, daß wir davonkommen.«

Ich war unentschlossen und ließ die Tür noch halb offen. Groc befand sich in einer freudig erregten Panik, beinahe bis zur Hysterie überdreht; schließlich zog ich die Tür wieder zu, und er fuhr los.

»Fragen Sie, immer fragen«, meinte er.

»Na schön.« Ich setzte erneut an: »Was ist mit all den Gesichtern, die Sie so schön hergerichtet haben?«

Groc ließ den Motor röhren.

»Die halten bis in alle Ewigkeit, habe ich den Narren erzählt, und sie haben es geglaubt. Egal, ich ziehe mich aus dem Geschäft zurück, falls ich da vorne zum Tor hinauskomme. Ich hab ein Ticket für eine Kreuzfahrt rund um die Welt gebucht, morgen geht's los. Nach dreißig Jahren hat sich mein Gelächter in Schlangenspucke verwandelt. Manny Leiber? Der kann jeden Tag tot sein. Doc? Wissen Sie es schon? Er ist weg.«

»Wohin?«

»Wer weiß.« Doch Grocs Blick glitt nach Norden, zur Studiofriedhofsmauer. »Exkommuniziert?«

Wir sausten dahin. Groc nickte nach vorne. »Maggie Botwin, die mag ich. Sie ist ein perfektionistischer Chirurg, genau wie ich.«

»Sie hört sich nur nicht so an wie Sie.«

»Wenn das jemals der Fall sein sollte, würde sie sterben. Und Sie selbst? Tja, Desillusion braucht so ihre Zeit. Sie werden siebzig sein, bis Sie merken, daß Sie ein Minenfeld durchquert haben und dabei einer Truppe von Schwachköpfen zuriefen: Hier entlang! Man wird auch Ihre Filme vergessen.«

»Nein«, widersprach ich.

Groc warf einen Blick auf mein stolz gerecktes Kinn und meine trotzige Oberlippe.

»Stimmt«, mußte er zugeben. »Sie sehen aus wie ein wahrhaftiger, heiliger Tor. *Ihre* Filme also nicht.«

Wir kurvten um die nächste Ecke, und ich deutete auf die Schreiner, die Putzkolonnen, die Anstreicher: »Wer hat diese Arbeiten veranlaßt?«

»Natürlich Manny.«

»Wer hat Manny dazu veranlaßt? Wer gibt hier *wirklich* die Befehle? Jemand hinter einem Spiegel? Jemand aus der Wand?«

Groc brachte den Wagen vorsichtig zum Stehen und schaute nach vorne. Ich sah die vernarbten Nähte hinter seinen Ohren deutlich vor mir.

»Darauf kann ich nicht antworten.«

»Nicht?« sagte ich. »Ich blicke in die Runde, und was sehe ich? Ein Filmstudio, mitten in der Produktion von acht Filmen. Einer davon ein wirklich großer, unser Jesus-Epos, der in zwei Tagen abgedreht wäre. Und plötzlich, aus einer Laune heraus, sagt jemand: Alles abbrechen. Statt dessen geht dieses bescheuerte Streichen und Entrümpeln los. Es ist der reine Wahnsinn, ein Studio zu schließen, dessen fixe Kosten sich täglich auf neunzig- bis einhunderttausend Dollar belaufen. Was soll das?«

»Was denn?« sagte Groc leise.

»Wenn ich mir Doc anschaue, dann sehe ich eine Qualle, giftig zwar, aber ohne Rückgrat. Ich betrachte mir Manny und sehe, daß sein Hintern gerade richtig für Barhocker ist. Sie? Hinter Ihrer Maske sitzt eine Maske und dahinter wieder eine. Keiner von euch besitzt die nötigen Dynamitfäßchen oder den elektrischen Preßlufthammer, um das ganze Studio lahmzulegen. Und doch wird es stillgelegt. Ich sehe ein Studio, so groß wie der weiße Wal. Harpunen werden geschleudert. Also muß auch irgendwo ein besessener Kapitän existieren.«

»Dann verraten Sie mir doch«, sagte Groc, »wer unser Ahab ist?«

»Ein Toter, der im Friedhof auf einer Leiter steht, zu uns herüberschaut und seine Befehle gibt. Und ihr rennt alle dienstbeflissen los«, sagte ich.

Grocs große, dunkle Augen blinzelten dreimal ihr typisches Leguanblinzeln.

»Ich nicht«, grinste er.

»Ach nein? Warum denn nicht?«

»Darum nicht, Sie Dummkopf.« Groc strahlte und schaute in die Weite des Himmels. »Überlegen Sie doch! Es gibt nur zwei Genies, die schlau genug sind, diesen Toten auf der Leiter so zusammenzubasteln, daß er im Regen über die Mauer schaut und den Leuten vor Schreck das Herz stehenbleibt!« Groc wurde von einem Lachanfall geschüttelt, der ihn beinahe umgebracht hätte. »Wer könnte wohl ein solches Gesicht modellieren!«

»Roy Holdstrom!«

»Richtig! *Und*!?«

»Lenins ...« Ich stotterte. »... Lenins Kosmetik-Künstler?«

Stanislau Groc richtete sein strahlend helles Lachen direkt auf mich.

»Stanislau Groc«, sagte ich wie betäubt. »... *Sie* also.«

Er verbeugte sich in aller Bescheidenheit.

Du! dachte ich. Nicht das Monster, das sich in den Grüften versteckt hält, war auf die Leiter geklettert, nicht das Monster hat Arbuthnots Vogelscheuche aufgestellt, um das Studio lahmzulegen, nein! Es war Groc, der Mann, der lacht, der wuselige Conrad Veidt mit dem immerwährenden Grinsen im zusammengeflickten Gesicht!

»Warum nur?« fragte ich.

»Warum?« Groc schmunzelte. »Ach Gott, um ein bißchen Staub aufzuwirbeln! Wie langweilig ist es doch all die Jahre hier gewesen! Doc schon ganz krank von seinen Nadeln, Manny zerriß sich förmlich, aber ich selbst hatte auf diesem Narrenschiff einfach nicht genug zu lachen. Also weckte ich die Toten auf! Sie haben mir den Spaß vermasselt, als Sie die Leiche fanden und niemandem davon erzählten. Ich hatte gehofft, Sie würden schreiend durch die Straßen laufen. Statt dessen haben Sie dichtgehalten. Ich mußte den einen oder anderen Anruf tätigen, um die Studioleute auf den Friedhof zu lotsen. Dann aber war die Hölle los! Das reinste Pandämonium.«

»Sind Sie auch der Urheber der anderen Nachricht, die Roy und mich zum Brown Derby lockte, damit wir das Monster zu sehen bekamen?«

»Der bin ich.«

»Und das alles«, sagte ich wie gelähmt, »nur aus Jux?«

»Nicht ganz. Wie Sie vielleicht wissen, sitzt das Studio quer über der riesigen Erdspalte, die unter dem Namen San-Andreas-Spalte bekannt ist, ein Riß in der Erdkruste, der für Erdbeben geradezu prädestiniert ist. Ich spürte die Beben schon vor Monaten. Also stellte ich die Leiter auf und erweckte die Toten – und ließ auch sozusagen meine Bezahlung anheben.«

»Erpressung«, flüsterte Crumley in meinem Hinterkopf.

Groc genoß seine eigenen Enthüllungen sichtlich: »Auf diese Weise konnte ich Manny, Doc, J. C., praktisch jeden erschrecken, das Monster inbegriffen!«

»Das Monster? Sie wollten das Monster erschrecken?«

»Warum auch nicht? Die ganze Meute, den ganzen Haufen! Alle schön zahlen lassen, solange sie nicht herausfinden, daß ich hinter all dem stecke. Einen Aufstand anzetteln, den Zaster einstecken und dann nichts wie weg!«

»Das bedeutet, mein Gott, daß Sie alles über Arbuthnots Vergangenheit wissen, auch über seinen Tod. Wurde er vergiftet? Ist es das?«

»Ach«, winkte Groc ab. »Theorien, Spekulation.«

»Wie viele Leute wissen, daß Sie die Weltreise gebucht haben?«

»Nur Sie, Sie armer, trauriger, dem Untergang geweihter Junge. Aber ich vermute, daß jemand Lunte gerochen hat. Warum sollte sonst das Haupttor verschlossen sein und ich hier in der Falle sitzen?«

»Stimmt«, sagte ich. »Gerade vorhin haben sie das Grab von Jesus mit dem anderen Plunder hinausgeschafft. Sie brauchen eine Leiche, die mit auf die Reise geht.«

»Mich«, sagte Groc plötzlich sehr nüchtern.

Ein Wagen des Studiowachdienstes schob sich neben uns.

Ein Wachmann lehnte sich heraus.

»Manny Leiber sucht Sie.«

Groc sackte zusammen, sein Fleisch in sein Blut, sein Blut in seine Seele und seine Seele in das große Nichts.

»Das wär's dann wohl«, flüsterte Groc.

Ich dachte an Mannys Büro, an den Spiegel hinter dem Schreibtisch und an die Katakomben auf der anderen Seite des Spiegels.

»Halten Sie an und hauen Sie ab«, sagte ich.

»Sie Narr«, sagte Groc. »Wie weit würde ich wohl kommen?« Er packte meine Hand mit zitternden Fingern. »Sie sind ein Schwachkopf, aber ein liebenswerter Schwachkopf. Nein, jeder, der von jetzt an mit mir gesehen wird, wird mit mir den Mahlstrom hinabgezogen, wenn sie an der Kette ziehen. Nehmen Sie das.«

Er schob seine Aktentasche auf den Sitz zu mir herüber, öffnete sie kurz und machte sie sofort wieder zu. Ich sah gebündelte Hundertdollarscheine aufblitzen.

»Greifen Sie zu«, sagte Groc. »Ich habe jetzt keine Verwendung mehr dafür. Verstecken Sie es schnell. Geld auf der hohen Kante, bis an Ihr Lebensende.«

»Nein, vielen Dank.«

Er schubste sie erneut gegen mein Bein. Ich schreckte zurück, als wäre mir ein Dolch aus Eis ins Knie gedrungen.

»Schwachkopf«, sagte er. »Aber ein liebenswerter Schwachkopf.«

Ich stieg aus.

Das Polizeiauto, das mit brummendem Motor weiterkroch, hupte einmal kurz. Groc warf einen gehetzten Blick dorthin, dann betrachtete er sich meine Ohren, meine Augenlider, mein Kinn.

»Ihre Haut wird noch an die, sagen wir, dreißig Jahre ohne Ausbesserungsarbeiten auskommen, plus minus ein Jahr.«

Dicker Schleim sammelte sich um seinen Mund. Er verdrehte die Augen, packte das Steuer mit saugenden, grabbelnden Fingern und brauste davon.

Der Polizeiwagen bog um die Ecke, und sein Wagen fuhr hinterher. Ein kleiner Leichenzug, auf dem Weg zur Mauer am hinteren Studiogelände.

63

Ich kletterte die Stiegen zu Maggie Botwins Reptilienpalast empor. Den Namen hatte er wegen der vielen herausgeschnittenen Szenen, der sich kringelnden Filmschnipsel erhalten, die sich im Abfalleimer oder auf dem Fußboden schlängelten.

Der kleine Raum lag verlassen da. Die alten Gespenster

waren geflohen. Die Schlangen hatten sich in die Erde und woandershin verzogen.

Ich stand vor den leeren Regalen und schaute hilflos um mich, bis ich endlich den Zettel entdeckte, der oben auf der verstummten Moviola klebte.

HALLO ZAUBERLEHRLING. VERSUCHE DICH SCHON SEIT ZWEI STUNDEN ANZURUFEN. WIR HABEN JERICHO AUFGEGEBEN UND SIND GEFLOHEN. HABEN UNS ZUM LETZTEN GEFECHT IN MEINEN BUNKER IN DEN HOLLYWOOD HILLS ZURÜCKGEZOGEN. BITTE ANRUFEN. KOMM VORBEI!
SIEG HEIL, FRITZ UND JACQUELINE THE RIPPER.

Ich faltete den Zettel zusammen, um ihn in meinem Tagebuch zu verstauen, damit ich ihn auf meine alten Tage hervorkramen und lesen konnte. Dann ging ich die Stufen wieder hinunter und verließ das Studio.

Sturmtruppen waren nirgendwo in Sicht.

64

Während wir die Küste entlangspazierten, erzählte ich Crumley von dem Priester, dem Pfad mitten durch das Unkraut und von den beiden Frauen, die vor langer Zeit auf dem Pfad gegangen waren.

Wir fanden Constance Rattigan am Strand. Zum ersten Mal sah ich sie im Sand liegen. All die vielen Male zuvor war sie entweder in ihrem Pool oder im Meer gewesen. Jetzt lag sie dazwischen, als hätte sie nicht mehr die Kraft, bis ans Wasser zu gelangen, oder wieder ins Haus zurückzugehen. Sie sah so gestrandet und schiffbrüchig, so blaß aus, daß es mir weh tat, sie anzuschauen.

Wir kauerten uns neben ihr in den Sand und warteten darauf, daß sie unsere Anwesenheit mit geschlossenen Augen spürte.

»Du hast gelogen«, sagte Crumley.

Ihre Augäpfel bewegten sich heftig unter den Lidern. »Welche Lüge meinst du?«

»Daß du damals, vor zwanzig Jahren, die Party um Mitternacht überstürzt verlassen hättest. Du weißt genau, daß du bis zum bitteren Ende geblieben bist.«

»Was habe ich denn dort gemacht?« Sie drehte den Kopf weg. Wir sahen nicht, ob sie auf die graue See hinausschaute, von wo eine abkühlende Nebelfront nahte.

»*Sie* brachten dich an den Unfallort. Eine deiner Freundinnen brauchte dringend Hilfe.«

»Ich habe nie Freundschaften gepflegt.«

»Aber Constance«, sagte Crumley. »Ich kenne die Fakten. Ich habe die Einzelheiten zusammengetragen. In den Zeitungen stand, es hätten drei Beerdigungen am gleichen Tag stattgefunden. Pfarrer Kelly – der aus der Kirche direkt gegenüber der Unfallstelle – behauptet, Emily Sloane sei *nach* den Beerdigungen gestorben. Was passiert, wenn ich eine richterliche Erlaubnis erwirkte, das Grab der Sloanes zu öffnen? Würde ich einen Leichnam darin finden oder zwei? Ich vermute einen; wohin ist Emily verschwunden? Wer hat sie mitgenommen? Du? Auf wessen Anweisung?«

Constance Rattigan erschauderte. Ich konnte nicht beurteilen, ob der plötzlich an die Oberfläche gespülte alte Schmerz daran schuld war oder der Nebel, der sich um uns ballte.

»Für einen dummen Bullen bist du ziemlich schlau«, sagte sie.

»Ach was, ich falle nur manchmal in ein Nest mit Eiern, und es gelingt mir, keines zu zerbrechen. Pfarrer Kelly erzählte unserem jungen Schreiberling hier, daß Emilys Geist verwirrt gewesen sei. Sie mußte also von jemandem weggebracht worden sein. Warst du das?«

»Gott steh' mir bei«, flüsterte Constance Rattigan. Eine Welle klatschte an den Strand. Der Nebel vor der Küste verdichtete sich. »Ja...«

Crumley nickte sanft und sagte: »Die ganze Sache muß sofort mit einem riesigen, mit einem unglaublichen Aufwand vertuscht worden sein. Hat jemand die Sammelbüchse in der Kirche aufgefüllt? Ich meine, hat das Studio zugesichert, was weiß ich, den Altar neu gestalten zu lassen, Witwen und Waisen bis in alle Ewigkeit finanziell zu unterstützen? Sollte der Priester, falls er vergäße, daß du Emily Sloane von dort weggebracht hast, Woche für Woche ein kleines Vermögen ausgehändigt bekommen?«

Constance hatte sich aufgesetzt und suchte mit weit aufgerissenen Augen den Horizont ab. »Das...«, murmelte sie, »...war Teil der Abmachung.«

»Und noch mehr Geld in die Spendenbüchse, und immer mehr und mehr, wenn der Priester aussagte, der Unfall hätte sich nicht vor seiner Kirche, sondern vielleicht hundert Meter weiter unten auf der Straße zugetragen, so daß er gar nicht hatte sehen können, wie Arbuthnot den anderen Wagen gerammt, seinen Feind getötet und die Frau seines Widersachers in den Wahnsinn getrieben hatte. Ist das richtig so?«

»Das...«, murmelte Constance Rattigan, in eine andere Zeit versetzt, »... das trifft es recht gut.«

»Und du hast Emily Sloane, die so gut wie tot war, eine Stunde später aus der Kirche herausgeführt, über das verlassene Gelände mit den Sonnenblumen und den Schildern, auf denen ZU VERKAUFEN stand...«

»Alles lag so nah beieinander, es war so einfach, beinahe ein Witz«, erinnerte sich Constance. Doch sie lachte nicht; ihr Gesicht war aschgrau. »Der Friedhof, das Bestattungsunternehmen und die Kirche für dringende Beerdigungen, das verlassene Gelände, der Pfad. Und Emily? Zum Teufel! Sie war schon lange vorausgegangen, jedenfalls im Geiste. Ich mußte sie nur noch ein wenig dirigieren.«

»Noch etwas, Constance«, hakte Crumley nach. »Ist Emily Sloane heute noch am Leben?«

Constance drehte sich langsam um, eine Einstellung nach der anderen, wie eine Puppe in einem Stop-Motion-Film. Es dauerte zehn Sekunden, bis sie, wie bei einer Einzelbildschaltung, ihr Gesicht zu uns gedreht hatte und mit Augen, die auf einen anderen Brennpunkt eingestellt waren, durch mich hindurchschaute.

»Wann hast du zum letzten Mal einer Marmorfigur Blumen gebracht?« fragte ich. »Einer Statue, die weder die Blumen noch dich wahrnimmt, sondern tief drinnen im Marmor, in der Stille lebt; wann hast du sie zum letzten Mal gesehen?«

Aus Constance Rattigans rechtem Auge rollte eine einzelne Träne.

»Ich habe sie jede Woche besucht. Immer hoffte ich, sie würde einfach wie ein Eisberg wieder aus dem Wasser auftauchen und auftauen. Doch schließlich konnte ich dieses Schweigen nicht mehr ertragen, auch daß mir nie jemand dankte. Sie gab mir das Gefühl, ich sei selbst schon tot.«

Einzelbild für Einzelbild ruckte ihr Kopf wieder in die andere Richtung, um in das vergangene Jahr oder eines der Jahre davor zurückzublicken.

»Ich finde«, sagte Crumley, »es ist an der Zeit, ein paar frische Blumen hinzubringen. Einverstanden?«

»Ich weiß nicht.«

»Doch. Wie wäre es mit ... dem Hollyhock House?«

Da sprang Constance Rattigan rasch auf, schaute aufs Meer hinaus, sprintete in die Brandung und tauchte unter.

»Nein, laß das!« brüllte ich hinterher.

Ich hatte plötzlich Angst. Auch einen hervorragenden Schwimmer konnte das Meer verschlingen und nie mehr zurückgeben.

Ich rannte los und war gerade dabei, mir die Schuhe von den Füßen zu reißen, als Constance wie eine prustende Seerobbe aus den Wellen auftauchte, sich wie ein Hund schüttelte und an Land watete. Kaum war sie auf dem harten, nassen Strandstreifen in der Brandung angelangt, übergab sie sich. Es sprang ihr aus dem Mund wie ein Korken. Dann stand sie mit den Händen in die Hüften gestemmt da und betrachtete sich das Zeug, das langsam von der Strömung weggeschwemmt wurde.

»Verdammt noch mal«, sagte sie. »Dieser Kloß muß all die Jahre schon da drin gesteckt haben!«

Sie drehte sich um und musterte mich von oben bis unten. Ihr Gesicht bekam wieder etwas Farbe. Sie schnippte mit den Fingern einige Spritzer Salzwasser zu mir hinüber, als wolle sie mich erfrischen.

Ich zeigte auf den Ozean: »Hilft dir ein Bad im Meer denn *immer*?«

»Wenn es eines Tages nicht mehr klappt, dann bleibe ich einfach drin«, antwortete sie ruhig.

»Ein kurzes Bad, ein Quicky hilft immer. Arbuthnot oder Sloane kann ich nicht mehr helfen, die sind tot und verrottet. Und Emily Wickes...«

Sie erstarrte und korrigierte sich: »Emily *Sloane*.«

»Ist Wickes ihr neuer Name, seit zwanzig Jahren, im Hollyhock House?« erkundigte sich Crumley.

»Jetzt, wo der Kloß weg ist, muß ich mit etwas Champagner nachspülen. Los, kommt!«

An ihrem blaugekachelten Pool angelangt, öffnete sie eine Flasche und füllte unsere Gläser.

»Seid ihr wirklich so verrückt, daß ihr Emily Wickes Sloane, tot oder lebendig, nach all der Zeit noch retten wollt?«

»Wer sollte uns daran hindern?« antwortete Crumley.

»Das ganze Studio! Nein, vielleicht die drei Leute, die wissen, daß sie dort ist. Ihr braucht jemanden, der euch da einschleust. Niemand betritt Hollyhock House ohne Constance Rattigan. Schaut nicht so böse. Ich helfe euch ja.«

Crumley trank seinen Champagner und sagte: »Noch

etwas. Wer hat in jener Nacht, damals vor zwanzig Jahren, das Kommando übernommen? Es muß doch sehr schwer gewesen sein. Wer...?«

»Wer Regie geführt hat? Es mußte dringend jemand Regie führen. Die Leute rannten sich gegenseitig über den Haufen und brüllten durcheinander. Es war *Schuld und Sühne, Krieg und Frieden.* Jemand mußte laut schreien: nicht da lang, *dort* lang! Mitten in der Nacht, mit all den Schreien und dem Blut, rettete *er*, Gott sei Dank, die ganze Szene, die Schauspieler, das Studio; und das alles ohne Film in der Kamera. Der größte lebende deutsche Regisseur.«

»Fritz Wong!?« platzte ich heraus.

»Fritz«, sagte Constance Rattigan, »Wong.«

65

Von Fritzens Adlerhorst aus, auf halbem Weg zwischen dem Beverly Hills Hotel und Mulholland gelegen, hatte man einen Blick auf die zehn Millionen Lichter von Los Angeles, die einem wie ein riesiger Teppich zu Füßen lagen. Von der großen, eleganten Marmorveranda vor seiner Villa konnte man die Düsenflugzeuge beobachten, die in dreißig Kilometer Entfernung zur Landung ansetzten, leuchtende Fackeln, träge Meteore am Firmament, jede Minute.

Fritz Wong riß die Haustür auf und blinzelte; er tat so, als sehe er mich nicht.

Ich holte das Monokel hervor. Er riß es mir aus der Hand und ließ es in seiner Brusttasche verschwinden.

»Arroganter Hundesohn.« Das Monokel blitzte vor seinem rechten Auge wie die Schneide einer Guillotine. »Also *du* bist es! Der Mann der Zukunft erscheint, um den schon bald Dahinscheidenden auszuhorchen. Der neue König wirft den einstigen Prinzen vom Thron. Der Autor, der den Löwen sagt, was sie Daniel zu erzählen haben, besucht den Bändiger, der ihnen erzählt, was sie zu tun haben. Was suchst du hier? Der Film ist futsch!«

»Hier sind die fehlenden Seiten.« Ich trat ein. »Maggie? Ist alles in Ordnung?«

Maggie nickte mir vom anderen Ende des Salons aus zu. Sie war blaß, aber offensichtlich wieder auf dem Damm.

»Hör nicht auf Fritz«, sagte sie. »Er spielt die beleidigte Leberwurst.«

»Setz dich neben die Filmschneiderin und dann Ruhe«, sagte Fritz, dessen Monokel Löcher in mein Manuskript brannte.

»Jawohl . . .« Mein Blick fiel auf eine Aufnahme von Hitler, die an der Wand hing, und ich knallte die Hacken zusammen: »Jawohl – Sir!«

Fritz blickte verärgert auf. »Blödmann! Das Bild von dem durchgedrehten Anstreicher hängt dort, damit ich stets an die großen Schweinehunde erinnert werde, vor denen ich geflohen bin, um bei den kleinen zu landen. Mein Gott, die Fassade von Maximus Films ist nur eine Kopie des Brandenburger Tors! Nimm *Platz*!«

Ich nahm Platz, und mir blieb vor Staunen der Mund offen.

Direkt hinter Maggie Botwin befand sich der unglaublichste Schrein, den ich je gesehen hatte. Er war strahlender, größer, wundervoller als der Altar aus Silber und Gold in der St. Sebastianskirche.

»Fritz«, rief ich aus.

Der überwältigende Schrein enthielt Regalbretter voller Karaffen mit Brandies, Crème de Menthe, Whiskey, Cognac, Portwein, Burgunder und Bordeaux. Es leuchtete wie in einer unterseeischen Grotte, aus der jeden Moment Schwärme von luminiszierenden Flaschen hervorschwimmen könnten. Rings umher hingen Hunderte und Aberhunderte edelster Gläser und Karaffen aus geschliffenem Schwedenkristall, Lalique und Waterford. Es war ein festlicher Thron, die Geburtsstätte Ludwigs des Vierzehnten, das Grab eines ägyptischen Sonnenkönigs, Napoleons hochherrschaftlicher Krönungssaal. Es war das Schaufenster eines Spielwarenladens am Weihnachtsabend um Mitternacht. Es war ...

»Wie Sie wissen«, sagte ich, »trinke ich nur selten ...«

Fritz fiel das Monokel aus dem Auge. Er fing es auf und setzte es wieder ein.

»Was trinkst du?« bellte er.

Ich entging seiner Verachtung, indem ich mich an einen Wein erinnerte, den er einmal erwähnt hatte.

»Corton«, sagte ich, »einen 38er.«

»Glaubst du allen Ernstes, daß ich meinen besten Wein für jemanden wie dich aufmache?«

Ich schluckte fest und nickte.

Er wandte sich mir zu und fuhr mit der Faust Richtung Zimmerdecke, als wolle er mich mit einem Schlag in den Boden rammen. Dann landete seine Faust sanft auf einer Vitrine, und er holte eine Flasche hervor.

Corton, Jahrgang 1938.

Er setzte den Korkenzieher an, knirschte mit den Zähnen und ließ mich nicht aus den Augen. »Ich beobachte jeden Schluck«, brummte er. »Wenn ich etwas bemerke, wenn ich das klitzekleinste Anzeichen dafür entdecke, daß du es nicht zu schätzen weißt... ssst!«

Er zog den Korken auf vollendete Weise heraus, stellte die Flasche erst einmal wieder ab und holte tief Luft.

»Und jetzt«, seufzte er, »wo der Film doppelt tot ist, wollen wir mal sehen, was unser Wunderkind fabriziert hat!« Er ließ sich in einen Sessel fallen und blätterte meine neuen Seiten durch. »Ich will deinen unerträglichen Text lesen, auch wenn wir nicht den geringsten Anlaß haben, so zu tun, als würden wir jemals wieder ins Schlachthaus zurückkehren. Weiß der Himmel!« Er machte das linke Auge zu und ließ das rechte hinter dem funkelnden Glas über die Zeilen huschen. Als er fertig war, warf er die Blätter auf den Boden und bedeutete Maggie mit mürrischem Nicken, sie aufzuheben. Er betrachtete ihr Gesicht, während er den Wein eingoß. »Und?« rief er ungeduldig.

Maggie ließ die Seiten in den Schoß sinken und legte die Hände darauf, als wären sie das Evangelium.

»Ich könnte heulen. Und? Ich heule schon.«

»Hör auf mit der Schmierenkomödie!« Fritz kippte den Wein mit großen Schlucken hinunter, hielt dann inne und schien sauer auf mich zu sein, weil ich schuld daran war, daß er so schnell trank. »Das hast du nie in ein paar Stunden hingeschrieben!«

»Tut mir leid«, entschuldigte ich mich unbeholfen. »Nur die flotten Sachen sind wirklich gut. Sobald man sich

Zeit läßt, schaut man sich selber zu, und schon wird es schlecht.«

»Nachdenken ist fatal, was?« bohrte Fritz. »Sitzt du etwa beim Schreiben auf deinem Hirn?«

»Keine Ahnung. Hey, nicht schlecht, der Wein.«

»Nicht schlecht!« Fritz ging beinahe an die Decke. »Ein 1938er Corton, und er sagt, nicht schlecht! Er ist besser als alle Schokoriegel zusammen, die ich dich den ganzen Tag über im Studio vertilgen sehe. Besser als alle Frauen der Welt. Fast alle.«

»Dieser Wein«, beeilte ich mich zu sagen, »ist beinahe so gut wie Ihre Filme.«

»Ausgezeichnet.« Fritz lächelte gebauchpinselt. Ein Volltreffer. »Du hättest einen guten Ungarn abgegeben.«

Fritz füllte mein Glas nach und überreichte mir meine Ehrenmedaille, sein Monokel.

»Mein junger Weinkenner, was führt dich sonst noch hierher?«

Der Moment war günstig. »Fritz«, sagte ich, »Sie führten am 31. Oktober 1934 bei einem Film Regie, bei dem Sie auch die Kamera bedienten und den Sie selbst schnitten, einen Film namens *Wilde Party*.«

Fritz hatte es sich mit ausgestreckten Beinen in seinem Sessel bequem gemacht, das Glas in der rechten Hand. Mit der linken fühlte er in seiner Hemdtasche vergeblich nach dem Monokel. Er öffnete nur langsam den Mund und sagte sehr beherrscht: »Wie belieben?«

»Die Nacht von Halloween, 1934...«

»Mehr.« Fritz streckte mir mit geschlossenen Augen sein Glas entgegen.

Ich füllte nach.

»Wenn du was verschüttest, schmeiß ich dich die Treppe runter.«

Sein Gesicht war der Zimmerdecke zugewandt. Als er das Gewicht des Weins im Glas spürte, nickte er kurz, und ich goß mir selbst nach.

»Wo hast du nur von so einem dummen Film mit so einem blöden Titel gehört?« Sein Mund bewegte sich, während der Rest des Gesichts völlig regungslos blieb.

»Er wurde ohne Film in der Kamera gedreht. Sie führten ungefähr zwei Stunden lang Regie. Soll ich Ihnen die Schauspieler dieser Nacht aufzählen?«

Fritz öffnete ein Auge und versuchte, ohne sein Monokel die Brennweite auf die andere Seite des Zimmers einzustellen.

»Constance Rattigan«, trug ich vor, »J. C., Doc Phillips, Manny Leiber, Stanislau Groc und Arbuthnot, Sloane und seine Frau, Emily Sloane.«

»Herr im Himmel, das ist eine gute Besetzung«, sagte Fritz.

»Möchten Sie mir verraten, weshalb?«

Fritz setzte sich langsam auf, stieß einen Fluch aus, trank seinen Wein, und dann beugte er sich über das Glas und schaute eine ganze Weile hinein. Schließlich blinzelte er und sagte: »Also muß ich es doch noch erzählen. Ich habe all die Jahre nur darauf gewartet, es auszukotzen. Nun ... irgend jemand mußte ja Regie führen. Es gab kein Drehbuch. Der totale Wahnsinn. Ich kam erst im letzten Moment zum Drehort.«

»Wieviel«, wollte ich wissen, »haben Sie improvisiert?«

»Das meiste, nein, eigentlich alles«, antwortete Fritz. »Überall lagen Leichen herum. Nein, nicht Leichen, Menschen, und eine Menge Blut. Ich hatte in dieser Nacht meine Kamera dabei, denn auf so einer Party kann man die Leute im kurzen Hemd erwischen. Daran hatte ich damals noch Spaß. Der erste Teil des Abends verlief auch sehr gut. Alle schrien und hupften auf dem Studiogelände herum, durch den Tunnel ging's auf den Friedhof, und dort tanzte man zu den Klängen einer Jazzband. Es war wild, allerdings, und wunderbar. Bis die Sache aus dem Ruder lief. Der Unfall, meine ich. Da aber hatte ich, wie du richtig sagst, keinen Film mehr in meiner 16-Millimeter-Kamera. Also gab ich die Regieanweisungen. Dahin, dorthin, auf keinen Fall die Polizei verständigen. Holt die Autos. Stopft den Klingelbeutel voll.«

»Das habe ich mir gedacht.«

»Klappe! Der verdammte Priester wäre fast irre geworden, genau wie die Lady. Im Studio war stets genug Bargeld für Notfälle vorhanden. Wir füllten das Taufbecken mit Gaben wie beim Erntedankfest, unter den Augen des Priesters. Ich konnte in jener Nacht nicht beurteilen, ob er überhaupt *sah*, was wir da machten, er stand unter Schock. Ich befahl, die Sloane von dort wegzubringen. Eine Komparsin nahm sie mit.«

»Nein«, sagte ich. »Ein Star.«

»Tatsächlich? Sie gingen jedenfalls. Wir sammelten inzwischen die Scherben auf und verwischten die Spuren. So was ging damals viel einfacher als heute. Schließlich hatten die Studios die Stadt voll im Griff. Wir konnten eine Leiche vorweisen, die von Sloane, und eine zweite, die von

Arbuthnot, in der Leichenhalle, das behaupteten wir jedenfalls, und Doc unterschrieb die Totenscheine. Niemand bestand darauf, alle Leichen in Augenschein zu nehmen. Den Leichenbeschauer zahlten wir aus, damit er ein Jahr lang krank feiern konnte. So haben wir die Sache geschaukelt.«

Fritz stellte die Beine an, wiegte sein Weinglas und suchte meinen Blick.

»Glücklicherweise, wegen der Studioparty, waren J. C., Doc Phillips, Groc, Manny und die anderen Jasager dort versammelt. Ich rief: ›Holt Wachleute, holt Autos, riegelt den Unfallort ab. Schaulustige kommen aus ihren Häusern auf die Straße? Verjagt sie mit Megaphonen.‹ Du mußt wissen, damals gab es erst wenige Häuser in dieser Straße, und die Tankstelle war geschlossen. Der Rest? Bürogebäude, in der Nacht dunkel und verlassen. Bis die große Masse aus den Wohnhäusern, die etwas weiter entfernt stehen, in ihren Schlafanzügen ankam, hatte ich das Rote Meer bereits geteilt, den Lazarus wieder begraben und jedem ungläubigen Thomas einen Auftrag erteilt, der ihn vom Schauplatz fernhielt! Herrlich, wundervoll, erstklassig! Noch ein Glas?«

»Was ist das hier für ein Zeug?«

»Napoleon-Brandy. Einhundert Jahre alt. Schmeckt dir garantiert nicht!«

Er füllte mir einen Schluck ein. »Wenn du ein Gesicht ziehst, bringe ich dich um.«

»Was geschah mit den Leichen?«

»Eigentlich gab es ja nur einen Toten. Sloane. Arbuthnot war zerschmettert, großer Gott, ein blutiger Klumpen, aber er lebte noch. Ich tat, was ich konnte, ließ ihn auf die andere Straßenseite in das Beerdigungsinstitut schaffen; dann ging ich wieder weg. Arbuthnot starb kurz darauf. Sowohl Doc Phillips als auch Groc werkelten an ihm herum, um ihn zu retten, an jenem Ort, wo normalerweise Leichen einbalsamiert werden, und der in dieser Nacht zum Operationssaal umfunktioniert wurde. Ironie des Schickals, was? Zwei Tage später führte ich bei der Beerdigung Regie. Wieder ein voller Erfolg!«

»Und Emily Sloane? Hollyhock House?«

»Das letzte, was ich von ihr sah, war, wie sie über diesen leeren Platz mit den verwilderten Blumen zu diesem Privatsanatorium geführt wurde. Am nächsten Tag war sie tot. Mehr weiß ich nicht. Ich war lediglich der Regisseur, der erst alarmiert wurde, als die Hindenburg schon lichterloh brannte, so etwas wie ein Verkehrsmanager beim großen Erdbeben von San Francisco. Das ist mein ganzes Verdienst. Aber warum, warum nur, warum willst du das alles wissen?«

Ich atmete tief durch, nahm einen kräftigen Schluck von dem Napoleon-Brandy, spürte, wie mir das Wasser heiß in die Augen stieg, und sagte dann: »Arbuthnot ist wieder da.«

Fritz fuhr in die Höhe und schrie mich an: »Bist du übergeschnappt?«

»Besser gesagt, sein Ebenbild«, sagte ich leise, beinahe piepsend. »Groc hat es angefertigt. Zum Spaß, wie er sagt. Oder wegen des Geldes. Er hat eine Puppe aus Pappmaché und Wachs gebastelt. Damit hat er Manny und die anderen in Schrecken versetzt, womöglich mit den gleichen Tatsachen, die Ihnen auch bekannt sind, die Sie aber nie weitererzählt haben.«

Fritz Wong stand auf und fing an, im Kreis herumzugehen; seine Stiefel hämmerten auf den Teppich ein. Dann wiegte er sich vor Maggie auf den Absätzen vor und zurück, schüttelte seinen prägnanten Kopf und fragte sie: »Hast du das alles gewußt?«

»Unser Kleiner hier hat mal etwas erwähnt...«

»Warum hast du mir nichts davon *gesagt*?«

»Fritz, wenn du mitten in einem Film bist«, rechtfertigte sich Maggie, »dann willst du nichts hören, weder gute noch schlechte Nachrichten, von niemandem!«

»Also *das* ging die ganze Zeit über vor?« sagte Fritz. »Doc Phillips war drei Tage hintereinander schon zum Mittagessen betrunken. Manny Leibers Stimme hörte sich an wie eine Langspielplatte, die mit doppelter Geschwindigkeit abgespielt wird. Und ich hatte vermutet, es liegt an mir, weil er sich immer aufregt, wenn ich alles richtig mache! Aber nein! Herrje, ach du liebe Güte, verdammt noch mal, dieser verfluchte Groc.« Er unterbrach sich und konzentrierte sich auf mich. »Die Überbringer schlechter Nachrichten werden hingerichtet!« brüllte er. »Aber bevor du stirbst, verrate uns noch etwas mehr!«

»Arbuthnots Grab ist leer.«

»Seine Leiche wurde – gestohlen?«

»Sie hat nie in ihrem Grab gelegen.«

»Wer sagt das?«

»Ein Blinder.«

»Blind!« Fritz ballte schon wieder die Fäuste. Ich fragte mich, ob er wohl all die Jahre hindurch seine Schauspieler wie sture Viecher mit diesen Fäusten angetrieben hatte. »Ein Blinder!?« In seinem Inneren senkte sich die brennende Hindenburg mit einem letzten, furchtbaren Auflodern zur Erde. Danach ... nur noch Asche.

»Ein Blinder ...« Fritz wanderte bedächtig im Zimmer umher.

Er beobachtete keinen von uns beiden, nippte an seinem Brandy und sagte dann: »Erzähl schon.«

Ich erzählte ihm alles, was ich bisher nur Crumley mitgeteilt hatte.

Als ich geendet hatte, nahm Fritz das Telefon in die Hand, hielt es drei Zentimeter vor sein Gesicht, schielte auf die Wählscheibe und wählte dann eine Nummer.

»Hallo, Grace? Fritz Wong. Besorgen Sie mir Flüge nach New York, Paris, Berlin. *Wann?* Heute abend noch! Ja, ich bleibe dran!«

Er drehte sich um und schaute aus dem Fenster, zum nur wenige Kilometer entfernten Hollywood hinüber.

»Mein Gott, die ganze Woche über habe ich das Erdbeben schon gespürt. Ich dachte, es sei Jesus Christus, der an einem lausigen Drehbuch verendet. Jetzt ist alles tot. Wir werden nie mehr zurückkehren. Unseren Film werden sie zu Zelluloidkragen für irische Priester verarbeiten. Sag Constance, sie soll sich aus dem Staub machen. Besorg dir ebenfalls ein Ticket.«

»Wohin denn?« fragte ich.

»Du mußt doch irgendeinen Ort haben, wo du hin kannst!« brüllte Fritz.

Mitten in dieser Explosion platzte in Fritzens Inneren ein Ventil. Nicht mehr heiße, sondern kalte Luft strömte plötzlich aus seinem Körper. Sein schlimmes Auge entwickelte einen Tick, der sich rasch ausdehnte.

»Grace«, brüllte er ins Telefon, »hören Sie nicht auf diesen Idioten, der eben angerufen hat. Sagen Sie New York ab. Geben Sie mir Laguna! Was? Weiter unten an der Küste, Dummerchen. Ein Haus mit Blick auf den Pazifik, so daß ich wie Norman Maine bei Sonnenuntergang in die Fluten waten kann, sollte das Verderben an die Tür klopfen. Was? Um mich zu verstecken. Paris taugt nichts – die Irren hier würden es sofort herausfinden. Aber sie rechnen nicht im Traum damit, daß ein blöder Unterseebootkapitän, der das Sonnenlicht scheut, sich nach Sol City, South Laguna, verdrückt, zu all den hirnlosen nackten Gammlern. Schicken Sie sofort einen Wagen her! Ich verlasse mich darauf, daß Sie ein Haus für mich reserviert haben, sobald ich gegen neun in Victor Hugos Restaurant eintreffe. Also los!« Fritz knallte den Hörer auf und funkelte Maggie an. »Kommst du mit?«

Maggie Botwin war eine herrliche Portion nicht schmelzender Eiskrem. »Mein lieber Fritz«, sagte sie. »Ich wurde im Jahre 1900 in Glendale geboren. Ich könnte wieder dorthin zurückgehen und vor Langeweile sterben, oder aber mich in Laguna verstecken, doch diese ›Gammler‹, wie du sie nennst, jagen mir einen Schauer nach dem anderen über den Rücken. Wie auch immer, Fritz, und auch du, mein lieber Junge, ich bin das ganze Jahr über jede Nacht bis drei Uhr morgens hier gewesen, habe meine Singer-Nähmaschine schnurren lassen und die letzten Alpträume zusammengeflickt, damit sie wenigstens halbwegs wie vernünftige Träume aussahen. Ich habe das gezierte Lächeln von den Mäulchen kleiner Mädchen gewischt und in die Mülleimer hinter den arg mitgenommenen Feldbetten der Männerturnhalle geworfen. Parties habe ich nie gemocht, weder die Cocktails Sonntag nachmittags noch Sumo-Ringen Samstag nachts. Was in dieser Halloweennacht auch geschehen sein mag, ich habe auf egal wen gewartet, der mir Film liefert. Es kam niemand. Wenn dort hinter der Mauer ein Autounfall stattgefunden hat, so habe ich nichts davon mitgekriegt. Ob in der folgenden Woche ein Begräbnis oder tausend Beerdigungen stattgefunden haben, ich habe alle Einladungen ignoriert und dort oben die vertrockneten Blumen abgeschnitten. Ich bin nicht nach unten gegangen, um mir Arbuthnot zu Lebzeiten anzusehen, warum sollte ich mir den Toten anschauen gehen? Er war gelegentlich zu mir heraufgeklettert und draußen vor der Fliegentür stehengeblieben. Ich hatte mich dann immer umgedreht, den großen Mann im hellen Sonnenlicht stehen sehen und gesagt: Sie müssen wohl ein Stück gekürzt werden! Er lachte immer, kam aber nie zu mir herein. Er sagte mir, seiner Schneiderin, nur, wie er dieses oder jenes Gesicht haben wollte, Großaufnahme oder weiter weg, Innenaufnahme oder draußen, und dann ging er wieder. Wie ich es geschafft habe, im Studio alleine zu bleiben? Die Branche steckte noch in ihren Kinderschuhen, und es gab in der ganzen Stadt nur eine Schneiderin, mich. Der Rest waren Dampfbügler, Arbeitssuchende, Zigeuner, hellsehende Drehbuchautoren, die nicht mal aus Teeblättern die Zukunft lesen konnten. Einmal, an Weihnachten, ließ mir Arby ein Spinnrad bringen, mit einer spitzen Spindel und einem

Messingschild auf dem Pedal. ›HÜTEN SIE DAS HIER GUT, DAMIT DORNRÖSCHEN SICH NICHT IN DEN FINGER STICHT UND IN EWIGEN SCHLAF VERSINKT‹, stand darauf. Ich hätte ihn gerne gekannt, doch er blieb einer von vielen Schatten vor meiner Tür ... und auch drinnen hatte ich mehr als genug Schatten. Ich sah nur die Menschenmenge, die sich hier im Studio zur Wallfahrt Richtung Friedhof versammelte. Wie alles andere im Leben hätte man den Pomp und auch diese Litanei etwas kürzen können.« Sie senkte den Blick auf ihren Busen, wo sie eine nicht existente Perlenkette zwischen den ruhelosen Fingern drehte.

Nach einer langen Pause sagte Fritz: »Von Maggie Botwin werden wir jetzt ein ganzes Jahr lang nichts mehr hören!«

»Von wegen.« Maggie Botwin fixierte mich mit ihrem Blick. »Hast du neueste Nachrichten, was die Aufregungen der letzten Tage betrifft? Man kann nie wissen, womöglich werden wir morgen alle zu einem Drittel unseres Gehalts wieder eingestellt.«

»Nein«, sagte ich zaghaft.

»Zum Teufel damit«, sagte Fritz. »Ich packe meine Koffer!«

Draußen wartete noch immer mein Taxi, dessen Taxometer eine astronomische Summe zusammentickte. Fritz starrte mich voller Verachtung an. »Warum machst du nicht selbst den Führerschein, Idiot?«

»Um die Leute auf der Straße zu massakrieren, à la Fritz Wong? Ist das unser endgültiger Abschied, Rommel?«

»Nur so lange, bis die Alliierten die Normandie erobert haben.«

Ich stieg ins Taxi und klopfte auf meine Jackentasche. »Was geschieht mit diesem Monokel?«

»Laß es bei der nächsten Oscar-Verleihung aufblitzen. Ich besorge dir einen Platz auf dem Balkon. Worauf wartest du noch, auf eine Umarmung? Also gut!« Er quetschte mich wütend an sich. »Und jetzt: Abfahrt, Sie Aas!«

Als ich davonfuhr, schrie mir Fritz hinterher: »Ich vergesse immer öfter, dir zu sagen, wie sehr ich dich hasse!«

»Lügner«, rief ich zurück.

»Stimmt«, nickte Fritz und erhob die Hand zu einem langsamen, müden Gruß, »... ich lüge.«

66

»Ich habe über Hollyhock House nachgedacht«, sagte Crumley, »und über deine Freundin Emily Sloane.«

»Sie ist nicht meine Freundin, aber rede weiter.«

»Verrückte machen mir Mut.«

»Was!!!!« Ich hätte beinahe mein Bier fallengelassen.

»Die Verrückten haben sich entschieden, hierzubleiben«, sagte Crumley. »Sie hängen so sehr am Leben, daß sie sich lieber hinter einer selbst errichteten Mauer verschanzen, als sich zu zerstören. Sie tun so, als hörten sie nichts, aber sie hören sehr wohl. Sie tun so, als sähen sie nichts, aber sie sehen sehr wohl. Der Wahnsinn, das heißt nichts anderes als: ich hasse mein Schicksal, aber ich liebe das Leben. Und deshalb lasse ich mich nicht begraben, sondern verstecke mich. Nicht im Alkohol, nicht unter der Bettdecke, nicht hinter den Träumen der Nadel oder hinter Wolken weißen Puders, sondern im Wahnsinn. In meinem eigenen Hirnkasten, hinter meinem eigenen Dachsparren, unter meinem eigenen stillen Dach. Ja, tatsächlich, Verrückte machen mir Mut. Sie geben mir die Kraft, weiterzumachen, gesund und lebendig zu sein, immer mit der Gewißheit: sollte ich jemals die Nase voll haben und ein Rezept brauchen, hier ist es: der Wahnsinn.«

»Gib mir das Bier!« Ich riß es ihm aus der Hand. »Wieviel hast du davon schon intus?«

»Erst acht.«

»Gott im Himmel.« Ich drückte es ihm wieder in die Hand. »Steht das dann alles in deinem Roman, sollte er je erscheinen?«

»Schon möglich.« Crumley rülpste auf eine nette, entspannte, selbstzufriedene Art und fuhr dann fort: »Wenn du die Wahl hättest zwischen einer Milliarde Jahre Dunkelheit, ohne einen einzigen Sonnenstrahl oder der Schizophrenie, würdest du nicht auch die Schizophrenie vorziehen? Auf diese Weise könntest du nach wie vor das grüne Gras genießen, das wie frisch aufgeschnittene Wassermelonen riecht; dir wo hinfassen, wenn keiner hinschaut. Und die ganze Zeit über tust du so, als sei dir an nichts mehr etwas gelegen. Doch es liegt dir so viel daran, daß du einen kristallenen Sarg um dich herum aufbaust und ihn versiegelst.«

»Mein Gott! Rede weiter!«

»Ich frage mich: Warum wählt jemand den Wahnsinn?

Um nicht zu sterben, sage ich mir, um zu lieben. Alle deine Sinne sind Liebe. Wir lieben das Leben, aber wir fürchten uns vor dem, was es uns antun kann. Dann schon lieber wahnsinnig, oder?«

Nach einer langen Pause sagte ich: »Wohin führt uns dieses ganze Gerede?«

»Ins Irrenhaus«, sagte Crumley.

»Um uns mit einer Schizophrenen zu unterhalten?«

»Es hat schon einmal funktioniert, vor einigen Jahren, da habe ich dich hypnotisiert, und am Schluß hast du dich beinahe an einen Mörder erinnert.«

»Richtig, aber ich war nicht bekloppt!«

»Wer weiß?«

Ich machte meinen Mund zu und Crumley seinen auf.

»Hör zu«, sagte er, »warum bringen wir Emily Sloane nicht in die Kirche?«

»Teufel aber auch!«

»Bleib mir mit dem Teufel vom Leib. Wir wissen doch alle, daß sie jedes Jahr der Marienkirche auf dem Sunset Boulevard großzügig gespendet hat. Zwei Jahre hintereinander jeweils zweihundert silberne Kruzifixe. Einmal katholisch, immer katholisch.«

»Auch noch als Verrückte?«

»Sie würde auf alle Fälle etwas *spüren*. Tief drinnen, hinter ihrer Mauer, würde sie fühlen, daß sie in der Kirche ist und – reden.«

»Toben, durchdrehen, vielleicht...«

»Vielleicht. Aber sie weiß alles. Deshalb ist sie ja verrückt geworden, um nicht darüber nachdenken oder gar reden zu müssen. Sie ist die einzige, die noch übrig ist; die anderen sind tot oder halten sich direkt vor unseren Augen versteckt, die Mäuler mit Geld gestopft.«

»Und du glaubst, sie würde wirklich genug spüren, fühlen, sich an alles erinnern? Was ist, wenn wir sie noch verrückter als vorher machen?«

»O Gott, keine Ahnung. Sie ist die letzte Spur, die uns bleibt. Die ganze Geschichte werden wir von den anderen nie erfahren. Die halbe kriegen wir von Constance, das nächste Viertel von Fritz, und dann ist da noch dieser Priester. Das reinste Puzzle, und Emily Sloane gibt uns den Rahmen vor. Wir zünden die Kerzen und den Weihrauch an. Wir klingeln mit den Altarglöckchen. Vielleicht wacht sie nach siebentausend Tagen wieder auf und redet.«

Crumley schwieg eine geschlagene Minute, trank in großen, herzhaften Schlucken. Dann beugte er sich zu mir und sagte: »Was jetzt? Holen wir sie raus?«

67

Wir brachten Emily Sloane nicht in die Kirche.

Wir brachten die Kirche zu Emily Sloane.

Constance kümmerte sich um die Organisation.

Crumley und ich brachten Kerzen, Weihrauch und ein kleines, indisches Glöckchen mit. Die Kerzen stellten wir mitten in den elysischen Gefilden, in einem dunklen Raum des Hollyhock House Sanatoriums auf und zündeten sie an. Ich befestigte Stoffetzen aus Baumwolle an meinen Knien.

»Was zum Henker soll das denn?« meckerte Crumley.

»Geräuscheffekte. Das raschelt. Genau wie das Gewand eines Priesters.«

»Herr im Himmel!«

»Exakt.«

Als die Kerzen brannten und Crumley und ich in einer Mauernische verborgen standen, schwenkten wir den Weihrauch und probierten die Glocke aus. Sie gab einen reinen, klaren Klang von sich.

Dann rief Crumley leise: »Constance? *Jetzt.*«

Und Emily Sloane kam herein.

Sie bewegte sich nicht aus eigenem Antrieb, ihre Füße rührten sich nicht, weder drehte sie den Kopf, noch reagierten ihre Pupillen, oder zeigte sich sonst eine Regung in ihrem wie aus Marmor gemeißelten Gesicht. Als erstes hob sich ihr Profil von der Dunkelheit ab, dann ein steifer Körper und Hände, die wie bei einem friedlich Entschlafenen über dem frühzeitig zur Keuschheit verdammten Schoß gefaltet waren. Sie wurde in einem Rollstuhl hereingeschoben, von einer beinahe unsichtbaren Produktionsleiterin: Constance Rattigan war ganz in Schwarz gekleidet, als probe man eine Beerdigung. Als Emily Sloanes weißes Gesicht und ihr erschreckend regloser Körper aus dem Flur auftauchten, war ein Geräusch wie von aufflatternden Vögeln zu vernehmen; wir fächelten Weihrauch und läuteten das Glöckchen.

Ich räusperte mich.

»Schsch, sie hört etwas!« hauchte Crumley.

Tatsächlich.

Als Emily Sloane in den schwachen Lichtkreis geschoben wurde, ließ sie den Hauch einer Regung merken, ein winziges Zucken der Augen unter den Lidern, als das leichte Flackern der Kerzenflammen Stille gebot und die Schatten krümmte.

Ich fächelte Luft.

Ich ließ das Glöckchen ertönen.

Da ging ein leiser Hauch durch Emily Sloanes Körper. Wie ein schwereloser Drachen, der von einem unsichtbaren Wind emporgetragen wird, richtete sie sich auf, als sei sie ihres Gewichtes ledig.

Die Glocke erklang erneut, und der Geruch des Weihrauchs ließ ihre Nasenflügel beben.

Constance zog sich ins Dunkel zurück.

Emily Sloanes Gesicht wandte sich dem Licht zu.

»Ohmeingott«, flüsterte ich.

Sie war jene blinde Frau, welche in jener Nacht, die schon tausend Nächte zurückzuliegen schien, im Brown Derby gesessen und das Lokal mit dem Monster verlassen hatte.

Nur daß sie nicht blind war.

Sondern geistesgestört.

Aber keine gewöhnliche Geisteskranke.

Auferstanden aus dem Grabe, hier in diesem Raum, im strengen Duft des Weihrauchs, angelockt vom Bimmeln einer Glocke.

Emily Sloane.

Emily saß zehn Minuten einfach nur dort und sagte nichts. Wir zählten unsere Herzschläge. Wir beobachteten, wie sich die Flammen in die Kerzen hineinfraßen; der Weihrauchduft verflog.

Und dann, endlich, dieser wunderbare Moment, als ihr Kopf zur Seite fiel und ihre Pupillen plötzlich größer wurden.

Sie muß noch einmal zehn Minuten dort gesessen und Dinge in sich aufgenommen haben, die sie aus einer Zeit lange vor dem Unfall kannte, aus jener Zeit vor dem schrecklichen Ereignis, das sie zerschellt an der kalifornischen Küste zurückgelassen hatte.

Ich sah, wie ihr Mund zuckte, als sich die Zunge hinter den Lippen bewegte.

Vor ihren Augen bildeten sich Wörter, die sie schließlich laut wiedergab: »Niemand ...«, murmelte sie, »... versteht ... das ...«

Und dann: »Niemand ... hat ... es ... je verstanden.«

Schweigen.

»Er war ...«, sagte sie endlich, und verstummte wieder.

Das Räucherstäbchen qualmte. Die Glocke ertönte leise.

»... er ... liebte ... das ... Studio ...«

Ich biß mir vor Anspannung in den Handrücken.

»... ein Ort ... zum ... Spielen. Kulissen ...«

Stille. Ihre Augen zuckten unter dem Ansturm der Erinnerung. »Kulissen ... Spielzeug ... elektrische ... Eisenbahnen. Kleine Jungs, ja. Zehn ...« Sie atmete tief durch. »Elf ... Jahre ... alt.«

Die Flammen der Kerzen zuckten.

»... er ... sagte immer ... Weihnachten ... immer ... nie vorbei. Er ... würde ... sterben ... wenn es nicht mehr Weihnachten ... wäre. Kindskopf. Aber ... zwölf ... er ... zwang seine Eltern ... Geschenke ... Socken ... Krawatten... Pullover... zurücknehmen. An Weihnachten. Spielsachen kaufen. Oder er würde nie mehr reden.«

Ihre Stimme verlor sich wieder.

Ich blickte Crumley an. Die Augen traten ihm förmlich aus dem Kopf, er wollte mehr hören, noch mehr. Die Weihrauchschwaden wehten. Ich ließ das Glöckchen klingeln.

»Und...?« flüsterte er zum ersten Mal. »*Und*...?«

»Und...«, echote sie. Sie las die Worte vor ihrem Auge ab. »So... hat er... Studio... geführt.«

Die Knochen waren in ihren Körper zurückgekehrt. Sie nahm in ihrem Stuhl wieder Formen an, als zöge die Erinnerung an unsichtbaren Fäden und als fördere sie die alte Kraft, das dahingeschwundene Leben und ihr Selbst wieder zutage. Sogar die Knochen in ihrem Gesicht schienen die Form ihrer ursprünglichen Wange, ihres Kinns anzunehmen. Sie sprach jetzt schneller. Und schließlich ließ sie alles aus sich heraus.

»Gespielt. Ja. Nicht gearbeitet... gespielt. Das Studio. Als sein Vater starb.«

Je länger sie sprach, desto leichter kamen die Worte zu dreien und zu vieren und brachen endlich in Kaskaden, in Wogen und Sturzfluten aus ihr heraus. Farbe ergriff von ihren Wangen Besitz, in ihren Augen erglomm Feuer. Sie erhob sich langsam. Wie ein Fahrstuhl, der aus einem dunklen Schacht ins gleißende Licht emporfährt, so wurde ihre Seele emporgezogen und nahm den Körper mit, bis er auf den eigenen Füßen stand.

Ich mußte an die Nächte 1925, 1926 denken, als Musik oder Stimmen aus weiter Ferne im Äther erklangen und man versuchte, sieben oder acht Knöpfe am Superheterodyne-Radio in Position zu bringen, um Stationen aus dem weitentfernten Schenectady zu empfangen, wo irgendwelche blöden Idioten Musik sendeten, die man im Grunde gar nicht hören wollte, und doch drehte man immer weiter und weiter, bis ein Knopf nach dem anderen eingestellt war, das statische Rauschen verebbte und die Stimmen deutlich aus dem großen, kreisförmigen Lautsprecher quakten. Erst dann gab man sich zufrieden; um den Klang ging es, nicht um das Gesagte. Nicht anders verhielt es sich in dieser Nacht, an diesem Ort, wo Emily Sloane mit Hilfe des Weihrauchs, der Kerzen und des Klangs der Glocke herbeigerufen und ins Licht emporgezogen wurde. Nur aus Erinnerungen bestand sie, nicht aus Fleisch und Blut, höre, höre, die Glocke, die Glocke, und die Stimme, die Stimme, und Constance stand hinter der weißen Statue, bereit, sie aufzufangen, sollte sie fallen, und die Statue sagte: »Das Studio. War nagelneu. Weihnachten, jeden Tag. Er war immer. Um sieben Uhr hier. Morgens. Eifrig. Ungeduldig. Wenn er Leute sah, mit verschlossenem Mund. Er sagte: Mund auf! Lachen. Er konnte es nicht verstehen. Alle so deprimiert, wo es doch nur ein Leben gab. Zum Leben. So viel zu unternehmen...«

Sie trieb wieder davon, als hätte sie dieser lange Ausbruch bis zur Erschöpfung ermüdet. Sie ließ ihr Blut einige Herzschläge lang zirkulieren, füllte die Lungen und machte weiter, wie gehetzt: »Ich... im gleichen Jahr, mit ihm. Fünfundzwanzig, gerade aus Illinois angekommen. Verrückt nach Filmen. Er merkte es gleich. Behielt mich immer... in seiner Nähe.«

Schweigen.

»Dann; wunderbar. Die ersten Jahre... Das Studio wuchs. Er breitete sich aus. Entwarf. Er war der Entdecker und Kartograph. Mit fünfunddreißig. Er sagte. Will die Welt hinter meinen... Mauern. Ohne Reisen. Haßte Eisenbahnen. Automobile hatten seinen Vater getötet. Große Liebe. Und so... lebte in einer kleinen Welt. Wurde immer kleiner, je mehr Städte und Landschaften er erbauen ließ... auf dem Gelände. Gallien! Gehörte ihm. Dann... Mexiko. Die Inseln vor Afrika. Dann... Afrika! Er sagte. Reisen nicht nötig. Schloß sich einfach ein. Leute einladen. Nairobi? Dort ist es! London? Paris? Da drüben! In jeder Dekoration übernachten. Übernachten in New York. Wochenenden: am linken Seineufer... in den Ruinen Roms erwachen. Blumen pflanzen. Kleopatras Grabmal. Hinter die Fassaden jeder Stadt: Teppiche, Betten, fließend Wasser. Die Studioleute lachten ihn aus. War ihm egal. Jung, närrisch. Er baute immer weiter. 1929, 1930! '31, '32!«

Crumley schaute mich an und zog die Augenbrauen hoch. Mein Gott, und ich hatte gedacht, ich hätte mir etwas völlig Neues ausgedacht, als ich im Haus meiner Großeltern in Green Town leben und arbeiten wollte!!

»Sogar an Orten«, murmelte Emily Sloane, »wie Notre Dame. Im Schlafsack. Über den Dächern von Paris. In der Morgensonne aufwachen. Verrückt? Nein. Er lachte. Ließ die anderen lachen. Nicht verrückt... das kam erst später...«

Sie versank wieder in Schweigen.

Eine ganze Weile dachten wir, sie wäre endgültig ertrunken.

Doch dann klingelte ich wieder mit dem Glöckchen, und sie nahm ihre unsichtbare Handarbeit wieder auf, wobei sie auf ihre Finger und das Muster, das sie vor ihrer Brust wob, herabstarrte.

»Später dann ... es wurde ... wirklich ... verrückt. Ich heiratete Sloane. War nicht mehr Sekretärin. Hat er nie verziehen. Er spielte mit großen Spielsachen ... er sagte, er liebe mich immer noch. Und dann diese Nacht ... Unfall. Es. Es. Es ist passiert. Also bin ich ... gestorben.«

Crumley und ich warteten einen endlosen Moment. Eine Kerze erlosch.

»Er kommt mich besuchen, wissen Sie«, sagte sie dann in das verblassende Geräusch der verlöschenden Kerzen.

»Er?« wagte ich zu flüstern.

»Ja. Oh, ein ... zwei ... drei ... mal ... im Jahr.«

Weißt du überhaupt, wie viele Jahre schon vergangen sind? fragte ich mich.

»Er führt mich aus, führt mich aus«, seufzte sie.

»Sprechen Sie mit ihm?« flüsterte ich.

»Er redet. Ich lache nur. *Er* sagt ... Er sagt.«

»Was?«

»Daß er mich liebt, nach all den Jahren.«

»Was sagen Sie?«

»Nichts. Nicht richtig. Ich habe ... viel Ärger gemacht.«

»Sehen Sie ihn deutlich?«

»O nein. Er sitzt im Schatten. Oder steht hinter meinem Stuhl, schmeichelt mir. Schöne Stimme. Dieselbe. Obwohl er tot ist, und ich bin auch tot.«

»Und wessen Stimme ist es, Emily?«

»Warum ...« Sie zögerte. Dann hellte sich ihr Gesicht auf. »Arbys natürlich.«

»Arby ...?«

»Arby«, sagte sie und schwankte leicht, den Blick auf die letzte brennende Kerze gerichtet. »Arby. Er hat es geschafft. Glaube ich. So viel Dinge im Leben. Das Studio. Die Spielsachen. Macht nichts, daß ich fort bin. Er lebte, um an den einzigen Ort zurückzukehren, den er liebte. Er hat es auch aus dem Grab geschafft. Der Hammer. Das Blut. O Gott! Man hat mich ermordet. *Mich*!« Sie schrie auf und fiel in ihren Stuhl zurück.

Ihre Augen und Lippen schlossen sich unwiederbringlich. Sie war fertig und in den Zustand der ewigen Erstarrung zurückgekehrt. Weder Glocken noch Weihrauch würden diese Maske wieder zum Leben erwecken. Ich rief leise ihren Namen.

Sie hatte schon einen neuen gläsernen Sarg gebaut und den Deckel fest verschlossen.

»Mein Gott«, sagte Crumley. »Was haben wir getan?«

»Zwei Morde nachgewiesen, vielleicht sogar drei«, sagte ich.

»Laß uns nach Hause gehen«, meinte Crumley.

Aber Emily hörte nichts mehr. Sie fühlte sich dort wohl, wo sie war.

68

Schließlich und endlich wurden die beiden Städte eins. Sollte die Stadt der Dunkelheit etwas heller scheinen, so gab es dafür mehr Dunkelheit in der Stadt des Lichts.

Dicke Nebelschwaden wälzten sich über die hohen Friedhofsmauern. Die Grabsteine verschoben sich wie Kontinentalplatten. Durch die ausgetrockneten Katakomben blies ein kalter Wind. Die Erinnerung ergriff Besitz von den unterirdischen Filmverliesen. Die Würmer und Termiten, die in den steinernen Obstgärten ihr Unwesen getrieben hatten, untergruben jetzt auch die Apfelplantagen von Illinois, die Kirschbäume Washingtons und die Parks französischer Schlösser. Eine große Studiohalle nach der anderen wurde gesaugt und dann dichtgemacht. Pappdeckelhäuser, Blockhütten und die herrschaftlichen Häuser von Louisiana ließen ihre Schindeln und Ziegel fallen, die Türen aufklaffen, erzitterten unter der Heimsuchung und stürzten in sich zusammen.

In der Nacht warfen zweihundert antike Automobile ihre Motoren an, ließen die Auspuffe dröhnen und brummten in einer Staubwolke auf einem blinden Pfad zurück ins heimatliche Detroit.

Bei einem Gebäude nach dem anderen, Stockwerk für Stockwerk, wurden die Lichter ausgelöscht und die Klimaanlagen abgestellt. Die letzten Togas, Gespenster aus römischer Vergangenheit, wurden zu Western Costume zurückgebracht, gleich hinter der Via Appia, und die Hauptleute und Könige nahmen im Gefolge der letzten Torwächter ihren Abschied.

Wir wurden ins Meer getrieben.

Man erfuhr, daß immer mehr Sachen dahinschmolzen und auf Nimmerwiedersehen verschwanden. Auf die Miniaturstädte und die prähistorischen Tiere folgten die New Yorker Sandsteingebäude und Wolkenkratzer, und als das Kreuz von Golgatha schon eine ganze Weile verschwunden war, folgte ihm das Auferstehungsgrab des Messias in den Verbrennungsofen nach.

Jeden Augenblick hätte der Friedhof selbst einstürzen können. Seine zerzausten Bewohner, aus ihren Behausungen vertrieben und mitten in der Nacht heimatlos geworden, würden sich dann auf der andern Seite der Stadt in Forest Lawn nach neuen Immobilien umsehen müssen, und zu diesem Zweck um zwei Uhr morgens in die Frühbusse steigen – sehr zum Entsetzen der Busfahrer –, während die letzten Türen und Tore zugeschlagen wurden. Die Whiskey-Film-Katakomben sprudelten dann von arktischem Schlamm über, dessen Fluten sich rot färbten, indes bei der Kirche gegenüber die Türen vernagelt wurden und der betrunkene Priester sich eilig davonmachte, um in den dunklen Hügeln beim Hollywood-Zeichen den Küchenchef des Brown Derby zu treffen, während der unsichtbare Krieg und die Geisterarmee uns weiter und weiter gen Westen trieben, fort aus meinem Haus, fort aus Crumleys Dschungel, bis wir am Ende, hier in diesem arabischen Lager, mit nur geringen Lebensmittelvorräten, aber genügend Champagner, unser letztes Gefecht liefern mußten, wenn das Monster und seine Knochenarmee die sandigen Hügel herabgestürmt kamen, um uns Constance Rattigans Seehunden zum Fraß vorzuwerfen, den Geist von Aimee Semple McPherson schockierend, die der Küste entlang in die andere Richtung davonstapft, nicht begreifend, doch wie neu geboren im christlichen Morgenrot.

Das war's.

Vielleicht die eine oder andere Metapher weniger.

69

Crumley traf gegen Mittag ein. Ich saß gerade vor dem Telefon.

»Ich versuche, einen Termin im Studio zu kriegen«, sagte ich.

»Mit wem denn?«

»Wer immer gerade in Manny Leibers Büro ist, wenn das weiße Telefon auf dem großen Schreibtisch klingelt.«

»Und dann?«

»Dann stelle ich mich freiwillig.«

Crumleys Blick streifte über die kalte Brandung vor dem Fenster.

»Du solltest mal den Kopf ins Wasser stecken.«

»Was sollen wir denn sonst tun?« rief ich. »Nur herumsitzen und warten, bis sie die Tür einschlagen oder aus dem Meer aufsteigen? Ich halte diese Warterei nicht aus. Dann schon lieber tot.«

»Gib schon her!«

Crumley schnappte sich das Telefon und wählte.

Als am anderen Ende abgenommen wurde, sagte er mit unterdrückter Wut: »Mir geht's gut. Streichen Sie meine Krankmeldung. Ich bin heute abend wieder fit!«

»Gerade jetzt, wo ich dich brauche«, sagte ich. »Feigling.«

»Feigling? So ein Blödsinn!« Er knallte den Hörer auf. »Ein Pferdeknecht!«

»Pferde- *was*?«

»Zu mehr bin ich diese Woche nicht nütze gewesen. Immer nur auf dich warten, um anschließend einen Schornstein hinaufgeschoben oder eine Treppe hinuntergestoßen zu werden. Genau wie der Kerl, der die Zügel hielt, als General Grant vom Pferd fiel. Totenmessen nachspüren und in alten Zeitungsordnern herumwühlen ist wie eine Meerjungfrau flachlegen. Es wird Zeit, daß ich meinem Gerichtsmediziner wieder zur Hand gehe.«

»Wußtest du, daß der Ausdruck ›Coroner‹ nichts anderes bedeutet, als ›für die Krone‹? Ein Typ, der etwas für den König oder die Königin getan hat? Corona. Coronet. Coroner.«

»Herrje! Soll ich die Auskunft anrufen? Gib mir das Telefon!«

Da klingelte der Apparat. Wir sprangen beide auf.

»Geh nicht ran«, sagte Crumley.

Ich ließ es achtmal klingeln, und dann zehnmal. Ich hielt es nicht länger aus. Ich nahm den Hörer ab.

Zuerst war nicht mehr zu vernehmen als ein fernes Rauschen, aus einem weiter entfernten Teil der Stadt, wo unsichtbare Regenschauer auf unversöhnliche Grabsteine fielen. Aber dann ...

Ich hörte, wie jemand schwer atmete. Es hörte sich an wie ein großer, unheimlicher Hefeteig, der, kilometerweit entfernt, vor sich hin gärte.

»Hallo!« sagte ich.

Schweigen.

Dann endlich diese dumpfe, teigige Stimme, eine Stimme, die in alptraumhaftem Fleisch zu Hause war. Sie sagte: »Warum sind sie nicht hier?«

»Niemand hat mich dazu aufgefordert«, antwortete ich mit zittriger Stimme.

Wieder dieses schwere Atmen, wie unter Wasser, als würde jemand in seinem eigenen, schrecklichen Fleisch ertrinken.

»Heute abend«, sagte die ersterbende Stimme. »Um sieben Uhr. Sie wissen wo?«

Ich nickte. Wie dumm! Ich *nickte*!

»Also...«, hörte man noch die tiefe, schleppende Stimme. »Es war eine lange Zeit, ein weiter Weg... so weit... so...« Die Stimme klang klagend. »Bevor ich meinen endgültigen Abschied nehme, müssen wir, ja, wir müssen... miteinander reden...«

Die Stimme schnappte nach Luft, und dann war sie weg.

Ich blieb mit starrem Blick sitzen, den Hörer fest umklammert.

»Was zum Henker war das?« sagte Crumley, der hinter mir stand.

Ich spürte, wie sich mein Mund bewegte: »Ich habe ihn nicht angerufen. Er hat *mich* angerufen!«

»Gib schon her!«

Crumley wählte.

»Wegen meiner Krankmeldung...«, sagte er.

70

Das Filmstudio wurde ein für allemal dichtgemacht, radikal demontiert, Feierabend.

Zum ersten Mal seit fünfunddreißig Jahren stand nur ein einziger Wachmann am Tor. In keinem der Gebäude brannte Licht. Lediglich an den Kreuzungen der Studiostraße, die zu Notre Dame führte, leuchteten ein paar einsame Laternen. Das heißt, falls Notre Dame noch vorhanden war. Es war die Straße, die am spurlos verschwundenen Kalvarienberg vorbeiführte und weiter Richtung Friedhofsmauer.

Lieber Gott, dachte ich, meine beiden Städte. Doch jetzt waren beide dunkel und kalt, ohne Unterschied. Seite an Seite, die Zwillingsstädte, eine unter der Regentschaft von Gras und kaltem Marmor, die andere, hier, von einem Mann geführt, der so düster, so unbarmherzig, so menschenverachtend wie der Tod selbst war. Er, der die Herrschaft über Bürgermeister und Polizeichefs, Wachleute und ihre Wachhunde ausübte – und über die Telefonverbindungen zu den Finanzen an der Ostküste.

Ich mußte das einzig lebende Wesen sein, das, voller Angst, von einer Totenstadt in die andere hinüberwechselte.

Ich berührte das Tor.

»Um Gottes willen«, sagte Crumley hinter mir, »tu's nicht!«

»Ich muß«, erwiderte ich. »Das Monster weiß jetzt, wo sich jeder einzelne aufhält. Es könnte jederzeit dein Haus zerstören, oder das von Constance, von Henry. Nein, ich glaube nicht, daß es das tun wird. Endlich ist ihm jemand auf die Schliche gekommen. Aber wir haben keine Möglichkeit, ihm Einhalt zu gebieten, stimmt's? Keine Beweise. Keine rechtlichen Mittel, um es einzusperren. Kein Gericht der Welt würde uns anhören, kein Gefängnis es aufnehmen. Ich habe keine Lust, auf der Straße umgenietet oder in meinem Bett erschlagen zu werden. Mein Gott, Crumley, ich hasse diese ewige Warterei. Außerdem hättest du seine Stimme hören sollen. Ich kann mir nicht vorstellen, daß es irgendwohin geht, außer in den Tod. Etwas Schreckliches hat es eingeholt, und es muß mit jemandem darüber reden.«

»Reden!« entfuhr es Crumley. »Etwa auf die Tour: halt mal still, ich will dir die Fresse einschlagen!?«

»Reden«, sagte ich.

Ich stand schon auf der anderen Seite des Tores und blickte die lange Straße hinunter, die vor mir in die Dunkelheit führte.

Die Stationen des Kreuzweges:

Die Mauer, vor der ich am Abend von Allerheiligen die Flucht ergriffen hatte.

Green Town, wo ich und Roy wirklich gelebt hatten.

Halle 13, wo das Monster modelliert und wieder zerstört wurde.

Die Schreinerei, wo man den Sarg versteckt hielt, bevor man ihn verbrannte.

Maggie Botwins Klause, an deren Wand Arbuthnots Schatten tanzten.

Die Kantine, in der die Jünger des Kinos ihr karges Brot brachen und J. C.s Wein tranken.

Der Kalvarienberg, verschwunden, und die darüber hinwegziehenden Sterne, und Christus, der sich schon lange in sein zweites Grab gelegt hatte, ohne Hoffnung auf ein Fischwunder.

»Zum Teufel.« Crumley kam mir nach. »Ich begleite dich.«

Ich schüttelte den Kopf. »Nein. Willst du etwa Wochen und Monate warten und das Monster doch nicht finden? Es würde sich vor dir verstecken. Es hat sich jetzt an mich gewandt, vielleicht, um mir alles über die verschwundenen Menschen zu erzählen. Bekommst du etwa die Erlaubnis, drüben hinter der Mauer Hunderte von Gräbern zu öffnen? Glaubst du, die Stadtverwaltung drückt dir einen Spaten in die Hand, damit du nach J. C., Clarence, Groc und Doc Phillips buddeln kannst? Die werden wir nie im Leben finden, es sei denn, das Monster zeigt uns, wo wir suchen sollen. Also warte auf mich, am Haupteingang des Friedhofs. Geh von mir aus acht- oder zehmal um den Block. Vielleicht komme ich ja zum einen oder anderen Ausgang schreiend herausgerannt, vielleicht aber auch ganz gemütlich herausspaziert.«

»Von mir aus«, sagte Crumley mit belegter Stimme. »Dann laß dich halt umbringen!« Er seufzte. »Verdammt. Hier.«

»Eine Pistole?« schrie ich. »Ich habe Angst vor Schußwaffen!«

»Nimm sie mit. Steck die Pistole in die eine Tasche und die Patronen in die andere.«

»Nein!«

»Du nimmst sie!« Crumley streckte sie mir entgegen.

Ich nahm sie an.

»Komm als Ganzes zurück!«

»Jawohl, Sir«, sagte ich.

Dann ging ich los. Das Studio sog mich in sich auf. Ich spürte, wie ich in der Nacht versank. Jeden Augenblick würden die verbliebenen Gebäude wie umgemähte Elefanten in die Knie gehen, ein Fraß für die Hyänen, Knochen für die Raubvögel der Nacht.

Ich ging die Straße hinunter, in der Hoffnung, Crumley würde mich zurückrufen. Stille.

An der dritten Querstraße blieb ich stehen. Ich wollte hinüberschauen nach Green Town; doch ich ließ es bleiben. Falls die Dampfhämmer und die Termiten die Kuppeln und Erker, die Dachböden und Weinkeller bereits zertrümmert und aufgefressen hatten, dann weigerte ich mich einfach hinzusehen.

Vor dem Verwaltungsgebäude brannte ein einziges winziges Licht.

Die Tür war nicht verriegelt.

Ich atmete tief durch und trat ein.

Narr. Idiot. Blödmann. Schwachkopf.

Ich murmelte die Litanei vor mich hin, während ich die Treppe emporstieg.

Ich drehte den Türknopf. Die Tür war verschlossen.

»Gott sei Dank!« Ich wollte mich gerade aus dem Staub machen, als ...

Die Riegel klickten.

Die Tür zum Büro schwang auf.

Die Pistole, dachte ich. Ich tastete nach der Waffe in der einen und den Patronen in der anderen Tasche.

Ich setzte einen Fuß über die Schwelle.

Das Büro wurde nur von einem Lichtkegel erleuchtet, der ein Gemälde an der gegenüberliegenden Westwand anstrahlte. Ich bewegte mich geräuschlos über den Fußboden.

Da waren sie, die leeren Sofas, die leeren Sessel und der große, leere Schreibtisch, auf dem nur ein Telefon stand.

Und der große Sessel, der nun nicht leer war.

Ich konnte hören, wie er atmete, tief, langsam und schwer, wie ein großes Tier in der Dunkelheit.

Ich konnte die Umrisse des Mannes, der in diesem Sessel saß, nur annähernd ausmachen.

Ich stolperte über einen Stuhl. Vor Schreck wäre mir beinahe das Herz stehengeblieben.

Ich spähte zu der Gestalt auf der anderen Seite des Zimmers hinüber und sah kaum etwas. Er hielt den Kopf gesenkt, das Gesicht lag im Schatten; die kräftigen Arme waren ausgestreckt und die prankenähnlichen Hände lagen auf dem Schreibtisch. Ein Seufzer. Einatmen, Ausatmen.

Kopf und Gesicht des Monsters hoben sich ins Licht.

Die Augen ruhten auf mir.

Wie ein großer, dunkler Teigklumpen schwappte er in seinem Stuhl zurück.

Der massive Sessel ächzte unter der Gewichtsverlagerung.

Ich streckte die Hand nach dem Lichtschalter aus.

Die Wunde-die-ein-Mund-war klaffte weit.

»Nein!« Der riesige Schatten bewegte einen langen Arm.

Ich hörte, wie die Wählscheibe des Telefons einmal, zweimal gedreht wurde. Ein Summen, ein Klicken. Ich drehte am Schalter. Kein Licht. Die Türschlösser sprangen zu.

Stille. Und dann wurde Luft stöhnend eingesaugt, dröhnend ausgeatmet: »Sie sind ... wegen dem Job hier?«

Wegen *was*? schoß es mir durch den Kopf.

Ein überwältigender Schatten beugte sich durch die Dunkelheit zu mir herüber. Ich wurde angestarrt, doch ich sah keine Augen.

»Sie sind gekommen«, keuchte die Stimme, »um das Studio zu übernehmen?«

Ich! dachte ich. Dann kam es stoßweise, Silbe für Silbe: »Niemand ist im Augenblick fähig, den Job zu bekleiden. Eine Welt zu besitzen. Alles auf ein paar Hektar versammelt. Früher gab es nur Orangenbäume, Zitronenbäume, Viehherden hier. Das Vieh ist immer noch da. Wie auch immer. Es gehört Ihnen. Ich übergebe es Ihnen ...«

Der helle Wahnsinn.

»Kommen Sie mit, ich zeige Ihnen Ihren zukünftigen Besitz!« Er fuchtelte mit dem langen Arm und berührte einen verborgenen Mechanismus. Der Spiegel hinter dem Schreibtisch glitt zur Seite und offenbarte einen unterirdischen Luftstrom und eine Treppe, die in die Grabgewölbe hinabführte.

»Hier entlang!« flüsterte die Stimme.

Beim Umdrehen zog sich die Gestalt in die Länge. Der Sessel ächzte und quietschte, und plötzlich war da keine Gestalt mehr im Sessel oder dahinter. Der Schreibtisch lag so verlassen vor mir wie die Decks eines großen Schiffs. Der unstete Spiegel wollte sich wieder schließen. Ich machte einen Sprung nach vorne, aus Angst davor, ich würde im Dunkeln ertrinken, wenn die geheime Tür zuknallen und der schwache Lichtschein damit verlöschen würde.

Der Spiegel glitt zu. Mein von Panik verzerrtes Gesicht erschien in seinem Glas.

»Ich kann nicht nachkommen!« schrie ich. »Ich habe Angst!«

Der Spiegel erstarrte in seiner Bewegung.

»In der vergangenen Woche, ja, da hätten Sie Angst haben sollen«, wisperte er. »Aber heute nacht? Sie können sich jedes beliebige Grab aussuchen. Es ist meines.«

Seine Stimme kam mir jetzt wie die Stimme meines Vaters vor, wie er allmählich in seinem Krankenbett vergeht; er hatte sich das Geschenk des Todes so sehnlichst gewünscht, und doch Monate zum Sterben gebraucht.

»Gehen Sie einfach hindurch«, sagte die Stimme leise.

Großer Gott, dachte ich, das habe ich schon gesehen, als ich sechs Jahre alt war. Das Phantom, das hinter dem Spiegel ein Zeichen gibt. Die Sängerin, von seiner sanften Stimme angelockt, wagt sich näher heran, um zu lauschen, berührt den Spiegel, und seine Hand erscheint, um sie hinunter in die Gewölbe zu führen, zu einer Begräbnisgondel auf einem schwarzen Kanal, mit dem Tod als Gondoliere? Der Spiegel, das Wispern, das leere Opernhaus – und der Gesang, der ein für allemal verstummt.

»Ich kann mich nicht bewegen«, sagte ich wahrheitsgemäß. »Ich habe schreckliche Angst.« Mein Mund füllte sich mit Staub. »Sie sind vor langer Zeit gestorben...«

Die Silhouette hinter dem Glas nickte. »Nicht ganz einfach, tot zu sein und doch in den Filmverliesen am

Leben zu bleiben, zwischen den Gräbern. Die Zahl der Leute, die *wirklich* Bescheid wissen, möglichst klein halten, sie gut bezahlen, sie umbringen, wenn sie versagen. Tod am Nachmittag in Halle 13. Tod in einer schlaflosen Nacht jenseits der Mauer. Oder in diesem Büro, wo ich oft in dem großen Sessel schlief. Und nun ...«

Der Spiegel erzitterte, ob von seinem Atem oder unter seiner Hand wußte ich nicht zu sagen. Mein Herzschlag dröhnte mir in den Ohren. Meine Stimme, die Stimme eines Knaben, prallte vom Glas zurück: »Können wir nicht *hier* miteinander reden?«

Wieder dieses melancholische, beinahe gestöhnte Lachen. »Nein. Die große Tour. Sie müssen alles wissen, wenn Sie an meine Stelle treten wollen.«

»Das will ich doch überhaupt nicht! Wer hat das gesagt?«

»Ich habe das gesagt. Ich *sage* es. Hören Sie gut zu. Ich bin so gut wie tot.«

Ein feuchter Wind mit dem Nitratgeruch der alten Filme und dem Geruch nach frischer Erde von den Gräbern her wehte uns aus dem Gewölbe entgegen.

Der Spiegel glitt wieder zur Seite. Leise entfernten sich Schritte.

Ich starrte in den Tunnel hinein, dessen Deckenleuchten die Größe von Glühwürmchen hatten.

Der massige Schatten des Monsters glitt die Schräge hinunter, dann wandte es sich mir zu.

Es fixierte mich mit seinen unglaublich wilden, unglaublich traurigen Augen.

Es nickte in Richtung des abfallenden Tunnels in die

Dunkelheit. »Na schön, wenn Sie nicht gehen können, dann rennen Sie«, murmelte es.

»Wieso denn?«

Der Mund kaute und schmatzte feucht, und schließlich verkündete es: »Laufen Sie vor mir davon! Ich bin mein ganzes Leben lang gelaufen! Denken Sie, ich kann Ihnen nicht folgen? Gott im Himmel! Tun Sie einfach so! Tun Sie einfach so, als ob ich noch die alte Kraft, die alte Macht besäße. Daß ich Sie töten könnte. *Tun Sie so*, als hätten Sie Angst!«

»Aber ich habe wirklich Angst!«

»Dann laufen Sie! Gottverdammtnochmal!«

Er hob drohend eine seiner Fäuste, um böse Schatten von den Wänden zu verjagen.

Ich rannte los.

Er hinterher.

71

Es war eine fürchterliche Pseudoverfolgungsjagd durch die unterirdischen Gewölbe, wo die alten Filmrollen lagen, hin zu den steinernen Grüften, wo sich all die Stars aus diesen Filmen versteckten, unter der Mauer hindurch und durch die Wand, und plötzlich war es dicht hinter mir, und ich wurde wie ein Querschläger durch die Katakomben gejagt, immer das Monster auf den Fersen, das mich mit seinem quellenden Fleisch auf das Grab zutrieb, in dem Arbuthnot niemals gelegen hatte.

Bei dieser Hetzjagd merkte ich, daß es sich bei Gott

nicht um eine Rundreise, sondern vielmehr um eine Reise mit einem bestimmten Ziel handelte. Ich wurde nicht verfolgt, sondern in eine Richtung getrieben. Wohin nur?

Die Grotte unter dem Grab, in dem Crumley und der blinde Henry und ich vor tausend Jahren gestanden hatten. Ich blieb abrupt stehen.

Die Stufen zum Sarkophag lagen unberührt vor mir.

Ich spürte, wie der Tunnel hinter mir vom Gepolter der Schritte und dem feurigen Blasebalg der Verfolgung widerhallte.

Ich sprang auf die Treppe, versuchte mich irgendwie hinaufzuziehen. Rutschend und geschmacklose Gebete ausstoßend ächzte ich voran, stieß einen Schrei der Erleichterung aus und kreischte mich förmlich aus dem Sarkophag hinaus auf den sicheren Erdboden.

Ich prallte gegen die Tür der Gruft. Sie flog weit auf. Ich stürzte auf den Friedhof hinaus und blickte wirr um mich, die lange Reihe der Grabsteine entlang Richtung Hauptstraße, die menschenleer und Kilometer entfernt sein mußte.

»Crumley!« gellte ich.

Es gab weder Verkehr auf der Straße, noch sah ich geparkte Autos.

»O Gott«, jammerte ich. »Crumley! Wo bist du?«

Hinter mir ertönte der Lärm polternder Füße auf der Schwelle zur Gruft. Ich wirbelte herum.

Das Monster stand in der Tür.

Eingerahmt vom Mondlicht stand es da wie eine Grabskulptur, aufgestellt, um sich selbst zu feiern, unter dem eigenen, in Stein gehauenen Namen. Einen Augenblick sah es aus wie der Geist eines englischen Lords, der auf der Schwelle des Torhäuschens zu seinem alten Landsitz posiert, eigens zu dem Zweck, auf Film gebannt und hinterher in der Dunkelkammer im Säurebad versenkt zu werden, um wie ein Phantom aufzuerstehen, während sich der Film in Nebeln und Schlieren entwickelt, eine Hand auf der Türklinke zu seiner Rechten, die andere hoch erhoben, als wolle es Verderben über das ganze marmorne Spielfeld schleudern. Über dem kalten Marmorportal erblickte ich erneut den Schriftzug: ARBUTHNOT.

Ich muß den Namen halblaut ausgestoßen haben.

Das Monster stürzte nach vorne, als hätte jemand einen Startschuß abgefeuert. Sein Schrei warf mich um, ich taumelte auf das Friedhofstor zu, schlingerte zwischen einem Dutzend Grabsteinen hindurch, warf mehrere Blumengebinde um und rannte laut schreiend mit doppelter Geschwindigkeit weiter. Ein Teil von mir betrachtete die ganze Angelegenheit als Menschenjagd, ein anderer Teil als Slapstick, wie eine Verfolgungsjagd bei den Keystone Kops. Das eine Bild ging in Richtung: Wassermassen aus geborstenem Schleusentor verschlingen einsamen Läufer; das andere eher in Richtung: wütende Elefantenbullen hetzen Charlie Chase. Ohne mich recht zwischen manischem Gelächter und purer Verzweiflung zu entscheiden, gelang es mir, auf gepflasterten Wegen zwischen den Gräbern hindurchzuhasten, doch am Ende fand ich nur einen leeren Boulevard. Von Crumley keine Spur.

Auf der anderen Seite der Straße standen die Türen von St. Sebastian weit offen, alle Lichter brannten.

J. C., dachte ich, wenn *du* wenigstens dort wärest!

Ich sprang los. Mit einem Blutgeschmack auf der Zunge rannte ich hinüber.

Hinter mir hörte ich das gewaltige, schwerfällige Schlurfen von Schuhen und den keuchenden Atem eines halbblinden, furchtbaren Mannes.

Ich erreichte die Tür.

Zuflucht.

Aber die Kirche war leer.

Auf dem goldenen Altar brannten Kerzen. Ebenso in den Grotten, in denen sich Jesus verborgen hielt, um Maria ins Rampenlicht zu rücken, umstrahlt von funkelnder Liebe.

Die Türen zum Beichtstuhl standen weit offen.

Hinter mir ertönten laut polternde Schritte.

Mit einem Satz war ich im Beichtstuhl, schlug die Tür zu und kauerte mich, von entsetzlichen Schauern geschüttelt, in die dunkle Zelle.

Die Schritte donnerten heran...

Eine Unterbrechung wie bei einer Windstille. Wie ein Sturm legten sich die Geräusche plötzlich, um dann, wie bei einem Wetterwechsel, wieder näherzukommen.

Ich spürte, wie das Monster an der Tür herumfummelte. Sie war nicht verschlossen.

Aber ich war der Priester, oder etwa nicht?

Wer auch immer hier drinnen saß, war gesegnet, mußte respektiert werden, ihm konnte man vertrauen, und er konnte sich... *sicher* fühlen?

Von draußen hörte ich dieses gottlose Stöhnen der Erschöpfung und Selbstzerstörung. Mich schauderte. Meine Lippen teilten sich, ich schickte ein Stoßgebet um die einfachsten Kleinigkeiten gen Himmel. Nur noch eine Stunde mit Peg. Ein Kind hinterlassen. Lappalien. Unscheinbare Dinge, großartiger als die Mitternacht, oder doch zumindest so großartig wie manche Morgendämmerungen...

Der süße Geruch des Lebens mußte meiner Nase entströmt sein, mit meinen Gebeten suchte er sich einen Weg nach draußen.

Ein letztes, tiefes Stöhnen und...

O Gott!

Das Monster stolperte in die andere Hälfte der Kabine.

Wie es sich voll blinder Wut hineindrückte und quetschte, erschreckte mich mehr als die Vorstellung, sein schrecklicher Atem könnte durch das kleine Gitter fauchen und mich erblinden lassen. Doch seine klobige Masse plumpste stöhnend nieder und kam wie ein Blasebalg in einem Feuerofen mitsamt seinen Lederfalten und Ventilen zur Ruhe.

Jetzt wußte ich, daß die seltsame Jagd vorüber und die Zeit der letzten Dinge gekommen war. Ich hörte, wie das Monster einmal mehr seinen Atem einsaugte, zweimal, dreimal, als müsse es erst Mut fassen, bevor es zu sprechen anfing, noch immer mordlustig, aber müde jetzt, o Gott, endlich müde.

Und schließlich flüsterte es mit einem intensiven Flüstern, wie ein durchdringendes Stöhnen, das den Schornstein herunterkommt: »Vater, vergib mir, denn ich habe gesündigt!«

Herr im Himmel, dachte ich, lieber Gott, was haben die Priester in all den alten Filmen meiner Jugend in diesem

Falle immer geantwortet? Ich muß mich doch daran erinnern, was nur?

In mir keimte das verrückte Verlangen auf, mich hinauszustürzen und irgendwohin zu laufen, auch wenn das Monster dann erneut hinter mir herhetzen würde.

Doch während ich noch nach Atem rang, war ein furchtbares Flüstern zu vernehmen: »Vater, vergib mir...«

»Ich bin nicht Ihr Vater«, rief ich.

»Nein«, flüsterte das Monster.

Und nach einem langen, endlosen Moment fügte es hinzu: »Du bist mein Sohn.«

Ich zuckte zusammen und hörte mein Herz einen kalten Tunnel hinunterstürzen, in schwarze Dunkelheit.

Das Monster rührte sich wieder.

»Wer...«, Unterbrechung, »...glauben Sie wohl...«, Unterbrechung, »...hat Sie hierhergeholt?«

Lieber Gott!

»Ich«, sagte das verlorene Gesicht hinter dem Gitter, »ich habe es getan.«

Nicht Groc? dachte ich.

Und das Monster fing an, einen schrecklichen Rosenkranz dunkler Perlen herunterzubeten. Ich konnte nichts anderes tun, als langsam, sehr langsam, nach hinten zu sinken, bis mein Kopf an der Holztäfelung des Beichtstuhls lehnte; dann drehte ich den Kopf und sagte: »Warum haben Sie mich nicht getötet?«

»Das habe ich nie tun wollen. Dein Freund durchkreuzte meine Pläne. Er fertigte diese Büste an. Wahnsinn. Ich hätte ihn umgebracht, das ist richtig, aber er kam mir zuvor. Jedenfalls sorgte er dafür, daß es so aussah. Er ist am Leben und erwartet Sie...«

Wo!? wollte ich herausplatzen. Statt dessen sagte ich: »Warum haben Sie mich verschont?«

»Warum... weil ich möchte, daß meine Geschichte eines Tages erzählt wird. Sie waren der einzige«, er unterbrach sich, »...der sie erzählen kann... richtig... erzählen kann. Es gibt nichts in diesem Studio, das mir nicht bekannt ist, nichts in der Welt draußen ist mir fremd. Ich las nächtelang und schlief nur in kurzen Intervallen, ich las noch mehr von Ihnen und schließlich flüsterte ich, vor einigen Wochen, Ihren Namen durch die Wand. Er wird es schaffen, sagte ich. Holt ihn. Das ist mein Geschichtsschreiber. Und mein Sohn. Und so geschah es.«

Sein Flüstern hinter dem Spiegel war also für meine Berufung verantwortlich.

Das Flüstern war jetzt hier, keine zwanzig Zentimeter entfernt, und zwischen uns pulsierte sein Atem in der Luft wie ein Blasebalg.

»Bei den knochenbleichen Hügel von Jerusalem«, sagte die farblose Stimme. »Ich habe alles und jeden eingestellt und wieder gefeuert, Tausende von Tagen lang. Wer sonst hätte es tun können? Und was sonst hätte ich tun können, außer häßlich sein und sterben wollen? Nur meine Arbeit hielt mich am Leben. Sie einzustellen bedeutete für mich eine Art von Selbsterhaltung.«

Sollte ich ihm dafür danken? fragte ich mich.

Er flüsterte beinahe. »Zuerst führte ich das Studio aus zweiter Hand, hinter dem Spiegel. Ich trampelte mit meiner Stimme auf Manny Leibers Trommelfellen herum, mit

Marktanalysen und Drehbuchkürzungen, ich las alles in den Gräbern durch und teilte ihm die Ergebnisse mit, wenn er gegen zwei Uhr morgens das Ohr an die Wand legte. Was für großartige Konferenzen! Was für tolle Zwillinge! Ich und Über-Ich. Das Instrument und sein Spieler. Der kleine Tänzer. Und ich war der Choreograph hinter der gläsernen Wand. Mein Gott, wir teilten uns sein Büro. Er schnitt die Grimassen und gab vor, große Entscheidungen zu treffen – ich wartete jede Nacht darauf, endlich aus dem Schatten hervortreten zu dürfen, mich in den Sessel neben dem leergeräumten Schreibtisch mit dem einzelnen Telefon zu setzen und Leiber, meinem Sekretär, zu diktieren.«

»Ich weiß«, flüsterte ich.

»Woher denn!?«

»Ich habe es mir gedacht.«

»Gedacht!? Was? Die ganze verrückte Geschichte? Halloween? Vor zwanzig, o Gott, vor zwanzig Jahren?!«

Er atmete schwer, wartete auf meine Antwort.

»Jawohl«, hauchte ich, kaum hörbar.

»Ach ja.« Das Monster versank in Erinnerungen. »Die Prohibitionszeit war vorüber, doch wir schafften den Alkohol nach wie vor aus Santa Monica heran, durch die Gruft und den unterirdischen Gang, nur so aus Jux, wir hatten unseren Spaß dabei. Die halbe Party fand auf den Gräbern statt, die andere Hälfte in den Filmkatakomben, großer Gott! Fünf Ateliers voll mit grölenden Männern, Frauen, Stars und Statisten. Ich kann mich nur undeutlich an diese mitternächtliche Stunde erinnern. Schon mal daran gedacht, wie viele Leute, wenn sie erst mal in Stimmung sind, sich auf dem Friedhof lieben? Diese Stille! So denken Sie doch!«

Ich wartete, bis die Erinnerungen hochkamen. Er sagte: »Man hat uns erwischt. Herrje, direkt dort, zwischen den Grabsteinen. Mit dem Hammer des Friedhofwächters zerschmetterte er mir den Kopf, die Wangenknochen, mein Auge! Hörte nicht auf! Er rannte mit ihr davon. Ich schreiend hinterher. Sie fuhren weg. Ich fuhr, o Gott. Und dann der Unfall, und, und...«

Er seufzte, wartete, bis sich sein Herz beruhigte.

»Ich weiß noch, wie Doc mich in die Kirche trug, der Priester schlottert vor Angst, dann geht's in die Leichenhalle. Erholt euch in den Gräbern! Kommt in der Gruft zur Besinnung! Und drüben in der nächsten Leichenhalle, mausetot: Sloane. Und dann, Groc, der zu flicken versucht, was nicht mehr zu flicken ist. Groc, der arme Tropf. Lenin hatte mehr Glück! Mein Mund bewegt sich, ich sage: alles vertuschen, los, sofort! Spät. Leere Straßen. Lügt! Sagt, ich sei tot! Mein Gott, mein Gesicht! Nichts mehr zu machen! Mein Gesicht! Also sagt, ich sei tot. Emily! Was? Verrückt? Versteckt Emily! Alles vertuschen. Mit Geld, was denn sonst! Viel Geld. Es muß absolut echt aussehen. Wer sollte daran zweifeln? Dann die Beerdigung mit geschlossenem Sarg, ich ganz in der Nähe, so gut wie tot – in der Leichenhalle. Doc kümmerte sich wochenlang um mich! Mein Gott, was für ein Wahnsinn. Ich betastete mein Gesicht, meinen Kopf, es gelingt mir, ›Fritz‹ zu rufen, als ich ihn sehe. ›Du übernimmst die Verantwortung!‹ Und Fritz tut es. Besessen von der Arbeit. Sloane ist tot, bringt ihn raus! Emily, die Arme, verloren, wahnsinnig geworden. Constance! Und Constance bringt sie hinüber in die Elysischen Gefilde. So nannten sie diese Reihe von Gebäuden, ein Erholungsheim für Alkoholiker, Verrückte und Drogenkranke, weder ein Heim für die Leute, noch erholten sie sich, aber sie waren dort aufgehoben, Emily ging also ins Nichts, und ich delirierte. Fritz schrie ›Ruhe‹, alle weinten, alle schauten auf mein Gesicht, als wäre es direkt aus dem Fleischwolf gekommen. Ich konnte den Horror, den ich ihnen einflößte, in ihren Augen sehen. Ihre Blicke besagten: er stirbt, doch ich sagte: von wegen! Doc, der Metzger, Groc, der Schönheitsspezialist, und J. C. taten, was sie konnten, bis Fritz schließlich sagte: ›Genug! Ich habe alles getan, was in meiner Macht steht. Holt einen Priester!‹ ›Von wegen!‹ schrie ich. ›Ihr könnt eine Beerdigung feiern, aber ohne mich!‹ Und ihre Gesichter wurden weiß! Sie wußten, daß ich es ernst meinte. Dem Mund, dieser Ruine, entspringt ein verrückter Plan. Und sie dachten: Wenn er stirbt, dann sterben wir auch. Sie müssen wissen, das war für uns damals das beste Jahr in der gesamten Filmgeschichte. Mitten in der Depression hatten wir zweihundert Millionen gemacht, und dann dreihundert Millionen, mehr als alle anderen Filmstudios zusammen. Sie *konnten* mich einfach nicht sterben lassen. Ich war mehr wert als tausend andere. Wo sollten sie Ersatz für mich finden? Etwa einen von diesen Bekloppten und Narren, den Langeweilern und Flachhirnen? Wenn du ihn *rettest*, dann bastele ich ihn wieder zusammen! sagte Groc zum Metzger Doc Phillips. Die beiden waren meine Hebammen, brachten mich erneut zur Welt, doch in eine Welt ohne Sonne!«

Als ich das hörte, fielen mir J. C.s Worte wieder ein: »Das Monster? In der Nacht, als es geboren wurde, war ich dabei!«

»Und Doc rettete, und Groc nähte. O Gott, je schneller er nähte, um so schneller ließ ich die Nähte wieder aufplatzen, während alle nur daran dachten: ›Wenn er stirbt, dann gehen wir mit ihm unter.‹ Ich, ich wollte jetzt von ganzem Herzen sterben! Doch wie ich so unter der Tomatensoße und den zerfetzten Knochen liege, gewinnt plötzlich der alte Machtinstinkt wieder die Oberhand. Und nach einigen Stunden, in denen ich bei Gevatter Tod schon auf der Schippe stand, springe ich wieder herunter, traue mich nie mehr, mein Gesicht zu berühren, aber ich sage: ›Laßt eine Totenwache halten. Verkündet meinen Tod! Versteckt mich hier, bis ich gesund bin! Laßt den Tunnel offen und begrabt Sloane! Begrabt mich mit ihm, *in absentia*, aber mit großem Pressewirbel. Am Montag morgen, großer Gott, melde ich mich zur Arbeit zurück. Wie? Von nun ab jeden Montag. Niemand darf etwas davon erfahren! Ich möchte nicht gesehen werden. Ein Mörder mit einem zerfetzten Gesicht? Baut mir ein Büro mit einem Schreibtisch und einem Sessel, und mit der Zeit, um nichts zu überstürzen, komme ich allmählich immer näher, während jemand dort sitzt und dem Spiegel lauscht, allein, und Manny, wo ist Manny? Du hörst mir zu! Ich rede durch die Balken, flüstere durch die Ritzen, ein Schatten hinter dem Spiegel, und du machst deinen Mund auf, und ich rede durch dein Ohr, und durch deinen Kopf geht es wieder hinaus. Hast du das kapiert? Kapiert? Ruft die Zeitungen an. Stellt den Totenschein aus. Steckt Sloane in den Sarg. Bringt mich nach nebenan, ich muß ausruhen, schlafen, gesund werden. Manny. Ja? Du richtest das Büro ein. Na wird's schon!«

In den Tagen vor meiner Beerdigung brüllte ich Befehl um Befehl, mein kleines Team hörte mir gut zu, beruhigte sich, nickte und sagte ja.

So kam es, daß Doc mir das Leben rettete, Groc ein Gesicht zurechtflickte, an dem es nichts mehr zu flicken gab, Manny das Studio leitete, aber nur nach meinen Anweisungen, und J. C. war einfach nur dabei, weil er in dieser Nacht dabei war, der erste, der mich in meinem Blute fand, und derjenige, der die Autowracks umarrangierte, damit der Zusammenstoß wie ein Unfall aussah. Nur vier Leute wußten etwas von der Sache. Fritz? Constance? Die waren fürs Reinemachen verantwortlich, doch wir haben ihnen nie erzählt, daß ich am Leben blieb. Die anderen vier bekamen fünftausend pro Woche, bis heute. Stellen Sie sich das vor! Fünftausend pro Woche, und das 1934! Der Durchschnittslohn betrug damals fünfzehn lausige Dollar. Doc und Manny und Groc waren also reich, oder nicht? Mit Geld, bei Gott, kann man wirklich alles kaufen! Jahre des Schweigens! Und so war alles in bester Ordnung. Die Filme und das Studio, von dem Zeitpunkt an stiegen die Profite sogar noch, und ich blieb immer hübsch verborgen, keiner ahnte etwas davon. Die Aktien standen hervorragend, was die New Yorker glücklich machte, bis ...«

Es hielt inne und ließ ein tief verzweifeltes Stöhnen hören.

»Jemand hat etwas entdeckt.«

Stille.

»Wer?« fragte ich zögerlich in die Dunkelheit.

»Doc. Der Chirurg vom Dienst. Meine Zeit ist abgelaufen.« Eine neuerliche Pause, dann: »Krebs.«

Ich wartete, daß er weiterredete, sowie er wieder zu Kräften gekommen war.

»Krebs. Ich weiß nicht, wem von den anderen Doc davon erzählt hat. Einer von ihnen wollte sich davonmachen; das Geld schnappen und dann verschwinden. Aus diesem Grund fing das Bangemachen an. Er wollte alle mit der Wahrheit erschrecken. Dann... Erpressung... er wollte Geld.«

Groc, dachte ich, doch laut sagte ich: »Wissen Sie, wer es war?« Und dann fragte ich: »Wer stellte die Puppe auf die Leiter? Wer schrieb den Brief, der mich zum Friedhof lockte? Wer bestellte Clarence vor das Brown Derby, damit er mit Ihnen zusammentraf? Wer inspirierte Roy Holdstrom dazu, die Büste eines möglichen Monsters für einen unmöglichen Film herzustellen? Wer versorgte J. C. mit Unmengen von Whiskey, in der Hoffnung, er würde durchdrehen und alles ausplaudern? Wer?«

Bei jeder Frage bewegte sich die riesige Masse hinter der dünnen Holzwand; das Monster zitterte, saugte pfeifend Luft ein, stöhnte sie wieder heraus, als bedeutete jeder Atemzug die Hoffnung auf Überleben, jedes Ausatmen eine Einladung an die Verzweiflung.

Nach einer langen Pause sagte er: »Als die ganze Sache anfing, mit der Leiche auf der Mauer, hatte ich jeden in Verdacht. Es wurde immer schlimmer mit mir. Ich wurde rasend vor Wut. Doc, dachte ich, nein. Ein Feigling, und zu naheliegend. Er hatte die Krankheit schließlich entdeckt und mich darüber aufgeklärt. J. C.? Schlimmer als feige, einer, der jeden Abend bei seiner Flasche Zuflucht sucht. Nicht J. C.«

»Wo ist J. C. jetzt, in dieser Nacht?«

»Irgendwo begraben. Ich hätte ihn am liebsten eigenhändig unter die Erde gebracht. Ich machte mich daran, jeden unter die Erde zu bringen, einen nach dem anderen, ich wollte jeden loswerden, der versuchte, mir weh zu tun. Ich hätte J. C. erstickt, so wie ich Clarence erstickt habe. So, wie ich auch Roy umgebracht hätte, hätte er das nicht, wie ich annehmen mußte, bereits für mich erledigt. Aber Roy war nicht tot. *Er* war es, der J. C. umbrachte und dann begrub.«

»Nein!« schrie ich.

»Es stehen so viele Gräber zur Verfügung. Roy hat ihn irgendwo untergebracht. Armer, trauriger Jesus.«

»Roy! Nie und nimmer!«

»Warum denn nicht? Wir würden alle töten, wenn wir die Gelegenheit dazu hätten. Wir träumen nur vom Morden, doch wir tun es nicht. Es ist schon spät geworden, lassen Sie mich meine Geschichte zu Ende bringen. Doc, J. C. oder Manny, dachte ich, wer würde es wagen, mich fertigzumachen und davonzulaufen? Manny Leiber? Nein. Eine Platte, die ich jederzeit auflegen konnte, und immer würde ich die gleiche Melodie hören. Nun, dann blieb nur noch – Groc! Er hatte Roy eingestellt, aber ich hatte immer gedacht, nur aus dem Grund, um *Sie* für die große Suche zu arrangieren. Woher hätte ich wissen sollen, daß die große Suche mir galt!? Daß ich mich als Lehmfigur wiederfinden würde! Ich, oh, ich war sehr wütend. Doch jetzt – ist es vorbei.

Ich tobte und brüllte vor Zorn, doch mit einem Mal dachte ich: es reicht. Ich war müde, so verflucht müde, nach all den Jahren, zu viel Blut, zu viele Tote, und alles vorbei jetzt, und dann noch Krebs. Und dann traf ich auf das andere Monster, unten im Tunnel, in der Nähe der Gruft.«

»Das andere Monster?«

»Ja«, stöhnte er. Sein Kopf berührte die Seitenwand des Beichtstuhls. »Suchen Sie ihn. Sie dachten doch nicht etwa, Sie hätten es nur mit *mir* zu tun, oder doch?«

»Ein zweites ...«

»Ihr Freund. Derjenige, dessen Büste ich zerstörte, nachdem ich sah, daß er mein Gesicht getroffen hatte. Derjenige, dessen Städte ich mit meinen eigenen Füßen zertrampelte. Der, dessen Dinosaurier ich zerfetzte ... Er hat das Studio in seiner Gewalt!«

»Das ... das ist unmöglich!«

»Idiot! Er hat uns reingelegt. Er hat Sie reingelegt. Als er sah, was ich seinen Viechern, seinen Städten, seiner Lehmbüste angetan hatte, wurde er wahnsinnig. Er verwandelte sich in den leibhaftigen Schrecken. Diese fürchterliche Maske ...«

»Maske ...« Meine Lippen zuckten.

Ich hatte es zwar vermutet, solche Gedanken jedoch nicht zugelassen. Ich sah wieder das Filmgesicht des Monsters an Crumleys Wohnzimmerwand. Es war kein Modell aus Ton, das Einzelbild für Einzelbild zum Leben erweckt worden war, sondern – Roy, so zurechtgemacht, daß er dem Vater der Zerstörung, dem Kind des Chaos, dem wahren Sohn der Vernichtung zum Verwechseln ähnlich sah.

Roy im Film, der das Monster spielte.

»Ihr Freund«, schnaufte der Mann hinter dem Gitter ein um das andere Mal. »Mein Gott, welch ein Aufwand. Die Stimme: genau wie meine. Er sprach durch die Wand hinter Mannys Schreibtisch und...«

»Und veranlaßte, daß ich wieder eingestellt wurde«, hörte ich meine Stimme sagen. »Sorgte dafür, daß er selbst wieder eingestellt wurde!?«

»Genau! Wie perfekt! Gebt ihm den Oscar!«

Meine Finger kratzten über das Gitter.

»Wie hat er...?«

»Das Studio übernommen? Wo war die Naht, der Spalt, die Grenze? Ich stand ihm unter der Mauer gegenüber, zwischen den Sarkophagen, von Angesicht zu Angesicht! Oh, dieser verdammte Saukerl. Ich hatte schon jahrelang nicht mehr in einen Spiegel geschaut. Und plötzlich stand ich vor mir, versperrte mir selbst grinsend den Weg! Ich schlug zu, um den Spiegel zu zertrümmern! Eine Wahnvorstellung, dachte ich zuerst. Die geisterhafte Reflexion in einer Glasscheibe. Ich stieß einen Schrei aus und schlug zu, verlor das Gleichgewicht. Der Spiegel hob *seine* Faust und schlug zu. Als ich aufwachte, war ich hinter Gittern, in irgendeine Krypta eingesperrt. Ich tobte, und er schaute zu. ›Wer bist du?‹ schrie ich. Doch ich wußte es bereits. Rache ist süß! Ich hatte seine Kreaturen ermordet, seine Städte zerstört, hatte versucht, auch ihn zu zerstören. Und nun triumphierte er! Er lief davon und brüllte zurück:

›Hör gut zu. Ich stelle mich jetzt wieder selbst ein! Und obendrein setze ich mein Gehalt ein bißchen herauf!‹ Er kam zweimal am Tag mit Schokolade, um einen Sterbenden zu füttern. Bis er dann bemerkte, daß ich wirklich sterbe und der Spaß sowohl für ihn als auch für mich bald vorbei sein würde. Vielleicht hat er auch herausgefunden, daß der Reiz der Macht nicht endlos vorhält, daß Macht nicht nur eine tolle Sache ist, ein netter Spaß. Vielleicht hat sie ihn erschreckt, vielleicht nur gelangweilt. Vor ein paar Stunden ließ er mich frei und führte mich hinauf in das Büro, damit ich Sie anrufen konnte. Dann ließ er mich dort zurück, um auf Sie zu warten. Er mußte mir nicht erklären, was ich zu tun hatte. Er zeigte einfach nur auf den Tunnel in Richtung Kirche. Zeit zu beichten, sagte er. Genial. Jetzt erwartet er Sie an einem bestimmten Ort.«

»Wo denn?«

»Verflucht noch mal! An welchem Platz sollte sich einer wie ich und einer, zu dem er geworden ist, wohl aufhalten?«

»Richtig«, nickte ich, wobei mir Tränen in die Augen stiegen. »Ich bin dort schon gewesen.«

Das Monster sackte im Beichtstuhl zusammen.

»Das wär's«, stöhnte er. »In der vergangenen Woche habe ich vielen Leuten weh getan. Einige habe ich umgebracht, den Rest hat Ihr Freund besorgt. Fragen Sie ihn. Er war genauso wütend wie ich. Wenn das alles vorbei ist und die Polizei Fragen stellt, schieben Sie alle Schuld auf mich. Es braucht nicht zwei Monster, wenn eines ausreicht. In Ordnung?«

Ich sagte kein Wort.

»Reden Sie!«

»In Ordnung.«

»Gut. Als er sah, daß ich todkrank war, daß ich dort in der Gruft sterben würde, und daß er an dem Krebs, den ich ihm vermacht hatte, ebenfalls sterben würde, und daß es die ganze Sache letztendlich nicht wert war, besaß er Anstand genug, mich wieder freizulassen. Das Studio, das er unter Kontrolle hatte, wie ich es vorher unter Kontrolle hatte, war plötzlich zum Stillstand gekommen. Wir mußten uns beide dafür einsetzen, daß es wieder in die Gänge kam. Nächste Woche müssen Sie nur an den entsprechenden Hebeln ziehen. Fangen Sie wieder mit *Tote reiten schneller* an.«

»Nein«, murmelte ich.

»Verflucht noch mal! Ich werde Ihnen noch mit meinem letzten Atemzug die Gurgel zudrücken. Es wird so geschehen. Sagen Sie es!«

»Es wird«, sagte ich schließlich, »so geschehen.«

»Und nun die letzte Sache. Was ich vorhin schon ansprach. Das Angebot. Wenn Sie wollen, gehört es Ihnen. Das Studio.«

»Hören Sie auf ...«

»Sonst kommt niemand in Frage! Lehnen Sie nicht so rasch ab. Die meisten Menschen würden dafür sterben, wenn sie das Erbe ...«

»Sterben ist genau der richtige Ausdruck. Ich wäre in weniger als einem Monat tot, ein Wrack, ein Säufer, tot.«

»Sie verstehen mich nicht. Ich habe keinen anderen Sohn außer Ihnen.«

»Tut mir leid, wenn dem so ist. Warum ausgerechnet ich?«

»Weil Sie der Narr sind, der die Wahrheit spricht. Ein richtiger Narr, keine Fälschung. Jemand, der zuviel redet, aber wenn man genau zuhört, stellen sich die Worte als richtig heraus. Sie können gar nicht anders. Die guten Dinge kommen einfach so aus Ihnen heraus.«

»Aber ich habe nicht, wie Manny, schon seit Jahren am Spiegel geklebt und Ihren Worten gelauscht.«

»Er schwätzt, aber seine Worte sagen nicht viel.«

»Er hat dazugelernt. Mittlerweile muß er doch wissen, wie man die Sache anzugehen hat. Lassen Sie mich für ihn arbeiten!«

»Letzte Chance? Letztes Angebot?« Seine Stimme wurde schwächer.

»Soll ich etwa meine Frau, meine Schriftstellerei und mein ganzes Leben aufgeben?«

»Aah«, flüsterte die Stimme. Und dann: »Ja ... Nun ... endlich ... vergib mir, Vater, denn ich habe schwer gesündigt.«

»Das kann ich nicht.«

»Doch, du kannst, und segne mich. Das ist die Aufgabe des Priesters. Vergib mir und segne mich. Es kann jeden Augenblick zu spät sein. Schick mich nicht für alle Ewigkeit in die Hölle!«

Ich schloß die Augen und sagte: »Ich segne dich.« Und dann sagte ich: »Ich vergebe dir, mein Gott, auch wenn ich dich nicht verstehe!«

»Wer versteht mich schon?« keuchte er. »Ich nicht.« Sein Kopf sank gegen die Holzwand. »Vielen Dank.«

Seine Augen schlossen sich im All, wo es keine Geräusche gibt. Ich fügte meine eigene Tonspur hinzu. Das Geräusch eines mächtigen Tores, das sich über dem Vergessen schließt, Grabdeckel, die knallend zufallen.

»Ich vergebe dir!« schrie ich auf die schreckliche Fratze ein.

»Ich vergebe dir...«, schlug das Echo meiner Stimme aus der Höhe der Kirche zurück.

Die Straße war leer.

Crumley, dachte ich, wo bleibst du?

Ich rannte los.

72

Jetzt mußte ich noch einen letzten Ort aufsuchen.

Ich stieg im Dunkeln auf die Türme von Notre Dame.

Die Gestalt hockte in der Nähe der obersten Brüstung des linken Turmes, nicht weit entfernt von einem steinernen Dämon, dessen monströses Kinn auf seinen Hornklauen ruhte, während der Blick über ein Paris schweifte, das nie existiert hatte.

Ich balancierte hinüber, atmete tief durch und rief: »Du...?« Dann mußte ich stehenbleiben.

Die Gestalt, die dort mit dem Gesicht im Schatten verborgen kauerte, bewegte sich nicht.

Noch ein tiefer Atemzug: »Hier.«

Die Gestalt setzte sich auf. Der Kopf und dann das Gesicht schoben sich in den schwachen Widerschein der Lichter der Stadt.

Tief durchatmen; dann sagte ich: »Roy?«

Das Monster drehte sich zu mir um. Ein perfektes Duplikat desjenigen, das vor wenigen Minuten im Beichtstuhl zusammengebrochen war.

Die schreckliche Grimasse fixierte mich, die schrecklichen, tosenden Augen ließen mein Blut gefrieren. Die entsetzliche Wunde von einem Mund klaffte auf, schmatzte und stieß ein einziges Wort aus: »...Jaaaa.«

»Es ist alles vorbei«, sagte ich mit brüchiger Stimme. »Mein Gott, Roy, komm da runter.«

Das Monster nickte. Seine rechte Hand hob sich, um an seinem Gesicht zu ziehen, um das Wachs, das Make-up, die Schreckensmaske und den Ausdruck äußerster Verblüffung abzuschälen. Mit zur Klaue geformten Fingern bearbeitete er sein Alptraumgesicht. Unter den Fetzen kam mein alter Schulfreund zum Vorschein und schaute mich an.

»War ich ihm ähnlich?«

»O Gott, Roy.« Vor Tränen in meinen Augen konnte ich ihn kaum sehen. »Und ob!«

»Ja«, murmelte Roy. »Das dachte ich mir fast.«

»Mensch, Roy«, keuchte ich, »mach alles ab! Ich habe das schreckliche Gefühl, wenn du es dranläßt, bleibt es an dir kleben, und dann sehe ich dich nie wieder!«

Roys rechte Hand zuckte impulsiv nach oben, um seine furchtbare Wange herunterzukratzen.

»Komisch«, sagte er leise, »mir kommt es auch so vor.«

»Wieso hast du dir diese Maske überhaupt angetan?«

»Gleich zwei Beichten? Eine hast du doch eben schon gehört. Noch eine gefällig?«

»Genau.«

»Bist du zum Priester geworden?«

»Ich komme mir allmählich so vor. Soll ich dich exkommunizieren?«

»Wovon?«

»Von unserer Freundschaft.«

Seine Augen suchten meinen Blick.

»Das würdest du nicht tun!«

»Wäre schon möglich.«

»Freunde erpressen sich nicht gegenseitig mit ihrer Freundschaft.«

»Ein Grund mehr zu reden. Fang an.«

Roy, der noch immer halb in seiner weggerissenen Maske steckte, sagte sehr leise: »Meine Kreaturen sind daran schuld. Niemand hat je meine Lieblinge, meine Tierchen angerührt. Ich habe sie mit meinem Herzblut erschaffen. Sie waren perfekt. Ich war Gott. Was hatte ich außer ihnen? Bin ich jemals mit der besten Turnerin der Klasse oder einem Mädchen von den Cheerleadern ausgegangen? Gab es in all den Jahren Frauen in meinem Leben? Pustekuchen. Ich legte mich mit meinen Brontosauriern schlafen. In der Nacht flog ich mit meinen Pterodaktylen durch die Lüfte. Kannst du dir vorstellen, was in mir vorging, als jemand meine unschuldigen Lämmchen dahinmordete, meine Welt zerstörte und meine urzeitlichen Traumgefährten schlachtete? Ich war außer mir. Ich kannte mich nicht wieder.«

Roy verstummte einen Moment hinter seiner fürchterlichen Maske. Dann fuhr er fort: »Herrgott, es war alles so einfach. Schon von Anfang an fügte sich eins ins andere, aber ich habe dir nichts davon gesagt. Erinnerst du dich an die Nacht, als ich dem Monster auf den Friedhof folgte? Ich war so verrückt nach dem verdammten Biest. Ich hatte Angst, du würdest mir den Spaß verderben. Spaß!? Leute geben ihr Leben dafür hin! Ich sah ihn also in seinem Grab verschwinden und nicht mehr herauskommen, ohne daß ich ein Wort darüber verlor. Ich wußte, daß du mir Einhalt geboten hättest, doch ich mußte dieses Gesicht haben, diese schreckliche Maske – für unser episches Meisterwerk! Also hielt ich die Klappe und machte die Lehmbüste. Und dann? Du wärst beinahe gefeuert worden, ich mußte das Gelände sofort verlassen! Dann wurden meine Saurier zertrampelt, meine Dekorationen verwüstet und meine gräßliche Skulptur in Stücke geschlagen. Ich drehte durch. Doch dann fiel es mir wie Schuppen von den Augen: es gab nur eine Person, die für die Zerstörungen in Frage kam. Nicht Manny, und auch sonst niemand, den wir kannten. Das Monster selbst! Der Bursche aus dem Brown Derby. Doch woher wußte er von meiner Lehmbüste? Es hatte ihm doch niemand davon erzählt! Nein! Ich dachte an die Nacht zurück, als ich ihm in den Friedhof neben dem Studio gefolgt war. Herrje, so mußte es sein! Hinein in die Gruft und unter der Mauer durch, tief in der Nacht hinüber ins Studio, wo er mein Duplikat mit eigenen Augen gesehen hatte und explodiert war.

Ich heckte auf der Stelle eine Menge verrückter Pläne aus. Ich wußte, daß ich ein toter Mann war, wenn mich das Monster fand. Also brachte ich mich selbst um! Verwischte meine Spur. Wenn das Monster mich für tot hielt, konnte ich es meinerseits aufspüren, es stellen und mich an ihm rächen! Also knüpfte ich mein Ebenbild auf. Du hast es als erster gesehen. Dann fanden *sie* es und verbrannten es. In jener Nacht stieg ich über die Mauer. Du weißt, was ich dort entdeckte. Ich versuchte es an der Gruft, die Tür war nicht verschlossen. Ich ging hinein, stieg hinunter und lauschte hinter dem Spiegel in Mannys Büro! Ich war begeistert! Das war alles so fantastisch. Das Monster kontrollierte das Studio, ohne sich zu zeigen. Also hieß es nun: den Saukerl am Leben lassen, abwarten und sich seiner Macht bedienen. Das Monster nicht töten, sondern *selbst* Monster spielen, das Monster *sein*! Und, mein Gott, siebenundzwanzig, achtundzwanzig Länder in der Hand haben, die ganze Welt! Und später, wenn die Zeit reif dafür sein würde, ganz einfach wieder anspaziert kommen, neu geboren werden und ihnen erzählen, ich sei mit Gedächtnisschwund herumgeirrt oder sonst eine verrückte Geschichte, was weiß ich; ich hätte mir schon etwas ausgedacht. Mit dem Monster ging es sowieso zu Ende, das konnte man deutlich sehen. Ich versteckte mich, beobachtete und lauschte, und dann streckte ich es auf halber Strecke zwischen Gruft und Studio, im Filmgewölbe, nieder. Die Maske! Als das Monster mich plötzlich in dem Gewölbe vor sich stehen sah, war es so geschockt, daß ich es leicht niederschlagen und einsperren konnte. Dann ging ich nach oben, um seine Macht zu testen, die Stimme hinter dem Spiegel. Ich hatte das Monster im Brown Derby reden gehört, später im Tunnel und hinter der Wand zum Büro. Ich flüsterte und nuschelte und, zack, zack, zack! war *Tote reiten schneller* wieder im Programm, du und ich standen wieder auf der Gehaltsliste! Ich wollte mich gerade bereit machen, das Make-up herunterreißen und als ich selber wieder auftauchen, als etwas geschah.«

»Was denn?«

»Ich entdeckte, daß ich die Macht genoß.«

»Was?«

»Die Macht. Ich hatte Geschmack an ihr gefunden. Börsenmakler, Firmenmanager, der ganze Mist. Unglaublich. Ich war trunken davon! Es machte riesigen Spaß, das Studio zu leiten, Entscheidungen zu treffen, und das alles ohne Vorstandssitzungen. Alles nur mit Hilfe von Spiegeln, Echos, Schatten. All die Filme produzieren, die schon vor Jahren hätten gemacht werden sollen, aber nie entstanden sind! Mich selbst, mein eigenes Universum wieder aufbauen! Meine Freunde, meine Kreaturen neu erfinden, neu erschaffen. Das Studio sollte sowohl mit Geld, als auch mit Fleisch und Leben und Blut bezahlen. Herausfinden, wer für die Zerstörung meiner Tiere verantwortlich war, und dann, dann, einen nach dem anderen dieser Nichtskönner zerquetschen, die Kohorten von Ignoranten, Jasagern und Blödmännern zu Brei schlagen. Das Studio hatte mich herumkommandiert, jetzt würde ich das Studio herumkommandieren. Mein Gott, ich begreife jetzt, warum Louis B. Mayer unerträglich war, warum die Warner Brothers sich Nacht um Nacht mit Filmen gedopt haben. Wer noch nie ein Studio befehligt hat, alter Knabe, der weiß nicht, was Macht ist. Man ist nicht nur Herr über eine Stadt oder ein Land, sondern über eine Welt jenseits dieser Welt. Du sagst ›Zeitlupe‹ – und die Leute bewegen sich langsam. Du sagst ›schnell‹ – und die Leute springen den Himalaya hinauf und stürzen sich in ihre Gräber. Und das alles nur, weil du die Szenen geschnitten, die Schauspieler dirigiert hast, die Anfänge der Geschichten angeordnet und die Schlüsse vorgeschlagen hast. Nachdem ich einmal damit angefangen hatte, verbrachte ich jede Nacht auf Notre Dame; ich lachte über die Bauern dort unten, dezimierte die Schwächlinge, die Knirpse, die meine Freunde verletzt und den Kreisel in meiner Brust zum Stillstand gebracht hatten. Jetzt drehte sich der Kreisel wieder, wenn auch einseitig, mit verbogener Achse. Schau dir an, was ich da draußen getan habe, beinahe alles habe ich einreißen lassen. Das Monster fing damit an, doch ich habe es zu Ende geführt. Dabei wußte ich genau, wenn ich damit nicht aufhörte, könnte ich mich bald zur Klapsmühle karren und mir die Paranoia abzapfen lassen. Und dann lag das Monster vor meinen Augen im Sterben; es bat mich um eine letzte Sitzung mit dem Priester und den Glocken und den Kerzen und der Beichte: es bettelte um Vergebung. Ich mußte ihm sein Studio zurückgeben, damit man es dir vermachen konnte.«

Roy verstummte und leckte sich die fürchterlichen Lippen.

»Eine Sache, mehrere Sachen sind noch nicht geklärt ...«, sagte ich.

»Was denn?«

»Wie viele Leute hat Arbuthnot in den vergangenen paar Tagen umgebracht? Und wie viele Leute ...« Ich konnte es nicht über die Lippen bringen.

Roy sagte es an meiner Stelle: »Wie viele hat Roy Holdstrom, das Monster Nummer zwei, umgelegt?«

Ich nickte.

»Clarence habe ich nicht umgebracht, falls du das befürchtet hast.«

»Gott sei Dank.«

Ich schluckte schwer und sagte dann: »Zu welchem Zeitpunkt… o Gott… wann…?«

»Wann was?«

»Zu welcher Stunde… an welchem Tag… hörte Arbuthnot damit auf… und wann übernahmst *du* seine Rolle?«

Jetzt war es an Roy, hinter dem abgestreiften Gesicht zu schlucken.

»Als das mit Clarence war. In den Katakomben hörte ich Stimmen aus dem Telefonnetz, an jeder unterirdischen Kreuzung. Stimmen, die direkt durch die Gewölbe kamen. Ich nahm Hörer ab, zog mich wachsam zurück, auf diese oder jene Art verfolgte ich die Schatten, die zur Beerdigung unterwegs waren, oder ich hielt mich verborgen. Fünf Minuten, nachdem das Monster Clarences Apartment verwüstet hatte, wußte ich, daß es Clarence erwischt hatte. Aus sicherer Entfernung sah ich Doc durch die Tunnel eilen und Clarence zu irgendeiner vergessenen Krypta schleppen. Und ich wußte, sie würden bald herausfinden, daß ich noch am Leben war, wenn sie es nicht schon längst vermuteten. Ich fragte mich, ob sie jemals im Verbrennungsofen nachgesehen hatten, wo nicht meine echten Knochen, sondern nur mein nachgemachtes Skelett lag. Und dann: *du*! Du kanntest Clarence. Möglicherweise hatten sie dich in seinem Apartment oder in meiner Wohnung gesehen. Zählten sie eins und eins zusammen, würden sie dich lebendig begraben. Du siehst also, ich mußte die Angelegenheit selbst in die Hand nehmen. Ich mußte zum Monster werden.

Und nicht nur das. Ich ließ das Studio dicht machen, um meine Macht zu testen, um zu sehen, ob sie nach meiner Pfeife tanzten, auf meine Stimme hörten. Nachdem das Studio geräumt war, fiel es mir leichter, die Schurken zur Strecke zu bringen, mich um meine potentiellen Attentäter zu kümmern.«

»Stanislau Groc?« fragte ich.

»Groc…? Ja, der trägt die Hauptschuld. Mich hat er eingestellt, weil ich Kreaturen zum Leben erwecken konnte, so wie er den guten alten Lenin aufgepäppelt hatte. Dann setzte er Arbuthnot wohl den Floh ins Ohr, er solle dich anheuern. Dann bastelte er die Puppe und stellte sie auf die Mauer, um den Studioleuten *und* Arbuthnot einen Schrecken einzujagen. Anschließend lud er uns zur bestialischen Enthüllung ins Brown Derby ein. Als ich dann mein Lehmmonster anfertigte und alle in Angst und Schrecken versetzte, wollte er das Geld aus ihnen herausschütteln.«

»Du hast Groc also umgebracht?«

»Nicht direkt. Ich ließ ihn am Tor festnehmen. Sie brachten ihn in Mannys leeres Büro und ließen ihn dort allein. Als der Spiegel zur Seite glitt und ich vor ihm stand, fuhr er hoch vor Schreck und starb. Jetzt Doc Phillips, frag mich nach ihm.«

»Doc Phillips?«

»Vergiß nicht, daß er meine sogenannte ›Leiche‹ aus dem Weg geräumt hat. Er und sein ewiger Reinemacheklub. Er lief mir in Notre Dame über den Weg; versuchte nicht einmal wegzulaufen. Ich zog ihn mit den Glocken hinauf. Ich wollte ihn nur erschrecken; wollte ihn hochziehen und ordentlich durchschütteln, bis ihm, wie Groc, das Herz stehenblieb. Totschlag, nicht Mord. Doch beim Hochziehen muß er sich im Seil verstrickt haben, durchgedreht sein und sich stranguliert haben. Habe ich es getan? Bin ich schuld daran?«

Jawohl, dachte ich. Und dann: nein.

»J. C.?« fragte ich und hielt den Atem an.

»Nein, nein. Er stieg vor zwei Nächten auf das Kreuz, und seine Wunden schlossen sich nicht wieder. Sein Leben verließ ihn durch seine Handgelenke. Er starb am Kreuz, der Ärmste, armer alter J. C., Gott sei ihm gnädig. Ich fand ihn und schaffte ihn in eine angemessene Ruhestätte.«

»Wo sind sie alle? Groc und Doc Phillips und J. C.?«

»Überall und nirgends. Was macht das schon? Da draußen liegen Millionen von Leichen. Ich bin froh, daß ...«, er zögerte einen Moment, »... daß du nicht eine davon bist.«

»Ich?«

»Aus diesem Grund habe ich schließlich doch damit aufgehört. Vor ungefähr zwölf Stunden. Mir fiel plötzlich auf, daß du auf meiner Liste standest.«

»Was!?«

»Ich ertappte mich dabei, daß ich mir überlegte: wenn er mir in die Quere kommt, muß er sterben. Daraufhin nahm ich von der Sache Abstand.«

»Um Gottes willen, das möchte ich aber schwer hoffen!«

»Ich dachte mir: Moment, er hat doch mit dieser ganzen

verdammten Geschichte nichts zu tun. Er war es nicht, der die verrückten Pferdchen aufs Karussell gesetzt hat. Er ist dein Kumpel, dein Freund, dein Partner. Er ist alles, was dir vom Leben geblieben ist. Das war der Wendepunkt. Der Weg, der aus dem Wahnsinn herausführt, ist die Erkenntnis, daß du verrückt bist. Du bist am Ende der Straße angelangt, du kannst nur noch umdrehen. Ich liebte dich. Ich liebe dich. Also kam ich zurück. Ich öffnete das Grab und ließ das Monster frei.«

Roy drehte den Kopf und schaute mich an. Sein Blick sagte: Bin ich jetzt dran? Wirst du mir etwas antun, weil ich dir weh getan habe? Sind wir immer noch Freunde? Was hat mich nur zu meinem Tun veranlaßt? Muß die Polizei informiert werden? Muß ich bestraft werden? Müssen die Wahnsinnigen dafür bezahlen? Ist nicht alles der reinste Wahnsinn? Verrückte Schauplätze, verrückte Dialoge, verrückte Schauspieler? Ist das Stück jetzt zu Ende? Oder hat es gerade erst angefangen? Sollen wir jetzt lachen oder weinen? Und: warum?

Sein Gesicht sagte: Es wird nicht mehr lange dauern, dann geht die Sonne auf, und die beiden Städte erwachen zum Leben, eine mehr, die andere weniger. Die Toten bleiben tot, ja, aber die Lebenden werden wieder die gleichen Texte aufsagen, die sie auch gestern aufgesagt haben. Sollen wir sie reden lassen? Oder sollen wir den Text gemeinsam neu formulieren? Soll ich den Tod basteln, der schnell dahinreitet, und wenn er den Mund aufmacht, werden deine Worte für ihn bereit sein?

Was ...?

Roy wartete.